JD Kirk

Der Schotte

Gefährlicher Auftrag

AF197027

Autor

JD Kirk ist das Pseudonym des mehrfach ausgezeichneten Autors Barry Hutchison. Er wuchs in Fort William in den schottischen Highlands auf. Seit ein freundlicher Bibliothekar das Heft, in dem der damals neunjährige Barry eine – wie er selbst sagt »schreckliche« – Geschichte geschrieben hat, mit sehr viel Ernst ins Regal stellte, wollte Barry Hutchison Autor werden. Seitdem hat er zahlreiche Kinderbücher und Romane für Erwachsene veröffentlicht. Er lebt mit seiner Frau und seinen zwei Kindern in Fort William.

Die Robert-Hoon-Romane:

1. Der Schotte – Gefährlicher Auftrag
2. Der Schotte – Volles Risiko
3. Der Schotte – Tödliche Falle

JD KIRK

DER SCHOTTE

GEFÄHRLICHER AUFTRAG

Thriller

Deutsch von Wolfgang Thon

blanvalet

Die Originalausgabe erschien 2021
unter dem Titel »Northwind (Robert Hoon Thriller 1)«
bei Zertex Crime, Fort William.

MIX
Papier | Fördert
gute Waldnutzung
FSC® C014496

Penguin Random House Verlagsgruppe FSC® N001967

1. Auflage 2025

Redaktion: Alexander Groß
Umschlaggestaltung: www.buerosued.de
Umschlagmotiv: Collaboration JS / Arcangel Images;
www.buerosued.de
HK · Herstellung: DiMo
Satz: Uhl + Massopust, Aalen
Druck und Bindung: GGP Media GmbH, Pößneck
Printed in Germany
ISBN 978-3-7341-1374-1

www.blanvalet.de

PROLOG

Es war ohne Frage der erschreckendste Moment ihres bisherigen Lebens.

Sie waren zu viert. Vielleicht waren es auch fünf. Sie hatte keinen Augenkontakt hergestellt – davor hütete sie sich –, aber sie konnte sie hören. Sie redeten und lachten. Starrten sie aus dreißig Metern Entfernung an. Ihre Turnschuhe scharrten auf dem Pflaster, als sie ihr folgten.

Sie hätte niemals zu Fuß gehen dürfen. Nicht hier. Nicht so spät. Nicht allein.

Doch es waren keine Taxis zu bekommen, und der Akku ihres Handys war zu schwach für das GPS, sodass sie kein Uber rufen konnte. Das Schlimmste aber war, dass ein Drink zu viel ihren Mut in gefährliche Höhen getrieben hatte.

Doch beim ersten Schrei: »Zeig uns deine Titten!«, war er rasch verpufft.

Sie war weitergegangen, den Kopf gesenkt, die Hand um den Riemen ihrer Tasche verkrampft. Die Augen starr auf den Bürgersteig gerichtet. Einen Fuß vor den anderen. *Lass dich nicht aufhalten, nicht aufhalten lassen!*

Sie waren noch jung, Teenager. Drei oder vier Jahre jünger als sie. Eine wilde Mischung aus unterschiedlichen Ethnien, Größen und Bartmoden. London war ein wahrer Schmelztiegel der Farben und Kulturen. Aber wenn man eine Gruppe junger Männer mit unterschiedlicher Herkunft zusammenwürfelte, war das Ergebnis ihrer Erfahrung nach immer das gleiche.

»He, du hochnäsige Schlampe! Wir reden mit dir!«

Sie beschleunigte ihre Schritte und hörte das Lachen über das laute Klacken ihrer Absätze hinweg. Es war eine schlechte Entscheidung gewesen, die Abkürzung durch die Siedlung zu nehmen. Sie hätte auf ein Taxi warten oder den längeren Weg einschlagen sollen. Alles, nur nicht das hier.

»Ihr Rock war zu kurz.«

Das würden sie sagen. Danach. Die Polizei. Die Zeitungen. Die Gerichte, wenn es jemals so weit kam.

»So angezogen? Und ganz allein unterwegs? Sie hat geradezu darum gebettelt. Was hat sie denn *gedacht*, was passieren würde?«

Vor ihr war eine Ecke, wo der Weg an einem Wohnblock entlangführte. Sie würde sie in ein paar Sekunden erreichen.

Und dann?

Sie versuchte, sich die nächste Straße vorzustellen, aber sie wohnte noch nicht lange genug hier, um sie alle zu kennen. *Es ist eine Straße*, dachte sie. Vielleicht fuhren dort Autos.

Und selbst wenn nicht, konnte sie in dem Moment, in dem sie außer Sichtweite war, losrennen. Versuchen, etwas Abstand zwischen sich und die Gruppe von Kerlen hinter ihr zu bringen.

Oder … war das vielleicht die falsche Reaktion? Sie folgten ihr bis jetzt ja nur. Vielleicht wurde es ihnen ja langweilig. Wenn sie weglief, würde das dann nicht einen Urtrieb auslösen, den Impuls, sie zu jagen? Würde ihr Weglaufen die Jagd erst provozieren?

Sie war noch drei oder vier Minuten von ihrer Wohnung entfernt, wenn sie dorthin rannte. Dank einer überteuerten Mitgliedschaft im Fitnessstudio hatte sie die Lunge und die Beine dazu, aber nicht die Schuhe. Sie hätten sie in Sekundenschnelle eingeholt, sie zu Boden gerissen und an ihrer Kleidung gezerrt, an ihrem Haar und an ihrer Haut. Sie auf dem Boden festgenagelt, ihre Beine auseinandergezwungen.

Sie atmete schneller, kürzer. In ihrer Kehle bildete sich Speichel. O Gott! Was hatte sie getan?

Mehrere Schritte hinter ihr, aber in gleichbleibendem Abstand, kicherten die Hyänen spöttisch.

Sie schaffte es bis zur Ecke und riskierte einen Blick zurück. Da mussten sie etwas bemerkt haben – in ihrem Gesicht oder an ihren Bewegungen –, denn sie rannten auf einmal los, ihre Gesichter von Lust und Hohn zu etwas Monströsem verzerrt. Etwas Unmenschlichem.

Als sie um die Kurve bog, sah sie eine Straße. Ein Auto.

Ein Mann ging pfeifend darauf zu und wirbelte einen Schlüsselbund um einen Finger.

Ein Laut entrang sich ihrer Kehle, ein Schluchzen der Erleichterung. Ein Schrei nach Hilfe. Eine Kombination aus beidem.

Er drehte sich zu ihr um, hob überrascht die Brauen, und die Melodie erstarb auf seinen Lippen.

Tränenüberströmt rannte sie auf ihn zu, während die Schritte hinter ihr schnell näher kamen.

Es war ohne Frage der erschreckendste Moment ihres bisherigen Lebens.

Aber die Nacht war noch sehr, *sehr* jung.

EINS

Robert Hoon, der in Ungnade gefallene ehemalige Detective Superintendent der Police Scotland, beäugte den Mann auf der anderen Seite des Glases, musterte ihn, beurteilte ihn, starrte ihn an.

Er liebte es zu beäugen. Das hatte er schon immer getan. *Es gibt kaum eine bessere Art, seine Verachtung für eine Person zu zeigen,* dachte er, *als durch zusammengekniffene Augen und einen langen Zeitraum, ohne zu blinzeln.*

Er musste dem Mann auf der anderen Seite des Glases lassen, dass er ebenfalls nicht blinzelte und auch keine Anstalten machte, den Blick abzuwenden.

»Schau dir an, wie dieser arme Mistkerl aussieht«, bemerkte Bob. Er betrachtete die dunklen Augenhöhlen des Mannes und die hellen Spuren des getrockneten Schlafsabbers, der sich in dem graumelierten Stoppelbart verfangen hatte.

Er fuhr sich mit der Hand übers Kinn, und sein Spiegelbild im Badezimmer machte es ihm nach. *Du solltest dich vielleicht rasieren,* dachte er. Der erste Tag in seinem neuen Job und so weiter. Es wäre sicher gut, sich diese Mühe zu machen.

Er steigerte die Qualität und Intensität seines Blicks, als hätte der Mann auf der anderen Seite des Glases ihn verraten, weil er so etwas auch nur dachte.

»Rasieren? Für einen Job als verdammter *Tesco*-Sicherheitsmann?«, spie er hervor. »Ganz sicher nicht!«

Außerdem sah er doch gar nicht *so* schlecht aus, oder? Nicht für einen Mann in den Fünfzigern.

Ja, seine Augen lagen derart tief in den Höhlen, dass sie wirkten, als wären sie mit einer Nietpistole eingesetzt worden, und er wusste nicht mehr ganz genau, wann er sich das letzte Mal die Zähne geputzt hatte. Aber er sah besser aus als im letzten Monat um diese Zeit, und sehr viel besser als im Monat zuvor.

Er kam allmählich vorwärts. Selbst wenn ihn das nur zu einem Job als Sicherheitsbeamter bei *Tesco* brachte, war es immerhin ein »Vorwärts«.

Und überall war es besser als dort, wo er im letzten Jahr gewesen war.

Er griff nach dem Rasiermesser. Es war nicht das erste Mal, dass er in den letzten Monaten nach einem Rasiermesser gegriffen hatte. Doch anders als bei jenen Gelegenheiten wollte er es dieses Mal für seinen vorgesehenen Zweck verwenden.

»Vorwärts und nach oben, du mürrischer alter Schwanzlutscher«, murmelte er dem Mann im Spiegel zu. »Vorwärts und verdammt noch mal nach oben.«

Hoon verließ den Bus und starrte wütend auf das große *Tesco*-Schild über dem Eingang des Eastfield-Way-Supermarktes. Dann betrat er den Laden, als gehöre er ihm.

Der Wachmann an der Eingangstür starrte mit leerem Blick auf einen der beiden Schwarz-Weiß-Bildschirme, die auf dem Terminal vor ihm angebracht waren. Er blinzelte überrascht, als Hoon ihm auf die Schulter tippte.

»He. Kumpel. Wo soll ich hin?«

Der Wachmann war etwa Mitte dreißig, schätzte Hoon. Er war kräftig gebaut und sah aus wie ein Türsteher.

»Was?« Der Wachmann musterte den Neuankömmling langsam von oben bis unten. Hoon konnte praktisch hören, wie sich die Rädchen in seinem Kopf in Bewegung setzten.

Wenn er das Beste war, was der Supermarkt zu bieten hatte, mussten die Ladendiebe einen Heidenspaß haben.

»Jesus. Wach auf, Junge. Ich bin der Neue. Es ist mein erster Tag.« Er zuckte mit den Schultern. »Gut, eigentlich sollte mein erster Tag schon vor zwei Wochen sein, aber ich hatte viel zu tun. Wo soll ich mich melden?«

Der Wachmann warf einen gleichgültigen Blick in Richtung des Kundendienstes. »Keine Ahnung. Beim Manager?«

Hoon murmelte etwas vor sich hin. »Danke, Sie waren eine große Hilfe«, sagte er dann und deutete auf die Bildschirme. »Ich überlasse Sie jetzt Ihrem benebelten Wachtod – oder was auch immer Sie da eben gemacht haben.«

Hoon kehrte dem Mann den Rücken zu und war schon auf halbem Weg zum Schalter des Kundendienstes, als jemand seinen Namen rief. Ein Mann mit dem Gesicht einer sexuell frustrierten Wespe eilte auf ihn zu.

»Robert Hoon?«, wiederholte er seinen Namen. »Sind Sie Robert Hoon?«

»Kommt drauf an, wer fragt.« Hoon musterte den anderen Mann und schätzte ihn schnell ein.

In den Dreißigern, aber älter aussehend. Alleinstehend. Schneidet sich selbst die Haare. Große Brille, verschlissener Anzug, und wahrscheinlich hatte er keinen Zentimeter Rückgrat im Leib.

»Nach all den Fehlstarts in der letzten Woche waren wir nicht sicher, ob Sie überhaupt auftauchen würden.« Er streckte eine Hand in Hoons Richtung aus. »Wayne Gilhooley. Stellvertretender Unterabteilungsleiter.«

Hoon schenkte der Hand kurz die verdiente Verachtung, dann lenkte er ein und schüttelte sie.

»Ich dachte, das wäre der jüngere Kerl gewesen, der mein Vorstellungsgespräch geführt hat? Dieser fette Harry Potter.«

Wayne lächelte. Es war die Art von Lächeln, das signalisierte, dass er zwar wusste, es musste da irgendwo einen Witz geben, aber verdammt sein wollte, wenn er wusste, wo er war.

»Hahaha.« Er sagte es. Er lachte nicht. *Er sagte es.* »Das ist Gavin. Er ist der Juniorchef.«

»Ja, richtig. Und Sie sind …?«

»Der stellvertretende Unterabteilungsleiter.«

Hoon dachte ein oder zwei Sekunden darüber nach. »Und diese Jobs muss es wirklich beide geben?«

Wenn ihn die Bemerkung über den »fetten Harry Potter« schon verwirrt hatte, war Wayne jetzt völlig überfordert.

Er sprach die Worte »Hahaha« noch einmal, fügte ein »Irgendwie schon« hinzu und wechselte dann hastig das Thema. »Also, ich habe gehört, Sie waren bei der Polizei.«

»Unter anderem.«

»Sie waren Detective Superintendent, nicht wahr?«

Hoon knurrte. »Unter anderem.«

Wayne wippte auf den Ballen und deutete auf den Laden um sie herum. Die Kunden drängelten sich durch die Gänge wie Vieh, das darauf wartete, den Bolzen des Schlachters zwischen die Augen zu bekommen. Das Personal schwirrte zwischen ihnen umher, gekleidet in identische blaue Uniformen und von einer Aura der Verzweiflung umgeben.

»Das muss sich ein bisschen wie ein Rückschritt anfühlen!«, stellte Wayne fest.

»Ja, damit liegen Sie nicht falsch«, bestätigte Hoon. Was, nach dem Gesicht des stellvertretenden Unterabteilungsleiters zu urteilen, nicht die Reaktion war, auf die der gehofft hatte.

»Genau.« Waynes Arme fielen wieder an seine Seiten. »Also dann. Besorgen wir Ihnen erst mal Ihre Uniform.«

»Uniform?« Hoon schüttelte den Kopf. »Ich trage keine Uniformen, Kumpel. Schon lange nicht mehr.«

Das vage *Ich-hab-den-Witz-nicht-ganz-kapiert*-Lächeln kehrte zurück. »Nun, unsere Firmenpolitik sieht vor, dass ...«

»Vergessen Sie die Firmenpolitik. Was verstehen Wichser in Anzügen schon von irgendwas?« Hoon wedelte mit der Hand in Waynes Richtung. »Nichts für ungut.«

Der stellvertretende Unterabteilungsleiter blickte an seinem blauen Nylonanzug hinab. Er glänzte bereits an den Knien von all den Stunden, die er damit verbracht hatte, die unteren Regale aufzufüllen, wenn die Mitarbeiter mal wieder nicht zu ihrer Schicht erschienen waren. »Sie ist ... die Uniform ist ein Abschreckungsmittel. Sie hält die Leute davon ab, Sachen zu klauen.«

Hoon legte dem jüngeren Mann eine Hand auf die Schulter. »Aber wir wollen die Bastarde ja nicht nur abschrecken, oder? Wir wollen sie auf frischer Tat ertappen, damit wir ihnen eine Lektion erteilen können, die sie nie vergessen werden. Glauben Sie mir, ich habe genug unerfahrene junge Constables gesehen, die wie verdammte Eichhörnchen gekleidet waren. Deshalb weiß ich, dass Verbrechensverhütung so nicht funktioniert. Wir müssen die diebischen kleinen Wichser schnappen und ihnen die Hände abhacken.«

Wayne schluckte und blinzelte. »Ja, aber … nicht … nicht wörtlich?«

»Jesus, mein Junge. Nein. Nicht wirklich.« Hoon zeigte auf die Tür. »Aber sehen Sie die ganzen Mistkerle, die reinkommen und Sachen klauen? Sie lachen über Sie. Und zwar genau jetzt. Wo auch immer sie sind. Sie lachen. Über *Sie.* Und sie werden weiterhin reinkommen und Sachen klauen, und sie werden weiterhin lachen, weil sie immer wieder damit durchkommen. Wollen Sie das wirklich, Wayne?«

»Nun …«

»Langfinger, die sich den Arsch ablachen, wenn sie Sie sehen. Ist es das, was Sie wollen?«

Der stellvertretende Unterabteilungsleiter schüttelte den Kopf. »Nein. Nein, das will ich nicht.« Er warf sich in die Brust und ballte die Finger unwillkürlich zu festen verschwitzten Fäusten. »Ich will nicht, dass sie sich über mich lustig machen.«

»Nein. Dachte ich mir.« Hoon klopfte dem Mann auf die Schulter. »Also, am besten, ich mische mich unauffällig unter die Leute. Ich gehe inkognito vor und halte die Augen offen. Mal sehen, ob wir einige von ihnen auf frischer Tat ertappen können.«

»Ja. *Ja!* Das gefällt mir. Wir ertappen sie auf frischer Tat. Und dann schleifen wir sie vor Gericht! Diese Bastarde!«

Hoon hatte etwas mehr Widerstand erwartet und war von Waynes Begeisterung überrascht. Offensichtlich hatte der Gedanke, insgeheim von den Ladendieben verspottet zu werden, einen Nerv getroffen.

»Guter Junge«, sagte Hoon. »Und jetzt noch eine kurze Frage.« Er deutete auf das Ende des ersten Ganges, wo sich die technische Abteilung befand. »Sehen Sie die großen Fernseher an der hinteren Wand, auf denen die Demos laufen? Können Sie die auf andere Kanäle umschalten? Es ist nämlich gleich Zeit für *Schnäppchenjagd.*«

ZWEI

Da drückte sich so ein kleiner Gimpel drüben bei den DVDs herum. Kombination aus Kapuzenpulli und Baseballcap, eine dicke Goldkette und die Hosenbeine der Jogginghose in die Strümpfe gestopft. Das war nicht nur ein Gimpel, sondern *der* Einfaltspinsel schlechthin. Das definitive, ursprüngliche Exemplar. Der Esel, von dem alle anderen Gimpel abstammten, stand genau hier, leibhaftig. Hoon fühlte sich durch seine Präsenz fast geehrt.

Der Gimpel hatte sich zwielichtig verhalten, seit er hereingeschneit war. Hoon hatte ihn beinahe sofort entdeckt. Ein altes rostiges Sonargerät aus früheren Zeiten war knisternd angesprungen, sobald er in Sensorreichweite kam.

Er hatte volle fünf Minuten vor dem Schreibwarenregal verbracht, um Packungen mit Bleistiften in die Hand zu nehmen, sie bis zu sechzig Sekunden lang zu studieren und sie dann wieder an den Haken zu hängen. Als hätte er etwas Wichtiges zu schreiben, und die hier würden *nicht ganz* ausreichen.

Als Nächstes nahm er einen Pack Druckerpapier vom

Stapel, wog ihn in der Hand und legte ihn schließlich zurück. Dabei schaute er sich um, als wollte er nach den Farbstiften und dem *Pritt Stick* greifen und sich damit hinausschleichen.

»Klar, versuch's nur, du langfingriges Sackgesicht«, hatte Hoon leise gemurmelt, während er den Gimpel vom anderen Ende des Ganges aus beobachtete.

Das war der Grund, warum man bei einem Job wie diesem keine Uniform trug – das Überraschungsmoment.

Okay, das und die Menschenwürde.

Der Junge hatte ein ähnliches Interesse für Küchenartikel an den Tag gelegt und ein paar Minuten die Auswahl an Handtüchern bewundert. Jeder Gang, durch den er schlich, brachte ihn näher an die Abteilungen Medien und Technik heran. Und seine Beklemmung wurde immer größer, je näher er seinem Ziel kam.

Es war peinlich, wirklich. Zu Hoons Zeiten, damals in Glasgow, wäre ein kleiner Ladendiebstahl im *Tesco* für einen Gimpel kein Problem gewesen. Es hätte keine panischen Blicke oder Herumgefingere an Bügelbrettüberzügen gegeben. Sie wären reingekommen, hätten sich das, was sie wollten, schnurstracks geholt und wären damit abgehauen. Sie hätten die Ladendetektive praktisch dazu herausgefordert, zu versuchen, sie aufzuhalten.

So wie der Kerl hier sich verhielt, könnte man meinen, dass dieser ahnungslose Trottel noch nie in seinem Leben irgendetwas halbwegs auf die Reihe gekriegt hatte.

Hoon hatte fast Mitleid mit ihm. Was für ein Tag, um ein kriminelles Leben zu beginnen!

Er hielt jetzt eine DVD in der Hand und studierte sie mit einer Intensität, die Hoon zuletzt auf den Gesichtern der Jungs in der Bombenentschärfungseinheit gesehen hatte.

Der alles andere als subtile Schlingel hob den Kopf und blickte sich um, um sicherzugehen, dass ihn niemand beobachtete. Von dort, wo er stand, würde es aussehen, als wäre die Luft rein. Hoon lauerte jedoch am Ende des nächsten Ganges und beobachtete das Spiegelbild des Esels in dem dunklen Bildschirm eines großen Fernsehers. Er war aufgeregt. Begierig. Bereit, sich auf ihn zu stürzen, sobald …

»Haben Sie sich gut eingelebt, Bob?«

Wayne Gilhooley lächelte begeistert, als er wie aus dem Nichts mit einem großen Paket Windeln in den Händen auftauchte. Er hatte seine Anzugjacke ausgezogen und die Ärmel hochgekrempelt. Ein Schweißtropfen auf seiner Stirn vermittelte den Eindruck, dass er härter schuftete als sonst.

»Hm?« Hoon versuchte, an ihm vorbei den Gimpel in dem spiegelnden Bildschirm im Auge zu behalten.

»Ich habe nur gefragt, wie Sie sich eingelebt …«

»Aus dem Weg, Mann, ich versuche, den Fernseher zu sehen.«

»Wie bitte?«, fragte Wayne. »So können Sie nicht mit mir reden. Ich bin der stellvertretende Unter…«

»Verdammte Scheiße!«, zischte Hoon. Seine Augen weiteten sich, und er blähte die Nasenlöcher wie ein Stier, der gerade sein Bier verschüttet hatte.

Wayne ließ vor Schreck fast die Windeln fallen. »Hören Sie, ich bin sicher, was auch immer Sie aufregt, wir können …«

»Du hast ihn entkommen lassen, du blödes Arschloch!«, fiel Hoon ihm ins Wort. Und dann rannte er los, sehr zu Waynes Verwirrung. Und auch, wenn er ehrlich war, sehr zu seiner Erleichterung.

Hoon schlitterte um das Ende eines Regals herum und scannte hastig die Scharen von Kunden, die sich im Mittelgang drängten, um die Sonderangebote der Woche zu bestaunen. Dann erhaschte er einen Blick auf die unverwechselbare Kombination aus Kapuzenpulli und Mütze, die seine Beute markierte.

Der Gimpel strebte jetzt mit hohem Tempo dem Ausgang zu und hatte bereits einen großen Vorsprung. In ein paar Sekunden würde er zur Tür hinaus sein, und Hoon hätte beim besten Willen keine Chance, ihn einzuholen, selbst wenn er sich entschloss loszusprinten.

Scheiß drauf. Jetzt oder nie!

»Haltet den kleinen Mistkerl auf!«, brüllte er und zog damit die Aufmerksamkeit des Wachmanns an der Tür auf sich.

Der Wachmann hatte gerade desinteressiert die Taschen einer alten Frau untersucht, die an der Tür den Alarm ausgelöst hatte, und sah nun hoch.

Der Gimpel reagierte um einiges schneller als der Sicherheitsmann. Und es war nicht einmal eine knappe Sache. Hoons Stimme wirkte wie der Knall einer Startpistole, der ihn zu einem Sprint aufforderte. Er raste an der Oma und dem Wachmann vorbei, die jeweils einen Griff ihrer Sackleinen-Einkaufstasche festhielten, und in die der Wachmann mit seiner Taschenlampe hineinleuchtete.

»He, halt!«, rief der Wachmann, aber es klang nicht sonderlich eindringlich, und er machte auch keinerlei Anstalten, körperlich einzugreifen.

»Du bist eine echte Vollniete!«, fuhr ihn Hoon an, als er ein paar Sekunden später an den beiden vorbeirannte. Dann stürmte er durch die Schiebetüren und scheuchte die Passanten mit ein paar gezielten Schimpfwörtern und Beleidigungen aus dem Weg.

Der Gimpel hatte, wie erwartet, bereits den höchsten Gang eingelegt. Er bog nach links ab und raste über den Fußweg vor dem Laden in Richtung des größeren Einkaufszentrums. Er war vielleicht kein erfahrener Dieb, aber er war ein verdammt guter Sprinter. Hoon hatte keine Chance, ihn einzuholen.

Jedenfalls nicht zu Fuß.

»Sie da! Ich brauche Ihr Auto!« Er ging zu einem älteren Mann, der in seinem Vauxhall Corsa vor dem Abhol- und Rückgabeschalter saß.

»Wie bitte?« Der alte Mann blinzelte ihn durch sein offenes Fenster an.

»Ich beschlagnahme dieses Fahrzeug!«, bellte Hoon.

»Was? Warum?«

Hoon zeigte auf den fliehenden Gimpel. »Damit ich diesen diebischen kleinen Bastard fangen kann!«

»Und … Sie sind wer?«

»Ich bin die verdammte Poli…«, begann Hoon, dann korrigierte er sich. »Ich bin der Ladendetektiv, und dieser kleine Scheißer entkommt gerade!«

Der alte Mann musterte ihn von oben bis unten und machte sich daran, die Scheibe hochzurollen. Das Auto war ein altes Modell mit einem manuellen Fensterheber, und es dauerte ewig, bis er es zugekurbelt hatte.

Als er fertig war, saß Hoon bereits hinter ihm und hielt sich an der Kopfstütze des Fahrersitzes fest. »Gut. Dann fahren Sie«, befahl er. »Aber wenn Sie ihn entkommen lassen, haben wir beide ein ernstes Problem …«

Der Wagen machte einen Satz nach vorn, und Hoon wurde gegen die Rückenlehne geschleudert.

»Verdammte Scheiße!«, schrie er. Hinter ihnen ertönte eine Hupe, der ein wütender Schrei auf dem Fuße folgte. Hoon antwortete mit einem ausgestreckten Mittelfinger und deutete dann mit dem Zeigefinger nach vorn auf das Ziel. »Der da. Hinter dem sind wir her.«

»Ich sehe ihn!«, erwiderte der alte Mann. Er zog scharf nach links, knapp an einem stehenden Taxi vorbei, und zwang einen entgegenkommenden Lieferwagen, in die Eisen zu gehen.

Hoon schlug ihm anerkennend auf die Schulter, als sie wieder auf Kurs kamen. »Das ist mein Junge!«, jubelte er.

Der flüchtende Gimpel war jetzt direkt vor ihnen. Er riskierte einen Blick zurück über die Schulter, aber er suchte nach einem Ladendetektiv, der ihn zu Fuß verfolgte. Er vermutete ihn nicht auf dem Rücksitz eines verrosteten alten Corsa mit dem Gespenst von Ayrton Senna am Steuer.

»Gut, er hat uns nicht gesehen«, sagte Hoon. »Halten Sie einfach an, dann werde ich …«

Das Auto schwenkte abrupt nach links. Es gab einen kräftigen und irgendwie auch magensäurestimulierenden Knall, als der Außenspiegel die Hüfte des Diebes erwischte. Durch das Seitenfenster verfolgte Hoon, wie der Gimpel eine fast perfekte Pirouette drehte, die Arme gen Himmel gereckt, als suche er Erlösung.

Dann wurde das Bremspedal ins Bodenblech getreten, und Hoon krachte mit voller Wucht gegen die Rückenlehne des Vordersitzes.

»Allmächtiger, beruhigen Sie sich, Sie verrückter alter Bastard!«, knurrte er und riss die Tür auf. »Wir sind hinter einem Ladendieb her, nicht hinter dem verdammten Zodiac-Killer.«

»Kann ich Sie hier rauslassen?«, fragte der alte Mann, dessen uralte Knochen knackten, als er über die Schulter zurückblickte. »Meine Frau wird sich schon fragen, wo ich stecke.«

»Ja, ab geht's.« Hoon schrie auf, als das Auto ruckartig losfuhr. »Warten Sie doch, bis ich ausgestiegen bin! Sie hätten mir fast mein verdammtes Bein abgefahren!«

»Entschuldigung. Ich habe nicht gesehen, dass Sie die Tür aufgemacht haben.«

»Sie wussten doch, dass ich aussteigen … Ach, vergessen Sie's«, erwiderte Hoon. Dann sprang er aus dem Auto und hatte kaum die Tür geschlossen, als der Corsa auch schon in den fließenden Verkehr einbog und unter Hupkonzerten und einer Schimpfkanonade davonbrauste.

Der Gimpel wälzte sich derweil auf dem Boden, rang nach Luft und zog vor Schmerz eine Grimasse. Die DVD, die er hatte mitgehen lassen, lag neben ihm auf dem Fußweg. Hoon bückte sich, um sie aufzuheben, während er darauf wartete, dass der Junge wieder zu Atem kam.

»*Vaiana*«, las er den Titel der DVD und betrachtete das stoische Gesicht der animierten polynesischen Prinzessin, das auf dem Cover prangte. »Ich will ehrlich sein, das habe ich nicht erwartet. Ich hatte dich eher für einen *Fast-and-the-Furious*-Mann gehalten. Das ist doch die Art Film, auf die ihr berechenbaren kleinen Bastarde normalerweise steht.«

Der Gimpel lag am Boden und riss sich zusammen,

um nach einem Fluchtweg zu suchen. Hoon stellte einen Fuß auf den Arm des Jungen und nagelte ihn fest.

»He, ich würde nicht mal daran denken«, warnte er ihn und fuchtelte mit der DVD vor der Nase des Jungen herum. »Was hat es damit auf sich?«

»Aah! Hören Sie auf! Runter von meinem Arm!«, protestierte der Ladendieb.

Er war jünger, als Hoon erwartet hatte, was seine Nervosität einigermaßen erklärte. Er hatte die Statur eines Zehnjährigen, aber die Akne und den fetten Hintern von jemandem, der vor Kurzem ins Teenageralter gekommen war.

»Was wirst du tun, Söhnchen? Die Cops rufen? Nur zu. Ich würde dir ja mein Handy geben, aber ich hätte Angst, dass du versuchst, damit abzuhauen, und dann wäre ich *wirklich* sauer auf dich«, sagte Hoon. Er übte etwas mehr Druck auf den Arm aus, und der Junge gab ein scharfes Zischen von sich. »Und glaub mir, das willst du nicht.«

»Au, schon gut, schon gut!«

Hoon bemerkte die besorgten Blicke eines vorbeigehenden Paares und winkte ihnen beruhigend zu. »Sicherheitsdienst. Alles in Ordnung. Gehen Sie einfach weiter«, sagte er, wandte seine Aufmerksamkeit dann wieder dem Jungen auf dem Boden zu und wedelte erneut mit der DVD herum. »Warum ausgerechnet die?«, fragte er erneut. »Ich meine, ich sage ja nicht, dass es kein guter Film wäre. Es ist ein schöner *Disney*-Film, wenn du mich fragst. Zugegeben, er ist nicht erstklassig, aber andererseits, was ist das schon? Was ich damit sagen will, ist, warum zum Teufel klaut einer wie du überhaupt einen *Disney*-Film? Gab's da nichts mit Knarren und Titten?«

»Der Film ist für meine kleine Schwester«, erwiderte der Gimpel trotzig.

Hoon schnaubte. »Ist sie etwa der Kopf der Truppe? Ist sie diejenige, die die Ziele auswählt?«

»Sie hat Geburtstag. Ich ... ich wollte ihr nur etwas schenken, okay?« Er zuckte zusammen, und Tränen stiegen ihm in die Augen. »Verdammt, Sie brechen mir den Arm.«

»Du wirst wissen, dass ich dir den Arm breche, wenn du anfängst, kleine Stücke davon aus deinem Arsch zu spucken, Söhnchen«, sagte Hoon. Aber er hob seinen Fuß ein oder zwei Millimeter, und der Junge schluchzte erstickt vor Erleichterung.

»Wie alt ist sie?«

Der Gimpel runzelte die Stirn. »Vaiana?«

»Was? Nein! Verdammte ... Nicht Vaiana. Warum sollte ich fragen, wie alt Vaiana ist? Ich meine deine Schwester!«

»Das sage ich dir nicht!« Die Erhöhung des Drucks auf seinen Arm ließ den Jungen umdenken. »Au! Okay, schon gut, sie ist acht.«

Hoon betrachtete noch einmal die DVD-Hülle und

schaute dann auf das riesige *Tesco*-Schild an der Fassade des Ladens.

»Hast du ihr eine Karte besorgt?«, fragte er.

Auf dem Boden liegend, blinzelte der Junge. »Hä?«

»Bist du sicher, dass du an der Hüfte getroffen wurdest und nicht am Kopf?«, fuhr Hoon ihn an. »Eine Glückwunschkarte. Hast du ihr eine besorgt?«

»Nein. Nein, habe ich nicht. Ehrlich. Nur die DVD. Das war alles. Ich schwöre es.«

»Das ist das Problem mit euch Kriminellen von heute. Ihr denkt einfach nicht richtig nach. Man braucht eine Karte, um zum Geburtstag zu gratulieren, Söhnchen. Das sagt einem schon der gesunde Menschenverstand.«

In Hoons Tasche summte es. Er holte sein Handy heraus, und auf dem Display leuchtete eine unbekannte Nummer aus Inverness. Wahrscheinlich der Laden. Sie hatten ihm die Nummer gegeben, aber er hatte sich nicht die Mühe gemacht, sie in seine Kontakte einzutragen.

Hoon ließ die DVD fallen, sodass sie auf der Brust des Gimpels landete. »Entschuldige mich einen Moment. Ich muss diesen Anruf entgegennehmen«, sagte er und hob seinen Fuß vom Arm des Jungen. »Ich werde dir eine Weile den Rücken zuwenden, also renn nicht gleich weg, ja?«

Der Gimpel nickte, merkte dann jedoch, dass dies missverständlich sein könnte, und schüttelte stattdessen den Kopf. »Mach ich nicht.«

Hoon zögerte. Sein Telefon summte weiter vor sich hin.

»Ja, denn ich werde dir den Rücken zuwenden, und meine Aufmerksamkeit wird mindestens die nächsten sechzig Sekunden woanders sein.«

»Ich ... gehe wirklich nirgendwohin«, stammelte der Junge. »Ich verspreche es.«

»Mein Gott, Junge, bist du bescheuert?«, blaffte Hoon. Er deutete auf den hinteren Teil des Einkaufszentrums. »Los, nimm deinen Film und verpiss dich, bevor ich es mir anders überlege.«

Der Junge, der nach wie vor auf dem Bürgersteig lag, starrte ihn erst fassungslos an, dann schnappte er sich die DVD, richtete sich auf und setzte zum Sprint an.

»Da hinten ist ein Schreibwarenladen!«, brüllte Hoon ihm hinterher. »Besorg ihr eine Glückwunschkarte, du verdammter Barbar!«

»Fick dich, du verrückter alter Mistkerl!«, kam die Antwort.

Hoon schnalzte mit der Zunge. »Na, das ist ja entzückend«, murmelte er, drehte sich dann um und tippte auf das penetrant summende Handy. »*Was?*«

Als Hoon in den Laden zurückkehrte, stellte er fest, dass der stellvertretende Unterabteilungsleiter die Sicherheitsangelegenheiten selbst in die Hand genommen hatte.

»Da sind Sie ja!«, frohlockte Wayne. Er hatte eine

junge Frau, die sich heftig wehrte, mit beiden Händen am Arm gepackt und zerrte sie zum Sicherheitstresen. Sein Gesicht war gerötet und glänzte vor Freude. »Ich habe eine! Ich habe eine, verdammt!«

»Au! Hören Sie auf. Lassen Sie mich los!«, protestierte die Frau. »Ich habe nichts getan!«

Sie war in den Zwanzigern, hatte schulterlanges Haar und trug einen Schottenmantel, der ihr viel zu groß war. Entweder hatte sie ihn geerbt, oder es war ein Schnäppchen aus einem Wohltätigkeitsladen, schätzte Hoon. Er passte zwar nicht, aber er eignete sich perfekt, um Beute zu verstauen.

»Haben Sie das gehört? ›Ich habe nichts getan‹, sagt sie!« Wayne riss fester an ihrem Arm und kicherte vor Nervosität. »Sie haben zwei große Dosen mit Babymilchpulver in Ihrem Mantel. Ich hab gesehen, wie Sie sie reingesteckt haben.«

»Hab ich nicht!«, beharrte sie, dann übernahm die Logik. »Ich meine, klar, hab ich, aber ich wollte sie bezahlen. Ich wollte es wirklich, ich schwöre!«

Hoon schaute zum Sicherheitstresen hinüber, doch der war unbesetzt. »Wo ist dieser Mistkerl mit den toten Augen?«

»Teepause«, erwiderte Wayne. »Die hier dachte, sie könnte das ausnutzen, aber sie hat nicht damit gerechnet, dass ich sie erwische!«

»Ja, Sie werden ihr gleich den Arm abreißen«, sagte Hoon. »Lassen Sie sie los.«

»*Ich soll sie loslassen?*«, schrie Wayne. »Das ist verdammt unwahrscheinlich! Sie wird sofort versuchen zu flüchten.« Er atmete tief durch die Nase ein. »Sie hatten recht, Bob. Sie ist eine von denen, von denen Sie mir erzählt haben. Sie ist eine von denen, die mich auslachen.« Er riss kräftig an ihrem Arm, was sie mit einem Schmerzensschrei quittierte. »Jetzt lacht sie nicht mehr, oder?«

Nach dem Aufblitzen des Schmerzes sah Hoon, wie sich das Gesicht der Frau veränderte. Sie lächelte, nur einen Moment. Es war ein verzweifeltes und wenig überzeugendes Lächeln, das niemanden täuschte.

Nicht einmal den kleinen Jungen, den Hoon jetzt draußen vor der Tür entdeckte. Er war zwei Jahre alt und sichtlich verängstigt. Seine Augen waren rot und geschwollen, und zwei Rinnsale aus Rotz bildeten die Zahl Elf auf seiner Oberlippe. Er hatte die Hände gefaltet und die kleinen pummeligen Finger ängstlich verschränkt.

Hoon war so von dem Kind fasziniert, dass er seinen Namen erst beim dritten oder vierten Mal hörte. »Bob? Bob! Die Polizei, Bob. Rufen Sie die Polizei!«

»Warum überlässt du das nicht einfach mir?«, schlug Hoon vor. Er wandte sich wieder dem Gerangel zu und sah, wie Wayne erneut am Arm riss und die Frau ihr Gesicht erneut vor Panik und Schmerz verzog. »Und hören Sie auf, an ihrem Arm zu zerren, um Himmels willen! So hält man niemanden fest. Sie tun ihr weh.«

»Sie ist eine Diebin! Sie ist eine dreckige verdammte

Diebin!«, verkündete Wayne lauthals. Angesichts der Menge von Gaffern, die diese kleine Szene angezogen hatte, hörten es ziemlich viele.

»Es war nur … Bitte. Ich brauchte die Babymilch!«, flehte die Frau.

Hoon sah zu dem Jungen an der Tür. Ein *Thomas-die-kleine-Lokomotive*-Pullover. Seine Hose war aufgebläht von der Windel, die er darunter trug. Tränen liefen über seine Wangen, die nicht so pummelig waren, wie sie in dem Alter hätten sein sollen.

»Wo ist das Problem? Du hast doch Titten, nicht wahr?«, erwiderte Wayne mit geblähten Nasenlöchern und einem lüsternen Grinsen.

Später erinnerte sich Hoon nur noch vage daran, dass sich seine Finger zu Fäusten formten. Ebenso vage erinnerte er sich daran, wie er ausholte und der Schlag sein Ziel traf.

Woran er sich immer erinnern würde – und das mit großem Vergnügen –, war der Ausdruck auf Waynes Gesicht, als er zurücktaumelte und das Blut aus seiner gebrochenen Nase spritzte.

Die Wut war daran schuld. Sie aktivierte einen Autopiloten. Sie brachte ihn dazu zu handeln, ohne nachzudenken, selbst nach all den Jahren.

Sicher, er konnte sie vergraben. Sie einpacken und irgendwo verstauen. Die Bestie wegsperren.

Aber sie würde immer einen Ausweg finden. Es war nur eine Frage der Zeit.

Dieser Nebel trübte sein Urteilsvermögen und machte es ihm schwer, klar zu denken.

Deshalb konnte er sich später auch kaum noch daran erinnern, wie er den Kleinen hochgehoben und seiner Mutter übergeben hatte, um dann die Proteste des stellvertretenden Unterabteilungsleiters mit einer Ohrfeige, einem Stoß und einem Schimpfwort zum Schweigen zu bringen.

Und noch später erfuhr er, dass dies mit Abstand die beeindruckendste Kündigung in der Geschichte des *Tesco Eastfield Way Superstores* war, wenn auch nur die viertschnellste.

Zuvor jedoch kam da noch die Kleinigkeit seiner Verhaftung.

DREI

Hoon war kein Unbekannter auf dem Polizeirevier in der Burnett Road in Inverness. Er hatte weiß Gott lange genug dort gearbeitet.

Mit diesem speziellen Bereich des Reviers war er allerdings weniger vertraut.

Seine Zelle war etwas länger als sechs Fuß und etwas schmaler als vier. Etwas, das man großzügig als Bett bezeichnen könnte, das aber eher einem leicht gepolsterten Regal glich, nahm fast die Hälfte des verfügbaren Raumes ein.

Hoon lag darauf, eine Hand unter dem Hinterkopf, und ignorierte geflissentlich die einzige andere bemerkenswerte Ausstattung des Raumes – einen überdimensionalen Bastard von einem Detective, der zweifellos gekommen war, um sich an seiner Lage zu ergötzen.

»Wie's scheint, läuft der neue Job gut, Bob?«, fragte der Detective.

DCI Jack Logan war einer der vielen Beamten, die Hoon früher herumkommandieren und denen er Dinge an den Kopf werfen durfte, damals, vor all den ... *Unerfreulichkeiten*, die seine Karriere beendeten.

»Das muss doch ein Rekord sein, oder?«, fuhr Logan fort. »Ich meine, wie lange hast du durchgehalten?«

»Vier Stunden«, erwiderte Hoon. Er hatte die Augen geschlossen, als versuchte er, den verlorenen Schlaf nachzuholen. »Und wehe, wenn sie mich nicht bezahlen. Dann reiße ich ihnen die Kohle mit bloßen Händen aus dem Arsch.«

»Er sagt, er wolle Anzeige erstatten«, verkündete Logan.

Das genügte, um ein Auge zu öffnen. Aber nicht für zwei. »Wer sagt das?«

Logan runzelte die Stirn. »Was meinst du mit ›wer‹? Der Manager. Der Typ, dem du eine aufs Maul gegeben hast und den du dann einen … Moment …« Er zog ein Notizbuch aus seiner Tasche, schlug eine Seite auf und las einen Auszug von Waynes Aussage laut vor. »… einen ›Hinterhof-Fingerficker, der außer Kontrolle geraten ist‹ genannt hast.«

Hoon knurrte. »Richtig. Na ja, er hat sich danebenbenommen. Außerdem, was ist eigentlich ein *stellvertretender Unterabteilungs…* was auch immer? Was ist das für ein Job?«

»Warum hast du das gemacht?«

»Was glaubst du denn?«

Logan zuckte mit den Schultern. »Ich habe ehrlich gesagt keine Ahnung. Aus Langeweile?«

»Verdammt noch mal, Jack«, erwiderte Hoon finster. »Für was hältst du mich?«

»Für einen hasserfüllten, selbstzerstörerischen, verbitterten alten Bastard.«

»Halt die Klappe!«, fuhr Hoon ihn an. »*Alt?* Ich bin nicht alt. Ich bin verdammt noch mal fünfzig …« Seine Lippen bewegten sich, als er im Kopf nachrechnete, aber er wollte sich nicht auf eine genaue Antwort festlegen. »Ich bin Mitte fünfzig.«

»Interessant, dass das der einzige Punkt ist, mit dem du nicht einverstanden bist«, entgegnete Logan. Er seufzte und steckte das Notizbuch wieder in seine Tasche. »Mein Gott, Bob. Ich dachte, du wolltest diesen Job? Du hast mich oft genug angeschrien, ich solle dir eine Empfehlung schreiben.«

Das genügte, damit Hoon sein zweites Auge öffnete und seine Beine vom Bett herunterschwang. »Was du nicht einmal getan hast!«

»Ja, also …, wie auch immer. Der Punkt ist, ich dachte, du wolltest den Job. *Einen* Job. Irgendeinen Job.« Er gestikulierte durch die Zelle. »Wie wird das wohl auf deinem nächsten Bewerbungsformular aussehen?«

»Sei nicht so herablassend, Jack«, knurrte Hoon. »Ich gehöre nicht zu deinem kleinen Fanclub. Ich brauche deinen Rat nicht und deine Hilfe schon gar nicht.«

Logan schob die Hände tief in seine Jackentaschen und zuckte mit den Schultern. »Gut. Schön. Von mir aus«, sagte er. »Ich meine, ich wollte mit dem Kerl sprechen und fragen, ob er die Anklage nicht lieber fallen lassen will. Weißt du, immerhin hat ein Dutzend Zeugen gesehen, wie er eine junge alleinstehende Mutter körperlich misshandelt hat. Aber wenn es dir lieber ist, dass ich es nicht versuche …«

Hoon stand auf. »Na ja, ich war vielleicht ein bisschen voreilig«, sagte er und gab dem DCI zwei leichte Ohrfeigen auf die Wange. »Vielleicht bist du doch nicht so ein nutzloser Scheißkerl.«

Zwei Stunden, etwas Überredungskunst und eine Menge Papierkram später saß Hoon auf dem Beifahrersitz von DCI Logans BMW-Geländewagen und beobachtete, wie die Straßen von Inverness an ihm vorbeizogen. Es war früher Abend, und die Hauptstadt der Highlands befand sich in der Übergangsphase zwischen Tag- und Nachtschicht. Die Geschäfte schlossen, die Imbissbuden öffneten, und in den Pubs wurde es gerade erst interessant.

Hoon hatte vorgeschlagen, dass sie irgendwo auf einen Drink anhalten sollten, aber Logan hatte keine Lust dazu.

»Weißt du, was noch langweiliger und ärgerlicher ist als ein trockener Alkoholiker?«, fragte er und sah zu, wie die Lichter eines weiteren guten Pubs an dem regenverschmierten Fenster vorbeiglitten.

»Nein, was?«, fragte Logan.

Hoon sah ihm in die Augen. »Fangfrage. Es gibt nichts.«

Sie fuhren weiter. Baustellen auf der A82 hatten sie gezwungen, einen Umweg durch das Stadtzentrum zu nehmen, um auf der anderen Seite der Ness-Brücke wieder auf die Hauptstraße zu gelangen. Sie waren nicht die Einzigen. Die Hälfte der Autos in der Stadt schien sich durch dasselbe überlastete Netz aus engen Straßen zu quälen.

Sie gaben beide den Touristen die Schuld. Aber das taten sie immer.

»Du hast also deinen Mann in diesem Fall in Glencoe erwischt?«, fragte Hoon, den Blick auf die Stadt jenseits des Glases gerichtet. Im *Johnny Foxes* wurde es allmählich geschäftig. Aber das war nicht wirklich seine Szene. Für seinen Geschmack gab es da zu viele junge Leute, die sich zum Idioten machten.

»Haben wir, ja. Der Verhandlungstermin steht fest«, bestätigte Logan. Er rutschte auf seinem Sitz hin und her und warf seinem alten Chef einen Seitenblick zu. »Und … danke noch mal für deine Hilfe in Glasgow. Ich hätte dich da nicht mit reinziehen sollen.«

Hoon nahm weder den Dank noch den Versuch einer Entschuldigung zur Kenntnis. »Wie geht es diesem Kerl, wie auch immer er heißt? Der mit den Haaren?«

»Ganz gut. Er erholt sich. Der Onkologe ist sehr zufrieden. Letzte Woche ist er nach Hause gekommen.«

Hoon zeigte auf seinen Schritt. »Hat er sie …?«

»Eins davon, ja«, bestätigte Logan, und Hoon rutschte auf seinem Sitz herum.

»Na ja. Ich habe ihm ja gesagt, dass er sich keine Sorgen machen muss«, knurrte er und beobachtete wieder die Straßen, durch die sie fuhren. »Dieser Typ ist eine echte Drama-Queen.«

Logan nickte. »Ja, kann er sein, das stimmt.«

Sie warteten schweigend an einer Ampel. Logan tippte leicht mit den Fingern auf das Lenkrad, und Hoon starrte missmutig in den Regen. Die Schaltung an der Kreuzung war kompliziert, und es dauerte immer ewig, bis die Ampeln umsprangen.

»Und ... was jetzt?« Der DCI riss seine Augen gerade lange genug von den Ampeln los, um dem anderen Mann einen Seitenblick zuzuwerfen.

»Jetzt?« Hoon blies die Backen auf. »Nach Hause, um zu scheißen und zu essen. Nicht unbedingt in dieser Reihenfolge.«

»Ich meinte was anderes«, sagte Logan. »Jobmäßig.«

»Oh. Das.« Hoon zuckte mit den Schultern. »Weiß der Teufel. Ich habe keine Eile.«

»Ich dachte, du bist pleite.«

Hoon schüttelte den Kopf. »Pleite? Nein. Warum sollte ich knapp bei Kasse sein? Ich hatte über zwanzig Jahre einen gut bezahlten Job, und ich halte nichts vom Einkaufen. Mach dir keine Sorgen um mich, Jack. In dieser Hinsicht geht es mir verdammt gut.«

»Warum hast du dann diesen Job bei *Tesco* angenommen?«, wollte Logan wissen.

Die Ampel sprang um. Das Auto vor ihm wurde abgewürgt. Hoon beugte sich vor und drückte so lange auf die Hupe, bis das andere Fahrzeug wieder ansprang und beschämt davonrauschte.

»Bedien dich nur.« Logan blickte abwechselnd von Hoon zur Hupe und zurück.

»Was für ein nutzloser Mistkerl.« Hoon zeigte dem Fahrzeug vor ihnen den Stinkefinger. »Wenn du nicht fahren kannst, verschwinde von der verdammten Straße.« Er lehnte sich auf dem Sitz zurück, schnaufte laut und zuckte dann mit den Schultern. »Mir war langweilig.«

Logan runzelte die Stirn und warf einen weiteren Blick auf die Hupe. »Du warst gelangweilt?«

»Nicht eben«, erklärte Hoon. »Als ich mich für die Stelle beworben habe. Ich dachte ... Ich habe lange genug zu Hause auf meinem Hintern rumgesessen. Es wurde Zeit, rauszugehen und was zu machen.«

»Na ja, gemacht hast du ja auch was.« Logan unterdrückte ein Grinsen. »Ich meine, seinem Chef am ersten Tag die Nase zu brechen ..., das ist schon was.«

Hoon schnaubte. »Stimmt. Aber dieser koboldgesichtige kleine Scheißer hat es so gewollt. Um ehrlich zu sein, war das wahrscheinlich mein liebster Tag in sämtlichen Jobs, die ich je gemacht habe. Hast du sein Gesicht gesehen?«

Logan nickte. »Was davon übrig war, ja.«

»Würdest du nicht gerne immer und immer wieder auf diese Fresse einschlagen?«

»Ich kann nicht behaupten, dass mir der Gedanke gekommen ist, nein.«

»Was, nicht ein einziges Mal?« Hoon drehte sich auf dem Sitz um und warf dem DCI einen langen strengen Blick zu. »Verdammt«, murmelte er nach einigen Sekunden angestrengten Starrens. »Du hast dich verändert, Jack.«

»Vielleicht«, räumte Logan ein. Das Auto rumpelte dumpf, als sie die Brücke über den Caledonian Canal überquerten und die Innenstadt hinter sich ließen. »So, und jetzt bringen wir dich nach Hause. Denn einer von uns beiden in diesem Auto hat heute Abend ein Date.«

»Ein Date? O mein Gott.« Er warf dem DCI einen abschätzenden Blick zu. »Mit wem? Stevie Wonder?«

Logan sagte nichts, blinkte nur rechts und verlangsamte das Tempo, während er auf eine Lücke in dem entgegenkommenden Verkehr wartete.

Hoon hob den Kopf und schnupperte ein paarmal, als wittere er den Geruch seines Hauses, dem sie sich näherten.

»Tja«, murmelte er und ließ seinen Blick über die tristen Felder schweifen, die als Vororte von Inverness galten. »Vielleicht bist du ja nicht der Einzige, der eine heiße Verabredung hat.«

VIER

Hoons »Verabredung« war ein feuriger junger Gentleman namens *Johnnie Walker*. Er hatte die Flasche – oder zumindest gut drei Fünftel davon – im hinteren Teil des Schranks im Flur versteckt.

Es war ein *Black Label*, und das war so nah an »gutem Stoff«, wie er es sich dieser Tage leisten konnte. Er hatte sich eingeredet, er bewahre ihn für besondere Anlässe auf, aber wie sich herausstellte, war das so ziemlich jede Gelegenheit, bei der kein anderer Alkohol mehr im Haus aufzutreiben war.

Der heutige Tag war jedoch wirklich etwas Besonderes. Heute hatte er ein ganz neues Level von »verbocken« erreicht.

Er griff nach der Flasche und zog sie näher an einen alten Metallbecher, den er gegen seinen Bauch drückte. Er konzentrierte sich angestrengt, als er versuchte, etwa zwei Zentimeter der bernsteinfarbenen Flüssigkeit von einem Behälter in den anderen zu gießen. Dieser Prozess beinhaltete ein wenig Blinzeln, einen Biss auf die Zunge und ein gepresstes »Pst«, das er in den leeren Raum um sich herum flüsterte.

Schließlich schenkte er sich noch einen Schluck ein und stellte die Flasche mit der Sorgfalt eines Indiana Jones, der versucht, eine antike Sprengfalle zu überlisten, wieder zurück auf den Couchtisch. Fast ohne etwas zu verschütten.

Er beugte den Kopf und schaffte es, ein paar Schlucke des Getränks zu inhalieren, dann ließ er seinen Kopf zurück auf die Lehne der Couch sinken und genoss das Brennen in seiner Kehle.

Er war milder als der übliche Whisky, den er trank. Da er normalerweise immer den Whisky mit dem besten Verhältnis von Alkoholgehalt und Preis wählte, war dies keine wirkliche Überraschung.

Allerdings ärgerte er sich über seine Subtilität. Ein guter Schluck war ein zweischneidiges Schwert aus Vergnügen und Schmerz. Danach sollte man sich fühlen, als hätte man etwas erreicht. Als hätte man es geschafft. Als wäre man durch die Hölle gekrochen und hätte es irgendwie auf der anderen Seite hinausgeschafft.

Das war zumindest die Erfahrung, die er mit seinem üblichen Fusel machte. Der hier war jedoch tatsächlich schmackhaft, was die Absicht weitgehend torpedierte.

Er hatte trotzdem nicht vor, ihn zu vergeuden.

Er hob den Mund an den Rand des Bechers, nahm einen weiteren Schluck und lehnte sich zurück.

Irgendwie glaubte er sich zu erinnern, dass sich heute Morgen hier noch ein optimistischerer Typ herumgetrieben hatte. Er hatte mit ihm vor dem Spiegel gesprochen. Dieser miese Bastard hatte seine Hoffnungen geschürt. Ihn glauben gemacht, dass die Dinge bald besser werden würden. Dass er irgendwie eine weitere Chance verdiente.

Auf seiner Couch liegend, hob Hoon den Becher zur Decke und prostete dem Mann zu, der nicht mehr da war.

»Immer vorwärts und nach oben, was?«, höhnte er. Dann senkte er den Becher, verfehlte seinen Mund jedoch völlig und kippte sich einen halben Becher Scotch in die Augen.

Benommen von Whisky und Schmerz, sprang er überhastet vom Sofa, stolperte über den Couchtisch und stürzte zu Boden.

Noch im Fallen schrie ihn ein Beschützerinstinkt an, die geöffnete Flasche zu retten. Er griff danach, spreizte die Finger und betete, dass er sie in die richtige Richtung ausstreckte. Seine Fingerspitzen stießen gegen Glas. Es klackte, dann ertönte ein dumpfer Knall. Als Hoon mit dem Gesicht auf dem Teppich aufschlug, hörte er, wie die Flüssigkeit irgendwo außerhalb seiner Reichweite auf den Boden gluckerte.

In diesem Moment läutete es an der Tür. Hoon richtete sich auf und presste die Handballen in seine brennenden Augenhöhlen. Wenn das Lust-Schmerz-Pendel zuvor für seinen Geschmack zu weit in eine Richtung geschwungen war, machte es das jetzt aber mehr als wett.

Die Türklingel läutete erneut. Es war ein helles, fröhlich klingendes Ding-Dong – *viel* zu unbekümmert. Er konnte das verdammte Ding schon in seinen besten Zeiten nicht ausstehen. Und jetzt, als seine Augäpfel praktisch in ihren Höhlen schmolzen, sah er das ganz sicher nicht anders.

»Schon gut! Verflucht! O Mann!«

Ding-Dong! Ding-Dong!

»Ich komm ja schon! Immer mit der Ruhe, verdammt!«

Er tastete nach der Couch, stützte sich ab und zog sich hoch. Er versuchte, die Augen zu öffnen, aber seine Lider weigerten sich, bis er sie mit Finger und Daumen gewaltsam auseinanderzog.

Vor Schmerz entfuhr ihm ein Fluch, der so laut war, dass der Staub vom Lampenschirm über seinem Kopf herabrieselte.

Dieses fröhliche Scheißding von einer Türklingel läutete erneut, und er taumelte in die Richtung, in der, wie er hoffte, der Flur lag. Seine Sicht war noch zu verschwommen, um das sicher erkennen zu können. Er blinzelte durch den Schleier aus Whisky und Tränen und tastete sich an der Wand entlang.

Nachdem er ein paar Bilder von der Wand gerissen und sich fast das Genick gebrochen hatte, als er über das Telefonkabel gestolpert war, erreichte er schließlich die Eingangstür. Er zog sie in der Nanosekunde der Stille zwischen einem *Ding* und einem *Dong* auf.

»*Was?*«, brüllte er in die finstere Nacht. Dann riss

er beide Augen erneut auf, als er registrierte, dass niemand auf der Treppe stand.

Etwas Dünnes, Spitzes bohrte sich ihm in den Magen. Er griff danach, aber es wurde zurückgezogen, bevor er es packen konnte.

Die Abendluft kühlte das Brennen in seinen Augen ein wenig herunter. Das reichte gerade aus, um durch den Tränenschleier hindurch die Umrisse der Gestalt zu erkennen, die auf einem Stuhl auf dem Weg vor seinem Haus saß.

»Großer Gott, Mann! Was ist denn mit dir passiert?«

Hoon erkannte die Stimme, und jetzt ergab auch die Gestalt einen Sinn. Und der Zeigestock aus Metall – eine alte Teleskop-Autoantenne. Damit konnte man aus einiger Entfernung auf den Klingelknopf drücken. Und seiner Erfahrung nach konnte sie einem auch einen richtig fiesen Schlag auf die Waden versetzen.

Er rieb sich erneut die Augen und spähte auf den Mann im Rollstuhl hinunter. »Bamber? Bist du das?«

»Allerdings«, bestätigte der Besucher. Er erkannte die Stimme, doch sie war verändert. Die übliche Leichtigkeit – so gezwungen sie manchmal auch sein mochte – war verschwunden. »Und ich brauche wirklich deine Hilfe.«

Hoon ging wieder zurück ins Haus. Er hütete sich, Bamber die Treppe hinaufzuhelfen. Der Mann hatte vor langer Zeit den größten Teil beider Beine durch eine improvisierte Sprengfalle verloren, aber er hatte alles dafür getan, um so viel wie möglich von seiner Unabhängigkeit zu bewahren.

Vor der Explosion war er ein großer aufgeblasener Mistkerl gewesen. Und immer obenauf, selbst wenn die Lage völlig beschissen war.

Sein Lachen war legendär. Es war die Art Lachen, die eigentlich stets vom Klirren metallener Krüge und dem Geräusch von Fleisch, das von den Knochen von Brathähnchen gerissen wurde, begleitet sein sollte. Man konnte sich vorstellen, wie es an einem besonders ausgelassenen Samstagabend durch die große Halle von Walhalla schallte.

Er hatte nicht mehr so oft und weniger herzhaft gelacht, nachdem die Bombe ihn so gut wie in zwei Teile gerissen hatte. Es war allerdings ein Wunder, dass er überhaupt noch gelacht hatte. Aber das hatte er. Nicht sofort, zugegeben, aber irgendwann, als die Wut aus ihm herausgebrannt war und die Tränen größtenteils versiegt waren.

Es war ein Wendepunkt gewesen, dieses erste Lachen nach der Explosion. Das war der Tag, an dem er aufhörte, sich selbst zu bemitleiden, und darauf bestand, dass auch kein anderer Mistkerl Mitleid mit ihm haben sollte. Seine Verletzungen waren so schwer, dass Prothesen für ihn nicht in Frage kamen. Doch er fuhr mit seinem Rollstuhl überallhin, wo es möglich war, und kroch durch die Stellen, wo das nicht ging.

Er sei kein Invalide, darauf beharrte er. Wenn man ihm anbot, seinen Stuhl für ihn zu rollen, ihm irgendetwas reichte oder – Gott bewahre – anbot, ihn zu tragen, wurde man mit Beleidigungen und Beschimpfungen überschüttet, um die ihn selbst Hoon beneidete.

Deshalb hatte es Hoon fast umgehauen, dass Bamber das Wort »Hilfe« überhaupt aussprach. Irgendetwas stimmte da nicht. Und zwar etwas wirklich Großes.

Da sich Hoons Sehkraft langsam erholte, hob er die umgefallene Flasche *Johnnie Walker* auf und schüttelte sie. Ein paar Schlucke schwappten noch auf dem Boden herum. Er goss die Hälfte in seinen Metallbecher, ging in die Küche und kippte den Rest in ein Glas.

Als er ins Wohnzimmer zurückkehrte, rollte ein leicht außer Atem geratener Bamber durch die Flurtür herein. Seine wasserdichte Jacke raschelte im Rhythmus seiner Armbewegungen. Er nahm wortlos das angebotene Glas, stieß es gegen Hoons erhobenen Becher und kippte sich dann den Inhalt in einem Zug in den Rachen.

»Du weißt, dass deine Augen blutunterlaufen sind?«, fragte er nach der üblichen Grimasse nach dem Whisky.

»Ja. Ich habe nicht gut geschlafen«, sagte Hoon.

Es war besser, ihm nicht zu verraten, dass er sich ein paar Minuten zuvor fast selbst geblendet hätte. Das würde er sich für den Rest seines Lebens anhören müssen.

Bamber brummte leise. »Da sind wir zu zweit.«

Er fügte nichts weiter hinzu. Noch nicht. Stattdessen sah er sich im Wohnzimmer um, streifte mit dem Blick die Stapel schmutzigen Geschirrs und den wackeligen Turm aus alten Zeitungen, die Hoon in die Recyclingtonne werfen wollte. Sobald ihm wieder einfiel, wo sie stand.

»Ist schon eine Weile her«, sagte Hoon. »Wie läuft's?«

»Beschissen«, antwortete Bamber. »Und bei dir?«

»Wie du siehst, ist alles in bester Ordnung.« Hoon deutete auf das Elend um sie herum.

»Hab gehört, du hast deinen Job verloren«, sagte Bamber.

Hoons blutunterlaufene Augen weiteten sich. »Verdammt! Das ging aber schnell.« Er nahm einen Schluck von seinem Drink und rülpste dann. »Ja. Es war allerdings nur ein beschissener Job als Ladendetektiv.«

»Was?« Bamber musterte ihn von oben bis unten, als sähe er ihn zum ersten Mal. »Ich dachte, du wärst bei der Polizei? Superintendent oder so was.«

»Ach, das? O Gott. Nein. Den Job habe ich schon vor einer Ewigkeit verloren«, sagte Hoon. »Ohne mein Verschulden, sollte ich hinzufügen.«

Bamber bemerkte die leere Whiskyflasche und fuhr mit einem Finger an der Innenseite seines Glases entlang, um den Bodensatz aufzuwischen. »Da habe ich was anderes gehört.«

»He, vergiss, was du gehört hast«, erwiderte Hoon. »Was willst du?«

Unter anderen Umständen hätte Bamber über diese unverblümte Frage gelacht, und der Klang seines Lachens hätte die Wände erschüttert.

Heute jedoch nickte er nur, als wäre er dankbar, dass er den Smalltalk überspringen konnte. Er war nicht hier, um sich zu unterhalten oder über alte Zeiten zu palavern. Er war aus einem bestimmten Grund hier, und Hoon wollte wissen, aus welchem.

»Du erinnerst dich doch an Caroline, oder?«, fragte Bamber. Angesichts von Hoons ausdruckslosem Blick fügte er hinzu: »Meine Tochter.«

»Oh. Dein Baby! Meine Güte. Klar«, antwortete Hoon.

»Also, sie ist in den letzten zweiundzwanzig Jahren gewachsen, aber ja, die meine ich.«

Hoon stieß einen Pfiff aus und ließ sich auf die Couch fallen. »Zweiundzwanzig Jahre. Mein Gott. So lange haben wir uns nicht gesehen?«

Bamber schüttelte den Kopf. »Letztes Mal bei der Beerdigung von Reece. Zweitausend… was? Zwölf? Dreizehn? So um den Dreh.«

Hoon schlug sich mit der Hand gegen die Stirn und grinste. »Mein Gott, ja! Reece' Beerdigung. Das war eine tolle Nacht. Kein Wunder, dass ich mich nicht erinnern kann. Hast du dir nicht von der Vikarin einen runterholen lassen?«

Bamber warf einen besorgten Blick zum Fenster. »Lizzie ist draußen«, warnte er.

Hoon folgte dem Blick des Mannes. »Na und? Hat sie mittlerweile verdammte Fledermausohren?«, fragte er. »Warum hast du sie nicht mit reingebracht?«

»Weil sie dich immer noch hasst und dich am liebsten tot sehen würde«, antwortete Bamber.

Hoon fuhr sich mit der Zunge über die Rückseite seiner Zähne und nickte dann. »Ja, das ist nur fair«, räumte er ein. Er hob seinen Becher zu einem Toast in Richtung Fenster und leerte ihn in einem Zug. »Also … was ist mit deiner Tochter?«

Bamber atmete langsam aus, als wäre er im Anfangsstadium von Wehen. Nach der Explosion war er körperlich nur noch die Hälfte des Mannes, der er einmal gewesen war. Geistig jedoch, und nachdem er alles verarbeitet hatte, war er immer noch mehr oder weniger derselbe. Größer als das Leben. Mit oder ohne Beine.

Jetzt aber schien er geschrumpft zu sein. Er war klein, ein Schatten dieses früheren Mannes.

»Sie ist an der Uni. Studiert Chemie.«

»Tatsächlich? Woher hat sie denn den Grips dafür?«

Bamber lächelte, doch es war ein schwaches, wehmütiges Lächeln. »Lizzie behauptet, es käme von ihr. Aber sie ist klug, das stimmt schon. Caroline, meine ich. Das war sie schon immer. Du würdest nicht glauben, was sie sich für Dinge ausgedacht hat, früher, als sie noch …«

Seine Stimme brach, und er senkte den Kopf. Hoon

saß stumm da, während Bambers breite Schultern in leisem Schluchzen bebten.

»Tut mir leid, Bob. Tut mir leid, ich …« Bamber atmete scharf ein, als würde er seinen Kummer in sich hineinsaugen und ihn dann herunterschlucken. »Wir wollten, dass sie nach Edinburgh geht. Hier oben muss man dafür nichts zahlen. Für die Uni, meine ich. Kostenlose Ausbildung. Aber sie wollte nach London. Unbedingt. Sie hat diese Stadt immer geliebt. Sie sah Magie dort, wo ich nur Schmutz und Lärm und zwielichtige Typen sah, die nichts Gutes im Schilde führten.«

Er setzte sich aufrecht hin und schaute wieder zum Fenster. Hoon erkannte schwach die Umrisse eines geparkten Kombis, außerhalb der Lichthöfe des Hauses. Die Silhouette einer Frau auf dem Fahrersitz schien sie zu beobachten.

»Wir haben nachgegeben. Wir haben sie gehen lassen. Wir wollten sie nicht zurückhalten. Oder vielleicht wollten wir auch nur, dass sie später nicht sagen konnte, wir hätten sie daran gehindert und es ihr ausgeredet«, fuhr Bamber fort. »Ich dachte, wenn wir sie gehen ließen, würde sie ihre Meinung ändern. Als ob …, ich weiß nicht, als ob sie uns testen wollte. Wir dachten, wenn wir es darauf ankommen ließen, würde sie am Ende nach Edinburgh gehen.«

»Hat es funktioniert?«

»Absolut nicht. Sie war weg wie der Blitz«, antwortete Bamber. »Sie ist seit fast drei Jahren dort. Dieses Jahr soll sie ihren Abschluss machen.«

Hoon warf einen Blick in seinen Becher und sah enttäuscht, dass er leer war. Er stellte ihn auf dem Tisch ab und blieb dann nach vorne gebeugt sitzen. »Aber?«

Bamber hob den Blick zur Decke. Seine Finger zuckten ein paarmal, dann krallten sie sich um die Armlehnen seines Rollstuhls. Als er sprach, kämpfte seine Stimme darum, aus seiner zugeschnürten Kehle zu kommen.

»Aber es ist etwas passiert, Bob. Irgendetwas ist meinem kleinen Mädchen zugestoßen.«

FÜNF

»Ist alles in Ordnung mit Ihnen, Miss? Wer waren diese Kerle? Kannten Sie sie?«

Sie drehte sich auf dem Beifahrersitz um und sah die Kerle durch die Heckscheibe. Sie wurden von dem Rot der Rücklichter beleuchtet. Sie waren zu fünft, schrien und gestikulierten hinter ihr her. Und wurden immer kleiner, je weiter das Auto fuhr.

»Haben sie Ihnen wehgetan? Geht es Ihnen gut?«

Sie blickte wieder nach vorn, und die Windschutz-scheibe vor ihr beschlug, als sie ihre Angst und Beklem-mung, die sie mehrere Minuten lang empfunden hatte, ausatmete. »Nein. Nein, das haben sie nicht. Mir … mir geht's gut. Sie sind mir nur gefolgt. Das ist alles.«

»Sie haben … nichts gemacht? Sie haben Ihnen nicht wehgetan?«

»Nein. Nichts dergleichen.«

Aber sie hätten es getan, dachte sie. *Wenn sie die Chance gehabt hätten.* Sie hatte ihre Gier gespürt, als sie sich ihr genähert hatten. Ihre Lust. Ihren Drang zu dominieren.

Sie versuchte, nicht daran zu denken, was sie ihr hätten antun können. Sie versuchte es, aber es gelang ihr nicht, und tausend brutale Demütigungen gingen ihr durch den Kopf.

Neben ihr seufzte der Fahrer erleichtert. »Das ist gut. Gott sei Dank.« Er warf einen Blick in den Rückspiegel, um sich zu vergewissern, dass sie nicht verfolgt wurden, und spuckte dann ein »Wichser!« aus, als er sicher war, dass sie außer Hörweite waren.

»Das können Sie laut sagen.« Sie tippte eine Nachricht in ihr Handy und drückte auf »Senden«, als das Akkusymbol aufleuchtete und das Display dunkel wurde.

»Mist.«

»Alles in Ordnung?«

»Was? Ach so, ja. Sorry. Der Akku ist leer.«

Er deutete auf das Handschuhfach. »Ich glaube, da drin könnte ein Ladegerät sein. iPhone?«

»Android.«

»Ah. Dann geht's nicht. Tut mir leid.«

Er schaute wieder in den Spiegel und blinzelte in die rötliche Dämmerung der Straße hinter ihnen.

»Viele dieser Jungs haben heutzutage Motorroller«, bemerkte er. »Aber es sieht nicht so aus, als würde uns jemand folgen. Ich denke, wir haben sie abgeschüttelt. Sie sollten jetzt in Sicherheit sein.«

Sie kaute auf einem Daumennagel, und ihre Hand zitterte, während ihr Verstand weiterhin Bilder heraufbeschwor, was hätte passieren können. »Ich weiß nicht, was geschehen wäre, wenn Sie nicht da gewesen wären«, sagte sie und flüsterte die Worte. »Ich weiß nicht, was sie dann gemacht hätten.«

»Denken Sie nicht weiter darüber nach. Es geht Ihnen gut. Ich bin nur froh, dass ich da war«, sagte der Fahrer. »Wieso haben Sie sich eigentlich um die Zeit in dieser Gegend herumgetrieben?«

»Ich konnte kein Taxi bekommen«, erklärte sie.

»War denn da niemand, der Sie hätte begleiten können? Stärke durch Anzahl und so weiter?«

Sie rutschte auf ihrem Sitz herum, sagte aber nichts.

Der Fahrer lächelte und schüttelte dann den Kopf. »Tut mir leid, das geht mich nichts an«, sagte er. »Wohin müssen Sie?«

»Was?«

»Wo soll ich Sie absetzen?«

»Oh. Ja. Entschuldigung. Ich ... Könnten Sie mich nach Hause bringen?«, fragte sie.

Der Fahrer zögerte kurz und lachte dann leise. »Ich fürchte, ich brauche etwas mehr Informationen.«

Das irritierte sie kurz, doch schließlich wurde ihr klar, was sie gesagt hatte. »Oh! Mist. Entschuldigung! Ich bin noch nicht ganz klar im Kopf.« Sie deutete nach vorn. »Fahren Sie einfach weiter, dann sage ich Ihnen, wo Sie abbiegen müssen.«

»Alles klar.« Der Fahrer tippte ein paar Sekunden mit den Fingern auf das Lenkrad und warf erneut einen Blick in die Spiegel. »Immer noch nichts. Ich denke, wir sind sicher.«

Sie schaute über ihre Schulter durch das Heckfenster. »Ja, ich bezweifle, dass sie uns jetzt folgen«, stimmte sie ihm zu.

Der Fahrer gab einen Laut von sich, der ihren Herzschlag ein wenig beschleunigte.

»Sie glauben doch nicht, dass sie uns tatsächlich verfolgen würden, oder?«

»Nein. Wahrscheinlich nicht. Das bezweifle ich ernsthaft. Aber sie wirkten ziemlich entschlossen«, erklärte er. Sein Blick zuckte kurz zu ihr. »Und Sie sind eine sehr hübsche junge Frau.«

Sie zupfte erneut an ihrem Daumen. »Danke.«

»Ich meine es ernst. Sie sind wirklich ... du bist wirklich umwerfend. Ich hoffe, es macht dir nichts aus, wenn ich das sage.«

Sie schüttelte den Kopf. »Nein. Danke. Sie ist gleich da vorn.«

»Wer?«

»Meine Wohnung.«

»Ach ja. Richtig. Die Wohnung. Sag mir nur, wann ich abbiegen soll.« Er wandte ihr den Kopf zu und lächelte. Zeigte zu viele Zähne. »Ich sorge schon dafür, dass du heil nach Hause kommst.«

SECHS

»Drei Monate«, sagte Bamber. »Zweiundneunzig Tage, genau genommen.« Er zuckte mit den Schultern. »Ich werde dich nicht mit den Stunden und Minuten langweilen. Obwohl ich das könnte.«

Hoon lehnte sich zurück und ließ sich in die Kissen der Couch sinken. »Mein Gott, Bam. Das ist … mein Gott. Was sagt die Polizei?«

»Nicht sehr viel. Sie suchen natürlich noch. Offiziell. Aber sie melden sich nicht mehr bei uns. Wir müssen sie anrufen. Die Hälfte der Zeit rufen die Mistkerle nicht mal zurück.« Er fletschte die Zähne, als hätte er gerade einen weiteren Schluck *Johnnie Walker* getrunken. »In London verschwinden ständig Menschen, heißt es. Wir können nicht mit Sicherheit sagen, dass sie sich nicht einfach irgendwohin abgesetzt hat.«

»Würde sie das tun?«, fragte Hoon.

Bamber zuckte in seinem Rollstuhl zusammen und riss den Kopf hoch, suchte die blutunterlaufenen, rot geränderten Augen des anderen Mannes. »Nein!«

Hoon hob die Hände, als würde er kapitulieren. »Tut mir leid, Bam. Ich musste das fragen.«

»Warum?«

Die Frage traf Hoon unvorbereitet. »Also ... Macht der Gewohnheit, nehme ich an.«

»Du kriegst den Mann aus dem Polizisten, aber nicht ...«

»So was in der Art, ja«, sagte Hoon. »Sie haben also nichts?«

Bamber schüttelte den Kopf. »Nichts Konkretes. Zumindest nichts, was sie uns sagen. Doch ihr Telefon ist ausgeschaltet, und sie hat ihr Bankkonto nicht angerührt. Ihre Mitbewohnerin hat sie weder gesehen noch von ihr gehört.«

»Also eine Frau.«

»Ja, noch ziemlich jung.«

»Du kennst sie?«

»Flüchtig. Sie ist nicht ... sie ist nicht involviert. Sie ist noch ein Kind. Sie sind beide noch Kinder.«

»Sie könnte trotzdem etwas wissen«, gab Hoon zu bedenken. »Ich nehme an, die Met hat mit ihr gesprochen?«

Bamber seufzte. »Die Met. Wir. Chuck. Du erinnerst dich an Chuck, ja? Aus der Einheit?«

»Wer, Bookish?«, fragte Hoon nach.

Der Name weckte eine Erinnerung, die Bamber fast ein Lächeln auf die Lippen zauberte. »Bookish, genau. Unser Bücherwurm. Er lebt da unten in London. Hat ein paar Kontakte zur Polizei. Er hat sich für uns umgehört.«

»Gut. Das ist gut. Er ist ein guter Mann. Ein richtiger Schlauberger«, sagte Hoon. »Hat er etwas gefunden?«

»Nur Details. Ein paar Spuren hier und da«, antwortete Bamber. »Aber ich glaube, er hat so ziemlich alles getan, was er konnte.«

Hoon griff nach seinem Becher, und ihm fiel erst wieder ein, dass kein Alkohol mehr im Haus war, als er feststellte, dass er leer war. Mist. Er könnte wirklich einen Drink gebrauchen.

Obwohl, dem Gesicht seines Gegenübers nach zu urteilen, nicht so dringend wie Bamber.

»Das ist beschissen …« Er blies die Backen auf. »Ich weiß nicht, was ich sagen soll, Bam.«

Der Rollstuhl von Bamber knarrte, als er sein Gewicht verlagerte. »Du kannst *ja* sagen.«

Hoon runzelte die Stirn. »Ja? Zu was?«

»Auf die Frage, die ich dir gleich stellen werde«, antwortete Bamber. Er rührte sich nicht. Hätten sich seine Lippen nicht bewegt, hätte er eine Statue sein können. »Wirst du sie für uns suchen, Bob?«

Er hustete. Schnaubte. Dann ein ungläubiges: »Ich soll sie für euch suchen?«

»Ja.«

»Wer, ich?« Hoon tippte mit dem Finger gegen seine Brust, als wollte er demonstrieren, wie lächerlich er als Kandidat für diesen Job war. »Wie zum Teufel soll ich sie finden? Siehst du nicht, wie es um mich steht? Ich finde kaum meinen Arsch mit beiden Händen. Halt dich an Bookish. Wenn jemand sie aufspüren kann, dann er.«

Bamber schüttelte den Kopf. »Er ist ein guter Kerl, aber er ist ein Denker, Bob. Das ist seine Stärke. Wir brauchen keinen Denker. Nicht jetzt. Wir brauchen jemanden, der …« Er sah zu Boden, sammelte sich einen Moment und setzte dann erneut an. »Wir brauchen jemanden, der Antworten besorgen und sich durchsetzen kann. Eine Brechstange, kein Skalpell.«

»Das ist ja wirklich verdammt charmant«, entgegnete Hoon. »Du hättest sagen können: ›Wir brauchen einen Mann der Tat‹ oder einen ›gut aussehenden Heldentyp‹, aber du nimmst ›Brechstange‹. Was denn, war dir ›Wir brauchen einen großen verrückten Mistkerl‹ zu unhöflich?«

»Ich kann dich bezahlen. Lizzie und ich. Wir haben etwas Geld zur Seite gelegt für …«

Hoon deutete warnend mit einem Finger auf ihn. »Pass genau auf, was du jetzt verdammt noch mal sagst, Bam.«

Sie würden nicht über Geld sprechen. Was auch immer geschah, das Thema Bezahlung war vom Tisch.

Bamber zuckte nur leicht zusammen. Offensichtlich hatte er mit einer solchen Reaktion gerechnet. »Tut mir leid, Liz hat mir befohlen, es anzuschneiden. Ich sagte ihr, das wäre kein The…«

Hoon unterbrach die Entschuldigung mit einem Winken und sah dann aus dem Fenster auf die Umrisse des Autos in der Dunkelheit. »Sie weiß also, worum du mich bittest? Sie weiß, warum du hier bist?«

»Ja, sie weiß es.«

»Und sie ist damit einverstanden?«

»Erfreut ist sie nicht gerade. Aber im Moment spielt das für sie keine Rolle. Wir wollen nur Caroline zu Hause haben, Bob. Wir wollen nur unser kleines Mädchen wiederhaben.«

»Das verstehe ich, Bam. Wirklich. Ich kann das verdammt gut nachvollziehen. Und ich kann ein paar Anrufe tätigen …«

Eine Faust krachte auf die Armlehne des Rollstuhls. Bambers Stimme war rau. Voller Emotionen. »Wir brauchen niemanden, der irgendwen anruft! Das haben wir schon getan! Wir haben damit alles erreicht, was wir können, und wir sind ihr bei der Suche keinen Schritt nähergekommen!«

Er steckte sich die Knöchel seiner Faust in den Mund, um den Redefluss zu stoppen, und saß einige Sekunden so da, um seine Gefühle wieder unter Kontrolle zu bringen.

Dann räusperte er sich und sprach weiter. Seine Stimme war in Anbetracht der Umstände fast schon übernatürlich ruhig. »Wir brauchen niemanden, der nach ihr sucht. Wir brauchen jemanden, der auf die Jagd nach ihr geht. Und du bist unsere beste Chance. Du bist *ihre* beste Chance.«

»Mein Gott, Bam. Sieh mich an! Wenn ich ihre beste

Chance bin, dann gibt es *keine* verdammte Hoffnung für sie.«

Bamber schloss die Augen, fuhr mit einer Hand über sein Gesicht und stählte sich.

Er würde es sagen. Nach all dieser Zeit würde er es tatsächlich sagen.

Hoon hatte jahrelang auf diese Worte gewartet. Jahrzehnte. So lange, dass er schon fast geglaubt hatte, er würde sie nie hören.

Aber nur fast.

»Du schuldest mir was, Bob.«

Da waren sie. Sie hingen in der Gegenwart in der Luft, aufgeladen mit dem Gewicht der Vergangenheit.

Hoon beugte sich langsam vor und wählte seine Worte sehr sorgfältig. »Ja, das tue ich. Ich stehe tief in deiner Schuld«, stimmte er zu. Er suchte Bambers Augen, sah dort Hoffnung aufkeimen und beeilte sich, sie zu ersticken. »Deshalb sage ich dir, such dir jemand anderen. Ich bin nicht der richtige Mann für diesen Job. Ich würde dich nur enttäuschen. Und das will ich nicht.« Nur mit Mühe konnte er verhindern, dass sein Blick zu den Beinstümpfen des anderen Mannes wanderte. »Nicht schon wieder.«

»Bob ...«

»Es war schön, dich wiederzusehen, Bam. Ich hoffe, du findest sie, Kumpel, das hoffe ich wirklich.« Hoon stand auf und nickte zur Tür. »Aber ich denke, es wird Zeit, dass du dich auf den Weg machst.«

Einen Moment sah es so aus, als wollte Bamber protestieren. Aber nur einen Moment lang.

Er nickte einmal, murmelte leise »Also gut« und öffnete eine Tasche an der Vorderseite seiner Jacke.

Dann legte er ein Foto mit der Vorderseite nach unten auf den Couchtisch, zwischen Hoons Becher und Bambers Glas.

»Ich mach mich dann mal auf den Weg«, verkündete Bamber und drehte seinen Rollstuhl zur Tür. »Danke für den Drink.«

»Jederzeit, Bam«, erwiderte Hoon. »Und … du weißt schon. Ich hoffe, es klappt. Ich hoffe wirklich, dass du sie findest.«

»Ja.« Die Räder von Bambers Rollstuhl quietschten, als er aus dem Zimmer rollte. »Das tun wir beide.«

Er schaltete das Licht aus, sobald sich die Haustür geschlossen hatte. Dann blieb er schweigend sitzen und lauschte dem Geräusch des Rollstuhls auf dem Schotter und dem dumpfen Rumpeln, mit dem eine Autotür zugeschoben wurde.

Dann hörte er Stimmen. Sie waren so gedämpft, dass er die Worte nicht verstehen konnte. Aber er bekam das Wesentliche mit. Lizzie hatte ihn schon vorher nicht gemocht, doch jetzt hasste sie ihn regelrecht.

Sie schrie. Schluchzte. Machte ein Geräusch wie ein verwundetes Tier. Es folgten Worte des Trostes, so leise, dass er sie kaum hören konnte.

Dann sprang der Motor an, die Scheinwerfer flammten auf, und zwei glühend rote Punkte rollten über die Auffahrt davon.

Erst jetzt stieß Hoon den Atem aus, den er bis dahin angehalten hatte.

Er verfluchte ein paarmal niemanden und nichts Bestimmtes, vergewisserte sich, dass das Auto nicht gewendet hatte, und zog dann die Vorhänge zu, als wären sie ein Schutzschild, der die Außenwelt fernhielt.

Das Foto verhöhnte ihn vom Tisch aus.

»Nein«, sagte er. »Verpiss dich!«

Er stürmte in die Küche und suchte in den Schränken nach der halben Flasche *Co-op*-Wodka, die er mit Sicherheit noch nicht ganz ausgetrunken hatte.

»Komm schon, komm schon«, murmelte er, und seine Hände zitterten, als er hinter Gläsern und Dosen kramte und den Inhalt einiger Schubladen ausräumte.

Die Erinnerung an eine Müslischachtel kam ihm wieder in den Sinn. Er ließ die Besteckschublade offen stehen und öffnete einen der unteren Schränke, holte eine Schachtel mit *Frosties* heraus und schob eine Hand hinein. Die gezuckerten Maisflocken verteilten sich auf dem Boden.

Nope. Hier nicht.

Er stöberte in zwei weiteren Schachteln – Coco *Pops* und *Shreddies*. Offenbar hatte er weit mehr Cornflakes und Ähnliches gekauft, als ein einzelner erwachsener

Mann wahrscheinlich sollte. In dem Moment berührte er eine Glasflasche in einer Packung *Rice Krispies*.

Mit einem Triumphschrei zog er sie heraus. Seine Finger zitterten, als er den Metalldeckel der Flasche aufschraubte. Er fiel klappernd zu Boden und rollte irgendwo unter den Kühlschrank.

Vergiss es. Das spielte keine Rolle. Er hatte nicht vor, die Flasche zu verschließen, jetzt wo …

Sein Herz schlug ihm bis in die Eingeweide, als er sah, dass die Flasche leer war. Er schüttelte sie, setzte den Flaschenhals an den Mund und weigerte sich, seinen Augen zu trauen.

Nicht ein Tropfen kam heraus. Nicht mal ein winziger.

»Nein, nein, nein. Fuck!«, stieß er hervor.

Er schnappte sich wieder die Schachtel *Rice Krispies*, nahm den Innenbeutel heraus und kippte den Inhalt auf die Küchenarbeitsplatte. Die *Krispies* fielen über den Rand auf den Boden. Sie knackten, knisterten und platzten unter seinen Füßen, als er nach den vielen anderen Schachteln griff und sie eine nach der anderen ausleerte.

Auf dem Wohnzimmertisch wartete das Foto.

»Fuuuuuck!«

Die leere Flasche explodierte an der Wand, hinterließ eine Beule in der Gipsplatte, und Glassplitter flogen in alle Richtungen. Er wirbelte herum und schlug gegen die Vorderseite eines Schranks. Einmal. Zweimal. Der Schmerz brannte durch seine Knöchel, und die Schranktür wurde mit Blut beschmiert.

Zähneknirschend umklammerte er die vorstehende Kante der Arbeitsplatte und stemmte sich dagegen, als könnte er die ganze Küche umkippen und sie durch das Haus in den Garten schleudern.

Etwas in seinem Rücken gab ein hörbares Knacken von sich, und ein völlig neues, noch nie gehörtes Schimpfwort wurde geboren und starb, sobald es seine Lippen verlassen hatte.

Er beugte sich vor, bis seine Unterarme auf der Arbeitsplatte lagen, eingebettet in eine Hügellandschaft aus *Crunchy Nut Corn* und *Cookie Crisps*.

Er hatte wirklich schrecklich viel Zerealien.

Gab es noch andere Verstecke? Andere geheime Verstecke, die im Haus verteilt waren?

Vielleicht. Mit ziemlicher Sicherheit sogar, um genau zu sein.

Konnte er sich erinnern, wo eines davon war?

Scheiße, konnte er nicht.

»Das war's wohl«, verkündete er dem Universum im Allgemeinen. Es klang wie eine Anschuldigung, als ob das, was er fühlte – wie auch immer es genannt wurde –, die Schuld eines anderen wäre. Ja, jemand anders war schuld.

Das Universum seinerseits würdigte ihn keiner Antwort.

»Gut. Klar. Sicher. Ich seh's mir an. Zufrieden?«

Zum Knirschen der Cornflakes gesellte sich das Klirren von Glas, als er aus der Küche in das angrenzende Wohnzimmer stapfte.

Das Foto hatte sich nicht entmaterialisiert. Natürlich nicht.

Mistkerl!

Seine Beine fühlten sich schwer an. Sein Kopf dagegen überhaupt nicht, im Gegenteil. Er hockte sich auf die Armlehne der Couch, so weit wie möglich von dem Foto entfernt und dennoch in Reichweite.

Es war etwas größer als die Standardfotogröße. Dreizehn mal achtzehn Zentimeter, statt der üblichen zehn mal fünfzehn. Die Rückseite verriet natürlich nichts. Sie war weiß, bis auf die Zahlenreihe in einer Ecke, die ein Datum von vor acht Monaten anzeigte.

»Jesus«, flüsterte Hoon.

Er stand auf.

Setzte sich wieder hin.

Er rieb die Handflächen an den Knien, als würden sie plötzlich wahnsinnig jucken. Das Blut von seinen verletzten Knöcheln rann zwischen die Finger und hinterließ purpurrote Schlieren auf seiner Hose.

Er rückte näher an die Couch heran und krümmte die Finger seiner unverletzten Hand. Wärmte sie auf.

Ein tiefer Atemzug. Ein stummer Fluch. Die Finger schwebten über der Rückseite des Fotos, tanzten langsam in der Luft, als würden sie von einer unsichtbaren Strömung getragen.

Er berührte die Rückseite. Tippte darauf. Einmal, als wollte er überprüfen, ob das Foto wirklich existierte.

»Mann, reiß dich gefälligst zusammen«, befahl er sich. »Sieh dir das verdammte Foto einfach an.«

Und das tat er. Nicht mal fünfzehn Minuten später nahm er es hoch, drehte es um und blickte in die Augen einer lächelnden jungen Frau, die keine Ahnung hatte, was ihr die Zukunft bringen würde.

Er hatte sie nicht mehr gesehen, seit sie ein Baby war, doch er hätte sie aus einer Meile Entfernung wiedererkannt. Sie hatte die Augen ihrer Mutter und das Lächeln ihres Vaters. Dieses breite alberne Grinsen von Bamber, mit viel Zähnen und Zahnfleisch. Sie wirkte vielleicht ein bisschen weniger selbstbewusst als ihr alter Herr, aber es war da. Es war nicht zu übersehen.

Fast sofort drehte Hoon das Foto um, ließ es fallen und sprang auf.

Er kehrte ihm den Rücken zu. Ging weg. Stellte sich ans Fenster und starrte hinaus, als ob die geschlossenen Vorhänge gar nicht da wären.

Er gab seinen Gedanken etwas zu tun und versuchte sich zu erinnern, wo er das Getränk versteckt hatte.

Als das nicht funktionierte, beschwor er krampfhaft die Ereignisse des Tages und suchte nach etwas, an dem er sich festhalten konnte. Etwas, das ihn ablenkte.

Der morgendliche Optimismus an seinem ersten Tag in einem neuen Job. Die Verfolgungsjagd mit dem Einfaltspinsel. Der verängstigte kleine Junge, der beobachtete, wie seine Mutter misshandelt wurde.

Das ungemein befriedigende *Knirschen*, als die Nase des Managers nachgab.

Die Zelle. Die Autofahrt.

Der Mann im Rollstuhl. Die Verzweiflung in seiner Stimme.

Du schuldest mir was, Bob.

Und das tat er, natürlich. Hoon verdankte vielen Leuten eine ganze Menge, aber Bamber mehr als den meisten.

Bamber mehr als jedem anderen.

Und auf dem Tisch hinter ihm, außer Sichtweite, lächelte ein verschwundenes Mädchen, leicht befangen, mit viel Zähnen und Zahnfleisch.

SIEBEN

Hoon starrte die Frau auf der anderen Seite der Trennscheibe geschlagene drei Sekunden lang stumm und ungläubig an.

»Verzeihung, aber vielleicht haben Sie mich falsch verstanden, Sweetheart. Ich wollte ein *One-Way*-Ticket nach London, nicht auf den verdammten Mond!«

Die Frau hinter der Scheibe des Fahrkartenschalters seufzte kaum vernehmbar. »Schon klar. Und das kostet Sie zweihundertzwanzig Pfund.«

»Ich darf wohl davon ausgehen, dass das mit einem bunten Strauß an sexuellen Gefälligkeiten einhergeht?«, konterte Hoon.

»Dürfen Sie nicht. Es gibt eine Liege und ein Schinkenbrötchen dazu, und ehrlich gesagt ist beides nicht gerade oberste Liga«, antwortete die Kassiererin unbeeindruckt. Sie hatte im Laufe ihrer Dienstzeit mit vielen Arschlöchern zu tun gehabt, und Hoon war einfach nur das aktuelle. »Aber es ist der einzige Schlafplatz, den wir heute Abend im Sleeper noch haben.«

»Wie wäre ein Ticket ohne Bett?«, erkundigte sich Hoon.

Die Frau blähte die Nasenflügel. »Was, Sie wollen einen Sitzplatz? Das wollen Sie ganz bestimmt nicht!«

»Warum will ich das nicht?«

»Weil die Fahrt elf Stunden dauert.«

»Ich glaube, ich kann elf Stunden lang sitzen, Sweetheart. Das ist wohl kaum eine der zwölf Prüfungen des Herkules, oder? Auf seinem Arsch zu sitzen!«

Sie schüttelte den Kopf. »Sie werden es bereuen. Glauben Sie es mir. Sie wollen keinen Sitzplatz.«

»Das entscheide ich, verflucht! Was kostet das?«

Die Kassiererin tippte etwas in ihre Tastatur. »Dreiundsiebzig Pfund.«

Hoon schlug triumphierend mit der flachen Hand auf den Tresen. »Aha! Deshalb wollen Sie mir keinen verdammten Sitzplatz verkaufen, Sie gierige Person! Kein Wunder! Ich nehme einen Sitzplatz.«

Sie schaute ihn durch das Glas an, zuckte dann mit den Schultern und tippte wieder auf ihrer Tastatur. »Von mir aus«, sagte sie. »Es ist Ihr Arsch.«

»Ist da das Schinkenbrötchen inklusive?«

Sie antwortete ihm mit einem abschätzigen Blick, der ihm signalisierte, dass er aufhören sollte zu träumen, und zeigte dann auf das Kartenlesegerät auf dem Tresen. »Macht dreiundsiebzig Pfund. Wann immer Sie wollen, ich bin bereit.«

Hoon schob seine Karte in das Gerät, schirmte das Tastenfeld vor dem neugierigen Blick der Frau ab und tippte seine PIN ein.

Er nahm die Tickets, die sie ihm hinhielt und wedelte ihr zu, als symbolisierten sie einen großen Sieg.

»Sie werden es bereuen«, gab sie ihm mit auf den Weg.

Er grinste. »Trocknen Sie Ihre Krokodilstränen, Sie räuberischer Wegelagerer«, entgegnete er. »Das sitze ich auf einer Backe ab!«

Dreizehn Stunden später wünschte sich Hoon, er wäre tot.

Während der ersten vierzig Minuten war die Fahrt sehr angenehm gewesen. Das Gefühl hatte in den nächsten drei bis vier Stunden etwas nachgelassen, und dann war der Trip im Laufe der Nacht zu einem unerbittlichen Härtetest geworden.

Zu Beginn war er noch zuversichtlich, dass er die richtige Wahl getroffen hatte. Die Sitze waren groß. Es gab reichlich Platz, um es sich bequem zu machen. Als er dann entdeckte, dass sie sich auch ein Stück zurückklappen ließen, lachte er laut über die Unverfrorenheit der Ticketverkäuferin, die versucht hatte, ihm hundertfünfzig Pfund für ein Bett aufzuschwatzen, das er nicht brauchte.

Als der Zug Edinburgh erreichte, hatte der Sitz viel von seinem Charme verloren.

Und noch bevor sie die Grenze nach England überquerten, fantasierte er davon, sich den Hintern amputieren zu lassen.

Er schlief zurzeit ohnehin nicht besonders gut, selbst wenn er zu Hause in seinem eigenen Bett lag. Hier, eingekeilt auf einer unbequemen Schräge, umgeben von hustenden, keuchenden, furzenden Fremden, war an Schlaf überhaupt nicht zu denken, und als er die Sonne über Watford Junction aufgehen sah, wusste er nicht, ob er lachen oder weinen sollte.

Vielleicht lag es am Schlafmangel, an den Schmerzen in seinem Rücken oder dem fast völligen Verlust jeglichen Gefühls unterhalb seiner Taille, aber er hasste London, verdammt! Selbst die flüchtigen Blicke auf die Außenbezirke, die er zwischen den Köpfen der anderen zombifizierten Reisenden erhaschen konnte, reichten aus, dass er mit den Zähnen knirschte.

Die verstopften Straßen. Die mit Graffiti beschmierten Brücken. Die verrammelten Geschäfte. Die schmalen Apartmentblocks mit Eigentumswohnungen in Briefmarkengröße, die jedoch aus irgendeinem Grund eine Million Pfund pro Einheit kosteten. Er verachtete das alles.

Warum jemand diesen Ort besuchen wollte, war ihm schleierhaft. Und was das Leben dort anging …

Irgendwo an seinem Körper klingelte sein Telefon. Er tastete danach, durchwühlte Taschen und kramte in dem Rucksack, der zwischen seinen Beinen eingeklemmt war.

Zwei Sitze weiter warf ein Mann, der die letzten zehn Stunden geschnarcht und gezuckt hatte, einen gereizten Blick in Richtung des klingelnden Telefons und erntete dafür ein: »Halt bloß dein verdammtes Maul, Alter. Ich warne dich!«

Das Telefon hörte auf zu läuten, als er es unter der etwas betäubteren seiner beiden Pobacken verkeilt fand. Er warf einen Blick auf die Nummer und rief zurück. Er war überrascht, als eine Frauenstimme antwortete.

»Wer ist da?«, fragte er. »Sie sind nicht Gwynn.«

»Ist mir bewusst. Wer sind Sie?«, erwiderte die Frau. Trotz des rhythmischen Ratterns des Zuges registrierte Hoon einen schwachen Akzent, den die Jahre abgeschliffen hatten.

Scheiße! Wie hieß sie noch mal? Er schloss die Augen und stellte sie sich so vor, wie sie vor zwei Jahrzehnten ausgesehen hatte. Lange Beine und braun gebrannt. Kurzer geblümter Rock. Sie waren alle grün vor Neid gewesen, und Welshy hatte jede verdammte Sekunde davon genossen.

»Gabriella? Bist du das?«

Einen Moment lang herrschte Schweigen in der Leitung. »Kommt drauf an«, sagte sie dann. »Wer ist da?«

»Hier ist … Bob. Hoon. Von … Gwynn und ich haben zusammen am Golf gedient.«

Wieder machte die Frau eine Pause, als sie nachdachte. »Dieser Hitzkopf? Mit dem Gesicht eines Hamsters?«

Hoon runzelte die Stirn. »Was soll das heißen? Ein verdammter Hamster?« Er fuhr sich mit der Hand übers

Gesicht, als könnte er so prüfen, ob es irgendwelche hamsterähnlichen Eigenschaften hatte. »Aber ... okay. Kann sein, denke ich.«

»Sie haben hier angerufen, zweimal. Beide Male nach drei Uhr morgens!«, stellte Gabriella fest.

»War es schon so spät?«, erkundigte sich Hoon. »Tut mir leid, ich war angetrunken und in einer nicht enden wollenden Hölle des Elends versunken. Ich muss wohl das Zeitgefühl verloren haben. Ist Welshy da? Gwynn, meine ich. Ich wollte ihn um einen Gefallen bitten.«

Wieder machte sie eine Pause, die diesmal etwas länger dauerte. Eine undeutliche Durchsage hallte durch den Waggon und machte alle blinden oder besonders schwachsinnigen Passagiere darauf aufmerksam, dass sie sich nun in London befanden.

»Hallo? Bist du noch da?« Hoon steckte sich einen Finger ins Ohr, um den Lärm zu unterdrücken.

»Du weißt es nicht?«, fragte Gabriella.

»Was weiß ich nicht?«

»Das mit Gwynn.«

Der Rest der Welt verdunkelte sich zu Grautönen. Hoon ließ seinen Kopf zurück gegen den Sitz fallen. »Scheiße. Nein. Ist er ... Ich meine, er ist doch nicht tot, oder?«

»Nein«, antwortete Gabriella, aber etwas in ihrer Stimme sagte Hoon, dass das nicht wirklich eine gute Nachricht war. »Er ist nicht tot. Oder jedenfalls ... nicht so richtig.«

ACHT

Gwynn Evans war kein Waliser. In den siebenundzwanzig Jahren bis zu dem Tag, an dem er an der Seite von Bob Hoon seinen Dienst angetreten hatte, hatte er nie auch nur einen Fuß nach Wales gesetzt. Trotzdem trug er zu diesem Zeitpunkt schon fast ein Jahrzehnt lang den Spitznamen »Welshy«, der ihm für den Rest seiner militärischen Laufbahn und darüber hinaus anhaften sollte.

Sein Name hatte natürlich eine Menge damit zu tun – Gwynn Evans war wohl der walisischste Name in der gesamten Menschheitsgeschichte –, aber auch der Rest von ihm half fleißig mit. Er war ein großer Rugbyfan, genoss seine Drinks und konnte »The Green, Green Grass of Home« schmettern, bis kein Auge mehr trocken war.

Für einen Mann, der noch nie auf dem Land gewesen war, war er so walisisch wie Käsetoast und Schafe bumsen. Hoon hatte ihn sofort gemocht. Sie waren Freunde geworden und hatten ihre Ärsche mehr als einmal gegenseitig aus der Schusslinie gezogen.

Und jetzt lag er hier auf einem Gummilaken. Ein

gutes Auge schweifte durch den Raum, das andere versteckte sich unter einem herunterhängenden Lid.

Er hatte Hoon nicht wahrgenommen. Zumindest sah es nicht so aus, als hätte er ihn bemerkt. Gabriella hatte ihn vorgewarnt, dass ihr Mann ihn vielleicht nicht erkennen würde und dass er es bitte nicht persönlich nehmen sollte.

»Er erkennt nicht viele Menschen. Manchmal nicht einmal mich«, hatte sie gesagt. Dann fügte sie hinzu, dass das aber nur ihr Gefühl sei, denn es gäbe keine Möglichkeit, das mit Sicherheit objektiv sagen zu können.

Es war ein Schlaganfall gewesen. Ein schwerer Schlaganfall. Es hatte Komplikationen gegeben. Verzögerungen. Schlechte medizinische Entscheidungen. Eine Genesung war nicht unmöglich, nur statistisch gesehen höchst unwahrscheinlich.

Das Bett stand an der Wand des Zimmers, das wohl einmal ein kleines Esszimmer gewesen war. Die Szenerie hatte etwas Surreales – ein voll ausgestattetes Krankenhausbett, umgeben von piepsenden und pumpenden Maschinen, das neben einem Klapptisch und einem Regal mit bemaltem Geschirr stand.

»Ich esse meistens hier«, sagte Gabriella und folgte Hoon in den Raum. »Wir reden. Das heißt, ich rede. Ich glaube, er mag Gesellschaft.«

»Ja, da bin ich mir sicher«, sagte Hoon. Er stellte seinen Rucksack an die Wand neben die Tür und näherte sich dem Bett. Er dröhnte laut wie ein Nebelhorn, um seine Anwesenheit anzukündigen. »Alles klar bei dir, Welshy, du mieser Simulant?«

Das Auge bewegte sich, und der Blick richtete sich auf den Neuankömmling. Aber es gab keine Reaktion. Nicht im ersten Moment. Keine Veränderung in seiner Atmung, kein Aufflackern des Erkennens.

Doch dann ertönte ein Laut. Er kam tief aus seinem Inneren und fand irgendwie seinen Weg nach draußen, ohne dass sich seine Lippen bewegten. Es waren keine artikulierten Worte, und doch war es eine Frage, das wusste Hoon.

»Ja, Welshy. Ja, ich bin's.« Er nahm Gwynns Hand in seine beiden. Sie fühlte sich an wie ein toter Fisch, schlaff und kalt. »Was zum Teufel soll das alles?«, fuhr Hoon ihn an und deutete auf die Regale mit den medizinischen Geräten. »Immer noch eine verdammte Drama-Queen, wie ich sehe.«

Der Blick blieb auf ihn gerichtet. Starrend. Prüfend. Flehend?

Es war schmerzhaft, das zu sehen. Oder vielleicht war es auch schmerzhaft, so angesehen zu werden. Wie auch immer, Hoon zuckte nicht zurück und wandte sich auch nicht ab. Stattdessen sah er zu, wie eine Träne über eine eingefallene Wange kullerte. Er verschränkte seine Finger mit denen von Welshy und drückte fester zu.

»Du bist in Ordnung, großer Mann. Du bist in Ordnung«, versicherte er ihm. »Ich nehme an, das erklärt, warum du aufgehört hast, mir all diese beschissenen Witze per E-Mail zu schicken, was? Und ich dachte schon, du hättest vielleicht endlich einen anständigen Sinn für Humor entwickelt.«

»Warte, er hat sie dir geschickt?«, fragte Gabriella. Sie trat zu Hoon ans Bett und legte eine Hand auf den Arm ihres Mannes. Welshys Aufmerksamkeit wich nicht eine Sekunde von Hoon.

»Leider, ja. Sie waren verdammt schmutzig, das waren sie.«

Gabriella lachte. Es war das erste Mal seit Monaten, dass der Raum ein Lachen hörte, und Welshys Auge schimmerte feucht, als er es wahrnahm.

»Das hat er absichtlich gemacht. Er wusste, dass sie dich nervten. Er hat sich immer die längsten und unlustigsten Witze ausgedacht, die er finden konnte, nur um dich zu ärgern.« Sie lachte wieder und streichelte Gwynns Arm. »Er hatte gesagt, er schicke sie an … Das warst du, natürlich. Ich hätte es wissen müssen. Du bist Boggle.«

Mindestens zwei verschiedene Stellen in Hoons Gesicht zuckten bei der Erwähnung seines alten Spitznamens. Es war eine Kurzform von »Glupschäugiger Bastard«, und man hatte ihm diesen Namen gegeben, weil seine Augen manchmal ein wenig aus den Höhlen traten, wenn er die Beherrschung verlor.

Und das passierte in jenen Tagen ziemlich häufig.

Als jüngerer Mann war er jähzornig gewesen und hatte ein unflätiges Mundwerk gehabt. Verglichen mit damals war der Hoon von heute praktisch ein buddhistischer Mönch.

Hoon blickte auf den Mann im Bett hinunter. »Weißt du, ich habe mich tatsächlich gefragt, ob genau das der Grund sein könnte«, sagte er. »›Nicht einmal dieser humorlose Arsch kann wirklich über diese Witze lachen, richtig?‹, sagte ich immer. Also muss das eine Verarschung sein, habe ich mir gedacht.«

»War es auch«, bestätigte Gabriella. »Er hat sich immer köstlich über deine Reaktionen amüsiert.«

»Gut, dass er nicht in der Nähe war, sonst hätte er einen wenig amüsanten Tritt in den Hintern bekommen.«

Gabriella gab ihrem Mann einen letzten Klaps auf den Arm, dann trat sie zurück. »Komm mit, du musst hungrig sein.«

Hoons Magen knurrte bestätigend. »Ein Schinkensandwich würde ich nicht ablehnen, das stimmt schon«, sagte er. Er versuchte, Welshys Hand loszulassen, aber der Mann im Bett umklammerte seine Finger und weigerte sich, ihn freizugeben.

Hoon wehrte sich nicht. Stattdessen strich er mit dem Daumen über Welshys Handgelenk, nickte und wandte sich dann Gabriella zu, die schon in der Tür stand. »Aber vielleicht esse ich es hier drin, wenn es dir nichts ausmacht?«

Es war bereits später Vormittag, als Hoon sich end-lich loseisen konnte. Gwynns Griff hatte sich im Laufe ihres ausgesprochen einseitigen Gesprächs gelockert, und Hoon hatte verfolgt, wie das gute Auge seines alten Freundes glasig wurde und sich dann schloss, als er in den Schlaf sank.

Er löste seine Finger, nahm seinen Teller und seine Tasse und ging ins Wohnzimmer, wo Gabriella in einem Sessel schlief.

Es war das erste Mal, dass er sie richtig ansehen konnte, da er ja gleich nach seiner Ankunft zu Welshy gelotst worden war.

Sie war gut gealtert. Sicherlich besser als ihr Mann, obwohl das nicht viel aussagte. Aber auch besser als die meisten anderen Menschen.

Sie musste jetzt über Mitte vierzig sein, hätte aller-dings auch für zehn Jahre jünger durchgehen kön-nen. Sie war ein wenig fülliger als früher, aber das galt schließlich für sie alle, oder? Die oberschenkellangen geblümten Röcke waren praktischeren Jeans und einem Pullover mit V-Ausschnitt und einem T-Shirt darunter gewichen.

Hoon merkte, dass er sie schon seit einigen Sekun-den anstarrte, riss sich zusammen und richtete seine Aufmerksamkeit stattdessen auf die Umgebung.

Das Haus war ein kompaktes Reihenendhaus in der Lampard Grove im Norden Londons. Von dem gro-ßen Erkerfenster blickte man auf eine relativ ruhige

Wohnstraße hinaus. Es war spärlich möbliert, mit einer Couch, einem Sessel und einem nichtssagenden Laminatfußboden.

Die einzigen beiden interessanten Möbelstücke waren ein verschrammtes altes Klavier in der Ecke und ein Couchtisch. Letzterer musste entweder von *IKEA* oder einem der unteren Kreise der Hölle produziert worden sein. Das Ding war der Inbegriff von Stil geht vor Funktion. Es hatte einen kantigen Holzsockel und eine Platte, die aus drei verschiedenen Glasscheiben bestand, die ineinandergriffen. Der Tisch sah aus wie ein Puzzle, aber nicht wie eins, das zu lösen der Mühe wert gewesen wäre.

In Inverness hätte das Haus sicher weniger als zweihunderttausend gekostet. Hier konnte man froh sein, wenn man von einer Million noch etwas Kleingeld zurückbekam.

Welshy hatte das Haus vor fünfzehn Jahren geerbt, damals, als die Preise nur horrend hoch gewesen waren, aber nicht so astronomisch, dass sich einem der Magen umdrehte. Schon damals hätte er es sich kaum leisten können, ein solches Haus zu kaufen, und bei den heutigen Preisen stand das völlig außer Frage.

In seinen E-Mails hatte er – zwischen den schrecklichen Witzen – davon geschrieben, dass er das Haus eines Tages verkaufen und mit dem Geld die Welt bereisen wollte. Welshy war schon immer mehr Nomade als Siedler gewesen, und als er vor etwa einem Jahr auf-

gehört hatte, E-Mails zu schreiben, hatte Hoon angenommen, er sei auf Wanderschaft gegangen.

Er hätte nachfragen sollen. Er hätte sich melden sollen.

Ein weiterer Punkt von »hätte sollen« auf einer verflucht langen Liste.

Die Küche sah aus, als wäre sie früher Teil eines
offenen Raumes zusammen mit dem Wohnzimmer gewesen, war aber jetzt durch eine Rigipswand und eine
Schiebetür davon abgetrennt.

Hoon wusch seinen Teller und seine Tasse ab und
stellte sie auf das Trockengestell.

Als er ins Wohnzimmer zurückkehrte, streckte sich
Gabriella gerade wie eine Katze im Sonnenlicht.

»Entschuldigung, habe ich dich geweckt?«, fragte
Hoon.

»Was? Nein. Nein. Ich meine, nicht jetzt. Gestern
Nacht? Allerdings.« Sie hob zwei Finger. »Zwei Anrufe.«

»Ja. Wie gesagt, tut mir leid«, erwiderte Hoon. »Ich
habe mich nämlich schon entschuldigt. Vielleicht erinnerst du dich …?«

Gabriella blickte zur Tür des Esszimmers. Eigentlich
hatten sie es vor ein paar Jahren zum Gästezimmer umgebaut. Jetzt war es weder das eine noch das andere.
»Schläft er?«

Hoon nickte. »Ja. Völlig erledigt.«

»Danke. Dafür, dass du dich zu ihm gesetzt hast,
meine ich. Und nicht ausgeflippt bist.«

Hoon schüttelte den Kopf. »Keine Ursache.«

»Er hat dich erkannt.«

»Meinst du?«, fragte Hoon. Er dachte an das schimmernde Auge und die Finger, die seine Hand festgehalten hatten. »Ja, ich glaube, das hat er. Wie ist das passiert? Wenn ich das fragen darf.«

Gabriella atmete tief durch und schüttelte ihre Arme aus, wie eine Schauspielerin, die sich auf ein wichtiges Vorsprechen vorbereitet. Doch als sie sprach, war nichts daran geschauspielert. Jedes Quäntchen Schmerz in ihrer Schilderung war echt.

»Wir waren in der Türkei«, begann sie. »Hochzeitstag. Er hat mich überrascht. Wir sind ein bisschen spät losgekommen, deshalb mussten wir das letzte Stück am Flughafen rennen. Wir hätten es fast nicht durch die Sicherheitskontrolle geschafft. Schließlich kamen wir an – im Hotel, meine ich. Er ist normalerweise nicht der romantische Typ, aber er hatte an alles gedacht.«

Sie presste die Hände zusammen, und ihre Finger zuckten und verkrampften sich synchron, als wäre die eine Hand ein Spiegelbild der anderen. Sie schaute Hoon nicht an, doch sie schaute auch nirgendwo anders hin. Sie hatte das Hier und Jetzt mit dem Dort und Damals getauscht und durchlebte die Erinnerung noch einmal, während sie sie laut beschrieb.

»Wir gingen spazieren. In der Nacht vor unserem Hochzeitstag. Über den Strand. Um Mitternacht spielte er Musik auf seinem Handy, und wir tanzten. Nur wir beide und das Wasser, das um uns herumschwappte.« Sie lächelte zärtlich, aber es fiel ihr schwer, es lange aufrechtzuerhalten. Es bröckelte schnell. »Dann ... ist er gefallen. Er ist einfach umgefallen. In den Sand.« Sie schloss die Augen, kniff sie zusammen. »Und er war ... er machte so ein Geräusch. Wie ein Tier. Nur dieses ... Stöhnen. Ein Schmerzensschrei oder ein Hilferuf oder ... Ich weiß es nicht.«

»Mein Gott. Es war ein Schlaganfall, sagst du?«

Sie nickte. »Dann hatte er eine Art Anfall, und ... ich rief immer wieder nach Hilfe, aber niemand kam. Niemand hörte mich. Also musste ich ihn verlassen. Ich musste weglaufen und jemanden suchen.« Die Falten in ihrem Gesicht gruben sich tiefer in ihre Haut. »Es dauerte anderthalb Stunden, bis ich jemanden fand, der ihn versorgen konnte. Bis der Krankenwagen kam. Alle dachten ... *ich* dachte, er sei tot.«

Mit einem Blinzeln holte sie sich selbst in die Gegenwart zurück und blickte zur Tür hinüber, durch die das Piepsen und künstliche Keuchen der medizinischen Geräte drang.

»Aber er war es nicht«, sagte sie, streckte sich erneut, gähnte und stand auf. »Wie auch immer. Um was für einen Gefallen geht es?«

»Was?«

»Der Gefallen. Am Telefon. Du sagtest, du wolltest Gwynn um einen Gefallen bitten.«

»Ach so. Richtig. Schon gut, das war nichts. Nichts Wichtiges.«

»Verstehe. Du brauchst eine Unterkunft.«

Hoon zögerte. »Also ... ich meine ...«

»Wir haben nur das eine Schlafzimmer«, unterbrach ihn Gabriella.

»Klar. Natürlich. Nein, ich kann einfach ...«

Sie deutete mit einem Nicken auf die Couch. »Ich glaube, das ist ein Schlafsofa. Ich weiß allerdings nicht, wie man es aufklappt. Das musst du schon selbst herausfinden.«

Hoon betrachtete die Couch wie ein Raubtier, das seine Beute ausspäht. »Das finde ich ganz bestimmt heraus«, sagte er. »Aber, verdammt, du hast schon genug um die Ohren. Wenn es dich zusätzlich belastet ...«

»Gwynn würde wollen, dass du bleibst.« Gabriellas Tonfall machte deutlich, dass die Sache damit erledigt war. Er würde bleiben. Basta.

»Okay. Das ist klasse. Danke.«

»Was machst du überhaupt hier unten?«, erkundigte sich Gabriella. »Irgendwas Geschäftliches?«

Hoon nickte. »Ja«, antwortete er. »Das könnte man so sagen.«

NEUN

Charles »Chuck« Mundell saß auf einem tonnenförmigen Hocker in einem *Starbucks* in Canary Wharf und scrollte durch ein Buch auf der Kindle-App seines Handys.

Als er das Ende einer Seite erreichte, schlürfte er sein eiskaltes Getränk durch den Strohhalm, schloss ein Auge und verbrachte die nächsten dreißig Sekunden damit, einen Anfall von Gehirnfrost zu bekämpfen.

Als er sich erholt hatte, warf er einen Blick auf die Uhr und sah gerade noch rechtzeitig auf, um die hervorquellenden Augen in dem wutverzerrten Gesicht aus seiner Vergangenheit zu erblicken, dessen Besitzer quer durch das Einkaufszentrum in seine Richtung stürmte.

»Wie viele solcher verfluchten Läden gibt es denn hier?«, dröhnte Hoon. Seine Stimme war laut genug, um das halbe Dutzend anderer Gäste des Coffeeshops kurz von ihren MacBooks hochschrecken zu lassen. »›Wir treffen uns bei Starbucks‹? Du hast vergessen zu erwähnen, dass es im Umkreis von einer halben Meile verfluchte zweitausend von diesen Läden gibt. Und Himmel, ausgerechnet hier gibt es auch noch einen

Haufen Wichser in Anzügen, die in ihre verdammten Bluetooth-Kopfhörer quatschen. Es wimmelt wirklich überall von diesen Kerlen.«

Chuck lächelte und schaltete das Display seines Handys per Knopfdruck aus. »Boggle«, begrüßte er ihn. Sein Essex-Akzent machte sich schon in diesem einen Wort deutlich bemerkbar.

Hoon schnaubte. Nickte. »Bookish«, entgegnete er und zeigte dann angewidert auf den Plastikbecher auf dem Tisch zwischen ihnen. Er war fast bis zum Rand mit einer Substanz in der Farbe von Zuckerwatte gefüllt. »Was im Namen von allem, was verflucht noch mal heilig ist, ist das?«

Chucks Blick zuckte zu dem Getränk. »Das ist ein Flamingo Frappuccino.«

»Wie bitte? Es ist ein … was?«

»Ein Flamingo Frappuccino.«

»Ich habe die verdammten Worte gehört«, antwortete Hoon. »Ich habe sie nur nicht kapiert, und auch nicht, warum du etwas trinkst, das aussieht wie der Hodeninhalt des rosaroten Panthers.«

Chuck nahm den Becher vom Tisch. »Weil es schön ist.« Er trank einen Schluck. »Willst du auch einen?«

»Warte mal. Ich checke mal eben, ob ich ein vorpubertäres Bürschchen bin«, erwiderte Hoon. Er schob eine Hand in die Vorderseite seiner zerknitterten Kampfhose, kramte darin herum und zog sie dann wieder heraus. »Nein. Scheint nicht so. Wie wär's also, wenn du diesen flüssigen Mist stehen lässt und wir uns einen anständigen Drink besorgen?« Er schaute zu den Londonern, die auf ihren MacBooks herumtippten. »Am besten irgendwo, wo wir nicht auf allen Seiten von Arschlöchern umgeben sind.«

»In Canary Wharf? Das ist eine anspruchsvolle Bitte.« Chuck schlürfte lautstark den letzten Schluck seines Flamingo Frappuccino und stand dann auf. »Zum Glück für dich kenne ich genau den richtigen Ort.«

»Ein Boot?« Hoon blickte auf etwas hinunter, das ganz eindeutig ein Boot war. Es war sogar unmöglich zu übersehen, dass es sich um ein Boot handelte, also war die Frage völlig sinnentleert.

»Gut erkannt, Boggle«, erwiderte Chuck. »Was hat es verraten? Der spitze Teil an der Vorderseite oder weil es auf dem Wasser schwimmt?«

»Wann bist du unter die Komiker gegangen?«, erkundigte sich Hoon. »Ich meine, warum sehen wir uns ein Boot an?«

»Weil es mein Boot ist«, erklärte Chuck.

Hoon betrachtete das Boot und dann den Mann neben sich. Keines von beiden war für sich genommen besonders beeindruckend – das Boot war eine etwas abgerockte alte Motorjacht, die dringend einen Anstrich brauchte, und Chuck hatte drei oder vier Kilo zugenommen, seit Hoon ihn zuletzt gesehen hatte. Er erinnerte Hoon an einen fetten Buzz Lightyear. Das hatte er Chuck auch gesagt, aber seine Bemerkung, dass »*To Infinity and Beyond*« sich nicht auf den verdammten Taillenumfang beziehen sollte, war nicht besonders gut angekommen.

Trotz der individuellen Schwächen des Bootes und des Mannes war Hoon jedoch von der Summe ihrer einzelnen Teile beeindruckt.

»Du scheinst verdammt gut für dich selbst zu sorgen«, bemerkte er.

Chuck rümpfte die Nase. »Nicht wirklich«, sagte er. »Ich lebe darauf. Es ist billiger als Miete. *Viel* billiger als Miete. Besonders hier in der Gegend. Eine Wohnung zu kaufen, steht völlig außer Frage, aber das hier habe ich für weniger als hundert Riesen bekommen.«

Hoon atmete vernehmlich aus. »*Hunderttausend?* Für ein beschissenes kleines Boot? Kann es fliegen oder so? Redet es mit dir, so wie das Auto in *Knight Rider*?«

»So klein ist es gar nicht!«, protestierte Chuck gekränkt.

»Einhundert verdammte Riesen.« Hoon schüttelte den Kopf und schnalzte mit der Zunge. »Ich hoffe, es hat einen Haufen Drogen der Klasse A im Laderaum, sonst hat dich irgendein Bastard über den Tisch gezogen.«

»Drinnen ist es sehr schön.«

»Also das« – Hoon trat vom Steg und landete mit einem dumpfen Schlag auf dem Deck – »werde ich verdammt noch mal selbst beurteilen.«

»Okay, gut. Drinnen ist es schön, das stimmt schon.«

Und das war es tatsächlich. Auch wenn Hoon es nur ungern zugab. Das Äußere mochte rau sein, aber das Innere des Bootes glich einem malerischen Tudor-Häuschen mit freiliegenden Holzbalken an der Decke. Unter seinen Füßen befanden sich würdevoll gealterte Holzplanken. Fehlten nur noch ein Reetdach und ein großer gemauerter Kamin, und der Eindruck wäre perfekt.

Es gab auch einige moderne Elemente – Steckdosen, einen Fernseher, eine Art schwarzen Obelisken, der Hoons Vermutung nach etwas mit dem Internet zu tun hatte. Der Fernseher war ein Fünfzig-Zoll-Gerät und an der Wand gegenüber einer Couch oder einer gepolsterten Bank befestigt, je nachdem, wie wohlwollend man sie beschreiben wollte.

Hinter einer Tür zu seiner Rechten sah Hoon die Pantry. Die Küche war zwar klein, schien aber gut ausgestattet zu sein. Dahinter führte eine weitere Tür zu Kabinen, von denen er annahm, dass sie ein Schlafzimmer und ein Badezimmer sein würden, vorausgesetzt, Chuck pisste nicht einfach in einen Eimer und kippte ihn über die Reling.

Doch das war eigentlich nicht sein Stil. Die meisten von Hoons alten Kumpels hätten es vielleicht so gemacht, aber nicht Bookish. Seine Toilette hatte wohl eher einen automatischen Lufterfrischer, der nach jeder Benutzung einen Rosenduft ausstieß. Hoon konnte sich nicht entscheiden, ob ihn das weniger zu einem Mann machte oder mehr.

»Ja, nicht schlecht, oder?«, sagte Chuck. Er schaute sich um und nickte, als sähe er es zum ersten Mal und sei von dem Anblick beeindruckt. »Ich müsste für eine Wohnung an dieser Stelle das Zehnfache bezahlen.«

»Würde eine Wohnung nicht untergehen?«

»Du weißt schon, was ich meine«, erwiderte sein Freund. Er seufzte, doch es klang gutmütig genug. »In der gleichen Gegend. Canary Wharf. Nicht genau an dieser Stelle.«

»Kostet es nichts, es hier zu parken?«

»Festmachen, meinst du?«

»Wie auch immer es verdammt noch mal heißt. Das kann nicht billig sein, oder?«

»Zwölftausend.«

»Auf Lebenszeit?«

»Im Jahr.«

Hoon pfiff durch die Zähne. »Wow!«

»Das ist viel weniger, als ich für die Miete zahlen würde.«

Hoon runzelte die Stirn. »Ja, aber du mietest doch nicht, oder? Du musstest das verdammte Boot kaufen.«

Chuck sah sich wieder um und wirkte diesmal etwas weniger beeindruckt. »Ja. Aber ... das schließt Strom und Wasser mit ein.«

»Wasser? Du bist von Wasser umgeben. Du lebst

auf einem verdammten Boot. Wassermangel dürfte das geringste Problem sein.«

»Du kannst Themsewasser nicht trinken. Es sei denn, du willst dir den Darm ausscheißen.«

Hoon lachte. »Wie in Basra, meinst du?«

»O Gott!« Chuck fasste sich bei dem Gedanken an den Bauch.

»Das waren noch Zeiten, was?«

»Ja. Drei Tage hintereinander, wenn ich mich recht erinnere. Ich glaube, ich habe mir mal einen Lungenflügel ausgeschissen.«

Sie lachten gemeinsam über diese Erinnerung und schwelgten ein paar Minuten in einigen besonders schrecklichen Details. Dann kam Chuck ohne weitere Umschweife zum Thema.

»Was willst du hier, Boggle?«, fragte er. »Bamber sagte, du würdest nicht hier auftauchen.«

»Bin ich auch nicht«, antwortete Hoon. »Nicht offiziell jedenfalls. Ich will nicht, dass er davon erfährt und sich Hoffnungen macht. Du weißt doch, wie er ist. Ich schnüffle einfach nur ein bisschen herum. Das ist alles.«

Chuck nickte. »Na gut. Du willst also keinen vollständigen Bericht über alles, was ich gefunden habe?«

Hoon schnupperte. »Vielleicht stecke ich da auch meine Nase rein«, sagte er. »Aber eins nach dem anderen – hast du nicht gerade etwas von Alkohol erwähnt?«

ZEHN

Sie drückte auf die Taste an der Seite ihres Telefons und betete, dass der leere Akku eine zusätzliche Energiereserve finden und wieder zum Leben erwachen möge.

Was er natürlich nicht tat. Das Display blieb dunkel. Ihre Kontaktliste unerreichbar.

»Du hast das Kompliment nicht erwidert.« Der Fahrer des Wagens lächelte immer noch und zeigte immer noch zu viele Zähne. Sie waren gelblich und in den Zwischenräumen saßen kleine Bröckchen von Essensresten.

»Wie ... was habe ich nicht erwidert?«

»Ich habe gesagt, dass du attraktiv bist. Du hast das nicht erwidert.«

»Oh.« Sie blickte von ihm auf die Straße vor sich. Andere Autos kamen ihnen entgegen. Ihre Lichter blendeten sie durch die Windschutzscheibe. »Entschuldigung. Ich, also ... Sie sehen auch nett aus.«

»Findest du?«

»Also ... ja.«

»Danke! Es freut mich, dass du das so siehst. Denn du bist wirklich ein sehr hübsches Mädchen.« Er verzog das Gesicht und tippte sich wütend mit dem Finger gegen die Stirn. »Eine junge Frau. Kein Mädchen. Eine sehr hübsche junge Frau. Genau das wollte ich sagen. Entschuldigung. Entschuldigung.«

Sie zögerte. »Kein Problem.«

»Doch, das ist es. Es ist nicht in Ordnung!«, rief er, sichtlich erregt. »Man sagt nicht ›Mädchen‹. Das ist sexistisch. Und ich bin dein Verbündeter. Wirklich. Ich bin Feminist.« Er nahm eine Hand vom Lenkrad und hob zwei Finger zum Siegeszeichen. »Girl Power! Nein, Scheiße. Frauenpower!«

Sie lächelte höflich. Sie versuchte, dankbar zu wirken, als sie auf die Kreuzung vor ihnen zeigte. »Ich wohne hier gleich rechts«, sagte sie, aber sie fühlte sich durch die Worte bloßgestellt, als würde sie damit Geheimnisse ausplaudern, die sie lieber für sich behalten sollte. »Meine, also, meine Mitbewohnerin wartet schon auf mich.«

»Deine Mitbewohnerin?« Der Fahrer lachte. »Die hat dir mit ihrem Warten ja toll geholfen! Was hätte das wohl genützt, wenn diese Männer dich vergewaltigt hätten?«

Sie schrak vor seiner Unverblümtheit zurück, aber es gab keinen Rückzugsort. Sie konnte sich nirgendwohin zurückziehen. Konnte nirgendwo hingehen.

»Denn das hätten sie getan, weißt du?«, fuhr der Fahrer fort. »Selbst wenn sie nur eine winzige Chance gehabt hätten. Das ist genau das, was passiert wäre.

Eine junge Frau, die so gekleidet herumstolziert.« Er schüttelte den Kopf und umklammerte das Lenkrad, als hätte er Angst, dass es ihm aus den Händen flog. »Sie hätten sich alle bei dir abgewechselt. Sie hätten dich angegrinst und ausgelacht, während sie sich auf dich gestürzt und gestöhnt hätten. Was hätte deine Mitbewohnerin dir dann genützt? Während sie zu Hause wartete? Ich meine ... Himmel, was für eine egoistische Schlampe! Wo war sie, als du sie gebraucht hast?«

»Also, könnten Sie ... Ich würde gerne hier aussteigen.«

»Du willst raus? Hier? Und dich wie eine billige Schlampe zur Schau stellen? Nein. Hier ist es nicht sicher. Es ist viel zu gefährlich.«

Ihr stockte der Atem, während sie sich auf dem Beifahrersitz zusammenkauerte. Sie sah, wie er sich ihr zuwandte. Er streckte die Hand aus und fand ihr vor Angst versteinertes Gesicht. Mit dem Daumen strich er über ihre Wange. Rau und schmerzhaft. »Aber mach dir keine Sorgen, Prinzessin. Bei mir bist du in Sicherheit. Alles wird gut werden. Ich habe dich«, sagte er zu ihr. »Jetzt habe ich dich.«

ELF

Bookish war fleißig gewesen, das musste Hoon ihm lassen.

Er war kein offizieller Privatdetektiv. Diesen Titel hätte er niemals für sich beansprucht, und er hätte auch niemals Werbung für diese Dienstleistung gemacht. Dennoch fielen ihm die Aufträge in den Schoß. Ein Jahrzehnt als Geheimdienstler für die britische Regierung verlieh einem einen gewissen Einblick in Überwachung und Sicherheit, und so etwas sprach sich schnell herum.

Das Wichtigste, was er gefunden hatte, war das Überwachungsvideo von der Nacht, in der Caroline entführt worden war. Es gab allerdings keinen einzigen stichhaltigen Beweis dafür, dass sie tatsächlich entführt worden war. Deshalb hatte die Metropolitan Police auch nicht viele Ressourcen auf den Fall verwendet. Aber Chuck war sich in dem Punkt trotzdem ganz sicher.

»So etwas passt nicht zu ihrem üblichen Verhalten. Nicht im Geringsten«, sagte er, während sie über ihr Verschwinden diskutierten und darauf warteten, dass

Chucks Laptop hochfuhr. »Vor diesem Tag stand sie in regelmäßigem Kontakt mit ihren Eltern. Sie hat dreimal pro Woche angerufen, dienstags, donnerstags und dann ein längeres Telefonat sonntags. Das hat sie beinahe drei Jahre lang gemacht und fast nie einen Anruf versäumt. Und auch sonst hat niemand etwas von ihr gehört oder hatte Kontakt zu ihr. Weder ihre Mitbewohnerin noch ihre Freunde von der Uni, niemand.«

»Und keinerlei Bewegungen auf dem Bankkonto?«

»Keine«, bestätigte Bookish. Er hatte es endlich geschafft, den Laptop zum Laufen zu bringen, und machte einen Doppelklick auf ein Symbol auf dem Desktop. »Hier. Das ist das Video.«

Er drehte den Bildschirm zu Hoon, damit er es besser sehen konnte. Das körnige Filmmaterial zeigte eine junge Frau, die sich offensichtlich zum Ausgehen zurechtgemacht hatte. Es war bereits spät, und in der Wohnsiedlung, durch die sie ging, war es ruhig. Sie ging zügig weiter, das Telefon in der einen Hand, die Tasche mit der anderen umklammernd.

Hoon erkannte sie nicht, aber er konnte dafür ihre Körpersprache gut entschlüsseln. Sie war verängstigt. Sie hatte es eilig, als wollte sie weg von …

Fünf Männer. Sie folgten ihr in die rechte obere Ecke des Bildes, so weit weg von der Kamera, wie es nur möglich war. Hoon hatte Carolines Gang erkannt, doch der der Männer war ihm noch wesentlich vertrauter. Er war bedrohlich. Raubtierhaft. Ein Rudel auf der Jagd.

»Kennen wir sie?« Hoon deutete auf die Männer, stieß mit dem Finger gegen den Bildschirm.

»Ja und nein«, sagte Chuck. Er nickte zum Bildschirm, eine Aufforderung an Hoon, weiter zuzuschauen.

Unten links war eine Ecke zu sehen, wo der Weg durch die Siedlung in eine Straße mündete.

Hoon konnte nur ein paar Meter des Bürgersteigs erkennen, aber er war offenbar besser beleuchtet als der Bereich, durch den Caroline gegangen war. Nach den Bewegungen der Schatten zu urteilen, schien zumindest ein Fahrzeug vorbeizufahren.

Sie erkannte eine Fluchtmöglichkeit und ging schneller. Die Männer witterten eine verpasste Gelegenheit und taten das Gleiche, beschleunigten ihre Schritte und rannten los, als Caroline sich der Ecke näherte und außer Sicht verschwand.

»Wo ist der Rest?«, fragte Hoon. »Können wir das aus einer anderen Perspektive sehen?«

»Nein, leider nicht. Da unten gibt es keine Videoüberwachung.«

»Verdammt noch mal!«

»Ein paar Straßen weiter ist eine Kamera, doch Caroline taucht darauf nicht auf.« Chuck deutete wieder auf den Bildschirm. »Aber sieh weiter zu.«

Lange Zeit schien nichts zu passieren. Hoon wollte Chuck gerade auffordern weiterzuspulen, bevor er noch an Altersschwäche starb, als die fünf Jungs um die Ecke trampelten und erneut ganz ins Bild kamen. Das Video hatte keinen Ton, doch es sah aus, als würden sie sich streiten. Ein paar Schläge auf die Arme wurden ausgetauscht, nichts Ernstes, und Hoon verfolgte auf dem Bildschirm, wie sie sich wieder dorthin bewegten, von wo sie zuerst aufgetaucht waren.

»Sie haben sie nicht erwischt.«

»Nein. Sieht nicht so aus.«

»Aber … wie? Sie kann ihnen unmöglich entkommen sein.«

Chuck zuckte mit den Schultern. »Sie geht ins Fitnessstudio. Offensichtlich ist sie ziemlich schnell.«

»Vielleicht, aber nicht in diesen hohen Pumps. Hast du schon mal versucht, in Stöckelschuhen zu rennen?«

Chuck blinzelte. »Nein«, gab er zu. »Du?«

»Mehr als einmal, zufälligerweise.« Er schüttelte den Kopf auf eine Art und Weise, die deutlich machte, dass Bookish besser nicht nachhaken sollte. »Und es ist unmöglich, dass sie ihnen entkommen ist.«

»Die Met schien es für möglich zu halten.«

Hoon zog eine Grimasse. »Sicher, aber dieser Haufen von durch den Wolf gedrehten Vollpfosten hat einfach keine Ahnung. Sie ist nicht weggelaufen. Sie konnte es nicht.«

»Du glaubst, sie hat sich versteckt?«

»Was denn, ist sie sechs Jahre alt? Nein. Ich glaube, sie ist in ein Auto gestiegen.«

Chuck griff nach einem Regal in der kleinen Ecke über dem Schreibtisch und nahm ein Ringbuch heraus.

Er blätterte eilig durch die Seiten, und Hoons Blick blieb an den vielen Pastellfarben und gemusterten Klebestreifen hängen.

»Ist das ein verdammtes Sammelalbum?«, fragte er, während Charles die Seiten durchblätterte.

»Was? Nein. Es ist nur … ich führe eine Art Punkte-Tagebuch.«

Hoon betrachtete den Mann neben sich mit einer Art fassungslosem Entsetzen. »Was zum Teufel ist ein verdammtes Punkte-Tagebuch?«

Chuck sah auf sein Notizbuch hinunter und wirkte plötzlich beschämt. »Es ist ein sehr effektives Mittel, um Informationen zu ordnen«, betonte er und kämpfte sichtlich um seine Würde. »Es gibt eine Menge wissenschaftlicher Untersuchungen, die besagen, dass es eine effiziente Methode ist, um …«

An Hoons Gesicht konnte er ablesen, dass ihn keine noch so gut geprüften Daten von den farbigen Überschriften, Zwischenüberschriften und penibel notierten Aufzählungen überzeugen würden, also verzichtete er auf den weiteren Versuch, es ihm zu erklären.

Stattdessen schrieb er auf eine Seite das Wort »Auto« und fügte mit einem Schlenker des Handgelenks ein Fragezeichen hinzu.

»Ich kann doch nicht der Erste sein, der darauf gekommen ist, dass sie in ein verdammtes Auto gestiegen ist, oder?« Hoons Blick beschrieb einen Kreis zwischen dem Ringbuch, Chuck und dem Laptop. »Ich meine, du hast selbst gesagt, dass sie nicht auf den anderen Kameras zu sehen ist – wenn sie also nicht irgendwie die Fähigkeit zum Teleportieren entwickelt hat, wo ist sie dann abgeblieben?«

»Es gibt noch andere Straßen ohne Kameras«, erklärte Chuck. »Die Theorie der Met war, dass sie vielleicht in eine von diesen Straßen gelaufen ist.«

»Gut. Wir haben ja bereits geklärt, was ich von der verdammten Met halte«, erwiderte Hoon. Er zeigte auf den Bildschirm. Chuck hatte auf die Pausentaste getippt und die fünf verschwommenen Figuren oben rechts im Bild eingefroren. »Was ist mit diesen Wichsern? Was sagen die freiwillig aus?«

»Nicht viel«, antwortete Chuck. »Man hat sie zum Verhör einkassiert, aber sie haben nicht viel verraten. Angeblich waren sie ziemlich harte Nüsse.«

»Ach, waren sie das?« Hoon verschränkte seine Finger und streckte sie, sodass die Knöchel knackten. »Na, wir werden sehen.«

ZWÖLF

»Das ist die Wohnung. Erster Stock, fünfte Tür von der Treppe aus.«

Hoon saß zusammengekauert auf dem Beifahrersitz eines knallroten 1972er MG Midget Cabrio. Sein Kopf beulte das Stoffverdeck aus. Er hatte nie verstanden, wie man sich in Großbritannien ein Cabrio anschaffen konnte, wo es hier doch öfter regnete, hagelte oder schneite, als es trocken war. Falls er sich jemals einen fahrbaren Untersatz besorgen müsste, stand so eine verdammte Kiste mit Sicherheit ganz unten auf der Liste.

Er war kein besonders großer Mann, aber obwohl er seinen Sitz ganz nach hinten geschoben hatte, hätte er gut noch ein paar Zentimeter mehr Beinfreiheit gebrauchen können. Zudem war der Innenraum ziemlich schmal, sodass die Tür von einer Seite gegen ihn drückte, und das hochliegende Getriebegehäuse sein rechtes Knie gegen das linke drückte. Dadurch wurden seine Hoden gerade zusammengequetscht, was seiner Laune ebenfalls nicht zuträglich war.

Bookish hatte offensichtlich etliche Arbeitsstunden investiert, um die Ledersitze aufzupolieren, und Hoon hatte sich während der Fahrt den Hintern durch das ständige Herumgerutsche heiß gescheuert. Gepaart mit dem schmerzenden Rücken, der Klaustrophobie und dem Hodenproblem bedeutete das, dass er nicht nur nie wieder in diesem Auto fahren, sondern es am liebsten in Brand stecken und dann im Meer versenken würde.

Er duckte sich, um durch die niedrige Windschutzscheibe nach draußen zu spähen, und knurrte eine Verwünschung, als der altmodische Sicherheitsgurt ihn ruppig zurückhielt. Er öffnete den Verschluss und verrenkte sich fast, damit er zu der Stelle schauen konnte, auf die Chuck hingewiesen hatte.

Die Siedlung bestand aus mehreren großen mehrgeschossigen Gebäuden, die in den mittleren und obersten Stockwerken durch Betonkorridore miteinander verbunden waren. Die Eingänge der einzelnen Wohnungen gingen auf lange Balkone hinaus, und ein zentrales Treppenhaus bot Zugang zu den darüber und darunter liegenden Etagen.

Das Gebäude direkt vor ihnen hatte vier Stockwerke. Hoon folgte mit dem Blick der Anweisung von Bookish und richtete ihn dann auf eine Wohnung, deren Vorhänge zugezogen waren.

»Die blaue Tür?«

»Das ist sie«, bestätigte Chuck. »Du ... du willst doch sicher nicht, dass ich mit reinkomme, oder? Es ist nur wegen ... ich kann das Auto nicht einfach hier stehen lassen. Es wird sofort geklaut.«

»Wer würde dieses verdammte Ding schon klauen?«, fragte Hoon, den bereits die Vorstellung zu beleidigen schien. »Gibt es etwa einen dramatischen Anstieg an sich selbst verachtenden, masochistischen Autodieben, von dem ich noch nichts gehört habe?«

»Das ist ein Klassiker!«, protestierte Chuck. »Sobald ich mich umdrehe, sind sie damit weg.« Er warf einen verstohlenen Blick auf die Gegend mit ihrem verstreuten Müll und den einfältigen Graffiti. »Ich sollte mich hier eigentlich gar nicht aufhalten. Es gibt Leute, die würden für so ein Auto töten.«

»Ja, ich war ebenfalls schon versucht, dich an einer Ecke dahinten zu erwürgen«, erwiderte Hoon. Er öffnete die Tür und stieß einen Seufzer der Erleichterung aus, als seine Hoden aus dem Schraubstock befreit wurden. »Gut, du bleibst hier und wartest. Oder fahr im Kreis herum, bevor du dir noch in die Hose machst.«

»Ja, gute Idee«, sagte Chuck. Er schob die Hand hinter seinen Sitz und holte das Ringbuch mit den pastellfarbenen Stichworten hervor. »Willst du ihre Namen?«

»Nicht, wenn ich dieses Ding mitnehmen muss«, erwiderte Hoon.

»Es ist effizient!«, beharrte Chuck.

»Klar. Und weißt du, was noch effizienter ist? Mir die Namen per SMS zu schicken.« Er kletterte aus dem Auto, legte eine Hand auf seinen unteren Rücken und brachte seine Wirbelsäule wieder in eine annähernd korrekte Position. »Blaue Tür?«

Chuck machte ein Foto von einer Seite in seinem Journal und tippte das Display an, um das Foto zu teilen. »Blaue Tür«, bestätigte er. »Aber sei vorsichtig. Die Leute sind gefährlich.«

»Gut«, sagte Hoon. Das Handy in seiner Hosentasche meldete summend, dass eine Nachricht eingegangen war. »Dann haben wir bestimmt eine Menge zu besprechen.«

Hoon war angenehm überrascht, als die Tür nach dem zweiten Klopfen geöffnet wurde. Das ersparte ihm die Mühe, sie einzutreten.

Eine Wolke aus Cannabisrauch umgab den schmächtigen blassen Typen, der die Tür öffnete. Der Geruch war stärker geworden, je näher Hoon der Wohnung kam, und er wehte an dem Mittzwanziger im schlecht sitzenden Trainingsanzug vorbei nach draußen, als er den unerwarteten Gast von Kopf bis Fuß musterte.

»Was willst'n du?«, fragte er. Sein Akzent klang jamaikanisch. Oder vielmehr wie eine Persiflage davon.

»Das ist doch nicht deine richtige Stimme, oder?« Hoon schüttelte den Kopf. »Andererseits ist es mir egal. Ich suche …« Er warf einen Blick auf das Display seines Telefons, musterte blinzelnd die Schrift und hielt das Gerät dann auf Armlänge von seinen Augen weg, während er versuchte, sich zu konzentrieren. »Jesus.«

»Hier ist kein Jesus, Mann.«

»Lass diesen Scheißakzent, klar? Du machst dich

lächerlich«, sagte Hoon und blickte kurz von seinem Telefon auf. »Also. Ich suche nach … Fuck. Wie spricht man das aus? Ghaz… Ghazzanfer? Ghasanfär?«

»Wer will das wissen?«

Hoon runzelte die Stirn. »Ich. Siehst du, wie sich meine verdammten Lippen bewegen?« Er nickte dem Jungen zu und machte einen Schritt in die Wohnung. »Ist er da?«

Eine Hand landete auf Hoons Brust. Der schmächtige weiße Junge grinste kampflustig. »Wo willst du denn hin?«

Hoon packte die Hand und drehte sie um. Für den Jungen in der Tür gab es keinen anderen Weg als den nach unten. Er landete als klägliches Häuflein auf dem schmutzigen, verschlissenen Teppich. Seine Augen waren vor Schreck weit aufgerissen, der Daumen in einem Winkel gekrümmt, den die Natur für dieses Gelenk nicht vorgesehen hatte.

»Ich nehme an, es geht hier lang«, sagte Hoon, trat über den am Boden liegenden Trottel hinweg und ging weiter in die Wohnung.

Der Geruch im Inneren war reichhaltiger und komplexer, als man vom Eindruck auf dem Gang hätte erwarten können. Draußen war es das widerlich süße Aroma von Gras gewesen, unterlegt mit dem schwachen Ammoniakhauch von altem Urin.

In der Wohnung warteten noch einige interessantere olfaktorische Eindrücke. Ein überquellender Mülleimer. Eine sehr gut gereifte Pizza. Eine nicht gespülte Toilette. Diese Bude war mehr als eine Herausforderung für den Geruchssinn – es war ein Frontalangriff.

Er fand drei Männer im Wohnzimmer, aus dem ein Großteil des Geruchs herauswaberte. Zwei von ihnen – beide schwarz, aber sehr unterschiedlichen Alters – saßen auf demselben großen Sitzsack. Mit den Daumen hämmerten sie auf den Controllern einer Spielekonsole herum, und ein karottengroßer Joint qualmte in einem Aschenbecher zwischen ihnen vor sich hin.

Hoon schätzte den Älteren der beiden auf Anfang dreißig. Seine Wangen waren von Narben übersät, die darauf hindeuteten, dass er in seiner Jugend unter heftiger Akne gelitten haben musste.

Der andere Mann war etwa zehn bis fünfzehn Jahre jünger. Seine Haut sah weitaus besser aus, doch ihre ähnlichen Gesichtszüge verrieten, dass sie vermutlich Brüder waren.

Der dritte Mann lag altersmäßig irgendwo zwischen den beiden. Er saß im Schneidersitz in einem schrägen, weil dreibeinigen Sessel und konzentrierte sich auf den Joint, den er sich gerade drehte. Dieses Teil war länger und dünner – so lang, dass Hoon sich fragte, ob der Typ vielleicht eine Art Rekord aufstellen wollte.

Er war ... Herrgott, wie nannte man das heutzutage korrekt? Nahostler? Asiate? Er hätte wohl besser aufpassen sollen, als die schottische Polizei all diese Diversitäts-Kurse durchführte.

»Alles klar, Jungs?«, fragte er, da keiner von ihnen auch nur in seine Richtung blickte. Er verschränkte die Hände hinter dem Rücken und wippte auf seinen Ballen, während die Sitzsackbrüder aufschauten und reagierten.

»Shit!«

»Wer zum Teufel bist du?«

»Woher kommst du?«

»Marty! Verdammte Scheiße, Marty, wen hast du da reingelassen, du nutzloses Stück Scheiße!«

Hoon warf einen Blick auf sein Display. *Martin Wilcott. Alter 19.*

Tick.

Ein Wimmern ertönte, als der Junge von der Haustür in den Raum huschte. Mit der einen Hand umklammerte er vorsichtig das andere Handgelenk, und der Daumen ragte noch immer in die falsche Richtung. Musste schmerzhaft sein.

»Er ... er hat mir die Hand gebrochen!«, brabbelte Marty in der gleichen schlechten Parodie von Patois, des jamaikanischen Kreol. Er warf Hoon einen Blick zu, in dem sich zehn Prozent Wut und neunzig Prozent Angst mischten. »Er hat mir die verdammte Hand gebrochen!«

»Jetzt mach dir mal nicht ins Hemd«, wies Hoon ihn zurecht. »Ich habe dir den *Daumen* gebrochen, Junge. Nicht deine Hand. Beruhig dich! Außerdem hast du ja noch eine völlig funktionsfähige Hand übrig, hm?«

Die Art und Weise, wie Hoon diesen letzten Satz betonte, erstickte Martys Schluchzen auf der Stelle. Denn es war klar, dass es weniger eine Beruhigung als vielmehr eine Warnung war. *Du denkst, das hier ist schmerzhaft?*, sagte sein Tonfall. *Ich frage mich, wie es sich wohl anfühlt, wenn ich dir den anderen auch breche …*

Der Mann, der mit gekreuzten Beinen in dem Sessel saß, hatte noch nicht gesprochen. Er wirkte auch nicht besonders beunruhigt über die Ankunft des Fremden in ihrer Höhle. Er drehte immer noch seinen Joint, und seine Zunge zuckte gelegentlich aus dem Wald seines Bartes hervor und strich über die Gummierung des Papiers.

Die Sitzsack-Brüder hatten ihre Controller fallen lassen und bemühten sich aufzustehen. Dabei behinderten sie sich jedoch gegenseitig, und es dauerte einige Sekunden voller Vorwürfe und Peinlichkeiten, bis sie es endlich geschafft hatten, auf die Beine zu kommen.

Sie waren große Burschen. Vor allem der ältere der beiden. Er strahlte aus, dass er wusste, was er tat, und Hoon machte sich eine mentale Notiz, ihm als Erstes in den Hintern zu treten, wenn die Dinge hässlich wurden.

Hoon dachte an Chucks Liste. Darauf hatten zwei Kerle mit demselben Nachnamen gestanden.

Irgendwas Afrikanisches. *Mbarga. Manuwa.* Oder etwas in der Art.

Er checkte das Display. *Mpenza.* Das war's, genau.

Pascal und Antoine.

Tick. Tick.

»Für wen zum Teufel hältst du dich?«, fragte der Ältere der beiden. Der Akzent war ein reiner *Saarf London*, Londoner Southend, ohne auch nur einen Anflug von irgendwo weiter weg.

Hoon ignorierte die Frage und richtete seine Aufmerksamkeit auf den vierten Mann, der noch immer keinen Ton von sich gegeben hatte. Er überprüfte erneut sein Handydisplay, überlegte kurz, wie er den Namen aussprechen sollte, und legte dann los.

»Bist du Ghazanfer Abassi?«

»Ich habe dir eine verdammte Frage gestellt«, zischte der ältere Mpenza. Er trat ein paar Schritte näher an Hoon heran – mit einem herausfordernden Gang, schwingenden Armen und vorgeschobenem Becken. Vermutlich sollte das alle, die es sahen, einschüchtern.

»Hast du dir in die Hose geschissen, Sohn?« Hoon machte keinerlei Anstalten, sich einschüchtern zu lassen.

Der jüngere Mpenza stachelte den älteren an. »Lässt du zu, dass er so mit dir redet, Bruder?«

»Ja, das tut er. Hab ich recht, Sweetheart?«, sagte Hoon. Etwas an der Art, wie er redete und einfach nur dastand, ließ beide Mpenzas zögern. Hoon trat zwischen ihnen hindurch und forderte sie mit einem Blick heraus, doch zu versuchen, ihn aufzuhalten. »Ghazanfer?«

Die Antwort des vierten Mannes hatte einen Hauch

von etwas Fremdem und Exotischem, aber der Akzent war wie bei den Mpenza-Brüdern durch den Südlondoner Slang geprägt. Tatsächlich war es der blonde Weiße, der von den vieren am wenigsten einheimisch klang, und das auch nur, weil er den Idioten spielte.

»Das bin ich«, sagte er und drehte weiter seinen Joint. Er rümpfte die Nase, als hätte er gerade etwas Schlimmes gerochen. Das war ziemlich krass, wenn man bedachte, wie die Wohnung stank. »Du redest komisch. Bist du Scotch, oder was?«

»Es heißt ›Schotte‹. ›Scotch‹ ist ein Getränk«, korrigierte ihn Hoon. »Diese kleine Information gibt's kostenlos. In Schottland sind wir da ganz vorne mit dabei: Bildung für alle. Echt ein großartiges Land.« Er nickte Ghaznafer zu. »Also, das ist deine Bude?«

»Scheiße! ›Also, das ist deine Bude?‹«, imitierte einer der Mpenza-Brüder den schottischen Akzent. Er klang noch schlimmer als der pickelige kleine Flachwichser an der Tür, der das Jamaikanische verhackstückt hatte.

Die beiden hinter ihm bellten vor Lachen. Der Bartträger auf dem Sessel stimmte zwar nicht in die Heiterkeit ein, lächelte aber zustimmend, was die anderen ermutigte.

»Ich muss schon sagen, du bist verdammt ruhig, angesichts der Tatsache, dass gerade ein furchterregender Bastard in deine Bude spaziert ist.«

»Das liegt daran, dass du nicht furchterregend bist, Digga!«, krähte einer der Brüder.

»Und zwar, weil wir dich umbringen werden, was?«, fügte der andere hinzu.

Hoon drehte sich langsam um und wandte sich an die Anwesenden. »Ich möchte gern im Voraus etwas klarstellen. Was auch immer hier geschieht, ihr sollt wissen, dass das nicht auf irgendwelche Vorurteile meinerseits zurückzuführen ist. Ich betrachte mich gern selbst als einen *Bastard der Chancengleichheit*. Ich hasse die Menschen nicht wegen ihrer Hautfarbe oder wegen irgendeiner himmlischen Märchenfee, die sie verehren, oder wegen des Geschlechts der Genitalien, an denen sie ihre eigenen reiben. Ich hasse sie, weil Menschen im Großen und Ganzen alle Arschlöcher sind.«

Er betrachtete die drei Männer, die um ihn herumstanden, und sah dann auf den Vierten im Sessel. »Und ihr hirnlosen Dumpfbacken seid da keine Ausnahme.«

»Wie hat er uns gerade genannt?« Der jüngere der beiden Brüder legte die Stirn in Falten, als hätte er Mühe, diese Worte zu entziffern.

»Wenn ich das mal so sagen darf, ihr Jungs braucht dringend frische Luft«, verkündete Hoon, drehte sich zum Fenster und riss die Vorhänge weit auf. Das Sonnenlicht war zwar dünn und grau, aber es genügte, um mindestens zwei Anwesenden ein scharfes Zischen zu entlocken.

»Wie geht das Fenster auf?«, fragte Hoon. »Der Gestank hier drin treibt einem ja Tränen in die Augen.«

Der ältere und größere der Mpenza-Brüder ballte die

Fäuste, schob das Kinn vor und setzte sich in Bewegung. »Fick dich!«, brüllte er und stürmte überraschend schnell vor.

Hoon wich dem Angriff aus, beschrieb eine volle Drehung und packte mit der Hand den Hinterkopf des Angreifers.

Es gab einen hohlen Knall, als das Gesicht des Mannes mit dem Glas Bekanntschaft machte. Unmittelbar darauf folgten eine Blutfontäne und ein Schmerzensschrei.

»Mist. Jetzt hast du das Glas vollgeschmiert. Hier, ich wische es für dich ab.« Hoon rieb das Gesicht des Mannes an der Fensterscheibe hinauf und hinunter und überzog das Glas mit roten Schlieren. »Scheiße. Das macht es sogar noch schlimmer.«

»Lass ihn verdammt noch mal los!«, schrie der jüngere Bruder. Eine Messerklinge schnappte auf, und er machte einen Ausfallschritt.

Hoons Fuß krachte in die Innenseite des Knies und veränderte unaufhaltsam den Winkel und die Richtung seiner Beugung.

Es dauerte noch einen halben Schritt, bis der Schmerz sich bemerkbar machte, dann schrie der jüngere Mpenza, stolperte und wurde von einem rechten Haken erwischt, der ihn zurück über den Sitzsack fegte. Der Aschenbecher und der karottengroße Joint flogen quer durch den Raum, als er auf den Boden krachte.

»Übrigens war das alles überhaupt nicht nötig«, sagte Hoon, zerrte den blutverschmierten älteren Bruder an den Haaren vom Fenster weg und setzte ihn auf seinem schluchzenden Bruderherz ab. »Ich bin nur reingeschneit, um mich mit euch zu unterhalten. Ihr habt euch das verdammt noch mal selbst eingebrockt.«

Drüben an der Tür verlagerte der falsche Jamaikaner Marty sein Gewicht auf die Fußballen und holte eine Reihe kurzer scharfer Atemzüge, während er sich auf den Angriff vorbereitete. Hoon hob winkend den Finger und brummte dann enttäuscht, als Marty auf dem Absatz kehrtmachte, in den Flur rannte, die Vordertür so heftig aufstieß, dass sie gegen die Wand krachte, und verschwand.

»Also gut.« Hoon drehte sich wieder zu dem Mann im Sessel um. »Versuchen wir's noch einmal. Ist das deine Wohnung, Sohn?«

Ghazanfer, der vor wenigen Augenblicken noch unerschütterlich ruhig gewesen war, wirkte nun, da seine drei Kameraden außer Gefecht gesetzt waren, deutlich weniger gefasst. Zwei seiner Kumpane wälzten sich auf dem Boden, und sein Gesichtsausdruck verriet, dass er wenig Interesse hatte, sich ihnen anzuschließen.

»Ja«, bestätigte er, während der bleistiftgroße Joint in seiner Hand zitterte. »Aber ich habe nichts getan.«

»Gut. Das ist gut«, sagte Hoon. Er stand ungefähr zwei Meter von dem Sitzenden entfernt, die Hände gelassen hinter dem Rücken verschränkt, ein Lächeln auf dem Gesicht, als ob ihn nichts auf der Welt kümmerte. »Erzähl mir von Caroline Gascoine.«

»Von wem?«

Hoon bückte sich, hob den Metallaschenbecher vom Boden auf und kippte den Inhalt über die Mpenza-Brüder.

»Das Mädchen, das du vor ein paar Monaten gejagt hast. Gleich hier nebenan«, sagte er und drehte den Aschenbecher müßig in seinen Händen.

»Ich weiß nicht, wovon du sprichst, Bro.«

Der Aschenbecher krachte gegen seine Stirn, sein Kopf wurde zurückgeschleudert. Das Ding war aus leichtem Aluminium und richtete nur wenig Schaden an. Aber es war ein sehr effektiver Warnschuss.

»Aua! Ich weiß nicht, wer das ist!«

»Was denn, gibt es eine so verdammt lange Liste von Frauen, die du verfolgt hast? Ist das das Problem? Hier, vielleicht hilft dir das ja auf die Sprünge.«

Er scrollte zu dem Foto, das er von der Aufnahme gemacht hatte, die Bamber ihm dagelassen hatte, und hielt dem Kerl sein Handy vor die Nase. Ghazanfer warf einen kurzen Blick darauf und sah schnell weg.

»Ja, genau das habe ich mir gedacht!« Hoon schob das Smartphone wieder in seine Tasche. »Mir wurde gesagt, dass du nicht gerade kooperativ warst, als die Polizei dich nach ihr gefragt hat. Ich brauche dir wohl kaum zu sagen, dass ich nicht die Polizei bin. Und glaub mir, es ist in deinem eigenen verdammten Interesse, meine Fragen zu beantworten.«

Neben ihm am Boden tasteten Finger suchend nach

dem heruntergefallenen Klappmesser. Hoon stampfte mit dem Fuß hart auf die Hand, was einen Schmerzensschrei hervorrief, den er aber nicht weiter beachtete.

»Verstehst du, die Polizei muss sich an Regeln halten. Sie haben diese vielen lästigen, beschissenen Vorschriften, und wenn sie sich nicht daranhalten, kriegen sie höllischen Ärger. Es ist wirklich ein verdammter Albtraum von Bürokratie«, erklärte Hoon. »Aber ich? Mich behindert so was nicht. Regeln, meine ich. Mir sind die Hände durch diesen ganzen Scheiß nicht gebunden.« Er warf kurz einen Blick über die Schulter und sah dann wieder nach vorn. »Übrigens: Wie hoch liegt eigentlich dein Balkon, was meinst du?«, fragte er.

»Was? Ich … weiß ich nicht.«

»Okay. Also, wenn du es nicht herausfinden willst, wirst du mir sagen, was mit Caroline Gascoine passiert ist«, sagte Hoon. Er hob einen Finger, bevor Ghazanfer anfangen konnte zu reden. »Aber ich warne dich – verstehst du? Ich habe einen eingebauten Lügendetektor für Schwachsinn. Wenn du mich anlügst und irgendwelchen Blödsinn verzapfst, werfe ich dich von diesem verdammten Balkon und beschere dir die aufregendsten zweieinhalb Sekunden deines sinnlosen, verschwendeten Lebens.« Er sah den Mann gerade so lange böse an, bis er sicher war, dass er seine Botschaft rübergebracht hatte. Dann senkte er den Finger und nickte. »Also gut. Schieß los.«

Ghazanfer zuckte leicht mit den Schultern. »Wir haben nicht … wir hatten nicht vor, was zu machen. Wir haben uns nur amüsiert, klar? Nichts weiter.«

»Ich habe die Aufnahmen der Videoüberwachung gesehen. Für mich sah es nicht so aus, als hätte Caroline sich sonderlich amüsiert.«

»Wir wollten ihr nicht wehtun«, behauptete Ghazanfer. »Wirklich nicht. Wir haben nur ein bisschen herumgezwitschert.«

Hoon runzelte die Stirn. »Ihr habt was?«

»Gezwitschert, Alter.«

»Was zum Teufel heißt ›zwitschern‹?«

»Du weißt schon. Wie … flirten, klar?«

»Verdammt, so was geht heutzutage als flirten durch? Einem verängstigten Mädchen in einem verdammten Rudel hinterherjagen? Und da heißt es, die Romantik sei tot.« Er schüttelte den Kopf. »Ihr habt sie gejagt. Und was dann?«

»Weiß ich nicht.«

Hoon blähte die Nasenflügel. »Du *weißt es nicht*? Wie zum Teufel kannst du das nicht wissen?«

»Wir waren zu.«

Hoons finsterer Blick grub tiefe Falten in sein Gesicht. »Jesus Christus, kannst du mir ein verdammtes *Englisch für Arschlöcher*-Wörterbuch leihen? Was soll das heißen, ihr wart ›zu‹?«

»Zugeknallt. Bekifft.«

»Hättest du das nicht einfach sagen können, verdammt?« Hoon spuckte aus. »Woran erinnerst du dich?«

»Sagte ich doch, Alter, an nicht viel!«

Hoon seufzte. »Dann versuchen wir es mal mit einem Ausschlussverfahren, ja? Ist sie auf kleinen magischen Feenflügeln davongeflogen?«

»Was? Nein.«

»Woher weißt du das?«

Ghazanfer blinzelte. »Na ja, weil … sie ein Mensch war, klar? Und weil … ich sie gesehen habe. Sie ist stiften gegangen, nicht geflogen oder so was.« Er fing den Blick des Mannes auf, der über ihm stand, und übersetzte, bevor er dazu aufgefordert wurde. »Weggelaufen, meine ich. Sie ist weggerannt.«

»Siehst du? Jetzt kommen wir verdammt noch mal endlich weiter«, sagte Hoon. Einer der Mpenza-Brüder versuchte, sich mit den Armen hochzustemmen. Hoon stellte einen Fuß auf seinen Rücken und überzeugte ihn, sich wieder hinzulegen. »Sie ist also weggerannt?«

»Ja. Ich … glaube schon.«

»Du glaubst das oder weißt du es?« Hoon bellte die Worte heraus, und Ghazanfer zuckte in seinem Sessel heftig zusammen.

»Ich weiß es! Sie ist geflüchtet.« Er zwirbelte seinen Bart um einen Finger und kniff leicht die Augen zusammen, als er sich zu erinnern versuchte. »Ich glaube, da war ein Tourist.«

»Ein Tourist?«

»Ja. Irgend so ein Kerl.« Er nickte. »Ja. Ich vermute, sie ist zu ihm gelaufen.« Er schnippte mit den Fingern, als ihm ein Detail wieder einfiel. »Warte. Er hatte einen heißen Schlitten.«

»Einen Schlitten?« Hoon runzelte die Stirn, während er darüber nachdachte. »Wer zum Teufel war er, der Weihnachtsmann?«

»Was? Nope, Kumpel. Einen Schlitten. Ein geiles Auto. Ein richtig cooles. Ein Porsche oder so was. Er stieg gerade ein, als sie auftauchte.«

»Farbe?«

»Weiß. Oder … warte? Der alte Knacker oder das Auto?«

»Beides.«

»Klar. Also er war weiß. Das Auto …? Irgendwie … blau. Halt, warte. Grün.« Ghazanfer schüttelte den Kopf. »Wie nennt man diese Farbe, die irgendwas zwischen Grün und Blau ist?«

»Grünblau«, schlug Hoon vor.

»Ja. Ja, genau das.«

»Hast du dir das Nummernschild gemerkt?«

»Alter, jetzt mal ehrlich …« Der Mann auf dem Sessel machte unmissverständlich deutlich, was er von dieser Frage hielt.

»Was ist mit diesem Haufen von Wichsern?« Hoon deutete auf die Mpenzas. »Ich nehme nicht an, dass sie sich das Nummernschild gemerkt haben? Oder dein Kumpel, der abgehauen ist? Bob Albino Marley? Ist das eigentlich kein verdammter Rassist, wenn er so redet?«

»Marty weiß nichts über irgendetwas.«

Hoon nickte. »Ja, den Eindruck hatte ich auch«, sagte er. »Was ist mit dem anderen Kerl?«

Der Mann im Sessel warf ihm einen verwirrten Blick zu. »Wer?«

»Ihr wart in dieser Nacht zu fünft. Auf der Jagd nach Caroline.« Er erinnerte sich an die Liste, die Bookish ihm gegeben hatte. »Eduardo irgendwas. Was ist mit ihm?«

Ghazanfer versteifte sich in seinem Sessel. »Was soll mit ihm sein?«

»Hat er etwas gesehen?«

»Weiß ich nicht. Kann schon sein. Du müsstest ihn selbst fragen.«

Hoon nickte. »Mach ich. Wo ist er?«

»Er ist tot.«

»Tot? Seit wann?«

»Seit die Bullen ihn einkassiert haben, klar?«, entgegnete Ghazanfer. Seine Nervosität wich einem Moment Ekel. »Diese Regeln, die sie angeblich haben? Diese ganzen Vorschriften, die besagen, dass sie niemandem was antun dürfen? Vielleicht sollte ihnen die mal jemand erklären.«

DREIZEHN

Hoon wartete darauf, dass der MG nach seiner Runde durch den Wohnblock wieder auftauchte, und beugte sich dann zum Fenster hinunter, als Chuck neben ihm abbremste.

»Gott sei Dank. Du lebst noch. Ich hatte schon befürchtet, dass ich vielleicht reinkommen und dich rausholen muss«, sagte Chuck.

»Mein tapferer Held«, erwiderte Hoon. »Kein Grund zur Beunruhigung. Es war nur ein Haufen Weicheier.« Er deutete auf die Wohnsiedlung. »Wo liegt die Straße, auf der Caroline entführt wurde?«

»Sie ist gleich um die Ecke. Steig ein.«

Hoon warf einen verächtlichen Blick in das Innere des Wagens und schüttelte dann den Kopf. »Zeig mir den Weg, ich treffe dich dort. Ich will ein Gefühl für den Ort bekommen. Außerdem tut es meinen Eiern nicht gut, zwischen meinen Schenkeln eingeklemmt zu werden.«

Bookish schien schon die Vorstellung zu schockieren, dass jemand freiwillig durch eine Wohnsiedlung wie diese spazieren wollte, ratterte dann aber ein paar Richtungsangaben herunter, um Hoon den Weg zu weisen.

»Ich warte da auf dich«, schloss er und kurbelte das Fenster hoch. Er blickte in den Außenspiegel, um sicherzugehen, dass Hoon nicht sofort von einer Bande Kapuzenmänner überfallen wurde, und fuhr dann schleunigst davon, bevor noch jemand das Auto ausschlachten konnte.

Hoon schob die Hände in die Taschen seiner zerknitterten Kampfhose und ging in die Richtung, in die Chuck gezeigt hatte. Ein paar Gesichter beobachteten ihn aus den Fenstern der Wohnblocks. Ein paar Jungs scharten sich um einen aufgemotzten VW Golf. Sie beäugten ihn, als wäre er ein exotisches neues Tier im Zoo.

Er nickte ihnen zu, als er an ihnen vorbeikam, und pfiff eine Melodie, während er im Zickzack durch das Labyrinth der Siedlung lief.

Hoon war noch nie hier gewesen, und doch war ihm so etwas vertraut. Er kannte zwar weder diese Wohnungen hier noch diese Menschen, aber viele ähnliche Wohnsiedlungen. Die, in der er aufgewachsen war, lag ein paar Hundert Meilen nördlich, und doch hatte sie mehr mit diesem Ort gemeinsam als mit irgendeinem anderen Viertel von Glasgow. Armut und Entbehrung scherten sich nicht um Entfernungen oder Grenzen. Es war überall dasselbe, egal wo man hinging.

Obwohl er sie zu faszinieren schien, machte keiner Anstalten, ihn aufzuhalten, als er, ohne weiter auf sie zu achten, an ihnen vorbeiging. Darüber war er froh.

Doch erst als er die Überwachungskamera sah, die an

der Seite eines der Wohnblocks angebracht war, wurde ihm klar, wo er sich befand. Er ging zu der Kamera hinüber, stellte sich direkt darunter und drehte sich dann so, dass er mehr oder weniger den Blickwinkel der Kamera einnahm.

Es passte. Das war es. Das war die Stelle, die er auf den Videoaufnahmen gesehen hatte. Hier hatten Ghazanfer und seine Kumpane Caroline verfolgt.

Das hieß …

Er marschierte zur Ecke des Häuserblocks und hörte bereits das Rumpeln des Verkehrs. Die Straße war ziemlich belebt. Sie war nicht so verstopft wie die in den anderen Gegenden, durch die sie mit dem MG gekrochen waren, aber der Verkehr reichte aus, um einen stadtweiten Notstand auszurufen, wenn die Fahrzeuge alle plötzlich in Inverness auftauchen würden.

Und der Bürgersteig vor ihm war auch nicht gerade menschenleer. Es waren vielleicht dreißig oder vierzig Personen in Steinwurfweite unterwegs – meist zwielichtig aussehende junge Leute und ein oder zwei Frauen mit Niqabs.

Jemand hupte ihn fröhlich an, und Chucks MG hielt am Straßenrand, mit angeschalteter Warnblinkanlage. Er streckte seinen Kopf aus dem Fenster, rief Hoon zu, dass er einen Strafzettel bekäme, wenn er hier noch lange herumlungern würde, dann verdrehte er die Augen und zog den Kopf wieder ein, als Hoon ihm mit einem ausgestreckten Mittelfinger antwortete.

Es handelte sich um eine Durchgangsstraße, und es gab nichts, wofür sich ein Halt gelohnt hätte. Keine Geschäfte, keine Geldautomaten, nichts. Man gelangte hier nicht einmal zu den Apartmenthäusern, ohne den Weg zurückzugehen, den Hoon von der Siedlung aus genommen hatte.

Auf der einen Seite befand sich die Straße, auf der anderen eine große graue Fassade, und das war so ziemlich alles. Nichts Erwähnenswertes.

Und das warf Fragen auf.

Hoon trat zur Seite, um zwei muslimischen Frauen Platz zu machen, und ging dann auf dem Bürgersteig weiter. Er blickte sich unablässig um, auf der Suche nach irgendetwas, was Aufschluss über den Vorfall hätte geben können.

Aber er fand keine Antworten. Nur eine weitere Frage, die er äußerte, als er sich schließlich neben Bookish in den MG quetschte. »Wonach sieht das für dich aus?«

Chuck folgte Hoons ausgestrecktem Finger und bemerkte eine Gruppe Teenager, die in der Nähe einiger Mülltonnen Wodka tranken. »Ein Haufen Teenagerschwangerschaften, die nur darauf warten, zu passieren?«, spekulierte er.

»Nicht die, Blödmann. Weiter oben!«, half Hoon ihm auf die Sprünge. Er beobachtete, wie der Blick des anderen Mannes nach oben wanderte. »Das ist eine Überwachungskamera, nicht wahr?«

»Ja, ist es«, bestätigte Chuck. Er drehte sich um –

was nicht einfach war, angesichts der Enge des Innenraums. »Ja und?«

»›Ja und‹ hatte die Met nicht gesagt, dass es in dieser Straße keine Kamera gäbe?«

Chucks Augen weiteten sich. »Verdammt! Ja, haben sie. Das haben sie gesagt!«

»Der Kerl in dieser Wohnung. Er hat gesagt, dass sich hier ein Typ herumgetrieben hätte. Ein Tourist, meinte er.«

»Das ist einfach nur ihr Slang«, erklärte Chuck. »Das bedeutet nicht, dass es sich um einen Touristen gehandelt hat, sondern so nennen sie jeden, der nicht aus der Gegend kommt.«

Hoon schnalzte missbilligend. »Wie auch immer. Jedenfalls sagte er, der Typ hätte sich hier herumgetrieben und Caroline wahrscheinlich mitgenommen.«

»Sehr gut! Das bestätigt unsere Theorie«, erwiderte Chuck.

»Was zum Teufel meinst du mit ›unsere Theorie‹? Du hast behauptet, dass sie sich irgendwo versteckt«, widersprach Hoon. Er schüttelte den Kopf und erstickte die Diskussion im Keim, bevor sie überhaupt begann. »Der Punkt ist ... was hat er gemacht?«

Chuck kniff die Augen zusammen. »Was hat wer gemacht?«

»Dieser Typ. Dieser verdammte ... Kerl. Der ›Tourist‹. Wieso treibt der sich hier herum? Hier gibt es absolut nichts. Null.«

Chuck blickte durch sein Seitenfenster auf die leere graue Wand vor ihm. »Okay, das sieht für mich auch nicht gerade nach dem Inbegriff von Vergnügen aus«, stimmte er zu. »Glaubst du, er hat auf sie gewartet?«

»Wenn nicht, ist das ein verdammt seltsamer Ort, um anzuhalten und sich die Beine zu vertreten«, sagte Hoon. »Der Kerl in der Wohnung meinte, er hätte irgendeinen auffälligen Wagen gefahren. Könnte ein Porsche gewesen sein.«

»Ein Banker vielleicht?«

»Ich dachte eher an einen miesen Zuhälter, aber ja, Banker könnte auch passen«, stimmte Hoon zu. »Was ist eigentlich mit diesem Eduardo passiert?«

»Wer?«

»Ein Typ von deiner Liste. Er war einer der Mistkerle, die sie gejagt haben. Eduardo Gonzales.«

»Ah, ja! Richtig. Also ... keine Ahnung. Warum? War er nicht in der Wohnung?«

»Nein. Nein, das kann man nicht sagen«, erwiderte Hoon. Er saugte seine Unterlippe ein, während er einen letzten Blick auf die Straße warf, und blies sie dann mit einem hörbaren Schmatzen wieder aus. »Dein Kontaktmann bei der Met«, sagte er dann nach längerem Nachdenken.

Chuck beäugte ihn argwöhnisch. »Was ist mit dem?«

»Ich glaube, es wird allerhöchste Zeit, dass er und ich einander vorgestellt werden.«

VIERZEHN

Es würde einige Zeit dauern, seinen Mann zu erreichen, hatte Bookish ihn vorgewarnt. Noch länger dauerte es, ihn davon zu überzeugen, dass ein Treffen mit
Hoon eine gute Idee war. Da Hoon nichts anderes zu
tun und absolut keine Lust hatte, ziellos durch die Straßen Londons zu schlendern, kehrte er zu dem Haus in
der Lampard Grove zurück.

Er klingelte, wartete und wurde dann von einem
breiten Lächeln und dem Geruch von etwas Würzigem
und Karibischem begrüßt.

»Du hast also den Weg zurückgefunden«, bemerkte
Gabriella. »Wir haben uns schon gefragt, ob du es
schaffst. Gwynn meint, du hättest einen ziemlich mise-
rablen Orientierungssinn.«

Hoon warf einen Blick an ihr vorbei in den Flur.
»Das hat er gesagt?«

Die leichte Veränderung ihres Lächelns sagte ihm,
dass Gwynn nichts dergleichen getan hatte. Aber
sie hatte es sich vorgestellt – und leise seinen Part
des Gesprächs übernommen, während er stumm dalag.

»Das Essen ist fast fertig. Dauert noch zwanzig Minuten.«

Sie trat zur Seite, um ihn hereinzulassen, und schloss die Tür hinter ihm. »Du kannst duschen, wenn du willst.«

»Ist nicht nötig, danke«, entgegnete Hoon.

»Geh duschen!«, wiederholte sie hartnäckig. »Du tust uns damit allen einen Gefallen.«

Auf Andeutungen zu achten war noch nie eine von Hoons Stärken gewesen, aber die hier war selbst für ihn deutlich genug.

»Klar. Okay. Es waren ein paar lange Tage, stimmt wohl.«

»Oben, erste Tür links. Handtücher sind in dem Korb«, sagte Gabriella. Als er gehen wollte, legte sie ihm eine Hand auf den Arm. Ihre Finger lagen weich und warm auf seiner Haut. »Vielleicht wird das Wasser nicht allzu heiß. Der Boiler zickt ein bisschen rum. Ich muss jemanden finden, der sich das mal ansieht.«

»Wenn du willst, sehe ich ihn mir an«, schlug Hoon vor.

Gabriellas Augen weiteten sich hoffnungsvoll. »Ach, du kennst dich mit Boilern aus?«

»Mehr oder weniger, ja«, sagte Hoon und verzichtete darauf, hinzuzufügen: *Eher weniger.* »Zeig mir, wo er ist, dann sehe ich, was ich tun kann.«

*

Einen Scheiß konnte er tun. Der Wasserboiler hing in der Küche an der hinteren Wand, und dass Hoon zwanzig Minuten gestemmt, geflucht und geschüttelt hatte, nur um die Frontplatte zu entfernen, ließ nichts Gutes ahnen.

Nachdem er die Platte abgenommen hatte, sah er sich mit einem Labyrinth aus Kupferrohren, Reglern, Ventilen und einer Reihe von Apparaturen konfrontiert, die er nur als »knubbelige Teile« bezeichnen konnte. Ihm war sofort klar, dass er heillos überfordert war und überhaupt kein Land mehr sehen konnte.

Gabriella hatte ihm eine umfassende Auswahl an Werkzeugen, einen festen Klaps auf den Rücken und ein hoffnungsvolles »Viel Glück« mit auf den Weg gegeben, was ihn zumindest bis hierhin gebracht hatte, ohne das ganze Ding von der Wand zu reißen und auf den Boden zu schleudern.

Doch jetzt war er in einer Sackgasse gelandet. In seinem Haus in Inverness hatte er sich schon ein paarmal mit dem alten Petroleumkessel abgemüht. Vor allem hatte er ihn an verschiedenen Stellen getreten und ihn so lange als »Dreckstei« bezeichnet, bis er wieder funktionierte. Diese Technik wollte er jedoch bei einem an das Hauptgasnetz angeschlossenen Gerät nicht so gerne anwenden.

»Wie läuft's?«, erkundigte sich Gabriella. Sie stand am Herd und rührte in einem Topf mit etwas, das unglaublich gut roch. Dampfwolken stiegen daraus empor und wurden von der geschwungenen silbernen Dunstabzugshaube an der Wand darüber eingesaugt. »Kommst du voran? Wäre toll, wenn du es zum Laufen bringen könntest. Ich habe schon seit Wochen nicht mehr heiß geduscht.«

Scheiße.

Hoon hatte ihr gerade gestehen wollen, dass er keine Ahnung hatte, wie er das Problem lösen sollte. Aber wie hätte er sie jetzt enttäuschen können? Sie hatte sich auf ihn verlassen.

Und von solchen Menschen gab es im Moment ein bisschen viele, für seinen Geschmack.

»Ja, nicht schlecht«, sagte er. »Ich mache mich gerade mit dem Ding vertraut.«

»Hast du den Fehlercode von der Frontplatte gefunden?«

Hoon blickte auf die Frontplatte, die neben ihm auf dem Boden lag. »Fehlercode?«

»Die blinkende Nummer«, erklärte Gabriella. »Mit den Worten ›Fehlercode‹ darüber.«

»Ach. Dieser Fehlercode. Klar. Nein. Wie lautet er noch gleich?«

Gabriella lächelte, und es erhellte den Raum. Mein Gott, Welshy war ein Glückspilz. Na ja, im Moment vielleicht weniger, aber trotzdem.

»Sieh in diese Schublade. Ich habe ihn gegoogelt und es aufgeschrieben.« Sie zeigte auf eine hölzerne

Vitrine im spanischen Stil, die zurzeit hauptsächlich leere Weinflaschen präsentierte.

Hoon öffnete die störrische Schublade und fand den Zettel. Er lag ganz oben. Und die Nummer des Fehlercodes war offenbar 25. Gabriella hatte beim Googeln herausgefunden, was das bedeutete, und sich auch noch die Zeit genommen, es aufzuschreiben.

Hoon blinzelte ein wenig wegen der winzigen Schrift und las die Fehlerdetails laut vor: »Luft im Wärmetauscher, blockierter oder eingeschränkter Primärfluss, blockierter Luftstrom im Wärmetauscher, eingeschränkter Abgasstrom, Fehler des Abgassensors, Pumpenfehler, geschlossenes Kessel- oder Heizkreisventil.«

Er blickte von dem Zettel auf das Innenleben des Kessels.

Er blickte wieder auf den Zettel und las ihn erneut, diesmal leise.

Was zum Teufel hatte das alles zu bedeuten?

Er las ihn noch einmal laut vor, wobei er diesmal willkürlich einige Begriffe betonte.

»Luft im Wärmetauscher. Blockierter oder *eingeschränkter* Primärfluss.« Er schaute zum Heizkessel hinauf und versuchte es dann erneut, diesmal mit etwas anderer Betonung. »Luft im *Wärmetauscher*. Blockierter oder eingeschränkter *Primärfluss*.«

Nein, das war auch nicht hilfreich.

»Es könnte sich um eine defekte Pumpe handeln«, erklärte er und klammerte sich an die Formulierung

»Pumpenfehler«, die sich am Ende der Fehlerbeschreibung befand. Hoffentlich bat Gabriella ihn nicht, ihr zu zeigen, welches Teil die Pumpe war, oder in irgendeiner Weise detailliert zu erklären, welchen Zweck sie erfüllte.

»Mist. Das klingt kostspielig. Dabei ist es nur das heiße Wasser. Das ist doch merkwürdig, oder?«, fragte sie. »Ich kann kochen, und auch die Heizung springt an. Sie ist etwas lauter und nicht mehr so heiß wie früher, funktioniert aber meistens ganz gut.«

Nach ihrer Beschreibung klang es nicht *allzu* kaputt, dachte Hoon. Vielleicht reichten ja ein paar kräftige Schläge mit einem Schraubenschlüssel oder ein gut platzierter Stich mit einem Schraubenzieher aus, um den Boiler wieder voll funktionsfähig zu machen.

Alternativ könnte er sie auch alle vergasen oder in die Luft jagen.

Er wollte sich schon geschlagen geben, als er einen kleinen roten Knopf mit der Aufschrift »R« entdeckte. Er war winzig, maß nur ein paar Millimeter im Durchmesser und hatte in etwa die Größe, Form und Farbe eines Furunkels. Und er war sehr gut im Inneren des Kessels versteckt, als wäre derjenige, der ihn dort angebracht hatte, nicht darauf erpicht gewesen, dass irgendjemand draufdrückte.

Er drückte trotzdem drauf.

Es klickte.

Es keuchte.

Es stotterte.

Er trat vorsichtig einen Schritt zurück und beäugte den Boiler argwöhnisch, während er sich gleichzeitig bemühte, gelassen zu wirken, um die Frau nicht zu beunruhigen, die nur ein kleines Stück von ihm entfernt das Abendessen zubereitete. Falls sie fliehen mussten, konnte er sie wohl durch die Vordertür nach draußen bringen, bevor sich das Feuer zu weit ausbreitete. Welshy zu retten, könnte sich problematischer gestalten, aber ihm würde schon was einfallen.

Seine Besorgnis wuchs, als das Stottern zu einem leisen, gleichmäßigen Brummen wurde.

Gabriellas Stimme ertönte unmittelbar hinter Hoon, und er musste gegen den tief verwurzelten Instinkt ankämpfen, ihr seinen Ellbogen ins Gesicht zu rammen.

»Hast du ihn repariert? Funktioniert er jetzt?«

Sie klang aufgeregt, und bevor Hoon sie beschwichtigen konnte, eilte sie zum Waschbecken und stellte das heiße Wasser an. Es hustete, spritzte und rülpste aus dem Hahn, doch schließlich floss das Wasser gleichmäßig.

Gabriella wartete einen Moment, hielt dann eine Hand unter den Strahl und riss sie schnell wieder zurück. »Es ist heiß!«, rief sie, und ihr Gesicht und das Zimmer strahlten noch heller als zuvor. »Es ist heiß! Es ist richtig heiß!«

»Da fick mich doch ...« Hoon konnte seine Überraschung nicht verbergen.

Gabriella lachte und schüttelte den Kopf. »Nein«, sagte sie. »Tut mir leid. Aber danke für das Angebot.« Sie drehte den Wasserhahn zu, trocknete ihre Hand an ihrer Jeans und trat wieder an den Herd. »Und jetzt geh duschen. In zwanzig Minuten gibt es Abendessen.«

FÜNFZEHN

Sie aßen in Welshys Zimmer, ein Gericht aus Reis und Bohnen, das Gabriella zum ersten Mal probiert hatte, als sie und Gwynn auf ihrer Hochzeitsreise in der Karibik waren. Sie hatten es beide geliebt, und nach vielen Experimenten zu Hause war es ihnen gelungen, das Rezept annähernd nachzumachen.

»Es ist nicht ganz so gut wie das Original«, hatte sie betont, als sie Hoon die Geschichte erzählte. »Aber es ist nah dran.«

Hoon konnte sich nicht vorstellen, was an dem ursprünglichen Gericht besser hätte sein können. Die Zutaten waren einfach – hauptsächlich Reis und Kidneybohnen –, doch irgendeine dunkle Magie hatte es in etwas verwandelt, von dem sein Gaumen sofort begeistert war.

Natürlich hatte er schon eine Zeit lang nichts mehr gegessen, und es war noch viel länger her, dass jemand für ihn gekocht hatte – und noch länger, dass es eine attraktive Frau gewesen war.

Welshy saß aufgerichtet im Bett und beobachtete sie wortlos. Sein Essen stand auf einem Tablett neben seinem Bett. Gabriella wartete, bis es ein wenig abkühlte, und nutzte die Gelegenheit, um in der Zwischenzeit ihre eigene Portion herunterzuschlingen.

»Funktioniert die Dusche wieder?«, erkundigte sie sich.

Sie hielt ihre Schale mit einer Hand und dicht an ihr Gesicht. Ihre Gabel war ständig in Bewegung, schaufelte den Reis zu ihrem Mund und kehrte dann in die Schale zurück, um während des Kauens die nächste Ladung aufzunehmen.

»Sie war … nass«, antwortete Hoon. »Ich hatte schon Schlimmeres.«

Gabriella hielt beim Hineinschaufeln des Essens lange genug inne, um lachen zu können. »Das kann ich mir vorstellen. Gwynn hat einige Geschichten erzählt.«

Hoon blickte zu dem Mann im Bett. »Mir graut bei dem Gedanken.«

»Wie ist dein Tag gelaufen?«, fragte Gabriella. Der Mechanismus sprang erneut an, und die Gabel nahm ihre emsige Arbeit wieder auf.

»Ich … da muss ich passen«, antwortete Hoon. »Ich bin mir noch nicht sicher.«

»Du sagtest, du wärst beruflich hier?«

»Ja. Größtenteils. Mehr oder weniger.« Hoon zuckte mit den Schultern. »Aber eigentlich, nein, nicht wirklich. Ein Freund von mir hat mich um einen Gefallen gebeten. Ein Freund von uns, um genau zu sein.« Er sah zu Welshy. »Bamber. Erinnerst du dich an Bamber, Welshy?«

Ein Auge schwamm. Ein Stöhnen erklang.

»Er ist sich nicht sicher«, sagte Gabriella. Sie übersetzte oder spekulierte vielleicht auch nur.

»Doch, das bist du. Big Bamber Gascoine. Sein richtiger Name ist … Oh, Mist, wie war sein Name noch? Elon …? Alvin? Etwas in dieser Art, aber wir nannten ihn Bamber, wegen des Jungen aus der Glotze. *Universitäts-Challenge.* Fällt es dir ein?« Hoon stocherte in seinem Essen herum und spießte ein paar Bohnen auf.

Der Mann im Bett reagierte nicht. Nichts bestätigte oder dementierte, dass er sich an den alten Freund erinnerte, von dem die Rede war.

Hoon verzog das Gesicht. Er kam wohl nicht darum herum, deutlicher zu werden. »Er hat seine Beine auf der Straße verloren.«

Ein Grunzen belohnte ihn. Und ein Blinzeln. Gabriella brauchte das nicht zu übersetzen, tat es aber trotzdem.

»Er erinnert sich.«

»Gut. Also … er hat mich gebeten, ihm bei etwas zu helfen. Eine … persönliche Angelegenheit.«

Gabriella stellte ihre leere Schüssel mit einem Klirren auf dem Tisch ab. »Na, du bist wohl der Mann für alle guten Taten.« Sie lächelte, stand dann auf und ging zum Bett. »Hast du Hunger, Babe? Das Essen sollte genug gekühlt sein.«

Sie nahm einen Löffel, führte ihn an ihre Lippen,

und nickte, um zu bestätigen, dass er es ohne Bedenken essen konnte. Bevor sie jedoch anfing, ihn zu füttern, warf sie noch einmal einen Blick über die Schulter zum Tisch.

»Es kann ein bisschen unappetitlich werden«, sagte sie. »Du solltest vielleicht … Ich weiß nicht, ob du wegschauen willst, oder …«

»Er war schon immer ein richtiges Ferkel, wenn es ums Essen ging«, erwiderte Hoon. »Stimmt doch, Welshy? Ich komme sicher damit klar.«

Gabriella lächelte ein *Dankeschön*, dann führte sie den Löffel zum Mund ihres Mannes. Er presste die Lippen fest zusammen.

»Komm, Babe. Weit aufmachen«, ermutigte sie ihn.

Welshy grunzte, und sein Blick wanderte von seiner Frau zu Hoon und wieder zurück. Sein Mund blieb fest geschlossen.

»Komm schon. Es ist dein Lieblingsessen«, drängte ihn Gabriella. Als Welshy sich weiterhin weigerte, seufzte sie und blickte erneut über ihre Schulter auf Hoon. »Ich glaube, vielleicht … ich glaube, es ist ihm ein bisschen peinlich. Dass du ihn so siehst.«

Hoon runzelte die Stirn. »Peinlich? Was, vor *mir*?«

»Ich … ja, ich glaube schon.«

Hoon lehnte sich auf dem Holzstuhl zurück und blickte einen Moment lang an die Decke, während er einige abgenutzte und verblasste Erinnerungsspeicher durchwühlte.

»Ich würde dir zu gerne das Datum nennen, aber es ist mir entfallen«, sagte er nach kurzem Überlegen. »Es war Mitte Juni oder Juli. 1991. Wir waren auf Scud-Jagd. Du weißt schon, diese Raketen? Hoffnungslos veraltet, aber sie konnten ziemlich viel Schaden anrichten. Also haben wir nach ihnen gesucht. Wir sind in Landrovern durch die Gegend gefahren und haben jede Menge Staub in der Wüste aufgewirbelt. Von wegen unauffällig.«

Welshys Augen hörten auf zu tränen.

»Also, jedenfalls waren wir meistens nachts unterwegs und hielten uns tagsüber versteckt. In dieser einen Nacht hatte ich wohl irgendetwas Fragwürdiges gegessen, denn meine Eingeweide brannten. Ehrlich, so schlimm habe ich mich noch nie gefühlt. Als würde sich alles von meiner Brust abwärts verflüssigen. Wir wollten nirgendwo anhalten, aber wir hatten keine Wahl. Wir mussten, damit ich in Ruhe sch…« Er warf einen Blick auf Gabriella und empfand plötzlich das Bedürfnis, seine Beschreibung ein wenig zu zensieren. »Damit ich einen Toilettenstopp einlegen konnte. Dann fielen plötzlich Schüsse. Aus dem Nichts. Es knallte, und Kugeln flogen durch die Luft. Irgendein verdammter Ziegenhirte oder so was hatte uns entdeckt und uns an die Iraker verpfiffen.«

»Himmel. Was ist passiert?«, wollte Gabriella wissen.

»Wir haben zurückgeschlagen. Haben das Feuer erwidert«, sagte Hoon.

Welshy grunzte. Vielleicht lachte er auch. Jedenfalls funkelte da etwas in seinem einen guten Auge und entlockte Hoon ein Grinsen. Er deutete mit dem Finger auf Gwynn.

»Ja, ich wusste, dass du dich daran erinnern würdest, du großer Scheißkerl!«, sagte er. »Ich komm also rausgerannt und schnapp mir mein Gewehr. Ich bin bewaffnet und verdammt kampfbereit. *Her mit den Mistkerlen!* Welshy feuert bereits. Die Kugeln schwirren wie wütende Wespen durch die Luft. Er schaut zu mir und …« Hoon lachte leise. »Sein Blick streift mich, und dann sieht er noch mal richtig hin. Wie in so einer Sitcom oder einem Zeichentrickfilm, verstehst du? Das Einzige, was fehlt, ist das verdammt große Fragezeichen, das über seinem Kopf schwebt. Also schaue ich an mir runter und stelle fest, dass meine Unterhose noch um meine Knöchel hängt.«

Gabriella biss sich auf die Unterlippe. »Nein!«

»Und das war noch nicht mal das Schlimmste. Ich schaue hinter mich und habe einen Schwanz von Klopapier am Arsch. Es klemmt zwischen meinen Arschbacken wie die Lunte eines Feuerwerks und weht im Wind. Die Mistkerle haben mich noch Monate damit aufgezogen.« Hoon schüttelte den Kopf, verschränkte die Arme und warf Welshy einen strengen Blick zu. »Also, erzähl mir nichts von verdammter Peinlichkeit, Junge, sondern schling dein Essen runter, bevor ich es dir wegschnappe.«

Welshy rümpfte die Nase, und sein Auge zuckte. Dann öffneten sich seine Lippen einen Spalt. Gerade weit genug.

»Ja, das will ich verdammt noch mal auch meinen!«, sagte Hoon. Er sammelte seine und Gabriellas Schüssel ein. »Ich mach mal den Abwasch und lasse euch in Ruhe.«

»Du musst mit dem Kessel heißes Wasser machen!«, rief Gabriella ihm nach, als er das Zimmer verließ. »Weil …«

»… das heiße Wasser schon wieder nicht funktioniert«, beendete Hoon ihren Satz. »Ich bin mir meiner Erfolglosigkeit durchaus bewusst, danke. Du musst es mir nicht unter die Nase reiben.«

Er hörte ein weiteres, wiederholtes Stöhnen von dem Mann im Bett.

Diesmal war es auf jeden Fall ein Lachen.

Hoon lächelte, als er die Tür schloss.

Hoon steckte bis zu den Ellbogen im lauwarmen Wasser, als sein Handy klingelte. Er fluchte leise, suchte nach einem Handtuch, schüttelte das Wasser ab, als er keines fand, und fischte mit feuchten Händen sein Telefon aus der Tasche.

»Bookish?« Das Handy rutschte ihm aus den Fingern, und er konnte es gerade noch auffangen, bevor es ins Waschbecken plumpste. »Hallo? Ja. Nein, ich habe dich fallen lassen. Ich spüle gerade Geschirr bei den Welshys.«

Bei der Antwort verfinsterte sich seine Miene.

»Nein, sie haben keine Spülmaschine«, erwiderte er. Chuck fragte weiter nach. »Nein, nicht einmal in der heutigen Zeit, nein«, sagte Hoon. »Aber immerhin leben sie nicht auf einem verdammten Boot. Du kannst es dir nicht leisten, über andere zu urteilen.« Er ging zur Küchentür, schloss sie und senkte die Stimme. »Bist du weitergekommen? Hast du ein Treffen arrangiert?« Er hörte zu. Sein Gesicht verfinsterte sich noch mehr. »Was soll das heißen? Warum nicht?«

Chuck versuchte sich an einer Entschuldigung.

»Es ist mir scheißegal, wie viel Angst er hat, er ... Moment mal, was hast du gerade gesagt?«

Er wartete, während Chuck seine Worte wiederholte.

»Er ist ein Constable? Ich dachte, er sei jemand Wichtiges? Wer zum Teufel benutzt einen Constable als Insider? Mit welchen Informationen füttert er dich denn? Verrät er dir das Menü aus der Kantine? Constables wissen einen Scheißdreck. Constables wissen so wenig, dass sie nicht mal *wissen*, wie wenig sie wissen. Kein Wunder, dass er nicht mit mir reden will, es ist wahrscheinlich längst Schlafenszeit für ihn.« Er schnalzte verächtlich mit der Zunge und schüttelte vorwurfsvoll den Kopf. »Ein Constable! Mein Gott, Mann. Und ich dachte schon, du wärst ausnahmsweise mal nützlich.«

Bookish wollte antworten, aber Hoon unterbrach ihn.

»Was ist denn mit diesem Eduardo? Wusste er wenigstens darüber etwas?«

Hoon hörte zu. Er nickte. »Okay, das ist immerhin etwas Nützliches. Ich würde sagen: ›Gut gemacht‹, doch nach diesem enttäuschenden Anruf hätte ich das Gefühl, dass ich deine verdammte Intelligenz beleidigen würde.«

Wieder begann Chuck zu sprechen, nur um erneut unterbrochen zu werden.

»Hör zu, es spielt keine Rolle. Vergiss es einfach. Es hat keinen Sinn, nutzlosen Mistkerlen nachzuweinen, wie man so schön sagt. Überlass das Ganze ruhig mir«, fuhr er fort. »Ich habe selbst noch ein oder zwei Kontakte …«

Fast am anderen Ende des Vereinigten Königreichs wurde der ohnehin schon lange und unangenehme Tag für DCI Jack Logan noch schlimmer, als Hoons Name auf seinem Handydisplay aufleuchtete.

»Bob?«, sagte er, nachdem er zögernd auf das grüne Symbol getippt hatte. »Du bist doch nicht schon wieder im Gefängnis, oder?«

»Schön wär's!«, kam die gereizte Antwort. »Ich bin in London.«

Logan nahm sein Telefon vom Ohr und blickte darauf, als würde es ihn verarschen. »In London?«, fragte er, nachdem er es wieder ans Ohr gelegt hatte. »Was machst du in London? Darfst du überhaupt nach London?«

»Warum zum Teufel sollte ich nicht nach London dürfen?«, fragte Hoon.

»Keine Ahnung. Ich habe einfach angenommen, dass es dafür schon einen Grund geben würde«, erklärte Logan. »Wir haben uns doch erst gestern gesehen. Wie bist du so schnell dahin gekommen?«

»Im Sleeper. Übrigens die mieseste Entscheidung, die ich je getroffen habe«, sagte Hoon.

Das mochte Logan nicht so recht glauben, verkniff sich aber eine Bemerkung. »Schon klar. Und was ist der Grund? Was machst du da unten?«

Am anderen Ende der Leitung herrschte einen Moment lang Stille. Das Geräusch im Hintergrund erinnerte an das Gluckern eines Waschbeckens, wenn man das Wasser ablaufen ließ. »Ich arbeite an einem Fall«, erwiderte Hoon schließlich.

Logan runzelte die Stirn. »Ich hoffe, du meinst das nur bildlich gesprochen, Bob«, sagte er. »Denn, falls du es vergessen hast, du bist nicht mehr bei der Polizei.«

»Das ist mir verdammt noch mal bewusst«, erwiderte Hoon. »Es ist etwas ... Persönliches. Für einen alten Kumpel von mir.«

Logan nahm sich einen Moment Zeit zum Staunen. Die Idee, dass Hoon Freunde hatte, war ihm neu. »Verstehe. Na dann ..., also gut«, antwortete der DCI, weil ihm nichts Besseres einfiel. »Und du rufst mich an, weil ...?«

»Bist du gerade sehr beschäftigt?«, erkundigte sich Hoon.

Logan sah auf den Beweisbeutel auf seinem Schreibtisch und den Zettel darin. »Du kennst mich. Ich bin immer beschäftigt, Bob.«

»Von wegen«, erwiderte Hoon. »Schnapp dir einen Stift.«

»Warum?«

»Weil ich es dir verdammt noch mal sage, deshalb!«

Logan lehnte sich auf seinem Stuhl zurück und entfernte sich so weit von der Stiftablage, wie er konnte, ohne den Raum verlassen zu müssen. Er antwortete nicht, sondern wartete ab.

Nach einigen Sekunden seufzte Hoon. »Gut. Du musst mir einen Gefallen tun.«

Aha. Jetzt kommt's!

»Bob, ich bin gerade beschäftigt ...«

»Ich bin sicher, ich muss dich nicht an den nicht ganz legalen Gefallen erinnern, den ich dir kürzlich getan habe«, unterbrach ihn Hoon. »Einen Bastard von einem Dach baumeln lassen? Das ist eine verdammt große Bitte.« Er seufzte erneut, und etwas von dem Gift verschwand aus seiner Stimme. »Es geht um die Tochter eines Freundes von mir. Sie ist verschwunden. Ich glaube, sie wurde entführt, und die hiesige Polizei ist ein Haufen nutzloser Mistkerle. Sie ist kaum aus dem Teenageralter raus, Jack. Ich muss sie finden.«

Logan stöhnte, massierte seinen Nasenrücken mit Zeigefinger und Daumen und nahm einen Stift aus der Ablage. »Na schön«, sagte er. »Wenn es in einem vernünftigen Rahmen bleibt. Was soll ich für dich tun?«

SECHZEHN

Hoon hatte die U-Bahn an der Waterloo Station verlassen und war dann mit den morgendlichen Pendlern vorbei am London Eye, wie das Riesenrad genannt wurde, und über die Westminster Bridge geschlendert. Auf der anderen Seite angelangt, hatte er sich einen Moment Zeit genommen, um vor den Toren der Downing Street einige angemessen derbe Gesten zu machen, bevor er den Weg zu New Scotland Yard einschlug, dem Sitz des Metropolitan Police Service.

Logan hatte ausnahmsweise einmal tatsächlich geliefert. Hoon hatte den Anruf spät in der Nacht zuvor erhalten, während er sich auf der Couch von Welshy und Gabriella wälzte. Logan bestätigte, dass ein Treffen vereinbart worden war. Hoon hatte sich zwar nicht direkt bei ihm bedankt, aber er hatte sich auch nicht *nicht* bedankt. Er hatte keine Zweifel daran gelassen, dass der DCI nicht mehr Dankbarkeit aus ihm herausholen konnte, und sofort aufgelegt.

Denn es nützte nichts, den Mistkerl zu sehr zu loben. Er würde sich nur daran gewöhnen.

Er war bisher lediglich ein einziges Mal bei Scotland

Yard gewesen, und zwar in dem alten Gebäude auf der Victoria Street. Das neue Gebäude hatte er noch nicht besucht. Und für die vor einigen Jahren online gestellte Website interessierte er sich ebenfalls nicht.

Infolgedessen hatte er kaum eine Vorstellung davon, was ihn da erwartete. Er kannte natürlich das sich drehende Schild vor der Tür – das kannte jeder –, aber alles darüber hinaus war ihm noch ein Rätsel.

Dennoch betrat er das Gebäude, als stünde es ab sofort unter seinem Kommando. Er wurde augenblicklich von einem mürrisch aussehenden Mistkerl an einem Kontrollpunkt angehalten.

»Kann ich Ihnen helfen, Sir?«

»Ist schon gut, Kollege«, erwiderte Hoon. »Ich will zu einer Besprechung.«

Der Polizist wartete auf weitere Informationen und fragte nach, als diese nicht freiwillig gegeben wurden.

»Mit wem, Sir?«

Hoon schnalzte verärgert mit der Zunge und kramte dann in den vielen Taschen seiner Kampfhose. Schließlich fand er einen zerknitterten Zettel, den er bei Welshy aus einem Notizbuch gerissen hatte, und las den Namen laut vor. »Chief Superintendent Bagshaw.«

»Oh. Verstehe.« Der Constable musterte ihn von Kopf bis Fuß und machte keinen Hehl daraus, dass er das sehr bezweifelte. »Wie ist Ihr Name, Sir?«

Hoon überlegte kurz, ob er dem Mann eine sarkastische Antwort geben sollte, entschied sich aber dafür, ihm einfach seinen Namen zu nennen. Ob es ihm gefiel oder nicht, dieser schwachsinnige Trottel konnte entscheiden, ob er reingelassen wurde, und er sah aus wie jemand, der einen tiefsitzenden Groll mit sich herumschleppte.

»Und worum geht es bei dem Treffen, Sir?«, fragte der Constable, nachdem Hoon sich vorgestellt hatte.

»Das geht Sie nicht das Geringste an.«

Die Worte kamen über seine Lippen, bevor er sie stoppen konnte. Er zuckte zusammen, als der Officer sich zu seiner vollen Größe aufrichtete und seine angebliche Wichtigkeit bis zum Maximum hochfuhr.

»*Das kam härter rüber, als ich beabsichtigt hatte*«, hätte Hoon wahrscheinlich sagen sollen. Aber der Gesichtsausdruck des Constables ging ihm zu sehr auf die Nerven, also verschärfte er seinen sarkastischen Ton noch. »Das ist eine verdammt wichtige Verabredung, Junge, und was Chief Superintendent Bagshaw bei ihren privaten Terminen bespricht, geht einen hochnäsigen Wichser wie Sie einen Scheißdreck an. Also, gehen Sie jetzt an das verdammte Telefon, sagen Sie ihr, dass ich da bin, und beschreiben Sie mir dann den Weg, okay? Seien Sie ein guter Junge.«

Im nördlichen Norden Schottlands massierte sich DCI Jack Logan die Schläfen und kämpfte gegen die zunehmenden Spannungskopfschmerzen an. »Was meinst du damit, dass ich sie anrufen soll?«, fragte er den Mann am anderen Ende der Leitung.

Aus der Hörmuschel ergoss sich ein Schwall von Unflätigkeiten.

Logan seufzte. »Mein Gott, Bob! Warum genau haben sie dich rausgeworfen?«

Zwanzig Minuten später saß Hoon auf der falschen Seite des Schreibtisches in einem Büro, das doppelt so groß war wie sein altes Büro in Inverness und das einen Blick über die Themse auf das London Eye am gegenüberliegenden Ufer bot. Trotz der relativ frühen Stunde waren sämtliche Gondeln des Riesenrads von Touristen besetzt. Sie alle bestaunten die Ausdehnung der Stadt unter ihnen.

Die langsamen Umdrehungen hatten etwas seltsam Hypnotisierendes. Es war kein Wunder, dass der Schreibtisch der Büroinhaberin vom Fenster wegschaute, sonst würde sie nicht zum Arbeiten kommen.

Hoon war überrascht gewesen, dass Chief Superintendent Bagshaw eine »sie« war. Nicht etwa, weil er sexistisch gewesen wäre. Ganz im Gegenteil. Einige der am wenigsten inkompetenten Officers, die er kannte, waren Frauen. Es war nur so, dass die Institution Polizei noch einen langen Weg vor sich hatte, um die tief verwurzelte Frauenfeindlichkeit abzuschütteln. Trotz einiger hochkarätiger Ernennungen und Beförderungen in den letzten Jahren war sie nach wie vor weitgehend eine männliche Domäne.

Und er konnte nachvollziehen, warum sie es so weit

nach oben geschafft hatte. Sie wirkte wie eine Frau, die wusste, was sie wollte, und der vor allem auch klar war, wie sie es bekam. Ihr natürlicher Gesichtsausdruck zeigte eine strenge Ungeduld, als ob sie die Anwesenheit anderer um sie herum kaum ertragen könnte.

Vielleicht löste aber auch nur Hoon dieses Gefühl in ihr aus.

Sie trug ihre Uniform, als wäre sie etwas Königliches und Erhabenes. Ihre Knöpfe glänzten ebenso wie ihre auf Hochglanz polierten Schuhe. Vermutlich war sie die Art Person, dachte Hoon, die von vorgesetzten Kollegen als »direkt« oder »sachlich« bezeichnet wurde. Und von denen, die ihr unterstanden, als »richtig fiese Schlampe«.

Hoon wusste das zu schätzen. Diese Art von Führung war ihm allemal lieber als gefühlsduseliger Schwachsinn.

Sie hatte ihm zehn Minuten gegeben. Er brauchte nur drei. Eine, um sich vorzustellen, und zwei, um zu erklären, warum er hier war.

Er hatte ihr von Caroline erzählt. Von dem Auto. Von seiner Theorie, dass sie jemand in der Nacht, in der sie entführt wurde, abgepasst hatte. Alles schön komprimiert zu einem überschaubaren, mundgerechten Brocken.

Ihre Antwort überraschte ihn.

»Und?«

Hoon blinzelte. Runzelte die Stirn. »Was?«

»Ich sagte: ›Und?‹. Was genau wollen Sie?«

»Ich will, dass Sie sie finden«, antwortete Hoon. »Wie wär's, wenn wir das zum Ausgangspunkt machten und von dort aus weitergingen?«

»Wissen Sie, wie viele Menschen in dieser Stadt jedes Jahr vermisst gemeldet werden, Mr. Hoon?«

Hoon musste einräumen, dass er es nicht wusste.

»Fünfundfünfzigtausend. Mehr oder weniger. Fast doppelt so viel wie vor einem Jahrzehnt. Das sind über tausend Menschen pro Woche, die sich einfach in Luft auflösen. Puff.«

»Ja, aber die meisten von ihnen kommen sehr schnell zurück. Nach, was, nach einem Tag?«, entgegnete Hoon. »In den meisten Fällen sind Sie gar nicht involviert.«

»Wir sind immer involviert, Mr. Hoon«, widersprach sie. »Auf irgendeiner Ebene sind wir immer involviert. Und dafür braucht man Geld und Arbeitskräfte, die nicht gerade im Überfluss vorhanden sind. Am Ende des Tages können wir nicht nach allen suchen, so gerne wir das auch täten.«

Hoon beugte sich auf seinem Stuhl vor. »Ich bitte Sie ja auch nicht, nach allen zu suchen«, erwiderte er. »Ich bitte Sie, nach ihr zu suchen. Dann kann ich nach Hause gehen, ihrem alten Herrn in die Augen sehen und ihm sagen, dass Sie daran arbeiten. Ich kann ihm sagen, dass sie nicht einfach vergessen wurde.«

»Wir ›vergessen‹ niemals jemanden. Wenn das, was

Sie sagen, wahr ist – und ich bin mit ihrem Fall nicht vertraut –, wird es sich um eine laufende Ermittlung handeln.«

Hoon schnaubte. »Ich kenne dieses Fachchinesisch, Darling. Ich wette, wenn ich mir die Fallnotizen ansehe, werde ich feststellen, dass sie seit Monaten nicht mehr aktualisiert worden sind.«

»Sie werden auf den neuesten Stand gebracht, wenn wir etwas auf den neuesten Stand bringen können«, entgegnete Chief Superintendent Bagshaw. »Wenn es keine aktuellen Informationen gibt, gibt es auch keine Aktualisierungen.«

»Weil Sie sich nicht den Arsch aufreißen, um Informationen zu finden!«, schoss Hoon zurück. »Sie ist eine junge Frau. Sie hat niemanden angerufen, hat ihre Bankkarten nicht benutzt, und seit Monaten hat niemand sie gesehen. Das ist keine verdammte jugendliche Ausreißerin, die am nächsten Tag reumütig zurückkommt. Diesem Mädchen ist etwas zugestoßen, und Sie tun einen Scheiß dagegen.«

»Okay, Mr. Hoon, zwei Dinge. Erstens: Diese Art von Sprache ist inakzeptabel und wird in diesem Büro nicht geduldet. Noch so eine ausfallende Bemerkung, und ich lasse Sie aus diesem Büro werfen. Das meine ich wörtlich.« Sie fixierte ihn eine Weile mit ihrem Blick, um ihre Worte wirken zu lassen. »Zweitens: Ich will offen zu Ihnen sprechen. Das ist meine Art. Verzeihen Sie, wenn das für Sie zu direkt rüberkommen sollte, aber man hat mich als jemanden beschrieben, die ›keine Gefangenen macht‹.«

»Dabei sollte man meinen, genau das wäre Ihre verdammte Pflicht in dem Job«, murmelte Hoon. Dann verschränkte er die Arme vor der Brust und machte sich auf das gefasst, was als Nächstes kam.

»Nach dem, was Sie mir erzählt haben, halte ich es für so gut wie sicher, dass die Tochter Ihres Freundes tot ist. Das ist natürlich eine Tragödie, aber nur eine auf einer sehr langen Liste von Tragödien. Ich hätte liebend gerne die Mittel, ihnen allen die gebührende Beachtung zu schenken, doch die habe ich nicht. Beileibe nicht. Es sieht vielleicht nicht so aus, aber da draußen herrscht Chaos. Wir löschen jeden Tag tausend Brände, und jeden Tag flammen doppelt so viele auf.«

»Sind Sie sicher, dass Sie nicht gerade an die Feuerwehr denken?«, fragte Hoon.

»Sie sind komisch«, erwiderte Bagshaw. Das war kein Kompliment, sondern eher die Antwort auf eine Frage, die sie sich wohl gestellt hatte, seit er hereingekommen war. »Ich wünschte, ich hätte Zeit für Komik. Hab ich aber nicht.« Bei dem Wort »Zeit« lehnte sie sich zurück und warf einen Blick auf die Uhr, die sie an der Innenseite ihres linken Handgelenks trug. »Apropos, ich muss das Gespräch bald beenden.«

»ARU?«, fragte Hoon.

Auf der anderen Seite des Schreibtisches runzelte Chief Superintendent Bagshaw die Stirn. »Wie bitte?«

»Armed Response Unit?«

»Ich weiß, wofür die Abkürzung steht. Wie kommen Sie darauf?«

Hoon deutete auf ihr Handgelenk. »Die Uhr. Sie tragen sie auf der Innenseite des Handgelenks. Leichter abzulesen, wenn man ein Scharfschützengewehr in der Hand hat.«

Bagshaw schaute auf ihre Uhr und wirkte überrascht, als hätte sie das noch nie bemerkt.

»Ich war früher ebenfalls beim Militär«, sagte Hoon. »Und ich habe das auch so gemacht.«

»Stimmt, ja. Okay.« Sie drehte die Uhr auf die Oberseite ihres Handgelenks. »Ja. Schnelle Eingreiftruppe. Für einige Jahre.« Sie seufzte und schien sich etwas zu entspannen. »Hören Sie, wenn wir neue Beweise hätten – eine Leiche, ein paar Zeugen – dann könnten wir vielleicht Zeit und Kosten rechtfertigen. Aber im Moment haben wir nichts zu berichten.«

»Ich habe Ihnen neue Beweise gegeben. Das Auto.«

»Sicher, na klar. Wir suchen jemanden, der ein Auto besitzt, Zugang dazu hat oder es möglicherweise gestohlen hat. Das schränkt die Suche erheblich ein. Außer natürlich, wir tun es nicht. Es könnte völlig irrelevant sein.«

»Haben Sie Kinder?«

Sie antwortete nicht sofort. Als sie es dann doch tat, wirkte sie widerwillig. »Nein.«

Hoon schnalzte gereizt mit der Zunge. »Mist. Ich

hatte mir schon einen so schönen Appell an Ihr schlechtes Gewissen zurechtgelegt«, sagte er. »Damit wäre der Versuch wohl geplatzt.«

Sie machte ein Geräusch in ihrer Kehle. Es war ein trockenes Kratzen, als hätte sie Muskeln, die jahrelang geschlummert hatten, reaktiviert. Es klang noch weniger nach einem Lachen als die Laute, die Welshy von sich gegeben hatte. Aber ein winziges Zucken in einem ihrer Mundwinkel verlieh der Theorie einen Hauch von Substanz.

»Ich wünschte, ich könnte Ihnen helfen, Mr. Hoon. Sie und Ihr Freund haben mein volles Mitgefühl.«

»Ihr Mitgefühl. Sehr gut. Das wird ihn mächtig aufmuntern, ganz sicher. Er wird bestimmt aus dem Häuschen sein, wenn ich ihm das ausrichte.«

»Was genau soll ich tun?«, entgegnete Bagshaw. Sie machte mit den Händen eine wiegende Geste. »Sie haben selbst auf einem Stuhl gesessen, der diesem nicht unähnlich ist. Sie halten endliche Ressourcen in der einen Hand – endliche und *schrumpfende* Ressourcen wohlgemerkt – und eine anscheinend unendliche Anzahl von Anforderungen an diese Ressourcen in der anderen. Wie bringen Sie das unter einen Hut? Wie setzt man Prioritäten, wenn *alles* Priorität hat? Falls Sie eine Eingebung haben, Mr. Hoon – ein paar weise keltische Worte, die Sie mit mir teilen möchten –, ich bin ganz Ohr.«

Sie wartete darauf, dass er ihr einen schlauen Rat gab, und nickte knapp, als er stumm blieb.

»Nicht? Dachte ich mir. Ich muss Sie leider bitten zu gehen. Auf mich wartet der nächste Termin. Bitte richten Sie DCI Logan meine besten Grüße aus, wenn Sie ihn das nächste Mal sehen.« Sie warf einen vielsagenden Blick zur Tür. »Ich hoffe, das wird bald sein.«

»Wird es nicht«, erwiderte Hoon. »Ich bleibe lieber in der Nähe. Schnüffle ein bisschen herum. Stecke meine Nase dort hinein, wo sie nicht erwünscht ist. Mache ein bisschen Ärger.«

»Von Letzterem würde ich dringend abraten, Mr. Hoon«, warnte ihn Bagshaw.

»Warum? Begrenzte Ressourcen, schon vergessen? Es ist schließlich nicht so, dass Sie die Beamten entbehren könnten, um mich aufzuhalten.« Er streckte sich und legte beide Hände hinter seinen Kopf. »Ich kann eine Menge Lärm in verdammt kurzer Zeit veranstalten, und all diese ignoranten Loser, die da draußen herumlaufen, werden nicht den geringsten Schimmer haben, was sie dagegen unternehmen sollen.«

»Meine Officers sind mehr als fähig …«

»Und dann wäre da natürlich noch Eduardo Gonzales.«

Bagshaw zögerte nur einen Sekundenbruchteil, aber für jeden, der genau darauf achtete, war es unübersehbar.

»Wer?«

»Ein Zeuge, der Carolines Verschwinden mitbekommen hat. Starb in Untersuchungshaft. Eine schreckliche

Tragödie. Wenn ich in der Entführungssache nicht weiterkomme, verwende ich vielleicht etwas Zeit darauf, den Vorfall genauer zu untersuchen.« Er lächelte und öffnete seine Hände, als würde er ihr ein Geschenk überreichen. »Oder … Sie könnten mich an den zuständigen SIO weiterleiten, der Carolines Fall bearbeitet. Dann verpisse ich mich, und Sie müssen mich nie wiedersehen.« Er zwinkerte. Grinste. Und wackelte mit den Augenbrauen. »Also, Deirdrie, was darf's sein?«

SIEBZEHN

Dieses Büro war erheblich kleiner als das erste. Die Aussicht war auch nicht annähernd so gut, vor allem weil von den vielen Annehmlichkeiten, die dem Zimmer fehlten, das mangelnde Fenster die offensichtlichste war.

Während Chief Superintendent Bagshaw etwas an sich hatte, das Hoon fast schon bewunderte, konnte man das genaue Gegenteil von dem arroganten, Anzug tragenden, aufgeblasenen Wichser behaupten, der dieses Büro bewohnte.

Zu Hoons Freude lautete sein Name Balls. Detective Chief Inspector Matt Balls, um seinen vollen Titel zu nennen. Er war der leitende Ermittler, der das Verschwinden von Caroline Gascoine untersuchte, obwohl seine Erinnerung an den Fall recht verschwommen zu sein schien.

Sein Telefon hatte viermal geklingelt, seit Hoon ein paar Minuten zuvor ins Zimmer gekommen war. Zweimal hatte er abgenommen, einmal sprang die Mailbox an, und danach starrte er es eine Weile an, bevor er den Hörer abnahm, auflegte und den Hörer schließlich danebenlegte.

Seine Körpersprache war die von jemandem, der am Ende seiner Kräfte war, mit ruckartigen Bewegungen und schmerzverzerrter Miene. Auf einem Foto würde er mit seinem teuren dreiteiligen Anzug und den Designerschuhen allerdings schneidig wirken, als hätte er alles unter Kontrolle. Sein Haar war kurz geschnitten, damit es auch ohne Styling gut aussah, und obwohl sein Körper darauf hindeutete, dass er einige Zeit im Fitnessstudio verbracht hatte, verrieten seine fleischigen Wangen, dass dies schon einige Zeit her sein musste.

Er war Anfang vierzig, hatte jedoch bereits die vorzeitigen Stress- und Sorgenfalten, die man mehr oder weniger mit der ersten Polizeiuniform bekam. Er hatte die Augen eines Mannes, der nicht so viel geschlafen hatte, wie er sollte, und die gelblichen Fingerspitzen eines Mannes, der schon in den frühen Morgenstunden zu viele Zigaretten geraucht hatte.

Im Gegensatz zu Bagshaws Schreibtisch, der penibel aufgeräumt und gut organisiert war, war Balls' Schreibtisch eine wahre Müllhalde aus Dokumenten, Notizbüchern, Kaffeebechern und Deli-to-go-Verpackungen. Dieser Schreibtisch hätte als Abenteuerspielplatz für Mäuse dienen können. Es hätte Hoon überrascht, wenn der Gestank, den er ausstrahlte, die kleinen Nager nicht wie der sprichwörtliche Rattenfänger ins Gebäude gelockt hätte.

Alles in allem und obwohl der Mann sich zu viel Mühe gab, gut auszusehen, vermutete Hoon, dass er

DCI Balls eigentlich hätte mögen sollen. Er erkannte viel von sich selbst in dem jüngeren Mann wieder, wenn auch hauptsächlich in dem unordentlichen Schreibtisch und der Genervtheit gegenüber Leuten, die ihn am Telefon belästigten.

Trotzdem mochte er ihn nicht. Kein bisschen.

Und eben diese Ähnlichkeit zwischen ihnen beiden, das wurde Hoon rasch klar, könnte der Grund dafür sein.

»Entschuldigung. Also … wo waren wir?« Balls hatte einen Notizblock von einem Stapel genommen und wühlte auf dem Tisch herum, um etwas zum Schreiben zu finden.

Hoon fand einen Stift, der unter einer braunen Papiertüte von *KFC* hervorlugte, hob ihn auf und reichte ihn dem Mann. »Caroline Gascoine. Dreiundzwanzig Jahre alt. Wird seit Februar vermisst.« Er wartete, bis Balls zu Ende geschrieben hatte, bevor er fortfuhr. »Schottin. Studiert hier an der Westminster University.«

»Das ist ja gar nicht so weit weg«, bemerkte Balls, der immer noch schrieb.

»Mag sein, weiß ich nicht«, antwortete Hoon.

»Und Sie sind …?« Balls musterte den Mann auf der anderen Seite des Schreibtisches kurz von oben bis unten. Er lehnte sich in seinem Stuhl zurück und klaubte mit dem Daumen kleine Steine aus dem Profil seines Stiefels. »Ein Elternteil?«

Hoon schüttelte den Kopf. »Ich bin ein … externer Ermittler«, sagte er. »Ehemaliger Detective Superintendent bei der Police Scotland.«

»Und jetzt? Sind Sie freiberuflich tätig?«

»Nur dieses eine Mal«, erwiderte Hoon. »Ich helfe einem Freund. Ich bin sicher, Sie haben von Deirdrie – für Sie Chief Superintendent Bagshaw – erfahren, dass Sie mir helfen sollen, ein paar Dinge in diesem Fall zu klären.«

Balls wirkte nicht besonders beeindruckt, nickte aber. »Das ist der einzige Grund, warum wir beide hier sitzen. Was wollen Sie wissen?«

Hoon musterte den anderen Mann einen Moment, dann zog er die Unterlippe ein und kratzte mit den oberen Zähnen über seine Bartstoppeln. »Sie erinnern sich nicht an sie, oder? Sie haben keinen blassen Schimmer.«

»Wir haben viele vermisste Personen …«

»Ja. Habe ich schon gehört«, fiel Hoon ihm ins Wort. Er holte sein Handy heraus, fand Carolines Foto und hielt es dem Mann auf der anderen Seite des Schreibtisches vor die Nase. »Das ist sie. Klingelt da was bei Ihnen?«

Balls blinzelte und bedeutete Hoon mit einer Handbewegung, ihm das Telefon näher hinzuhalten. Als Hoon sich damit vorbeugte, musterte der DCI das Foto auf dem Display, wobei sich seine Augenbrauen vor Konzentration fast über seiner Nasenwurzel trafen.

»Hmm. Ich weiß nicht …« Er neigte den Kopf zur Seite, rieb sich das Kinn und schnalzte mit der Zunge an seinem Gaumen. »Sie ist nicht … War sie diejenige, die von einer Gruppe von Jungs gejagt wurde?«

»Ja! Richtig, das ist sie«, bestätigte Hoon. »Von fünf dieser Mistkerle. Ein Rudel von Schakalen.«

»Richtig. Genau. Ja. Sie haben uns nicht sonderlich weitergeholfen, wenn ich mich recht erinnere.« Ball dachte einen Moment nach. »Wir haben sie verhaftet, konnten sie aber nicht festhalten. Die Überwachungskameras haben sie mehr oder weniger von jeglicher Beteiligung freigesprochen, und ihre Geschichten stimmten überein. Natürlich nur, wenn es sich um den Fall handelt, an den ich denke. Das müsste ich nachprüfen.«

»Es klingt danach«, sagte Hoon. »Ich habe selbst mit einigen dieser Jungs gesprochen. Ich glaube, ich konnte ein oder zwei Erinnerungen wachrütteln. Sie meinen, gesehen zu haben, wie Caroline in ein Auto stieg.«

»Ein Auto?« Balls lehnte sich zurück, und auf seiner Stirn bildeten sich weitere Falten. »Ich kann mich nicht erinnern, dass jemand von ihnen ein Auto erwähnte. Obwohl ich es auch nicht ausschließen will. Haben sie sich das Kennzeichen gemerkt?«

Hoon schüttelte den Kopf. »Nur die Farbe und möglicherweise die Marke. Grünblau. Vielleicht ein Porsche. Jedenfalls etwas Teures.«

»Und das haben diese Jungs gesagt?«

»Ja«, bestätigte Hoon. »Sie haben dort auch einen Mann gesehen. Die einzige Beschreibung, die sie mir geben konnten, war, dass er ein Weißer gewesen ist. Er befand sich außerhalb des Wagens, als Caroline sich ihm näherte.«

»Außerhalb des Wagens?« Balls trommelte mit den Fingern auf eine der wenigen freien Flächen auf dem Schreibtisch. »Das war doch so eine Seitenstraße in Walworth, nicht wahr? Warum hängt jemand mit einem so schicken Wagen da herum? Da gibt es nichts zu sehen. Nicht um diese Zeit.«

»Das habe ich auch gedacht«, sagte Hoon. »Es gibt aber noch etwas. Wir hatten Zugriff auf die Videoüberwachung der Wohnsiedlung ...«

»Was? Wie?«

»Spielt keine Rolle. Der Punkt ist, uns wurde gesagt, dass es in der Straße, in der die Entführung stattfand, keine Kameras gäbe.«

»Wir wissen nicht sicher, ob es eine ...«, begann Balls, aber mitten im Satz verlor er seine Überzeugung und schwieg.

»Doch, tun wir«, sagte Hoon. »Und es gibt eine Kamera in dieser Straße. Sie hat den perfekten Winkel. Die hätte die ganze Sache aufnehmen müssen. Käme mir wie ein verdammt großer Zufall vor, wenn es kein Filmmaterial geben sollte.«

»Ich meine ... ich kann mich darum kümmern. Vielleicht ein paar Anrufe machen. Doch Sie müssen verstehen, dass hier Eile geboten ist. Wissen Sie, wie viele Frauen diese Woche schon als vermisst gemeldet wurden? Vier. Allein diese Woche. Und es ist noch lange hin bis zum Wochenende. Aber ich kann nach der Videoüberwachung fragen. Vielleicht wurde einfach etwas falsch abgelegt.«

Hoon grunzte. Das Grunzen sagte: »Ja, das ist das Mindeste, was du tun kannst, Kumpel!«, nur ohne Worte.

»Wenn Sie in der Zwischenzeit noch etwas hören, rufen Sie mich an«, sagte Balls. Sein Blick schweifte zur Tür, und er ließ seinen Kugelschreiber klicken, um seinen Besucher daran zu erinnern, wie beschäftigt er gerade war.

»Haben Sie eine Karte?«, fragte Hoon.

DCI Balls bemühte sich, seine Enttäuschung zu verbergen, aber er hätte vorgewarnt werden müssen, um es wirklich schaffen zu können. »Ja«, räumte er ein und griff in die oberste Schublade seines Schreibtisches. Er kramte einige Augenblicke darin herum und runzelte dann die Stirn. »Oh, leider habe ich keine mehr. Tut mir leid.«

»Macht nichts. Ich notiere mir einfach Ihre Kontaktdaten«, kam Hoon ihm zu Hilfe.

Das Quietschen der sich schließenden Schublade übertönte beinahe Balls' Seufzer. »Ja, machen Sie das.«

»Haben Sie ein Stück Papier?«, erkundigte sich Hoon.

Die Lippen des DCI bewegten sich, als wollte er

etwas sagen, doch dann riss er eine Seite aus einem kleinen aufklappbaren Notizbuch und reichte sie über den Schreibtisch.

»Und einen Stift?« Hoon starrte ihn an.

Balls erwiderte den Blick lange, dann zog er seine Schreibtischschublade wieder auf.

»Eigentlich ja, ich habe jede Menge davon. Ich besorge sie für all diese Schulungsveranstaltungen, zu denen wir geschleppt werden. Werbezeugs.«

Er kramte herum, bis er einen schlanken silberfarbenen Druckkugelschreiber fand. »Behalten Sie ihn. Ich habe Dutzende von diesen verdammten Dingern.«

Hoon nahm den Kugelschreiber und drehte ihn in seinen Händen um. Der Name eines Hotels, jedenfalls nahm er an, dass es sich um ein Hotel handelte, war unauffällig auf die Seite gedruckt. Ansonsten war es ein ziemlich normaler *Parker*-Kugelschreiber. »Sehr schön. Na dann. Also los.«

»Also los …? Ach so, klar.« Er ratterte seine Telefonnummer herunter. »Aber bitte benutzen Sie sie nur, wenn Sie unbedingt müssen, ja? Ich bin auch so schon erledigt. Rufen Sie bloß an, wenn Sie etwas Konkretes haben. Wenn ich auf meiner Seite etwas herausfinde, rufe ich Sie an.« Er lächelte höflich und deutete erneut auf die Tür.

Hoon rührte sich nicht, sondern steckte nur Papier und Stift ein. »Dann brauchen Sie wohl auch meine Nummer«, stellte er fest.

»Was? Ach so. Ja. Die brauche ich.« Er nahm seinen Stift vom Schreibtisch. »Schießen Sie los.«

Nach einigen Fehlversuchen, die Nummer aus dem Gedächtnis abzurufen, nahm Hoon sein Handy heraus und las sie laut vor. Balls kritzelte die Details hin, nickte, um zu signalisieren, dass er fertig war, legte dann den Stift weg und verschränkte die Hände auf seinem Block.

»Danke. Ich habe alles. Danke, dass Sie gekommen sind. Ich melde mich bei Ihnen.«

Hoons Stuhl knirschte auf den Teppichfliesen, als er ihn zurückschob und aufstand. »Eine letzte Sache noch. Die Mitbewohnerin von Caroline. Ich möchte mit ihr reden.«

»Wollen Sie das? Warum?«

»Wollte mal nach ihr sehen. Um sicherzugehen, dass es dem armen Mädchen gut geht.«

»Das ist aber sehr nett von Ihnen.«

»Und ihr vielleicht ein paar Fragen stellen. Über Carolines Stimmung. Über Freunde. Was auch immer. Mal sehen, ob sie etwas Licht in die Sache bringen kann.«

»Gut, also …«

»Haben Sie ihren Namen und ihre Adresse?«

Balls' Augenbrauen schossen vor Überraschung in die Höhe.

»Ihren Namen und ihre Adresse?«

»Ja. Die Adresse von Carolines Mitbewohnerin. Die brauche ich.«

Der DCI schüttelte den Kopf. »Die kann ich Ihnen nicht geben, das wissen Sie genau.«

Hoon stützte sich mit beiden Fäusten auf den Schreibtisch, wie ein Silberrücken, der seine Dominanz zur Geltung bringen will. »O doch, das können Sie, Kollege. Kommen Sie schon. Ich verrate nichts, wenn Sie nichts sagen.«

Balls stand auf. Er war ein wenig größer als Hoon, und auch wenn seine Muskeln etwas schlaffer geworden waren, waren sie immer noch kräftig genug. »Nein. Ich kann das nicht, und ich werde es auch nicht tun.«

»Ich kann dafür sorgen, dass es sich für Sie lohnt«, versprach Hoon. »Ich kann Ihnen ein paar Scheine zukommen lassen.«

»Auf gar keinen Fall!«, entgegnete Balls. »Und jetzt, Mr. Hoon, schlage ich vor, dass Sie sich aus meinem Büro verpissen, bevor ich Sie wegen Bestechung anzeige.«

Hoon grinste und nahm seine konfrontative Körpersprache zurück. »Das war nur ein Test. Ich kenne ihren Namen und ihre Adresse bereits. Aber gut gemacht, Ballsy. Glückwunsch.«

»Glückwunsch? Wofür?«, fragte der DCI.

Hoon blieb an der Tür stehen, musterte den Detective von Kopf bis Fuß und nickte ihm dann zu. »Sie haben ihn bestanden.«

ACHTZEHN

Hoon hockte erneut zusammengekauert in dem MG gegenüber einem Wohnblock. Dieser war allerdings anders als die Blocks in der Wohnsiedlung, wo sie zuvor gewesen waren. Dort hatte man auf Funktionalität statt auf Stil gesetzt, mit tristem Beton und kantigen Ecken.

Dieser Wohnblock hier wirkte dagegen geradezu fließend. Es gab Kurven und Bögen und vereinzelt ein paar kleine Verspieltheiten, die nur dazu dienten, die Aussicht auf ein Leben inmitten einer Ansammlung von Fremden ein bisschen weniger düster erscheinen zu lassen.

Es war früher Nachmittag, und auf der Straße herrschte das reinste Chaos. Auf diesem einen Straßenabschnitt fuhren mehr Busse als in ganz Inverness, schätzte Hoon. Und wenn die Citymaut im Stadtzentrum die Zahl der dort herumkurvenden Fahrzeuge tatsächlich reduziert hatte, musste es vorher ein absoluter Horror gewesen sein.

»Welche Wohnung ist es?« Hoon duckte sich tief, um unter dem geschlossenen Verdeck des Cabriolets herausspähen zu können.

»Dritter Stock, links.« Chuck deutete hin. »Die mit den gelben Vorhängen.«

»Ich sehe sie«, erwiderte Hoon.

»Die Mitbewohnerin heißt Yui. Sie ist Japanerin. Absolut heiß. Sie sieht noch ein bisschen jung aus, aber trotzdem ... richtig scharf.«

»Schön, sehr gut.« Hoon löste seinen Sicherheitsgurt, und Chuck tat dasselbe. »Was zum Teufel machst du da?«, wollte Hoon wissen.

Chuck sah auf die Schnalle seines Sicherheitsgurtes. »Ich komme mit.«

»Nein, tust du nicht«, widersprach Hoon.

»Warum nicht?«

»Weil du gerade den Satz gesagt hast: ›Sie sieht noch ein bisschen jung aus, aber trotzdem richtig scharf.‹ Und weil du ein gruselig aussehender Mistkerl bist, bei dessen Anblick sie Angstzustände bekäme«, antwortete Hoon. Er zuckte mit den Schultern. »Aber, he, nichts für ungut.«

»Nichts für ungut? Wie soll ich dir das nicht übelnehmen?« Chuck betrachtete sich im Spiegel, strich eine Haarsträhne zurück und fuhr sich dann mit der Hand übers Gesicht. »Es ist alles in Ordnung mit mir. Ich sehe gut aus.«

Hoon schnaubte. »Klar.« Er klopfte dem anderen Mann auf den Oberschenkel. »Red dir das ruhig ein.« Er deutete über seine Schulter. »Da hinten ist ein Coffee Shop. Geh dahin und hol dir einen Einhornsaft oder was auch immer das rosa Zeug war, das du neulich getrunken hast. Ich rufe dich an, wenn ich fertig bin.«

Bookish sah von Hoon zum Fenster der Wohnung und verzog das Gesicht. »Du wirst doch nur mit ihr reden, richtig? Du wirst nichts Verrücktes anstellen?«

»Wofür hältst du mich?« Hoon öffnete den Wagenschlag, was ein schrilles Hupen und quietschende Bremsen auslöste.

Er zog die Tür reaktionsschnell zu, erwiderte die rüde Geste des Fahrers in dem vorbeirasenden Lieferwagen und warf Bookish einen Seitenblick zu.

»Ich habe das übrigens ernst gemeint«, murmelte er.

Dann blickte er in den Außenspiegel und sicherheitshalber noch über die Schulter, stieg aus dem Auto und rannte zwischen den Lücken im schnell fließenden Verkehr über die Straße.

Yui Nakamura war auf Bob Hoon nicht vorbereitet. Das waren ohnehin nur sehr wenige Menschen, wenn es hart auf hart ging, aber Yui war es noch weniger als die meisten anderen.

Sie hatte ihn zunächst durch die in der Gegensprechanlage eingebaute Kamera, dann durch das Guckloch in der Tür und schließlich durch den schmalen Türspalt, den die dicke Sicherheitskette erlaubte, gemustert.

Selbst nachdem er ihr erklärt hatte, wer er war, weshalb er hier war, ihr alle Einzelheiten über Carolines Eltern erzählt und ihr eine bemerkenswert glaubwürdige Kopie seines alten Polizeiausweises gezeigt hatte, die er angefertigt hatte, bevor er ihn hatte abgeben müssen, schien sie noch unsicher zu sein. Sie wollte erst Bamber anrufen – Mr. Gascoine, wie sie ihn nannte –, um sich zu vergewissern.

»Mir wäre es lieber, wenn Sie das nicht täten«, antwortete Hoon. »Ihre Eltern wissen nicht, dass ich hier bin. In London, meine ich. Ich möchte nicht, dass sie sich unangebrachte Hoffnungen machen.«

»Meinen Sie, Sie können sie finden?«, fragte Yui durch den Spalt in der Tür.

»Ehrlich? Ich weiß es nicht«, gab Hoon zu und zuckte mit den Schultern. »Aber ich bin hier, und ich suche sie. Und das würde ich nicht tun, wenn ich nicht an eine Chance glaubte.«

Sie biss sich auf die Lippe und blickte hinter sich in die Wohnung. »Mein Freund ist hier. Er schläft. In meinem Schlafzimmer«, erklärte sie.

Es war eine Warnung. Und mit ziemlicher Sicherheit nicht wahr. Hoon spielte mit.

»Wenn Sie wollen, dass ich hier draußen warte, bis Sie ihn geweckt haben, ist das für mich völlig in Ordnung. Andernfalls werde ich ganz leise sein und bin im Handumdrehen wieder verschwunden.«

»Wir sollten ihn lieber nicht wecken«, sagte Yui. »Er mag es nicht, wenn man ihn aufweckt. Und er ist ein großer Kerl. Er spielt Rugby. Und macht Karate.«

Der Ausdruck auf Hoons Gesicht verriet, dass er

gleichzeitig beeindruckt und beunruhigt war. Alles in allem war es eine seiner überzeugenderen Darbietungen, wenn man bedachte, dass die junge Frau ihm gerade einen Haufen Schwachsinn auf die Nase binden wollte.

»Himmel, okay, ja. In diesem Fall werde ich super leise sein. Ich will den Bären nicht aufwecken.« Er lächelte hoffnungsvoll, verschränkte die Hände vor dem Bauch und wartete.

Yui musterte ihn noch einmal – das vierte oder fünfte Mal, er hatte aufgehört zu zählen – und schloss dann die Tür. Hoon hörte das Kratzen, als sie die Kette löste, und nickte dankend, als die Tür wieder geöffnet wurde. Er ging an Yui vorbei in den Flur der Wohnung.

Er sprang fast zurück, als das Dekor seine Augäpfel malträtierte. Der Flur war in leuchtendem Gelb und Kaugummirosa gestrichen, und von den Wänden hingen Poster mit Cartoon-Schulmädchen, die ihm zuzwinkerten.

Die farblich darauf abgestimmten Regale waren vollgestopft mit einem Sortiment kleiner Statuen und Actionfiguren, eine detailreicher als die andere.

Es gab viele Plüschtiere in Form von Fröschen. Sehr *viele*. Viel zu viele, um es noch als normal ansehen zu können, Hoons Meinung nach. Obwohl man fairerweise sagen musste, dass für ihn auch ein einziges schon zu viel war.

Der Teppich war grün. Und höchstwahrscheinlich

der einzige Grünton, den es in der Natur nicht gab. Er kreischte förmlich: »*He! Du! Sieh mich verdammt noch mal an!!!*«, als er durch die Tür trat, und obwohl er sich weigerte, ihm die Genugtuung zu geben, ihn direkt anzublicken, tat ihm schon die untere Hälfte seiner Augäpfel weh, allein, weil er über ihn hinweggehen musste.

Ein Seil aus bunten LED-Lichtern verlief in dem Winkel zwischen Wänden und Decke entlang. Sie verliehen der Wohnung einen festlichen Charme. Oder eine ekelerregende Absurdität. Hoon konnte sich nicht so recht entscheiden, was davon zutraf, obwohl er ziemlich genau wusste, in welche Richtung er tendierte.

Genau wie Chuck gesagt hatte, sah Yui viel jünger aus als ihre sechsundzwanzig Jahre. Sie war eine Doktorandin, hatte Bookish ihm auf der Fahrt hierher erzählt. Irgendwas mit Chemie, was Bookish vielleicht hätte erklären können, Hoon allerdings niemals verstanden hätte.

Sie hätte auch für sechzehn durchgehen können. Angesichts ihres blau gefärbten Bubikopfs und der aufgemalten Sommersprossen erwartete Hoon fast, ein Poster zu entdecken, das leer war, weil das Cartoon-Schulmädchen in die Realität entkommen war.

»Nett, dass ich reinkommen durfte«, bedankte sich Hoon. »Wie ich schon sagte, ich werde Ihre Zeit nicht allzu sehr in Anspruch nehmen.«

Yui schaute ganz bewusst auf die Tür, von der Hoon annahm, dass es ihre Schlafzimmertür war, und trug jetzt echt dick auf. »Wir können uns im vorderen Zimmer unterhalten«, sagte sie und führte ihn durch eine andere Tür in einen Raum, der noch ausgefallener war als der Flur.

Die Wände waren in rosafarbenen und violetten Streifen gestrichen, und auf dem Boden lag der gleiche kreischgrüne Teppich, der ihn schon beim Betreten der Wohnung überfallen hatte.

Jede Oberfläche war mit Kuscheltierversionen dieser kleinen Cartoon-Bastarde bedeckt. *Pokey Monsters.* Oder irgend so ein Quatsch. Sie drängten sich in Regalen, auf der Couch und dem Couchtisch und lümmelten in winzigen Hängematten in den Ecken des Raumes.

Nicht ganz so japanisch, aber ebenso von der Popkultur inspiriert, hatte der einzige Lampenschirm des Zimmers die Form des Todessterns aus den Star-Wars-Filmen – oder, wie Hoon es immer nannte, »diese magische Weltraum-Scheiße mit dem asthmatischen Roboter und den Teddybären«.

Eine Wand des Raumes wurde von einigen Küchenschränken, einer Spüle und einem Kühlschrank eingenommen, der summte wie eine brünstige Bienenkönigin. Die Schränke hatten das standardmäßige Braun, waren aber mit Aufklebern von Einhörnern, Kätzchen und Gott-weiß-was-sonst-noch-allem bepflastert worden.

»Sie können … Sie können sich setzen.« Yui deutete auf den einen freien Platz auf der Couch.

Hoon hatte eigentlich nicht vor, sich zu setzen, doch er merkte, dass er sie nervös machte, wenn er stand, also tat er ihr den Gefallen. Als er sich niederließ, kippte ein Stapel grässlich greller Plüschtiere um und landete in seinem Schoß, wie eine Rotte übermäßig aufgeregter Haustiere.

»Entschuldigung, ich wollte sie schon lange woanders hinstellen«, sagte Yui. »Werfen Sie sie einfach auf den Boden.«

Hoon schob die Kuscheltiere wieder zu einem Haufen zusammen. »Kein Problem. Das gibt der Wohnung immerhin Charakter«, sagte er, unterließ es aber wohlweislich hinzuzufügen, dass es der Charakter einer fünfjährigen Verrückten war.

»Die gehören alle Caroline«, erklärte Yui. Sie deutete gestikulierend durch den Raum. »Das meiste hier gehört ihr. Als ich hier eingezogen bin, dachte ich erst, das wäre alles eine sehr raffinierte und leicht rassistische Verarschung, aber nein. Ich meine, wir mochten beide die Kawaii- und Otaku-Kultur, verstehen Sie mich nicht falsch, doch Caroline war wirklich vollkommen fasziniert davon.«

»*War?*« Hoon hielt sich an diesem einen Wort fest und überging alles andere, was er nicht verstand. »Sie glauben, sie ist tot?«

»Nein. Ich meinte, bevor ich eingezogen bin. Sie liebte es schon, bevor sie mich kennenlernte.«

Hoon beendete das Umstapeln der Plüschtiere und

ließ den Haufen zögernd los. Er hielt die Hände jedoch in ihrer Nähe, bereit zuzupacken, falls eines der verdammten Dinger drohte herunterzufallen.

»Aber Sie glauben, dass sie tot ist«, drängte er. »Oder nicht?«

Yui senkte den Kopf, als würde sie sich schämen. »Also ... nein. Ich hoffe nicht. Es ist nur ... es ist schon so lange her, und ich habe nichts gehört, und ...« Sie zuckte mit den Schultern. »Aber ich hoffe nicht. Sie war – ist – wirklich nett.« Sie biss sich auf ihre glänzende Lippe. »Glauben Sie, dass es ihr gut geht?«

Hoon dachte über die Frage nach, bevor er antwortete. Er spielte mit dem Gedanken, die Antwort zu schönen, doch er wollte, dass Yui ihm half. Die kalte, harte Wahrheit war da ein besserer Anreiz als eine behagliche Lüge.

»Hätten Sie mich gefragt, ob ich glaube, dass sie noch lebt, hätte ich geantwortet: *Vielleicht*«, sagte er schließlich. »Aber ob sie *okay* ist? Nein. Nein, das bezweifle ich. Ich glaube, jemand hat sie entführt. Und die Tatsache, dass sie noch nicht wieder aufgetaucht ist, bedeutet, dass sie vielleicht noch lebt, aber irgendwo festgehalten wird, und das höchstwahrscheinlich gegen ihren Willen. So etwas ist nie besonders lustig. Also – ist sie tot? Nicht unbedingt. Wünscht sie sich, sie wäre es?« Er nickte. »Gut möglich.«

»O ... Gott. O Gott! Caroline. Das ist so ... ich kann nicht mal ...« Yui zog einen billigen Computerstuhl unter einem klapprigen Schreibtisch hervor, drehte ihn herum und setzte sich. »Mir ist schlecht. Ich fühle mich wirklich elend.«

»Ja. Das gilt für uns beide. Und Sie können sich wohl vorstellen, was erst ihre Eltern durchmachen«, sagte Hoon. »Und warum ich so versessen darauf bin, sie zu finden und zurückzuholen.«

Yui starrte auf den Boden, so vertieft in ihre Ängste, dass sie den überwältigend leuchtenden Grünton gar nicht wahrzunehmen schien.

»Alles okay mit Ihnen?«, erkundigte sich Hoon.

»Was? Ja. Tut mir leid. Ich wollte nur … ich war nur …«

»Geht gerade Ihre Fantasie mit Ihnen durch?«

Yui nickte. »Ja. Ein bisschen, schätze ich. O Gott! Die arme Caroline! Das ist so furchtbar. So schrecklich.« Sie räusperte sich und richtete sich dann ruckartig auf, als würde sie sich zum Dienst melden. »Was kann ich tun, um zu helfen? Gibt es da etwas? Ich muss doch irgendetwas tun können.«

Hoon holte den Zettel und den Stift hervor, die DCI Balls ihm gegeben hatte. »Wie wäre es, wenn wir noch einmal durchgingen, was Sie der Polizei gesagt haben?«, schlug er vor. »Und von da sehen wir dann weiter.«

Es gab nicht viel zu erzählen. So wenig, dass sie nach nicht einmal fünf Minuten alles ein zweites Mal durchgingen.

Einer von Carolines Freunden aus ihrem Teilzeitjob in dem örtlichen *Five-Guys*-Restaurant hatte Geburtstag gehabt, und ein paar Mitarbeiter waren nach ihrer Schicht gemeinsam losgezogen. Caroline hatte an diesem Abend nicht gearbeitet, sondern sich in Schale geworfen und war gegen halb zehn aufgebrochen, um sich mit ihnen zu treffen.

»Und Sie sind nicht mitgegangen?«, fragte Hoon.

»Nein.«

»Warum nicht?«

»Ich kannte sie nicht. Nicht wirklich. Es waren alles Bekannte von der Arbeit«, sagte Yui. »Und ...«

Sie verstummte, bis zwei gehobene Augenbrauen und wiederholtes Nicken von Hoon sie aufforderten weiterzusprechen.

»Ich meine, Caroline und ich haben uns immer gut verstanden. Sie ist wirklich nett und so. Aber wir sind nicht wirklich *Freundinnen*. Wir haben uns nur eine Wohnung geteilt. Wir teilen uns eine, meine ich. Haben sie geteilt. O Gott. Ich weiß nicht.« Sie zuckte zusammen, als ob die Worte lauter klangen, als sie es beabsichtigt hatte. »Wir waren *freundlich* miteinander und so. Wir haben zusammen abgehangen und sind auch mal zusammen ausgegangen, verstehen Sie mich nicht falsch. Wir standen uns nur nicht sonderlich nahe, wenn Sie wissen, was ich meine? Sie hat ihr Ding gemacht und hatte ihre Freunde, und ich hatte meine.«

»Kennen Sie ihre Namen oder Telefonnummern?«, fragte Hoon. »Der Leute, mit denen sie unterwegs war, meine ich?«

Yui schüttelte den Kopf. »Nein. Aber haben Sie nicht während Ihrer Ermittlungen mit ihnen gesprochen?«

»Ich?«

»Die Polizei.«

»Ach so. Richtig. Aye. Vielleicht haben wir das. Ich … ich wurde aus dem Norden hinzugezogen. Auf Wunsch ihrer Eltern, wie ich schon sagte.«

Auf Yuis sonst so glatter Stirn bildete sich eine Falte. »Aber sie wissen trotzdem nicht, dass Sie hier sind?«

»Nein, das …« Hoon zuckte mit den Schultern. »Es ist kompliziert.«

Er blickte auf den einzelnen Zettel, auf dem er sich etwas notiert hatte, hauptsächlich, um sich Zeit zu verschaffen. Es war eine Weile her, dass er diese Art von direkter Befragung durchgeführt hatte, und es war das erste Mal, dass er nur so tat, als wäre er ein Officer. Es dauerte etwas länger als erwartet, bis er sich in der Rolle zurechtfand.

Die herausgerissene Notizblockseite war ein einziges Chaos, als hätte sich das gesamte Alphabet zu einer großen Orgie versammelt, und die Dinge wären völlig aus dem Ruder gelaufen.

»Wollen Sie einen Block?«

Hoon sah auf. »Einen was?«

»Einen Notizblock. Ich habe jede Menge davon.«

»Oh. Klar. Das wäre wirklich praktisch«, sagte Hoon. »Danke.«

Er beobachtete, wie sie zu einer antiken Schreibkommode ging, die mit lila Kreidefarbe geschändet worden war, die Tür öffnete und hineingriff.

Hoon wollte nicht undankbar erscheinen, als sie ihm das ... Ding anbot. Er wollte es wirklich nicht, aber er konnte es nicht verhindern.

»Was zum Teufel ist das?«, fragte er.

Yui strich mit den Fingern über die glänzenden rosa Pailletten, die den Einband des Buches bildeten. »Das ist ein Notizbuch.«

Sie hielt es ihm hin. Hoon betrachtete es einen Moment argwöhnisch und nahm es dann mit der Haltung von jemandem entgegen, dem man gerade einen hauchdünnen durchsichtigen Beutel mit menschlichen Exkrementen in die Hand gedrückt hatte.

»Es verändert sich«, verkündete Yui, was Hoon noch mehr verwirrte.

»Scheiße«, murmelte er und hielt das Ding auf Armeslänge von sich. »In was? Das ist doch nicht so ein Roboterding, oder?«

Yui kicherte. Sie kicherte tatsächlich, wie es die Leute in Zeichentrickfilmen taten. Und wie es im wirklichen Leben niemand ernsthaft auch nur in Erwägung ziehen würde.

»Nein, Dummerchen. Schauen Sie.« Sie strich mit einer Hand über die Pailletten. Sie drehten sich um und zeigten jetzt die Comicfigur eines zwinkernden Mädchens, das zwei Finger hochhielt und die Zunge herausstreckte.

Der Stil der Zeichnung war ganz passabel. Aber nicht wirklich Hoons Geschmack. Wortlos strich er wieder über die Pailletten, und das Bild verschwand.

»Danke«, sagte er und nahm sich vor, diese verdammte Scheußlichkeit bei der ersten Gelegenheit zu entsorgen.

Aber im Augenblick musste es genügen.

Sie gingen alles ein drittes Mal durch, und diesmal kritzelte Hoon die Informationen in sein neues Notizbuch. Das gleiche augenzwinkernde Mädchen wie auf dem Umschlag erschien in der unteren Ecke jeder rechten Seite. Ein kurzes Durchblättern bestätigte seine Befürchtung, dass die Zeichnungen Teil einer Animation im Stil eines Daumenkinos waren, dessen Finale das Bild auf der Vorderseite des Buches war.

Gott, er hoffte, dass ihn niemand mit diesem Ding erwischte. Das würde sein Ruf niemals überleben.

Nachdem alle Fragen, die er gestellt hatte, beantwortet waren, schlug er vor, einen Blick in Carolines Zimmer zu werfen. Er hatte mit Widerstand gerechnet, aber Yui war sofort damit einverstanden, allerdings unter der Bedingung, dass Hoon ihren schlafenden Freund nicht aufweckte.

Meine Güte, sie machte mit dem Theater immer noch weiter. Sie vertraute ihm also nach wie vor nicht.

Das war schon in Ordnung. Menschen zu vertrauen, brachte seiner Erfahrung nach nichts.

»Ihre Eltern zahlen weiterhin ihren Mietanteil«, erklärte Yui, als sie vor der Tür von Carolines Zimmer standen. »Nur deshalb kann ich die Wohnung halten. Sie wollen, dass alle ihre Sachen hier auf sie warten, wenn sie zurückkommt. Und zwar genauso, wie sie waren.«

»Sie haben also nichts bewegt?«, fragte Hoon.

Yui schüttelte den Kopf. »Die Polizei hat in dem Zimmer herumgeschnüffelt. Sie haben ihren Laptop mitgenommen, aber sonst haben sie nichts angefasst, glaube ich.«

»Gut. Super. Danke«, sagte Hoon. Er warf einen Blick in den Raum, den sie gerade verlassen hatten. »Wie wär's, wenn Sie Wasser für einen Tee aufsetzen und ich hier weitermache?«

Yui nickte enthusiastisch. Sie war sichtlich erleichtert, dass man ihr erlaubte zu gehen. Hoon wartete, bis sie in den vorderen Raum zurückgekehrt war, und lauschte auf das Rauschen, mit dem der Wasserkocher gefüllt wurde. Dann drehte er sich zur Tür von Carolines Schlafzimmer um, stieß sie auf und trat in den Raum.

NEUNZEHN

Ein Mädchenzimmer.

Das war Hoons erster Eindruck, während er allein in dem Raum stand. Er war ganz in Pastell- und Rosatönen gehalten, und um das Einzelbett herum hing ein gerüschter Schleier von der Decke, sodass es wie ein Himmelbett aussah. An der Decke klebten fluoreszierende Sterne, und die Möbel, angefangen vom Nachttisch bis zum Spiegel an der Wand, waren allesamt alt. Man hatte sie aufgemotzt oder völlig ruiniert, je nach Geschmack.

Für so ein Kinderzimmer würde einem eine fünfjährige Märchenprinzessin die Kehle durchschneiden, aber Hoon stellten sich bei dem Anblick die Zehennägel auf, und seine Nackenhaare sträubten sich.

»Ach du Scheiße«, murmelte er. Es klang, als rüffelte er den Raum selbst. »*Sieh dir an, wie du aussiehst, verdammt! Glaub ja nicht, dass du so angezogen irgendwohin gehst!*« Und das war an alle vier Wände und die Decke gerichtet.

Wenigstens war ihm der grüne Teppich nicht in das Zimmer gefolgt. Das war immerhin etwas. Stattdessen bestand der Boden aus einem nüchternen grauen Laminat, auch wenn ein flauschiger gelber Teppich das meiste davon verdeckte.

Der Stauraum beschränkte sich auf einen einzigen kleinen Kleiderschrank und eine etwas schief aussehende Kommode, die beide mit Aufklebern förmlich übersät waren.

Auf vier Regalen drängte sich ein Sortiment Spielzeuge und Figuren, alle mit übergroßen Köpfen, cartoonhaft riesigen Augen und Kostümen, die für alles Mögliche geeignet waren, vom Drachentöten bis zum Mathe-Leistungskurs.

Er nahm sich zuerst den Kleiderschrank vor. Es war ein billiges Möbel zum Selbstzusammenbauen, das wackelte, als er es öffnete. An der Stange im Inneren hingen weniger Kleider, als er erwartet hätte – zwei schwarze Kleider und ein paar halbwegs formelle Jacken. Außerdem gab es drei Kleidungsstücke, von denen er annahm, dass es sich um so etwas wie ein Kostüm handeln musste. Es waren grelle, bunte Dinger, die der Bekleidung der Spielzeugfiguren in den Regalen ähnelten. Bei jedem Kostüm war eine Perücke in einem Netz am Bügel befestigt – eine lilafarbene, eine gelbe und eine leuchtend blaue.

Der Boden des Kleiderschranks glich einem Nest aus Schuhen, Gürteln und Taschen. Er durchsuchte die Taschen, fand jedoch nichts Bemerkenswertes.

War der Kleiderschrank recht spärlich ausgestattet,

so war die Kommode das glatte Gegenteil. Er musste jede Schublade mit Kraft öffnen, da sie mit Kleidungsstücken vollgestopft war. In den unteren beiden Schubladen befanden sich ausschließlich gefaltete T-Shirts, auf deren Vorderseite verschiedene Logos und Slogans prangten.

Die Schublade darüber enthielt Pullover in Rosa, Lila, Gelb und Grün, auf denen vereinzelt Accessoires glitzerten.

Jesus! Sie war noch ein Kind. Vielleicht ein Kind im Körper einer Frau, aber trotzdem noch ein Kind.

Er versuchte, nicht daran zu denken, was ihr zugestoßen sein könnte.

Oder was ihr vielleicht gerade zustieß.

In der obersten Schublade waren Pyjamas und Unterwäsche zusammengepresst. Seiner Erfahrung nach war das üblicherweise ein Versteck für Tagebücher und andere persönliche Dinge.

Er kramte darin herum, bis seine Finger auf etwas Hartes stießen. »Aha!«, knurrte er triumphierend und zog einen kleinen, diskreten Vibrator ans Licht. »Scheiße!«

Er wollte ihn gerade wieder in sein Versteck zurücklegen, als hinter ihm eine Bodendiele knarrte. Eine männliche Stimme stieß ein »Was zum Teufel?« hervor. Unmittelbar gefolgt von klatschenden Schritten.

Als er sich umdrehte, erblickte Hoon einen großen, wütenden und splitternackten Mann, der auf ihn zustürmte. Sein Gemächt und seine Eier wedelten herum wie der Schwanz eines aufgeregten Hundes. Bevor er reagieren konnte, traf ihn ein Tritt, und er stolperte in den Schrank.

Er zertrümmerte das dünne Holz, verhedderte sich in einem japanischen Schulmädchenkostüm und landete unsanft auf seiner Schulter.

Der Vibrator, den er festgehalten hatte, erwachte plötzlich zum Leben. Er zitterte sich aus seiner Hand, fiel auf den Laminatboden und surrte dort geräuschvoll.

Einen Moment lang sah er zu, wie er sich brummend Richtung Bett bewegte, dann drehte er sich um und verzog das Gesicht. Schmerz durchzuckte seine Schulter.

Der große nackte Kerl ließ sich auf ihn fallen, mit den Knien zuerst, und es verschlug Hoon den Atem.

Der Geruch des Kerls überwältigte ihn fast genauso wie der Tritt. Der Mann stank nach Schweiß und Sex, und seine Körperhygiene war bestenfalls mangelhaft.

Mit einer Hand packte er Hoons Kehle und holte mit der anderen Faust aus. Sie war auf der Seite seiner verletzten Schulter, sodass er sie wegen des brennenden Schmerzes, der Schulter und seinen linken Oberarm lahmlegte, nicht abwehren konnte.

Er würde dem Schlag weder ausweichen noch ihn aufhalten können.

Also gab es nur eine Lösung.

Er griff nach den Hoden des Mannes, packte fest zu, verdrehte sie und grub seine Fingernägel tief hinein. Seinem Angreifer traten fast die Augen aus den Höhlen. Er heulte auf und war gerade so lange abgelenkt, dass Hoon ihm die versteiften Finger gegen die Kehle schlagen und ihm dann einen heftigen Stoß mit dem Knie in die Rippen versetzen konnte.

Sie rollten gemeinsam durch die Trümmer des Kleiderschranks und der darin befindlichen Kleidung. Der Absatz eines Pumps bohrte sich schmerzhaft in Hoons Hüfte, als er mit seinem ganzen Gewicht darauf landete, aber dann rollte er weiter. Er quetschte dabei immer noch mit einer Hand die Kronjuwelen seines Gegners, während er mit der anderen zuschlug, bis …

»Halt! Aufhören! Lassen Sie ihn in Ruhe!«

Yui stürzte sich auf Hoon, gerade, als er die Oberhand gewann. Sie packte sein Gesicht, steckte ihre Finger in seinen Mund und seine Nasenlöcher und zerrte ihn zurück.

»Hört auf zu kämpfen! Aufhören!«

Hoon schüttelte sie ab und sprang auf. Er hob beide Fäuste und ignorierte den Schmerz in der Schulter.

Sein Angreifer lag auf dem Boden und hielt sich jammernd die Hoden. Er hatte sich zu einem Ball zusammengerollt, sodass Hoon einen Blick auf einen haarigen nackten Hintern werfen konnte, der selbst einen Proktologen hätte erröten lassen.

»Sie haben ihm wehgetan!«, quiekte Yui, ließ sich

auf die Knie fallen und legte ihre Hände auf die Brust des wimmernden Mannes, der sich auf dem Boden hin und her wälzte.

»Das ist nicht meine verdammte Schuld!«, protestierte Hoon. »Ich habe mich um meinen eigenen Kram gekümmert, und dann kommt dieser verdammte Kung-Fu-Panda nackt auf mich zugeflogen. Ich habe mir übrigens meine Schulter verletzt, falls das irgendjemanden interessiert.« Er zeigte auf das am Boden schluchzende Häufchen Elend von einem Kerl. »Wer zum Teufel ist das überhaupt?«

»Ich habe Ihnen doch gesagt, dass er mein Freund ist!«, erwiderte Yui. »Er hat geschlafen. Und ich sagte, Sie sollten ihn nicht wecken!«

»Ihr Freund?« Hoon sah von der jungen Frau zu dem nackten Mann. »Ich dachte, das hätten Sie sich ausgedacht.«

»Was? Warum sollte ich mir das ausdenken?«

»Ich meine … ich dachte, Sie hätten vielleicht Angst, ich wäre ein Vergewaltiger oder so«, sagte er etwas lahm. »Ich dachte, Sie wollten mich damit abschrecken, etwas zu versuchen.«

»*Was?!* Nein! Natürlich nicht!«

»Nun geben Sie mal nicht mir die Schuld! Sie waren nicht gerade überzeugend!«, entgegnete Hoon. Dann bückte er sich, hob den Vibrator auf und schaltete ihn aus. »Dieses Summen geht mir auf den Geist«, sagte er entschuldigend.

Yui ignorierte seine Bemerkung und konzentrierte sich auf seine Aussagen davor. »Ich habe auch nicht versucht, überzeugend zu sein! Ich wollte Ihnen nur sagen, dass Richard schläft und dass ...« Sie seufzte, fasste sich an den Kopf und deutete dann auf die Schlafzimmertür. »Sie müssen gehen. Sofort.«

Hoon hob beschwichtigend die Hände. »Hören Sie, wir sollten uns nicht zu sehr aufregen. Es ist ja nur ein Missverständnis.«

»Du hast mir fast die Eier abgerissen«, wimmerte Richard.

»Und du hast die verdammten Dinger vor meiner Nase geschaukelt, Junge. Du hast dich auf mich gestürzt wie Bruce Lee an einem verdammten Nudistenstrand. Also, ich denke, es gibt reichlich Möglichkeiten für diverse Schuldzuweisungen, richtig?«

»Raus!«, schrie Yui und deutete erneut auf die Tür. Der Angreifer hatte sie heftig aufgestoßen, und jetzt schloss sie sich durch den Rückschwung langsam. »Ich meine es ernst! Verschwinden Sie, bevor ich die Polizei rufe.«

»Ich bin ...«

»Die richtige Polizei!«, fuhr Yui ihm in die Parade. »Und ich rufe die Eltern von Caroline an und sage ihnen, dass Sie hier gewesen sind.«

»Und in ihrer Unterwäscheschublade herumgewühlt haben«, stöhnte Richard.

Ist seine Stimme immer so hoch?, fragte sich Hoon.

Wahrscheinlich nicht.

Er versuchte es noch einmal mit einer beruhigenden Geste, aber mit dem gleichen ernüchternden Ergebnis.

Bevor er auch nur ein beruhigendes Wort sagen konnte, stand Yui auf und schlug nach ihm, was ihn zwang, sich entweder zu wehren oder zurückzuweichen.

In diesem besonderen Fall entschied er sich für Rückzug.

»Gut, schon gut, ich gehe ja«, sagte er. Er schnappte sich das Notizbuch, das er auf das Bett gelegt hatte. »Aber das hier nehme ich mit, verdammt!«

»Das ist mir völlig egal! Los! Raus hier!«

Sie gab Hoon einen Schubs. Er fluchte, machte eine Kehrtwende und wäre um ein Haar gegen die fast geschlossene Tür gelaufen.

Er blieb stehen, als er eine Pinnwand aus Kork sah, die an einem Haken an der Rückseite der Tür hing. Sie war eine Sammelstelle für Polaroid-Fotos, Notizen, Listen und inspirierende Zitate, die den Betrachter aufforderten: *Sei die Veränderung, die du in der Welt sehen willst!*, und anderen ähnlich unsinnigen Blödsinn.

Ein Polaroidfoto überdeckte alles darunter, was darauf hindeutete, dass es erst kürzlich angepinnt worden war. Es zeigte etwa die Hälfte von Carolines Gesicht auf der linken Seite und zwei Drittel des Gesichts eines Mannes auf der rechten Seite. Caroline grinste albern, während der Mann eher cool wirkte. Seine Augen waren verengt, sein Kiefer war zusammengebissen und eine Braue hochgezogen. Es wirkte jedoch nicht überzeugend, sondern eher, als würde er in einer Schulaufführung einen selbstgefälligen harten Kerl spielen.

»Wer ist das?«, wollte Hoon wissen.

Yui verteilte noch ein paar kleine Schläge, hörte aber damit auf, als sie merkte, dass sie nicht die gewünschte Wirkung hatten. Sie folgte seinem Blick auf das Foto und schüttelte dann den Kopf. »Ich weiß nicht … ich bin mir nicht sicher. Wahrscheinlich ein Freund von der Arbeit.«

Hoon nahm das Foto ab und ließ die Reißzwecke auf den Boden fallen, wo sie mit einem leisen *Ping* landete. »Das nehme ich mit«, verkündete er in einem Tonfall, der jede Diskussion darüber im Keim ersticken sollte. Er schob das Foto in das Notizbuch. »Wo sagten Sie noch, hat sie gearbeitet?«

»Bei *Five Guys* in Clapham«, sagte Yui. »Und jetzt gehen Sie! Raus!«

Hoon gab nach und ließ sich aus der Wohnung drängen.

Nachdem sie die Tür verriegelt und die Kette eingehängt hatte, kehrte Yui in Carolines Schlafzimmer zurück und half ihrem angeschlagenen Freund auf die Beine.

»Komm, bringen wir dich zurück ins Bett«, beruhigte sie ihn und stützte ihn unter der Schulter.

»Ich hätte ihm in den Arsch getreten, Babe«, behauptete Richard, während er aus dem Zimmer humpelte. »Wenn du dich nicht eingemischt hättest, hätte ich diesem alten Knacker so was von in den Arsch ...«

Er verstummte schlagartig und riss erneut die Augen auf. Er hob einen Fuß und entdeckte die Reißzwecke, die sich in seine Ferse gebohrt hatte.

Noch eine Etage tiefer im Treppenhaus hörte Hoon den Schmerzensschrei und grinste.

ZWANZIG

Hoon und Chuck saßen an einem Tisch im *Five Guys* in Clapham und stopften Burger in sich hinein, die so teuer waren, dass sie ein »Heilige Scheiße« unterdrückten, als sie auf die Spalte mit den Preisen blickten. Hoon reduzierte die Bestellung sofort auf eine statt zwei Portionen Pommes und strich Chucks Bananen-Oreo-Milchshake. Stattdessen gab es ein Glas lauwarmes Leitungswasser.

»Was für Fleisch verwenden sie, wenn sie solche Preise verlangen?«, fragte Hoon, während er darauf wartete, dass die Bestellung aufgerufen wurde. »Eine verdammte Zentaurenkeule oder was? Die sollten eigentlich alle eine Maske tragen, diese räuberischen Mistkerle.«

»Sie verwenden spezielle Kartoffeln, glaube ich«, erklärte Chuck.

Hoon runzelte die Stirn. »Was? In den Burgern?«

»Nein, ich meine die Chips.«

»Von was sprechen wir hier?«, erwiderte Hoon. »Wenn sie keine verdammte Unsterblichkeit bewirken, sind sie längst nicht speziell genug, um einen solchen Preis zu rechtfertigen.«

Als schließlich ihre Nummer aufgerufen wurde, ging Chuck nach oben, um das Essen abzuholen, und bewahrte damit den Kellner vor weiteren wütenden Bemerkungen.

Beim Essen musste Hoon allerdings zähneknirschend zugeben, dass die Burger tatsächlich ziemlich gut waren. Auch die Pommes waren anständig und die Portionen großzügig bemessen. Viel zu großzügig. Er hätte gerne zwei Drittel seiner Portion gegen die Hälfte seines Geldes eingetauscht.

Sie hatten sich beide das Gesicht des Mannes auf dem Foto eingeprägt, und Hoon war vor dem Küchenbereich auf und ab gegangen und hatte die Mitarbeiter bei der Zubereitung der Speisen beobachtet. Ihre Gesichter waren unter knallroten Baseballkappen verborgen, was die Sache etwas erschwerte. Aber als er seine Tassen mit Leitungswasser zum Tisch zurückgebracht hatte, war er sich ziemlich sicher, dass der Gesuchte nicht da war.

Es ging auf den frühen Abend zu, und das Restaurant füllte sich, doch Hoon hatte es geschafft, ein junges Paar zu überreden, ihren Tisch in der Mitte des Sitzbereichs aufzugeben. Er hockte nun mit dem Rücken zur Tür, sodass er weiterhin den Thekenbereich beobachten konnte, während Chuck, der ihm gegenübersaß, den Rest des Lokals im Auge behielt.

Das junge Paar stand am Rande des Raumes und wartete darauf, dass ein anderer Tisch frei wurde. Dem

Gesichtsausdruck des Mädchens nach zu urteilen, war dies vermutlich die letzte Verabredung mit ihrem Begleiter.

Bis jetzt hatte Hoon zwei andere Mitarbeiter aus einer Tür im hinteren Teil der Küche kommen sehen. Keiner von ihnen war der Mann auf dem Foto. Es sei denn, er hatte in der Zeit seit der Aufnahme des Polaroids die Hautfarbe oder das Geschlecht gewechselt.

»He, Bookish. Du sollst verdammt noch mal aufpassen!« Hoon warf Chuck einen bösen Blick zu. Der lehnte mit dem Rücken an der hölzernen Lehne und scrollte gelangweilt durch sein Handy. »Mach die Augen auf.«

»Mach ich ja, mach ich!«, behauptete Chuck, hob den Kopf und sah sich demonstrativ um. »Bei mir tut sich nichts. Und bei dir?«

»Fehlanzeige«, brummte Hoon. Er nahm noch einen Bissen von seinem Burger und fluchte leise, als ein halbes Pfund Zwiebeln, Käse und Ketchup aus der anderen Seite herausquoll und spritzend auf der Tischplatte landete.

Chuck beobachtete entsetzt, wie Hoon den Brei mit seinen Fingern fasste und ihn wieder in das Brötchen stopfte.

»Was glotzt du denn so?«, fuhr Hoon ihn an. »Weißt du, wie viel das hier kostet? Drei Pfund. Das lasse ich doch nicht verfallen.«

Er nahm einen weiteren Bissen. Der gleiche matschige Klumpen landete sofort wieder auf dem Tisch.

»Verdammte Scheiße!«, fuhr Hoon hoch. Diesmal schob er ihn nicht in den Burger zurück, sondern legte den Kopf in den Nacken und stopfte sich den Käse- und Zwiebelklumpen direkt in den Mund.

Auf der anderen Seite des Tisches schüttelte sich Chuck vor Widerwillen. »Bist du sicher, dass der Tisch sauber war?«, fragte er und wandte seine Aufmerksamkeit dann wieder seinem Telefon zu.

»Ich glaube, ich sollte jemanden fragen«, erwiderte Hoon.

Chuck hob seinen Blick. »Was, wegen des Tisches?«

»Nein. Nach diesem Kerl«, entgegnete Hoon. »Dem auf dem Foto. Ich muss mich vielleicht umhören, ob jemand hier ihn kennt.«

»Ach so. Klar.«

Hoon knurrte ihn gereizt an und wandte seine Aufmerksamkeit wieder der Küche zu. Er hatte gehofft, den Mann, mit dem Caroline fotografiert worden war, hier ausfindig zu machen, damit er ihm unbemerkt folgen konnte. Wenn er herumfragte und jemand ihn tatsächlich kannte, würde diese Person den Gesuchten zwangsläufig informieren. Das bedeutete, er musste auf der Hut sein.

Das war zwar nicht ideal, aber notwendig. Der Mann auf dem Foto war derzeit seine heißeste Spur.

Was, wenn er darüber nachdachte, eine ziemlich hoffnungslose Situation war.

Hoon verschlang den Rest seines Burgers, zerknüllte

die Verpackung zu einem Ball und fischte dann ein paar Chips aus dem Miniaturberg zwischen ihnen auf dem Tablett.

Er schlug das Notizbuch auf, das Yui ihm geschenkt hatte – und das für Chuck eine Quelle großer Heiterkeit gewesen war, als er es zu Gesicht bekommen hatte –, und nahm das Polaroid heraus.

»Gut, ich werde herausfinden, ob ihn jemand kennt. Ich kann es mir nicht leisten, hier die ganze Nacht rumzusitzen. Im wahrsten Sinne des Wortes, ich meine, bei den Preisen, die diese Kerle verlangen.«

Das Vibrieren seines Handys in seiner Tasche signalisierte ihm, dass er eine SMS erhalten hatte. Er nahm es heraus, sah Bambers Namen auf dem Display und drückte auf das Nachrichtensymbol.

Danke, stand dort.

Mit einem Grunzen steckte Hoon das Telefon wieder in die Tasche und stand auf.

»Gut, ich geh los und finde diesen Mistkerl.«

»Ich hab ihn.«

Hoon setzte sich wieder hin. »Was?«

»Den Typen auf dem Foto. Ich habe ihn«, wiederholte Chuck.

Hoon sah sich um und ließ seinen Blick durch das Restaurant hinter ihm gleiten. Ein Dutzend oder mehr Gäste saßen an verschiedenen Tischen, aber die einzige Mitarbeiterin war eine Asiatin in den Vierzigern, die ein verschüttetes Getränk vom Boden aufwischte.

»Mein Gott, auf dem Foto sieht er wirklich ganz anders aus, nicht wahr?«, bemerkte Hoon und drehte sich mit einem finsteren Blick um. »Das ist er ganz eindeutig nicht.«

»Nicht hier, du Idiot«, entgegnete Chuck. Er hielt sein Handy hoch und zeigte Hoon ein Social-Media-Profil. Ein junger Mann mit einem schiefen Lächeln und einer hochgezogenen Braue blickte ihm vom Display entgegen. »Auf Facebook. Ich habe alle seine Daten.«

Hoon starrte das Telefon an, als besäße es magische Kräfte. »Wie zum Teufel hast du das geschafft?«

»Weil ich ein schlaues Kerlchen bin«, sagte Chuck und warf dann den Begriff »umgekehrte Bildersuche« ein, als würde das dem Technikfeind ihm gegenüber weiterhelfen.

Was nicht der Fall war.

»Sein Profil ist gesperrt, aber ich habe ihm eine Freundschaftsanfrage geschickt«, fuhr Chuck fort.

»Er wird kaum eine Freundschaftsanfrage von irgendeinem Fremden annehmen«, sagte Hoon.

»Du wärst überrascht, wie viele Leute jeden X-Beliebigen akzeptieren.«

»Ja, aber nicht so einen traurigen alten fetten Wichser wie dich. Es gibt da doch sicher eine Grenze, oder?«

»Herzlichen Dank«, erwiderte Chuck. »Aber du hast recht. Er würde mich wahrscheinlich nicht akzeptieren. Wie auch immer, nicht ich habe ihn eingeladen. Sondern sie.«

Er drehte das Display um und zeigte Hoon eine attraktive Frau in den Zwanzigern mit langen dunklen Haaren, die über ihren nackten Rücken fielen. Sie trug einen Badeanzug, der nur wenig der Fantasie überließ.

»Wer ist denn das?«, fragte Hoon.

»Erlaube mir, dir Ms. Ailsa Scarrow vorzustellen. Dreiundzwanzig Jahre alt, studiert derzeit an der City University in London, ist Single und auf der Suche nach unverbindlichem Spaß.«

Hoon lehnte sich näher heran und betrachtete das Foto genauer. »Und wer zum Teufel ist sie, wenn sie zu Hause ist?«

»Niemand. Sie ist nicht echt. Das ist nur irgendein Archivfoto. Ich habe ihre Person erfunden«, sagte Chuck.

Hoon musterte ihn von oben bis unten und blähte die Nasenflügel. »Du gruseliger Bastard.«

»Nur für Ermittlungszwecke«, betonte Chuck. »Es ist eine großartige Möglichkeit, Zugang zu gesperrten Profilen zu bekommen. Du schickst ihnen eine Freundschaftsanfrage, sie akzeptieren dich, und schon hast du Zugriff auf alles, was sie gepostet haben. Jede Statusaktualisierung, jedes Foto, jedes Mal, wenn sie irgendwo eingecheckt und ihren Standort markiert haben – alles wird angezeigt. Ich verwende mehrere verschiedene Profile und ändere einfach die Fotos und Interessen, damit sie zu der Person passen, die ich ansprechen möchte.«

»Ja, aber ein Foto von einer fitten Kleinen im Bikini, die nach ›unverbindlichem Spaß‹ sucht? Viel zu offensichtlich. Keine Chance, dass das funktioniert«, spottete Hoon. »Darauf fällt doch kein Kerl rein …«

Das Telefon in Chucks Hand brummte. Eine Benachrichtigung verkündete, dass seine jüngste Freundschaftsanfrage akzeptiert worden war. Er grinste, nahm sich zwei Pommes und tunkte sie in einen kleinen Pappbecher mit Tomatensoße. »Entschuldige, Boggle, was sagtest du gerade …?«

EINUNDZWANZIG

Bradleigh Combes würde heute Abend Sex haben. Er hatte dafür einiges investiert.

Er hatte im wortwörtlichen Sinne investiert, nämlich Geld. Das Restaurant – ein italienisches Lokal in einem eher gehobenen Teil von Peckham – war verdammt teuer. Das Essen selbst hatte ihn sechzig Pfund seines Studentenkredits gekostet, und dann spendierte er noch drei große Gläser des billigsten Gesöffs, um sein Date anzuheizen.

Und angeheizt war sie. Er erkannte es an ihren funkelnden Augen und dem albernen Lächeln. Dem ständigen Handkontakt über den Tisch hinweg. Der leichten Verzögerung in ihrer Sprache und ihren Bewegungen, als ihr vom Alkohol umnebeltes Gehirn damit kämpfte, all die verschiedenen Informationen zu verarbeiten.

Sie war noch nicht ganz betrunken, aber sie war auf dem besten Weg. Ihre Fähigkeiten zur kritischen Wahrnehmung wirbelten gerade auf dem Boden der leeren Flasche des billigen Hausrotweins herum.

Sie war jünger als er. Erstsemesterstudentin aus

einem gottverlassenen Ort im Norden, die sich in der großen Stadt noch nicht ganz zurechtfand. Noch naiv und voller Staunen.

Mädchen wie sie waren zu allem bereit, wenn man sie nur genug … entspannte.

Sie redete mit ihm über ihren Kurs – irgendwas mit Marketing oder ähnlichem Scheiß. Er nickte, lächelte und bemühte sich, interessiert auszusehen, während er mit den Fingerspitzen die Innenseite ihres nackten Arms auf und ab fuhr und an all die Dinge dachte, die er mit ihr in seiner Wohnung anstellen würde.

Vielleicht aber erst noch einen Drink. Sämtliche Hemmungen bis zum Morgen ertränken. Die Schlampe auf allen Zylindern anfeuern.

Er fing den Blick einer Kellnerin auf, schnippte mit den Fingern und zeigte auf die beiden fast leeren Gläser auf dem Tisch. Sie bestätigte die Bestellung mit einem Nicken und eilte in Richtung Bar davon. Hoffentlich war sie clever genug gewesen, um zu kapieren, dass er nur Nachschub wollte und keine weitere Flasche. Es war überflüssig, zu übertreiben. Ein weiteres Glas würde genügen. Mehr, und sie würde ins Koma fallen.

Das war natürlich nicht unbedingt ein Problem, aber es wäre ein Albtraum, sie die Treppe hinaufzuschleppen.

»Oh. Ich bin betrunken. Bist du betrunken?«, fragte sie. »Alles ist wie … Rauschen. *Wusch, wusch.*

Irgendwie so.« Sie fuhr sich mit der Hand durch ihr Haar. Es federte sehr reizvoll um ihre Schultern. »Ich bin wirklich betrunken. Bist du auch betrunken?«

»Ich bin echt betrunken«, log Bradleigh.

»Ich sollte wohl nach Hause gehen.« Sie hickste, schien davon überrascht zu sein und schloss ein Auge. »Soll ich nach Hause gehen?«

»Vielleicht. Wenn du das wirklich willst.« Er fuhr mit den Fingerspitzen weiter ihren Arm hinauf, und sie durchlief ein Schauer, als sie die Ellenbeuge erreichten. »Willst du denn nach Hause gehen?«, murmelte er leise.

Sie hickste erneut, lachte kurz und schüttelte dann den Kopf. »Nein. Und du?«

»Eigentlich schon«, sagte Bradleigh.

Nach einem Moment verzerrten sich die Gesichtszüge des Mädchens zu einem trunkenen Schmollen. »Oh. Klar.«

»Aber ich möchte, dass du mit mir kommst«, fügte er hinzu.

Sie brauchte erneut eine Weile, bis ihr Gehirn das verarbeitet hatte, dann machte sie ein spöttisch-ernstes Gesicht und richtete einen Finger auf ihn. »Okay. Aber keine komischen Sachen. Verstanden?« Sie hickste wieder, hielt sich eine Hand vor den Mund, als ob ihr gleich schlecht würde, und entspannte sich dann. »Na ja, vielleicht ein kleines bisschen was Komisches, aber nicht mehr.«

»Was du brauchst, ist mehr Wein! Wo bleibt die verdammte Kellnerin?« Bradleigh lächelte.

Er hatte ein umwerfendes Lächeln. Alle Mädchen sagten das. Und das war auch zu erwarten. Immerhin hatte er es lange genug kultiviert, geübt und immer wieder geprobt, bis er genau die richtige Mischung aus *frechem Schuljungen* und *Sexgott* gefunden hatte. Er hatte es in den letzten Jahren verfeinert, es bei zahllosen betrunkenen Eroberungen weiter verbessert.

Es gelang ihm jetzt so natürlich wie ein echtes Lächeln, und es war derart wirkungsvoll, dass es all die Stunden, die er vor dem Spiegel verbracht hatte, mehr als rechtfertigte. Die Erst- und Zweitsemester fraßen ihm in kürzester Zeit aus der Hand, und er brauchte nicht viel länger, um sie ins Bett zu kriegen.

Als besonders effektiv erwies es sich bei seinem heutigen Opfer. Sie seufzte hörbar und glücklich, und ihre Augen wurden einen Moment glasig, als sie sich auf seinen Mund konzentrierte. Sofort fuhr er die großen Geschütze auf, biss sich sanft auf seine Unterlippe, streckte dann seine Zunge ein kleines Stück heraus und fuhr damit über seine polierten weißen Zähne.

Danach war sie wie Wachs in seinen Händen. Plötzlich erwies sich der zusätzliche Wein als unnötig.

»Willst du von hier verschwinden?«, schlug er vor.

Sie nickte, anscheinend so verknallt – oder vielleicht auch so betrunken –, dass an sprechen nicht mehr zu denken war.

Bradleigh spürte ein erregtes Zucken in seinem Schritt und drehte sich nach der Kellnerin um, um die Getränkebestellung zu stornieren und die Rechnung zu verlangen.

Plötzlich stand ein Mann vor ihm. Ein älterer Typ, mit kurzem Haar und einem Gesicht wie eine Bulldogge, die Pisse von einer Brennnessel leckt. Er sah ihn an ... oder besser, er *starrte* ihn an, als wollte er einen Streit anfangen.

Bradleighs Lächeln wich Verwirrung. »Kann ich Ihnen helfen?«

»Bist du Brad?«

Bradleigh sagte nichts, also antwortete sein Date für ihn. »Das ist er«, lallte sie. Das ›S‹ klang etwas verwaschen. Sie legte ihre Hand auf seine. »Er ist mein Freund.«

»Da wäre ich mir nicht so sicher, Süße«, erwiderte der Fremde. »Mein Freund und ich haben gerade zwanzig interessante Minuten damit verbracht, seine Facebook-Seite zu checken. Du bist die dritte Braut, mit der er diese Woche ausgeht. Von den beiden anderen hat er ein paar verdammt intime Fotos gepostet. Eines erst letzte Nacht, nicht wahr, Brad?«

»Was? Nein. Das ist Blödsinn.«

Bradleigh sah sich in dem Restaurant um. Ein paar Leute an den näheren Tischen verfolgten die Szene beiläufig, aber die meisten verhielten sich äußerst britisch und ignorierten sie nachdrücklich.

»Bookish!«, sagte der Typ laut, und ein anderer Kerl eilte in ihre Richtung.

Der Neuankömmling war korpulenter und hatte ein gerötetes Gesicht. Er entschuldigte sich leise, als er sich zwischen den Tischen hindurchzwängte und dabei gegen den einen oder anderen Stuhl stieß.

»Zeig der jungen Lady, was ihr ›Freund‹ so treibt.«

Der Mann, der auf den »Namen« Bookish hörte, ging zu Bradleighs Date, beugte sich zu ihr herunter und hielt ihr das Display seines Handys vor die Nase. Er scrollte langsam herunter, und das betrunkene Lächeln, das sich seit dem letzten Glas Wein auf ihrem Gesicht eingenistet hatte, wich einem traurigen und ernsteren Ausdruck.

»Er postet ihre Fotos auf Facebook«, erklärte Chuck. »Bekleidet, nicht nackt. Noch nicht. Allerdings ist es dann ziemlich einfach, sie auf Seiten wie diesen hier zu finden.« Er scrollte weiter.

»Was zum Teufel machen Sie da? Was soll das? Lassen Sie sie in Ruhe«, warnte ihn Bradleigh. »Das ist Blödsinn, Emma. Völliger Schwachsinn. Ich habe keine Ahnung, wer diese Typen sind, aber …«

»Ella.«

Bradleigh spürte, wie sich sein Rektum zusammenzog. *Verdammt!* »Ella. Das habe ich gesagt.«

Sie schüttelte den Kopf, übertrieben, durch den Alkohol. »Hast du nicht. Du hast ›Emma‹ gesagt.«

»Du hast ›Emma‹ gesagt«, bestätigte der korpulente Kerl neben ihr.

»Wie wär's, wenn wir dich nach Hause schaffen, Sweetheart? Dann kannst du deinen Rausch ausschlafen«, schlug der andere Kerl vor. »Bookish besorgt dir ein Taxi.« Er rollte den Kopf hin und her, dass die Wirbel in seinem Hals knackten. »Dieser schmierige Drecksack und ich werden derweil ein bisschen plaudern.«

ZWEIUNDZWANZIG

Hoon wartete, bis Ella ihre Sachen zusammengesucht und Chuck sie aus dem Restaurant geführt hatte. Dann hockte er sich auf den Stuhl, den sie gerade freigemacht hatte. Bradleigh setzte zwar eine ungläubige Miene auf, machte aber keinen Versuch, sie aufzuhalten oder selbst zu verschwinden.

Sehr vernünftig, dachte Hoon. Hier, umgeben von Menschen, war es sicherer als auf den dunkler werdenden Straßen.

In diesem Moment kam eine Kellnerin mit zwei Gläsern Rotwein an den Tisch. Sie schien etwas verwirrt über die plötzliche Metamorphose seiner Verabredung. Hoon half ihr bei ihrer Entscheidung, schob das leere Glas beiseite und klopfte auf den Tisch. »Danke, Sweetheart«, sagte er freundlich.

Sie stellte die beiden Gläser ab, trat einen Schritt zurück und erkundigte sich, ob sie noch etwas bräuchten.

»Wir sind vollkommen zufrieden, danke«, antwortete Hoon. Er starrte den jüngeren Mann herausfordernd an.

»Im Moment nicht«, sagte Bradleigh und bemühte sich, Hoons Blick zu halten, ohne zu blinzeln.

Hoon wartete, bis die Kellnerin gegangen war, trank dann einen Schluck von dem Wein und zuckte zusammen. »Verdammt, das ist hart«, sagte er. »Stehst du auf Essig, Brad? Aber klar, bei einem Sozialleben wie deinem muss man die Kosten niedrig halten, nehme ich an.«

»Wer sind Sie?«

»Wer ich bin? Das ist eine sehr gute Frage«, erwiderte Hoon. »Ich denke, dass ich für verschiedene Leute verschiedene Dinge bin. Für manche bin ich ein verdammt kluger Mentor, der sie durch diese schwierigen Zeiten führt, in denen wir leben. Wie der kleine grüne obdachlose Bastard in *Star Trek*, oder was auch immer. Der mit den großen Ohren und der lustigen Stimme.«

Hoon nahm einen weiteren Schluck von seinem Wein. Diesmal zuckte er weniger heftig zusammen, da er sich an den säuerlichen Geschmack gewöhnt hatte.

»Für andere bin ich ein geliebter Freund und Kollege, der ein bisschen Freude in ihren Tag bringt, einen Hauch von Magie in ihr sonst so tristes und sinnloses Leben«, sagte Hoon. Er zuckte mit den Schultern. »Aber ich nehme an, was du wirklich wissen willst, Braddy-Boy, ist, wer ich für *dich* bin.«

»Hör zu, Mann, ich weiß nicht, was …«

Hoon schlug seine Hand auf die von Bradleigh und drückte sie fest auf den Tisch. Seine Augen glühten, als er sich ruckartig vorbeugte. »Für dich, Junge, bin ich der eisige Nordwind, der dich in zwei Hälften schneidet. Ich bin der große wütende Bastard, der heulend dein Haus niederreißt, deine Welt auseinandernimmt und deine Eier durch dein Arschloch in die Luft jagt.« Er machte eine dramaturgische Pause. »Ich bin jeder verdammte Moment jedes verdammten Albtraums, der jemals in deinem winzigen Hirn aufgetaucht ist. Der einzige Grund, warum ich dir nicht schon mit diesem Glas die Eier abgeschnitten habe, ist, dass du mir ein paar Fragen beantworten musst. Und mitten in einer blutigen Kastration mit dieser Fragerei anzufangen, wäre ein etwas unglücklicher Zeitpunkt.«

Er ließ seine Worte erneut wirken. Bradleigh versuchte, seine Hand zurückzuziehen, aber Hoons Griff war zu fest, und der jüngere Mann beschloss offensichtlich, dass es besser aussah, so zu tun, als ob es ihn nicht störe, als mühsam zu versuchen, sich loszureißen und zu scheitern.

»In Ordnung. Schon okay, ich höre zu.«

Hoons Gesicht zuckte. »Du hörst zu? Du *hörst zu?* Ja, du hörst verflucht noch mal besser zu, Junge, sonst wird es nicht meine Hand sein, die deine an den Tisch nagelt, sondern eine verdammte Gabel. Und ich werde sie dir nicht nur durch deine Hand stechen, sondern auch durch deine Zunge, deinen Schwanz und deine beiden verdammten Ellbogen. Ist das klar?«

Bradleigh schluckte, gab aber keinen Mucks von sich.

»Wenn du mir nicht jedes verdammte Quäntchen deiner Aufmerksamkeit schenkst, werde ich dir nicht nur alle Knochen brechen, ich werde auch ganz neue Knochen in deinem Körper finden und diese ebenfalls brechen. Ich werde die verdammte medizinische Wissenschaft ad absurdum führen. In vielen Jahren werden Wissenschaftler dich ausgraben und vermuten, dass sie über eine neue Spezies gestolpert sind. So werde ich dich zurichten, Junge. Klar so weit?«

Diesmal nickte Bradleigh.

»Braver Junge.« Hoon tätschelte die Hand und lehnte sich dann etwas zurück, damit er nicht halb über dem Tisch hing. »Caroline Gascoine. Erzähl mir von ihr.«

»Wer?«

Hoon nahm die Gabel an seinem Platz, wirbelte sie um zwei Finger und hielt sie dann mit den Zinken nach unten in der Faust.

»Caroline. Gascoine«, zischte er zwischen zusammengebissenen Zähnen. »Ein schottisches Mädchen. Dunkles Haar. Studentin. Steht auf diesen japanischen Schwachsinn. Klingelt's da bei dir?«

Bradleighs Gesicht blieb weitgehend ausdruckslos. Aber nicht ganz. Er wusste mehr, als er zugeben wollte.

Hoon angelte das Foto aus einer der vielen Taschen seiner Army-Hose und legte es zwischen sie auf den Tisch. »Sie«, sagte er. »Das ist sie. Mit dir.«

Bradleigh griff nach dem Foto, hielt jedoch inne, als Hoon ihn anfauchte. »Fass es verdammt noch mal nicht an, bevor ich es dir erlaube!«, warnte er den jüngeren Mann. Er starrte ihn an, bis dieser seine Hand zurückzog. Dann zuckte sein Blick kurz zu dem Bild. »Okay. Jetzt darfst du es anfassen.«

Bradleigh zögerte, als hätte er Angst, das wäre ein Trick. Seine Hand kroch langsam über den Tisch, er legte einen Fingernagel auf den Rand des Polaroids und zog es zu sich.

»Und?«, fuhr Hoon ihn unmittelbar danach an. »Ruft das irgendwelche Erinnerungen wach?«

»Das … ja. Ja … Caroline. Klar, natürlich. Wir … wir sind ein paarmal ausgegangen.«

»Und?«

»Nichts … nichts und. Das war alles. Wir hatten ein paar Dates. Sind essen gegangen. Und dann waren wir, glaube ich, noch in einem Pub. Das ist schon ein paar Monate her. Es war nichts Ernstes.«

»Was war es dann?«, fragte Hoon.

»Ich weiß nicht … Was meinen Sie?«

»Hast du sie auch unter Alkohol gesetzt und sie dann gevögelt, so wie all die anderen Mädchen, die du auf Facebook präsentierst?«

»Warum kennen Sie meinen Facebook-Account?«

Eine Faust hämmerte Bradleighs Finger gegen die Tischplatte und entlockte ihm einen schmerzhaften Aufschrei.

»Beantworte die verdammte Frage, Junge!«, befahl Hoon und zog seine Faust zurück. »Hast du sie betrunken gemacht, sie mit zu dir genommen und den alten Vergewaltigercharme bei ihr angeknipst?«

Bradleigh hatte die schmerzende Hand unter seiner Achselhöhle eingeklemmt. Dann beugte er sich vor und senkte seine Stimme zu einem Flüstern. »Ich bin kein … ich bin kein Vergewaltiger! Sagen Sie das nicht …«

»Ich sage, was ich will, du mieser kleiner Scheißer«, fuhr Hoon ihn an. Vor Wut hob er seine Stimme, und einige Gäste an den Tischen um sie herum murmelten besorgt oder missbilligend. »Ist das passiert? Mit Caroline?«

»Nein! Nein, nichts dergleichen …« Bradleighs Gesicht wurde plötzlich blass. »Moment mal. Sind Sie ihr Vater?«

»Zum Glück für dich, Braddy-Boy, bin ich das nicht. Wenn ich es wäre … Jesus, dein Kopf wäre schon so weit in deinem Arsch, dass du selbst eine verdammte Darmspiegelung machen würdest. Ich bin nur ein Freund der Familie, der herausfinden will, was mit ihr passiert ist.«

Bradleigh runzelte die Stirn. »Was meinen Sie damit?«

»Versuch nicht, mich für dumm zu verkaufen, Junge«, drohte Hoon.

»Ich versuche nicht … das tue ich nicht. Was meinen Sie damit? Was ist ihr passiert?«

»Warum sagst du es mir nicht?«

»Weil … ich es weiß nicht. Ich weiß nicht, wovon Sie reden«, erwiderte Bradleigh hartnäckig. »Ich habe seit Monaten nichts mehr von ihr gehört. Sie hat nicht mehr auf meine SMS geantwortet.«

»Und? Du hast nicht daran gedacht, sie mal anzurufen?«

Bradleigh lachte, bevor er begriff, dass Hoon die Frage ernst meinte. »Oh. Natürlich nicht. Ich meine, he, wer telefoniert denn heutzutage noch? Ich habe eines Abends ein paar SMS bekommen, die mich zu einem Date einluden, aber ich war« – er sah kurz weg – »beschäftigt.«

»Was hast du gemacht?«

»Ich … ich war bei einer Freundin.«

»Na klar, darauf würde ich wetten. Wann war das?«

Bevor Bradleigh antworten konnte, bemerkte Hoon, dass jemand hinter ihm stand. Zuerst dachte er, Chuck wäre zurückgekommen, aber dann ertönte ein tiefer Bariton.

»Entschuldigen Sie, Sir, ich muss Sie bitte zu gehen.«

Hoon drehte sich in seinem Stuhl um und sah sich auf Nabelhöhe einer schwarzen Bomberjacke gegenüber. Er hob den Kopf.

Und hob ihn weiter.

Bis er schließlich dem Blick eines der größten Männer begegnete, die er je gesehen hatte. Der Typ war schwarz, kahlköpfig, bärtig und hatte einen Bluetooth-Kopfhörer in einem Ohr. Er kaute einen Kaugummi auf eine Art und Weise, die man nur als »aggressive Intensität« bezeichnen konnte.

»Was gibt es für ein Problem?«, fragte Hoon. »Mein Freund und ich unterhalten uns nur ein bisschen.«

»Sie stören die anderen Gäste, Sir«, sagte der Türsteher mit einer so tiefen Stimme, dass die leere Weinflasche auf dem Tisch bei seinen Worten vibrierte. »Ihnen gefällt nicht, was Sie sagen.«

»Liegt es am Akzent?«, fragte Hoon und starrte die anderen Gäste an, die sich bemühten, so zu tun, als gäbe es ihn nicht. »Sollen wir für sie vielleicht synchronisieren? Würde das helfen?«

»Ich muss Sie bitten zu gehen«, wiederholte der Türsteher. »*Jetzt*, Sir.«

»Ich sag Ihnen was, ich bleibe einfach hier sitzen und trinke erst mal meinen Wein aus«, sagte Hoon und drehte sich wieder zu Bradleigh um. »Und ich beschränke das Fluchen auf ein absolutes Minimum, damit diesen hochnäsigen Arschlöchern nicht die Augen tränen, während sie uns zusehen. Wie wäre das?«

Eine Hand landete auf seiner Schulter. Es war eine große Hand. Stark. Die Art von Hand, die dafür gemacht war, Menschen wehzutun. »Ich muss Sie auffordern zu gehen«, sagte der Türsteher zum dritten Mal. Und er klang, als wäre das auch das letzte Mal.

Hoon trank einen Schluck Wein, streckte angewidert von dem Geschmack die Zunge aus dem Mund und betrachtete die Hand. Als er sprach, war seine Stimme vollkommen emotionslos »Und ich muss Sie bitten, mich nicht anzufassen.«

»Ich gehöre nicht zu ihm!« Bradleigh witterte seine Chance, aus dieser Zwangslage zu entkommen. »Er hat sich einfach hingesetzt. Ich war mit meiner Freundin hier. Ich weiß nicht einmal, wer dieser Typ ist!«

»Raus, Sir. Sofort.«

»Nehmen Sie Ihre Hand weg.«

»Er ist hier reingekommen und hat mich bedroht«, fuhr Bradleigh fort. »Er hat versucht, mir die Finger zu brechen. Ich denke, Sie sollten die Polizei rufen.«

Eine Frau am Nachbartisch mischte sich ein. »Ich habe gesehen, wie er die Hand des jungen Mannes geschlagen hat. Er hat sich sehr aggressiv verhalten.«

»Nehmen Sie Ihre Hand weg«, wiederholte Hoon eisig.

»Sehen Sie? Danke!« Bradleigh wandte sich an die Frau am anderen Tisch. Er faltete die Hände wie zum Gebet, nickte dankbar und schenkte ihr dann sein einstudiertes Lächeln. Es war bei Weitem nicht seine beste Darbietung, aber sie errötete und lächelte zurück. Danach vermied sie geflissentlich jeden Blickkontakt mit ihrem Mann, der ihr gegenübersaß.

Die Hand lag immer noch auf Hoons Schulter, und seine Geduld war am Ende.

»Er ist ein Psycho«, fuhr Bradleigh fort. »Er hat gedroht, mich abzustechen.«

»Das war keine Drohung, Junge, das war ein Versprechen«, knurrte Hoon ihn an.

»Okay, das reicht. Sie verschwinden hier, sofort!«,

sagte der Türsteher, und plötzlich legte sich ein Arm um Hoons Hals und hob ihn vom Stuhl. Seine Beine krachten gegen die Unterseite des Tisches.

Mein Gott, war der Kerl stark. Er hob Hoon offenbar mühelos hoch, und sein Arm lag wie ein Schraubstock um Hoons Kehle.

»Also gut, Leute.« Seine Stimme klang wie das Geläut einer Totenglocke. »Hier gibt es nichts zu sehen, genießen Sie einfach Ihr Essen.«

Er machte nur seinen Job, das wusste Hoon. Das Management hatte ihn zu dem Tisch geschickt und ihm befohlen, alles Nötige zu tun, um den herumwütenden fluchenden schottischen Mistkerl so schnell und mit so wenig Aufhebens wie möglich zu entfernen.

Es war nicht seine Schuld. Deshalb hatte Hoon fast ein schlechtes Gewissen wegen dem, was er als Nächstes tat.

Das Geräusch, das die Gabel machte, als sie sich in den Oberschenkel des Türstehers bohrte, war nicht besonders angenehm. Ebenso wenig wie das unmittelbar darauffolgende Schmerzensgebrüll oder der Schrei der penetranten Frau am Nebentisch, die sich unbedingt hatte einmischen müssen.

Hoon rieb sich den Hals, dann hob er die Hände und versuchte, die Gäste zu beruhigen, bevor das ganze Restaurant im Chaos versank. »Ich habe ihn wiederholt gebeten, seine Hand von meiner Schulter zu nehmen«, erklärte er. Als ob dies irgendwie rechtfertigte, den armen Kerl mit einer Gabel aufzuspießen. »Das hier war Selbstverteidigung. Ich war in keiner Weise der Angreifer. Wenn überhaupt, bin ich das verdammte Opfer, und ich denke, wir sollten alle einfach …«

»He!«

Bei dem Ausruf fiel Hoon auf, dass das Gebrüll des Türstehers fast so abrupt aufgehört hatte, wie es angefangen hatte. Er fuhr herum und sah gerade noch den kleinen Metallzylinder, der direkt auf sein Gesicht gerichtet war.

Es zischte.

Etwas spritzte heraus.

Und dann, einen Moment bevor der Schmerz und die Blindheit einsetzten, trat jemand Hoon die Beine unter dem Leib weg, sein Kiefer landete mit einem dumpfen Aufprall auf dem Boden, und das Restaurant, Südlondon und die ganze weite Welt dahinter glitten seitwärts in die Dunkelheit.

DREIUNDZWANZIG

Die Zelle, in der Hoon landete, war noch weniger glamourös als die, in die man ihn in Inverness gesteckt hatte. Ein paar primitive Graffiti waren in das gestrichene Mauerwerk geritzt worden, aber keines davon war literarisch so wertvoll, dass er sich die Mühe machte, ihm mehr als einen kurzen Blick zu schenken.

Es stank stark nach Ammoniak, was in der Zelle in Inverness nicht der Fall gewesen war. Außerdem hatte die Matratze der Pritsche oben in den Highlands keine verblichenen gelben Flecken aufgewiesen. Jedenfalls war es kein Vergleich zu dieser Liegestatt.

Er war nur ein paar Sekunden außer Gefecht gesetzt gewesen, doch das hatte genügt, dass der Türsteher seine Hände mit Kabelbindern auf dem Rücken fesseln und Bradleigh Combes fliehen konnte.

Bei der Substanz, die ihm ins Gesicht gesprüht worden war, handelte es sich nicht um das illegale Pfefferspray, mit dem er gerechnet hatte, sondern um die verwässerte legale Alternative, die einen üblen Geruch und eine UV-Spur zur späteren Identifizierung hinterließ. Dafür richtete sie kaum größeren Schaden an. Die Idee war, dass man zwar immer noch ausgeraubt, vergewaltigt, ermordet oder alles drei in variablen Kombinationen werden konnte, aber dass man wenigstens der Polizei die Arbeit erleichterte. Was hoffentlich ein gewisser Trost war.

Er hatte einen Anruf machen dürfen. Mit diesem Anruf hatte er sich, wie schon beim letzten, an einen Detective Chief Inspector gewendet. Dieser DCI war jedoch nicht derselbe wie der vorherige. Wenn überhaupt – und so unglaublich das klingen mochte –, war er ein noch größeres Arschloch.

»Alles klar, Balls?« Hoon stand von seiner pissfleckenübersäten Matratze auf. »Sie haben sich aber verdammt viel Zeit gelassen.«

DCI Balls machte nicht einmal den Versuch, seine Ungeduld zu verbergen, wie Logan es getan hatte. Stattdessen reagierte er mit einem finsteren Blick, einem Kopfschütteln und einem gebellten: »Was zum Teufel haben Sie gemacht?«

Hoon zuckte mit den Schultern. »Ihren Job, Junge. Nicht mehr und nicht weniger«, sagte Hoon. »Ich habe mich umgehört. Habe Carolines Mitbewohnerin besucht.«

»O Mann.« Balls massierte sich die Schläfen. Er sträubte sich einen Moment, aber dann stellte er die Frage doch. »Und?«

»Und ich habe etwas sehr Interessantes herausgefunden.«

»Es hat aber nichts mit dem Teppich zu tun, oder?«

»Nein. Trotzdem, was haben die sich nur dabei gedacht?«

Balls schüttelte den Kopf und starrte in die Ferne, als ob die Farbe des Teppichs eine Art posttraumatische Nachwirkung hinterlassen hätte.

»Sie war mit jemandem zusammen«, sagte Hoon.

Ein paar Falten zogen sich über Balls' Stirn. »Wer? Caroline?«

»Genau die. Mit einem richtig schleimigen kleinen Mistkerl. Er scheint sich darauf spezialisiert zu haben, junge Frauen abzufüllen und dann in ihnen abzuspritzen, wenn sie nicht mehr bei sich sind.«

Die Lippen des DCI bewegten sich, als fertigte sein Gehirn eine Art Übersetzungsprotokoll an. »Er macht sie betrunken und hat Sex mit ihnen?«

»Habe ich das nicht gerade gesagt?«, fragte Hoon. »Ja. Außerdem macht er Fotos und Videos von ihnen, wofür er ganz sicher nicht ihre Erlaubnis hat.«

»Klar. Und was genau hat das damit zu tun, dass Sie hier drinsitzen?«

»Ach ja, das. Ich habe mit ihm in einem Restaurant geplaudert, das er … ich weiß nicht, in dem er sich auf Facebook gepostet hat oder so ähnlich.«

»Sie haben mit ihm ›geplaudert‹?«

»Ja. Mehr oder weniger«, sagte Hoon. »Ich habe ihm vielleicht einmal gedroht, ihm eine Gabel durch den Schwanz zu stechen, aber das war nur ein Scherz. So ein bisschen Geplänkel.«

»Natürlich. Sie hätten das also nicht wirklich gemacht?«

»Ganz ehrlich? Nein. Ich hätte ihm die Augen ausgestochen«, präzisierte Hoon. »Aber das ist nicht der Punkt.«

»Nicht? Worum geht es dann?«, fragte Balls.

»Der Punkt ist, dass er eine verdammte Spur ist, oder nicht? Dieser kleine vergewaltigende Bastard? Caroline und er haben sich etwa zu der Zeit getroffen, als sie verschwand. Zwei Tage später vögelt er ein anderes armes Mädchen und verbreitet ihren nackten Hintern im ganzen Internet.«

Balls seufzte. »Gut. Na schön. Ich sehe es mir an. Haben Sie seinen Namen?«

»Ja«, bestätigte Hoon. »Ich habe auch seine Adresse.«

Der DCI wartete. »Und? Wie lautet beides?«

»So wie die Lage jetzt ist, werden Sie kein Sterbenswörtchen aus mir herausbekommen, Kumpel«, antwortete Hoon.

Einen Moment lang herrschte Schweigen, während Balls versuchte, diese Info zu verarbeiten. »Jetzt hören Sie mal zu …«, begann er schließlich.

»Nein, Junge, Sie hören zu!«, fuhr Hoon ihn an. »Ich werde Ihnen die Adresse nicht geben. Aber ich kann Sie hinbringen.«

Balls lachte trocken, richtete seinen Zeigefinger auf Hoon, als hätte der gerade eine witzige Bemerkung gemacht, drehte sich dann zur Tür um und rief dem Wachmann zu, er solle ihn rauslassen.

»Sie übersehen da etwas«, sagte Hoon. »Ich glaube nicht nur, dass dieser Bastard etwas darüber weiß, was mit Caroline passiert ist, er ist auch ein dreckiges Raubtier, das von der Straße geholt werden muss. Denken Sie an all die Frauen, die Sie schützen können, wenn Sie ihn festnehmen. ›Serienvergewaltiger endlich hinter Gittern‹? Das ist eine verdammt publikumswirksame Festnahme, Junge. Das wird Sie in der Öffentlichkeit und in den Augen der Bonzen da oben in ein gutes Licht rücken.«

»Dann geben Sie mir seine Adresse«, forderte Balls ihn auf.

Hoon schüttelte den Kopf. »Holen Sie mich hier raus, und ich bringe Sie direkt zu dem Wichser.«

Es polterte und knirschte, als die Zellentür hinter dem DCI aufglitt. Balls schnaubte einmal langsam, rieb sich die Stirn und nickte dann zustimmend.

»Einverstanden«, sagte er. »Aber Sie bleiben im Auto, wenn wir dort ankommen.«

»Was immer Sie sagen, Ballsy«, antwortete Hoon. »Was immer Sie sagen.«

Weder das Restaurant noch der Türsteher hatten Anzeige erstattet, sodass es nicht viel Mühe kostete, Hoon herauszuholen. Ein paar Formulare und Unterschriften später wurden Hoon seine persönlichen Sachen in einer durchsichtigen Plastiktüte ausgehändigt, die er über den Parkplatz bis zum Auto von DCI Balls trug.

»Volvo. Ein Klassiker«, bemerkte Hoon, als die Lichter blinkten und die Alarmanlage des glänzenden blauen Geländewagens deaktiviert wurde. »Soll ich fahren?«

»Auf keinen Fall«, antwortete Balls. »Ich möchte, dass Sie sich hinsetzen und die Klappe halten.«

Sie stiegen ins Auto, und Balls schnallte sich an. »Und berühren Sie möglichst nichts mit Ihrem Gesicht. Das Zeug, mit dem man Sie besprüht hat, stinkt.«

Hoon runzelte die Stirn. »Was zum Teufel sollte ich mit meinem Gesicht berühren?«

»Keine Ahnung. Eben nichts.«

»Ja, aber ich meine …, was? Schließlich habe ich nicht vor, das verdammte Fenster mit meiner Stirn runterzukurbeln.«

»Halten Sie einfach die Klappe und schnallen Sie sich an«, befahl Balls. Er klang so, als bereute er seine Entscheidung bereits.

Er wartete, bis Hoon sich angeschnallt hatte, und sah ihm dann zu, wie er die Plastiktüte öffnete. Hoons Handy, Brieftasche und Schlüssel rutschten zuerst heraus, gefolgt von einem Notizbuch und einem Stift.

»Das ist doch nicht Ihres, oder?« Balls beäugte die pinkfarbene Pailletten-Hässlichkeit mit einer Mischung aus Misstrauen und Abscheu.

»Doch, leider«, gab Hoon zu. »Vorübergehend, bis ich mir ein neues besorgen kann.«

»Und das ist der Stift, den ich Ihnen gegeben habe«, bemerkte der DCI. Er sah auf das Buch hinunter, in das Hoon damit schrieb, und schüttelte sich fast wegen der Demütigung. »Ist es zu spät, ihn zurückzufordern?«

»Ja, bedauerlicherweise«, erwiderte Hoon und steckte den Stift in die Tasche. »Und jetzt los. Fahren Sie geradeaus und dann die erste rechts.«

»Geht es da zur Adresse des Mannes?«

»Nein. Aber ich glaube, ich habe auf dem Weg hierher eine Tankstelle gesehen.« Hoon rutschte unbehaglich auf dem Ledersitz herum. »Und meine Blase platzt gleich.«

Hoon stand an einem *McDonald's*-Urinal und genoss das einzigartige Gefühl der Erleichterung, das nur eine sich leerende Blase erzeugte, während er gleichzeitig in sein Handy sprach.

»Wo zum Teufel hast du gesteckt?«, knurrte er und erntete einen besorgten Blick von einem älteren Mann, der sich gerade die Hände wusch. »Ich wurde hopsgenommen.«

Chucks Antwort wurde durch das Dröhnen des Händetrockners übertönt. Hoon warf dem alten Mann einen finsteren Blick zu und vollführte dann ein beeindruckendes Kunststück: Er nahm das Telefon in die linke Hand, während er seine Genitalien in die rechte jonglierte.

»Das Letzte habe ich nicht gehört. Was hast du gesagt?«

»Ich sagte, es gab keine Taxis. Sie wohnte nur die Straße runter, also habe ich sie abgesetzt«, erklärte Chuck. »Als ich zurückkam, warst du schon weg. Ich habe herumtelefoniert, um rauszufinden, wohin man dich gebracht hat. Ich hatte allerdings angenommen, dass du mich aus dem Knast anrufen würdest, das muss ich zugeben.«

Er klang beinahe verletzt, weil er nicht derjenige gewesen war, den Hoon mit seinem einen Anruf kontaktiert hatte. Hoon schlug ihm freundlich vor, »mit der Flennerei aufzuhören«. Schließlich hatte er fertig gepinkelt und zog den Reißverschluss hoch.

»Dieser kleine Drecksack, dieser Bradleigh. Haben wir seine Adresse?«

»Das glaube ich nicht«, antwortete Chuck und erntete eine derartige Schimpfkanonade, dass der alte Mann erschrocken aus der Toilette flüchtete. »Ich kann sie rauskriegen. Wenn du mir fünfzehn bis zwanzig Minuten gibst. Ich rufe dich zurück.«

»Schick mir lieber eine SMS«, entgegnete Hoon. »Du kennst doch diese Kartenfunktion von Google?«

»Google Maps.«

»Wie auch immer es heißt …«

»Google Maps.«

»O Mann! Na schön, dann eben Google Maps. Ist mir egal. Kannst du mir einen dieser Links schicken, die sich darin öffnen?«, fragte Hoon. »Damit ich eine genaue Wegbeschreibung bekomme?«

»Sicher. Kein Problem«, antwortete Chuck. »Soll ich dorthin kommen?«

»Nein, schon gut«, lehnte Hoon ab. Er drehte den Wasserhahn über einem der Waschbecken auf. »Ich habe jemand Neuen zum Spielen gefunden.«

Siebzehn Minuten, zwei doppelte Cheeseburger und eine normale Coke später kehrte Hoon zu Balls' Auto zurück, stieg ein und nickte dem DCI zu.

»Richtig, ich bin's«, verkündete er.

Balls hatte die Zähne fest zusammengebissen, was darauf hindeutete, dass er schon seit geraumer Zeit vor sich hin kochte.

»Gab wohl eine Warteschlange, was?«, fragte er.

»Genau, so was in der Art.« Hoon klopfte mit den Fingerknöcheln auf das Armaturenbrett und deutete auf die dunkler werdende Straße vor ihm. »Gut, hopp, hopp«, befahl er. »Wir werden diesen Bastard nicht erwischen, wenn wir hier herumsitzen und Däumchen drehen.«

VIERUNDZWANZIG

Die Fahrt verlief ohne Zwischenfälle. Balls hatte darauf bestanden, alle Fenster zu öffnen, damit der Geruch des Sprays, mit dem Hoon markiert worden war, nicht für immer in den Polstern des Volvos hängen blieb. Folglich war die Kälte ungehindert eingedrungen und hatte all die anderen Gerüche mitgebracht, die London ausmachten und nach Hoons Meinung noch viel schlimmer waren als seine eigenen.

Chuck hatte die Adresse herausbekommen, und auch Google Maps hatte seine Aufgabe bewundernswert erfüllt und sie durch die Straßen Südlondons geführt, bis sie vor einem großen, modern aussehenden Gebäude in der New Kent Road ankamen, dessen Dutzende von Fenstern wie Leuchtfeuer in der Nacht glühten.

An den Horden von faulen, hippiemäßig aussehenden Typen, die vor dem Gebäude herumlungerten, erkannte Hoon sofort, dass es sich um eine Studentenunterkunft handelte. Er versuchte, Bradleighs Zimmernummer als Druckmittel zu benutzen, damit Balls ihn mitgehen ließ, aber der DCI schien zuversichtlich zu sein, dass irgendein Mitarbeiter in der Lage sein würde, die notwendigen Informationen zu liefern. Er bestand deshalb erneut darauf, dass Hoon an Ort und Stelle im Auto hocken blieb.

Nach einem kurzen halbherzig geführten Streit hatte Hoon eingewilligt, im Auto zu warten.

Allerdings hatte er es klugerweise unterlassen, die genaue Wartezeit festzulegen.

Etwa sieben Sekunden, nachdem Balls durch die Eingangstür des Gebäudes verschwunden war, stieg Hoon aus dem Volvo aus, nahm eine Außentreppe in den ersten Stock und machte sich dann auf die Suche nach Bradleighs Zimmer.

Nach einigem Umherirren und Hinweisen von einem Kerl mit Schnauzbart und alberner Frisur fand er das Zimmer am Ende eines langen Ganges. Er lauschte an der Tür, bis er Musik und andere Geräusche aus dem Inneren hörte, und ging dann den Korridor ein Stück zurück. Er entdeckte zwei junge Frauen, die eindeutig unterwegs waren, um sich zu amüsieren.

»Entschuldigen Sie, Ladys!«, sprach er sie an. »Könnten Sie mir vielleicht einen kleinen Gefallen tun?«

Die Frauen waren knapp dem Teenageralter entwachsen und drängten sich etwas enger zusammen. Sie starrten ihn an, als trüge er eine blutgetränkte Schürze mit einem Jack-the-Ripper-Namensschild.

»Es ist nichts Anzügliches«, betonte Hoon. »Und es sind zwanzig Pfund für Sie drin.«

Die Frauen wechselten einen Blick, dann zuckte die eine mit den Schultern.

»Echt jetzt?«, fragte die andere. »Für jede?«

Bradleigh lag auf der Couch, eine Hand vorne an seiner Jeans, den anderen Arm hinter dem Kopf verschränkt. Er hatte sich mit den Fantasien an eine weitere Eroberung in Stimmung gebracht, und seine Frustration zeigte sich in der Beule, die er jetzt träge streichelte.

Was für ein beschissener Tag. Was für eine verdammte *Verschwendung*. Er hatte die Kamera schon fertig aufgebaut, und die Seile lagen griffbereit unter seinem Bett.

Komm schon, das wird lustig. Lebe ein bisschen.

Er konnte sich fast vorstellen, wie unsicher sie gewesen wäre. Die Unsicherheit, mit der sie ihn ansah, wenn sie mit glasigen Augen und gespreizten Beinen dalag. Mit allem, was dazugehörte. Sie wäre besorgt gewesen. Nervös. Aber er hätte sie überredet. Das gelang ihm immer.

So oder so.

Er löste seine Hand von der Jeans und öffnete den Knopf, als es *Klack-Klack-Klack* an der Wohnungstür machte.

Er erstarrte mitten im Aufknöpfen, das Pochen in seinem Schritt hörte auf, als hielte es den Atem an.

Langsam und leise erhob er sich von der Couch, machte den Knopf wieder zu und schlich zur Tür. Er sah durch den Türspion, dann schossen seine Augenbrauen überrascht in die Höhe, als er zwei der Mädchen vom selben Korridor draußen stehen sah.

Mist. Wie waren noch mal ihre Namen? Irgendwann hatte man sie ihm vorgestellt. Sie standen beide auf seiner To-do-Liste, obwohl er bis jetzt bei ihnen noch nicht weit gekommen war.

Seine Jeans spannte sich wieder im Schritt. Vielleicht würde die Nacht ja doch kein totaler Reinfall werden.

Er öffnete die Tür, stützte den Ellbogen an den Rahmen und zeigte sein perfektes Lächeln. »Ladys«, sagte er. »Womit habe ich das denn ver…?«

Er stieß einen kleinen Schrei aus, als die Frauen zur Seite traten und der glupschäugige Bastard, der ihn im Restaurant zur Rede gestellt hatte, hinter ihnen auftauchte.

Er stieß Bradleigh gegen die Brust, der rückwärts in sein Zimmer zurückstolperte. Dort prallte er gegen die Rückenlehne der Couch, kippte darüber hinweg und landete auf der anderen Seite auf dem Boden.

»Gut gemacht, Girls.« Hoon holte zwei zerknitterte Zwanzig-Pfund-Noten aus seiner Brieftasche. Er hielt sie ihnen hin, und beide Frauen musterten sie misstrauisch.

»Was ist das? Das ist doch kein echtes Geld«, protestierte eine.

»Was? Natürlich ist es das. Das sind vierzig Pfund.«

»Aber das ist kein richtiges Geld.«

»Was zum Teufel soll das heißen: ›Das ist kein richtiges Geld.‹?«

»Das ist schottisches Geld. Was sollen wir mit schottischer Kohle anfangen?«

Hoon runzelte die Stirn. »Was denkst du denn? Hütchen basteln? Dir den Arsch abwischen? Gib es einfach aus, verdammt!«

»Wie sollen wir das ausgeben? Wir sind doch nicht in Schottland, oder?«

»Warum solltet ihr nach …? Ihr müsst doch nicht in …!« Vor Gereiztheit bildete sich Schaum in Hoons Mundwinkel. »Das ist ein legales Zahlungsmittel, damit ihr es wisst! Das könnt ihr überall ausgeben.« Aus dem Augenwinkel sah er, wie Bradleigh sich wieder aufrappelte. »Rühr dich verdammt noch mal nicht von der Stelle!«, warnte er ihn und wandte seine Aufmerksamkeit dann wieder den Frauen zu. »Ich nehme es gern zurück, wenn ihr es nicht wollt.«

Sie ließen die Scheine verschwinden, bevor Hoon sie ihnen aus den Fingern reißen konnte.

»Ist schon in Ordnung, nehme ich an«, sagte die Erste.

Die andere nickte in Richtung Bradleigh. »Sie tun ihm doch nicht weh, oder?«

»Er ist ein Serienvergewaltiger, der das Leben von Mädchen ruiniert, indem er Bilder und Videos von ihnen ohne ihre Zustimmung ins Internet stellt.« Er machte eine abwägende Bewegung mit beiden Händen und zuckte dann mit den Schultern. »Also, wer weiß?« Er trat in die Wohnung und zwinkerte ihnen zu. »Warten wir ab und finden wir raus, wohin meine Laune mich treibt.«

Damit schloss er die Tür, drehte sich um und starrte in das leere Apartment. Eine Tür, die zu einem angrenzenden Raum führte, stand offen. Hoon ging darauf zu und pfiff leise, als locke er eine Katze.

»Hier, Braddy-Braddy«, sang er. »Komm hierher, Braddy-Braddy.«

Als er die Tür erreicht hatte, spähte er vorsichtig hinein, falls ein stumpfer Gegenstand seinen Kopf als Ziel nahm.

Statt des Schlaf- oder Badezimmers, das er erwartet hatte, blickte er jedoch in ein Spiegelbild des Zimmers, in dem er sich gerade befand. Die Tür trennte nicht zwei Zimmer in derselben Studentenwohnung, sondern zwei Studentenwohnungen, jede mit eigener Eingangstür.

Hoons Kopf fuhr nach rechts. Die Eingangstür dieser zweiten Wohnung stand offen. »Mistkerl!«, fluchte er, stürmte in den Raum, flankte über die Couch und rannte durch die Tür in den Gang.

Im Korridor sah er gerade noch, wie Bradleighs Kehrseite um eine Ecke verschwand. Es war kein großer Vorsprung, aber immerhin ein Vorsprung. Der Student war jünger, fitter, hatte längere Beine und kannte sich hier besser aus als Hoon. Ihn zu verfolgen war sinnlos.

»Scheiß drauf.«

Er hängte sich trotzdem an ihn ran.

Die beiden Frauen, die Bradleigh an die Tür gelockt hatten, stoben auseinander, um dem heranstürmenden Hoon auszuweichen. Er nickte ihnen zu, als er durch den Korridor donnerte und um die Ecke schoss.

Der nächste Korridor war lang und gerade. Etwa ein Dutzend Studenten standen über die ganze Länge verteilt darin herum. Sie alle sahen Bradleigh nach, als er vorbeisprintete, und die meisten bemerkten Hoon erst, als er schweißgebadet und wutentbrannt hinter ihnen auftauchte.

»Aus dem Weg, verflucht!«, brüllte er. Teenager und Mittzwanziger sprangen in alle Richtungen zur Seite. »Haltet diesen verfluchten Mistkerl auf!«

Doch niemand unternahm etwas, um den fraglichen Mistkerl aufzuhalten. Wenn überhaupt, dann erleichterten sie ihm die Flucht, indem sie ihm aus dem Weg gingen und Hoon so weit wie möglich in die Quere kamen. Was zum Glück nicht sehr weit war.

Als Bradleigh das Ende des Korridors erreichte, hatte er sich jedoch schon weiter abgesetzt, und seine siegessichere Art zu Rennen veranlasste Hoon, einige lang vergrabene Geschwindigkeitsreserven zu mobilisieren und sein Tempo zu erhöhen.

Er würde ihn schnappen. So oder so, er würde ihn verdammt noch mal schnappen!

DCI Balls brauchte keine fünf Minuten, um einen Mitarbeiter ausfindig zu machen, und noch einmal so viele, um ihn zu überzeugen, ihm die benötigten Informationen zu geben.

Jetzt irrte er durch das Labyrinth von Gängen und versuchte, sich einen Reim auf das Nummerierungssystem zu machen. Das Problem begann damit, dass die ungeraden Nummern links aufwärts und die geraden rechts abwärts zählten, aber irgendwo an der letzten Kreuzung hatte sich das umgedreht.

Noch ärgerlicher war, dass die Nummer des Raumes, den er suchte, irgendwo bei den fehlenden Nummern lag, die bei dieser Umstellung offenbar verschluckt worden waren.

Er kehrte zur Kreuzung zurück und folgte dem linken Korridor, bis er sicher war, dass er den falschen Weg genommen hatte. Also kehrte er um und nahm stattdessen die Abzweigung auf der rechten Seite.

Das ist schon vielversprechender, dachte er. Die Zahlen waren jetzt zumindest in der richtigen Größenordnung, und sie stiegen in die richtige Richtung. Vorausgesetzt, es gab kein weiteres Chaos bei der nächsten Kreuzung, sollte es relativ einfach sein, Bradleigh Combes' Zimmer zu finden.

Er bog um eine Ecke, fand sich an einer weiteren Kreuzung wieder und fluchte leise.

Gerade als er sich für eine Richtung entscheiden wollte, eilten von der linken Seite zwei junge Frauen durch den Gang. Sie redeten aufgeregt über Geld. Er versperrte ihnen mit seiner Dienstmarke in der Hand den Weg.

»Entschuldigung, Ladys. Ich bin Detective Chief Inspector Balls.«

»Balls?« Eine der Frauen kicherte. »Echt jetzt?«

Es war nicht das erste Mal, dass DCI Balls' Name für Heiterkeit sorgte, und er hatte längst akzeptiert, dass es vermutlich so bald kein letztes Mal geben würde. Er nickte, lächelte höflich und redete dann weiter.

»Ich suche Zimmer eins-acht-zwei. Irgendwelche Vorschläge, wo das sein könnte?«

Die Frauen wechselten einen vielsagenden Blick. »Dort entlang«, sagte eine und deutete mit dem Daumen über ihre Schulter. »Das liegt ganz am Ende.«

»Ihr Partner jagt ihm aber schon hinterher«, warf die andere ein.

Balls runzelte die Stirn. »Partner? Er jagt ...? Was wollen Sie damit ...?«

»Sagen Sie, Sie sind doch von der Polizei. Wissen Sie, ob schottisches Geld hier legal ist?«, fragte die erste Frau. »Ihr Kollege meinte, es sei legal, aber wir wissen nicht, ob wir ihm glauben sollen.«

»Schottisches ...?« Die Falten auf Balls' Stirn glätteten sich, und dann erschienen sie erneut, als seine Augenbrauen von ganz unten nach ganz oben wanderten. »Oh«, murmelte er. »Fuck!«

Dann rannte er los.

Als Hoon in den nächsten Korridor schlitterte, sah er nur Studenten, aber keinen Bradleigh Combes. Es war ein weiterer endloser Gang, der auf beiden Seiten von Türen gesäumt war. Wenn es nicht davor eine Abzweigung gab, musste der Bastard eine unmögliche Geschwindigkeit an den Tag gelegt haben, um das Ende zu erreichen, bevor Hoon um die Ecke bog.

Hoon blieb stehen, und sein Brustkorb hob und senkte sich, während er angestrengt nach Luft rang. Er griff in seine Tasche, holte seinen gefälschten Polizeiausweis hervor und hielt ihn über seinen Kopf. »Ich suche den Mann, der vor ein paar Sekunden hier entlanggerannt ist«, verkündete er. »Wer hat gesehen, wohin er verschwunden ist?«

Keiner der mehr als zwanzig obszön jung aussehenden Studenten auf dem Gang gab diese Information preis. Jedenfalls nicht absichtlich.

Als Hoon etwa ein Drittel des Gangs durchschritten hatte, warf ein kleiner untersetzter Kerl mit Turban einen verstohlenen Seitenblick auf die Tür direkt neben ihm. Hoon hielt seine gefälschte Dienstmarke wie einen Schild vor sich und ging auf ihn zu. Dann verscheuchte er den Mann mit einem Blick und einem gemurmelten: »Verpiss dich«.

Vor der Tür blieb er stehen. Und lauschte.

Drinnen wurde geflüstert. Gezischt. Es klang drängend. Er verstand zwar die genauen Worte nicht, doch das war auch nicht nötig. Der Wortlaut spielte keine Rolle.

Ich habe den Mistkerl.

Er drehte sich um, steckte den gefälschten Ausweis ein und zerstreute die Menge der Schaulustigen mit einigen verscheuchenden Handbewegungen. Sie machten kehrt und entfernten sich von ihm, einige schnell, andere deutlich langsamer und rückwärts, in der Hoffnung, etwas Aufregendes mitzubekommen.

Er wartete, bis alle den Korridor verlassen hatten, dann trat er zurück, holte tief Luft und sprang mit erhobenem Fuß vor. Der Stiefel landete direkt unter der Türklinke.

Holz splitterte. Metall kreischte. Die Tür flog nach innen wie die Falltür eines Henkers und krachte gegen die Wand.

Hoon machte rasch drei Schritte nach rechts und genoss den Ausdruck blanken Entsetzens auf Bradleighs Gesicht, als der versuchte, durch die Nachbartür zu entkommen und ihm der Weg von einem furchterregend grinsenden Mann versperrt wurde, dem der Schweiß auf der Stirn stand.

»Alles klar, Braddy-Boy?«, knurrte Hoon. Seine Hand schloss sich um die Kehle des Kerls, und seine Stimme sank zu einem tiefen, animalischen Knurren herab, als er weitersprach. »Also, wo waren wir noch gleich?«

FÜNFUNDZWANZIG

Bradleigh flennte. So richtig, mit Rotz und Wasser. Sein Gesicht war verkniffen, und aus seinem Mund kamen hohe wimmernde Töne, die – zugegeben – Musik in Hoons Ohren waren.

Er saß auf der Couch in dem Zimmer mit der kaputten Tür. Die reguläre Bewohnerin des Zimmers – ein molliges blondes Mädchen in Jogginghose und Schlabber-T-Shirt – stand mit weit aufgerissenen Augen am Fenster. Ihre Hand schwebte nach wie vor neben ihrem Gesicht, als hielte sie immer noch das Handy, das Hoon aus ihr herausgeschlagen hatte.

»Verdammt, Junge. Hör auf zu flennen«, bellte Hoon den jungen Mann an, was – wie er genau wusste – Bradleighs Heulen nur noch verstärkte.

Hoon ließ den Jungen schluchzen und warf einen Blick über die Schulter auf das Mädchen am Fenster. Ihre Brauen waren vermutlich mit einem Schminkstift nachgezogen, aber es hätte auch ein schwarzer *Filzstift* sein können. Wie auch immer, sie hatte es drastisch übertrieben und war nur ein Härchen davon entfernt, sich als *Marx Brother* ehrenhalber zu qualifizieren.

»Bist du mit diesem Kerl befreundet?«, fragte er sie.

Sie nickte, schüttelte den Kopf und entschied sich dann für eine Art diagonales Zickzackmuster, ohne seine Frage direkt zu beantworten.

»Du bist nicht mit ihm ausgegangen, oder?«

»Was? Nein. Nein! Ich meine … irgendwie schon. Einmal. Ich habe einfach …« Schließlich bemerkte sie, dass ihr Telefon nicht mehr in ihrer Hand lag, und rang die Hände. »Bitte, tun Sie mir nicht weh.«

»Dir wehtun? Keine Sorge, Sweetheart, dir wehzutun ist das Letzte, was ich will. Aber ihm?« Er deutete auf das weinende Häufchen Elend auf der Couch. »Das ist eine ganz andere Geschichte. Brad war nämlich ein verdammt ungezogener Junge. Er hat sich Mädchen geschnappt, sie betrunken gemacht, bis sie nicht mehr wussten, was sie tun, sie dann mit auf sein Zimmer genommen, wo er sich an ihnen vergangen hat, ganz gleich, ob sie noch bei Bewusstsein waren oder nicht.«

Die Blondine sah von Hoon zu Bradleigh und wieder zurück. »Was?«

»O ja. Er hat sie völlig abgefüllt, dann hat er sich dabei gefilmt, wie er sie vögelt, und das auf eine dieser Rache-Pornoseiten gestellt. Er hat Stunden von Videomaterial dort hochgeladen. Stimmt's, Braddy-Boy?«

Der schüttelte den Kopf. Natürlich leugnete er es.

»Lüg mich ja nicht an, Junge«, knurrte Hoon. »Wir haben deine Accounts gefunden. Wir haben das Zeug gesehen, das du dort reingestellt hast. Und sagen wir einfach, ich hoffe, du hast nicht schon den großen schwarzen Kittel und deinen Hut für deine Abschlussfeier gekauft, denn die kannst du verdammt noch mal vergessen.«

Die Bewohnerin des Zimmers trat von hinten an Hoon heran. »Bin ... bin ich da auch drauf?«

»Das weiß ich nicht«, antwortete Hoon. »Tut mir leid.«

»Ich habe nicht Sie gefragt. Bradleigh?« Als sie keine Antwort erhielt, schrie sie seinen Namen und riss ihn aus seiner tränenüberströmten Benommenheit. »*Brad!* Bin ich da auch drauf?«

Der Junge auf der Couch vergrub sein Gesicht in den Händen, wich ihrem Blick aus. Sie atmete scharf ein, schlug die Hand vor den Mund und stolperte zurück.

»Erzähl mir nicht, dass du diesen verfickten Scheißkerl gevögelt hast?« Hoon stellte die Frage weniger taktvoll, als er es vielleicht hätte tun können.

Sie schüttelte den Kopf. »Nein. Ich meine ... er hat gesagt, er hätte mich einfach zurückgebracht und mich nur aufs Bett gelegt, aber ...« Sie schluckte etwas anscheinend Scharfes und Saures hinunter. »Als ich aufwachte, fühlte ich mich ... ich dachte ...«

Mit einem plötzlichen Wutschrei stürzte sie sich auf Bradleigh, schlug ihm auf den Kopf, riss an seinen Haaren und krallte sich in seine Arme.

Hoon ließ ihr ein paar Sekunden Zeit, um sich abzureagieren, dann packte er ihren Arm und zog sie sanft, aber nachdrücklich von dem jungen Mann weg. »Sie sind in Ordnung. Er bekommt, was er verdient. Er wird für eine verdammt lange Zeit weggesperrt.«

Bradleigh lag jetzt zusammengerollt auf der Couch, ein bebender, schluchzender Haufen Gesichtsflüssigkeiten. Es war alles sehr, sehr erbärmlich. Hoon hatte gehofft, dass das Arschloch wenigstens versuchen würde zuzuschlagen. Im Idealfall hätte er sogar ein Messer gezogen und Hoon den ersehnten Vorwand geliefert, ihm in Notwehr ein oder zwei Knochen zu brechen.

Stattdessen war er ein wehleidiges Wrack, das kaum eine Ohrfeige, geschweige denn einen kräftigen Tritt verdient hatte.

Hoon hockte sich neben den Jungen und entlockte ihm ein weiteres atemloses Wimmern der Angst.

»Aber bevor du ins Gefängnis kommst und die nächsten zwei Jahrzehnte damit verbringst, stündlich von einem Mann, der doppelt so alt und dreimal so groß ist wie du, in den Arsch gefickt zu werden, wirst du mir helfen«, sagte er. »Caroline Gascoine. Was ist mit ihr passiert?«

Bradleigh schüttelte den Kopf. Er schluchzte noch mehr. Himmel, war er hässlich, wenn er heulte. Sein Mund war verzerrt, die Augen waren fest zusammengekniffen, die Nasenlöcher gebläht. Wenn all die Mädchen, die er verführt hatte, ihn jetzt sehen könnten!

Gute Idee …

Hoon holte sein Handy heraus, versuchte sich einige Sekunden lang zu erinnern, wo die Kamera-App war, und schoss dann ein paar Bilder von Bradleighs verheulter Visage.

Im Anschluss gab er das Handy der jungen Frau mit den Cartoon-Augenbrauen und sagte ihr, sie solle sich die Fotos selbst schicken und sie dann möglichst weit verbreiten.

Bradleigh warf ihr aus blutunterlaufenen verschwollenen Augen einen flehentlichen Blick zu, aber Hoon trat rasch vor ihn, um ihm die Sicht zu versperren. »Ich habe dir eine verdammte Frage gestellt, du groteskes Clownsgesicht. Caroline Gascoine. Was ist mit ihr passiert?« Er zeigte mit dem Finger direkt auf Bradleighs Gesicht. »Das frage ich dich jetzt schon zum zweiten Mal. Es wird dir nicht gefallen, wenn ich dich das noch einmal fragen muss. Du wirst sogar jeden verdammten Moment davon hassen, also schlage ich vor, du beeilst dich mit der Antwort und spuckst es aus.«

»Ich … ich weiß es nicht. Ich weiß es nicht, ich schwöre, ich weiß es nicht«, murmelte Bradleigh. »Ich habe nie … sie und ich, wir haben nie …« Er verschluckte sich an seinem eigenen Rotz, würgte und fuhr dann fort. »Sie hat sich einfach nicht mehr bei mir gemeldet. Einfach so, aus dem Nichts. Ich schwöre es. Sie hatte mich gefragt, ob ich mit ihr zu so einer Veranstaltung mit ihren Arbeitskollegen gehen würde, aber das wollte ich nicht.«

»Zu viele Zeugen?«, fragte Hoon. »War es das?«

Bradleigh schüttelte eindringlich den Kopf, und seine Tränen fielen auf den verblichenen Stoff der Couch. »Ich … ich habe mich mit jemand anderem getroffen. Es war nichts Ernstes. Das war es nie. Mit keiner. Es war nie etwas Ernstes. Aber … ich war verabredet, deshalb konnte ich nicht. Sie hat mir ein paarmal gesimst und mir ein paar Sprachnachrichten hinterlassen. Irgendwas Flirtiges. Nichts Ernstes.«

»Was dann?«

Bradleigh schniefte und wischte sich über die Augen. Etwas voreilig, dachte Hoon, da zweifellos noch viele Tränen fließen würden. »Was meinen Sie?«

»Ich meine, was ich gesagt habe, verdammt!«, zischte Hoon. »Hast du noch einmal mit ihr gesprochen?«

»Nein.«

»Nachrichten? E-Mails?«

»Nein. Nein, nichts. Sie hat spätabends noch eine letzte Nachricht geschickt, aber die habe ich erst am nächsten Tag gelesen. Ich war …«, er räusperte sich, »… beschäftigt.«

»Ja, ich wette, das warst du, du mieser kleiner Vergewaltiger!«, fuhr Hoon ihn an. »Die letzte Nachricht. Wie lautete sie? Was genau stand da drin?«

»Ich kann mich nicht … ich kann mich nicht erinnern«, jammerte Bradleigh und schrie abrupt auf, als Hoons Hand seinen Kopf umklammerte.

»Dann hilfst du deinem verdammten Gedächtnis

besser auf die Sprünge, Jungchen, oder ich muss das für dich tun. Sagen wir einfach, meine Methoden sind zwar grob, aber effektiv. Ganz zu schweigen davon, dass sie von den verdammten Genfer Konventionen geächtet sind.« Er schnippte mit den Fingern ein paar Millimeter vor dem Gesicht des jüngeren Mannes und zwang ihn, sich zu konzentrieren, bevor er erneut in Tränen ausbrechen konnte. »Also, die Textnachricht. Wie lautete sie?«

Bradleighs Stimme vibrierte so stark, als säße er auf einer Waschmaschine im Schleudergang. »Es war nichts. Ein Versehen, glaube ich. Nur eine seltsame Aneinanderreihung von Buchstaben und Zahlen. Ich dachte, sie wäre betrunken.«

»Zeig sie mir!«, forderte Hoon ihn auf.

»Vielleicht habe ich sie schon gelöscht«, wimmerte Bradleigh. »Ich bin mir nicht sicher, aber vielleicht habe ich sie gelöscht.«

Hoon lehnte sich näher heran und brachte sein Gesicht so dicht an das von Bradleigh, dass sein nach abgestandenem Whisky riechender Atem dem Jungen fast die Luft nahm.

»Hoffen wir um deinetwillen, Junge«, sagte er, »dass du das nicht getan hast.«

Ein paar Minuten später war DCI Balls etwa in der Mitte eines Korridors, durch den er, da war er ziemlich sicher, schon einmal gelaufen war, als er eine teilweise geöffnete Tür und einen zertrümmerten Türrahmen entdeckte und das Schluchzen eines erwachsenen Mannes hörte.

Er stieß die Tür ein wenig weiter auf und wurde von einem herzlichen Lächeln und den offenen Armen des Mannes empfangen, dem er unmissverständlich befohlen hatte, im Auto zu warten.

»Endlich!«, begrüßte ihn Hoon dröhnend. »Was hat Sie so lange aufgehalten?«

»Was zum Teufel soll das alles?«, wollte der DCI wissen. »Was ist hier los? Was haben Sie gemacht?«

»Ihren Job. Schon wieder«, antwortete Hoon. Er hielt der Frau mit den Cartoon-Augenbrauen die Hand hin und nickte ihr zu, als sie ihm sein Handy zurückgab. »Ich würde sagen, Bradleigh ist bereit, alles zu gestehen, was er angestellt hat. Und wenn nicht, kann Ihnen diese junge Lady ein paar interessante Geschichten erzählen. Und einer meiner Partner wird Ihnen Links zu allen Videos schicken, die Braddy-Boy hier produziert hat. Ich bin sicher, dass Sie mit der Hilfe Ihrer Ressourcen die Frauen von den Aufnahmen finden können. Das Gesicht dieses blöden Mistkerls ist überall darauf zu sehen, also dürfte der Fall ziemlich schnell erledigt sein.«

Er ging zur Tür und schlug dem DCI anerkennend auf die Schulter. »Herzlichen Glückwunsch, Detective Chief Inspector. Sie haben einen richtig üblen Kerl aus dem Verkehr gezogen.« Er zwinkerte. »Gern geschehen, übrigens.«

Balls schaute abwechselnd zu den anderen Anwesenden in dem Raum, als versuchte er herauszufinden, was genau hier passiert war. Offensichtlich ohne Erfolg.

»Was hat er Ihnen erzählt?« Balls nickte in Bradleighs Richtung. »Über die Tochter Ihres Freundes. Hat er etwas gewusst?«

Hoon seufzte und warf Bradleigh einen bösen Blick zu. Obwohl der jüngere Mann sein Gesicht immer noch hinter seinen Händen verbarg, spürte er den Blick irgendwie und kauerte sich noch mehr zu einem Ball zusammen.

»Nein, leider nicht«, sagte Hoon. »Er ist eine Sackgasse.«

»Tut mir leid, das zu hören«, erwiderte Balls. Und Hoon musste ihm lassen, dass es aufrichtig gemeint zu sein schien. Dann warf der DCI einen Blick auf die zertrümmerte Tür und schließlich auf den schluchzenden Mann auf der Couch. »Sie wissen, dass ich Sie dafür eigentlich verhaften müsste, oder?«

Hoon nickte. »Ja, klar.« Er ging weiter auf die Tür zu, und der DCI machte keine Anstalten, ihn aufzuhalten. »Sie haben ja meine Nummer«, sagte er und blieb in der Tür kurz stehen. »Wenn Sie mich brauchen, rufen Sie mich einfach an.«

Ohne auf eine Antwort zu warten, steckte Hoon seine Hände in die Taschen seiner Army-Hose und pfiff leise, als er durch den Korridor schlenderte.

Als Hoon die Treppe hinter sich ließ und hinaustrat,

hob er eine Hand, um ein Taxi anzuhalten. Während er wartete, nahm er sein Notizbuch aus der großen Seitentasche seiner Hose, blätterte zu der Seite, auf der er geschrieben hatte, während er oben gewesen war, und murmelte missbilligend.

Ein Taxi kam vor ihm zum Stehen, und das Taxischild erlosch, als Hoon die Tür öffnete. Er stieg ein, gab die Adresse von Welshys und Gabriellas Haus an, lehnte sich zurück und holte sein Handy heraus.

»Nettes Notizbuch«, bemerkte der Fahrer. Hoon sah sein Grinsen im Rückspiegel reflektiert.

»Ich sag dir was, Kumpel. Wie wär's, wenn du meine Wahl des Notizpapiers nicht kritisierst und ich meine Meinung über die Belästigung durch deinen verdammten Körpergeruch nicht mit dir teile? Wie hört sich das an?« Das Lächeln des Fahrers erlosch. Er räusperte sich, richtete seine volle Aufmerksamkeit auf die Straße und fädelte sich dann wortlos in den Verkehr ein.

Hoon tippte auf sein Telefon, hielt es sich ans Ohr und lauschte dem Piepton im Lautsprecher. Sechs Klingelzeichen später und sechshundert Meilen entfernt wurde das Gespräch angenommen.

»Bob? Was zum Teufel gibt es diesmal?«, stöhnte der Mann am anderen Ende der Leitung.

»Was für eine charmante Art, einen alten Freund zu begrüßen, Jack«, erwiderte Hoon.

»Was redest du da? Ich habe erst vor ein paar Stunden mit dir gesprochen«, erinnerte ihn DCI Logan. »Es

ist ja nicht so, dass wir uns bei *Surprise Surprise* wiedersehen.«

»Trotzdem, ein kleines bisschen verdammte Höflich-
keit könnte nicht schaden«, entgegnete Hoon leicht
empört und schniefte. »Wie auch immer, ich möchte
dich um einen Gefallen bitten.«

»*Surprise Surprise*«, wiederholte Logan, diesmal aber
mit anderer Betonung. »Was willst du denn jetzt?«

Hoon blickte auf die Textnachricht, die er auf die
Seite seines Notizbuchs kopiert hatte, und schüttelte
den Kopf.

*Eine seltsame Aneinanderreihung von Buchstaben und
Zahlen.* Von wegen!

»Du musst ein Autokennzeichen für mich überprüfen«, fuhr Hoon fort. »Und zwar pronto.«

SECHSUNDZWANZIG

Es war schon spät, als das Taxi den Fluss überquerte und zurück in die Lampard Grove fuhr. Hoon hatte erwartet, dass Gabriella bereits schlief.

Stattdessen lag sie zusammengerollt auf der Couch, in einen Morgenmantel gehüllt und halb mit einer flauschigen Tartan-Decke zugedeckt. In der einen Hand hielt sie ein Glas Weißwein, in der anderen einen dieser E-Book-Reader. Ihr Haar war hochgesteckt, damit es ihr bei beidem nicht in die Quere kam.

Sie blickte auf, als Hoon eintrat, wischte sich übertrieben mit dem Handrücken über die Stirn und stieß dann einen Seufzer der Erleichterung aus. »Du bist also nicht tot!«, verkündete sie, als ob das eine Überraschung für ihn sein müsste.

»Bis jetzt nicht«, bestätigte Hoon. Er zuckte mit den Schultern, suchte nach einem Platz für seine Jacke und ließ sich dann auf der Lehne eines Sessels nieder. »Wie geht es ihm?«

»Er schläft«, antwortete Gabriella. »Ich habe ihm gesagt, dass du ihn morgen früh begrüßen wirst.«

»Ja, natürlich«, bestätigte Hoon.

Um ehrlich zu sein, war er enttäuscht, dass Welshy nicht mehr wach war. Es war zwar nicht angenehm, seinen alten Kumpel in diesem Zustand zu sehen, aber seine Gesellschaft hatte etwas Entspannendes. Es war schön, einfach mit ihm abzuhängen und seine Hand zu halten.

Ihm Trost zu spenden.

»Wie geht es dir?«, fragte er.

Gabriella trank einen Schluck Wein und hob ihn dann wie zu einem Toast. »Und dir?«, fragte sie zurück. »Wie läuft die Mission?«

Hoon lachte freudlos. »Es geht voran, ja«, sagte er.

Das einzige Licht in dem Raum kam von einer gedimmten Lampe in der Ecke. Als Hoon auf dem Sessel gegenüber der Couch Platz nahm, erschien ein besorgter Ausdruck auf Gabriellas Gesicht.

»Was ist passiert? Du bist verletzt.«

Hoon berührte seinen Kiefer, und ein schmerzhafter Stich zuckte durch seine Zähne. »Ach, das. Klar. Ich glaube, das ist irgendwo zwischen der Faust eines Türstehers und einem festen Holzboden passiert.«

»Mein Gott.« Sie beugte sich vor und studierte sein Gesicht. Durch den aufklaffenden Bademantel blitzte ihr Dekolleté. Hoon zwang sich, den Blick zur Decke zu richten, und hielt ihr den violetten Bluterguss an seinem Kiefer zur Untersuchung hin. »Sieht schmerzhaft aus.«

»Nein, ist es eigentlich nicht«, log er.

»Willst du etwas Eis?«

Hoon schüttelte den Kopf. »Es geht schon, danke.«

Gabriella lehnte sich zurück und deutete auf die offene Flasche Weißwein. »Möchtest du einen Schluck?«

Hoon zögerte. Wein war nicht gerade sein Lieblingsgetränk. Er würde einen Roten nehmen, wenn es sein musste, aber Weißwein war seiner Meinung nach ausschließlich Frauen, Kindern und homosexuellen Fußballern aus den 1980er-Jahren vorbehalten.

Aber *etwas* Alkohol war immer besser als *kein* Alkohol, und da es anscheinend nichts anderes gab, akzeptierte er die Einladung.

Gabriella schüttelte ihre Decke ab und stand auf.

Beine.

Das Wort platzte in Hoons Kopf wie ein überkoffeiniertes SWAT-Team und schlug alle anderen Gedanken in die Flucht.

Ihr Morgenmantel war kurz und reichte kaum bis zur Hälfte von Gabriellas Oberschenkeln. Hoon hatte Beinen noch nie besondere Aufmerksamkeit geschenkt, doch das lag vor allem daran, dass er solche Beine normalerweise nicht zu Gesicht bekam.

Vielleicht hatten sie aber auch im Gegenteil deshalb diese Wirkung auf ihn, weil er solche Beine schon einmal gesehen hatte.

Und zwar genau diese Beine. Vor vielen Jahren. Sie hatten sich trotz der Zeit und der zurückgelegten Kilometer nicht sehr verändert, und als er sie jetzt nach all der Zeit wieder sah, fühlte er sich jünger. Fitter. Lebendiger.

Mal ganz abgesehen davon waren es einfach verdammt großartige Beine.

Er richtete seinen Blick auf das Fenster und starrte auf die Straße. Da die Vorhänge zugezogen waren, machte das nur augenfälliger, dass er verzweifelt versuchte, nicht woanders hinzuschauen.

Schließlich drehte er sich um, als ihm ein Glas perlender Weißwein angeboten wurde. Er nahm es. Ihre Finger berührten sich, dann setzte sich Gabriella wieder auf die Couch und zog ein Bein unter sich.

Zu Hoons Freude und Entsetzen verzichtete sie darauf, sich die Decke überzulegen.

»Cheers«, sagte sie und hob ihr Glas.

Hoon erwiderte den Toast, trank einen Schluck und versuchte, die Flüssigkeit nicht sofort wieder auszuspucken.

Verdammter Weißwein.

»Bist du sicher, dass ich das nicht besser kühlen sollte?«, wollte Gabriella wissen.

Hoons Blick zuckte kurz zu seinem Schritt, bevor er begriff, wovon sie sprach. Er berührte sein Kinn. »Das? Nein. Nein, ist in Ordnung. Ich habe schon Schlimmeres erlebt.«

»Ich habe in den letzten Jahren ein paar ziemlich gute Pflegefähigkeiten entwickelt«, sagte sie. »Ich glaube, ich sollte mir mal eine Schwesterntracht zulegen.«

»Ha. Ja. Kann ich mir vorstellen«, erwiderte Hoon und versuchte, es nicht zu tun.

Sie nippten schweigend an ihren Gläsern. Gabriella warf einen Blick auf das Display ihres *Kindle* und drückte dann auf die Austaste. Der Bildschirm wurde dunkel.

»Liest du gerade etwas Interessantes?«, fragte er in dem Versuch, sich von den Beinen, dem Dekolleté und der ganzen Frau abzulenken, die ihm gegenübersaß.

Gabriella zuckte mit den Schultern. »Nicht wirklich. Kitschiger Liebeskram. Sozusagen stellvertretend und so weiter.«

Hoon sagte zum zweiten Mal innerhalb weniger Minuten: »Ha.« Es war auch, stellte er fest, erst das zweite Mal in seinem ganzen Leben. Woher zum Teufel kam dieses »Ha«? Er war noch nie ein »Ha«-Typ gewesen.

»Liest du viel?«, wollte Gabriella wissen.

»Nein, nicht wirklich. Ich lese genau ein Buch pro Jahr«, antwortete Hoon. »*The Broons* und *Oor Wullie*, je nachdem, was gerade herauskommt.«

»Klar. Verstehe. Ich habe noch nie davon gehört. Worum geht es dabei?«, fragte Gabriella.

»Das ist ein Comic, die glücklichste Familie Schottlands, die jede Familie glücklich macht«, versuchte Hoon zu erklären. »*Die Broons*, meine ich. *Oor Wullie* ist nur ein frecher kleiner Kerl mit einem Eimerfetisch.«

Dies brachte ihm ein Nicken ein und eine weitere Schweigepause. Hoon nippte an seinem Wein, der mit jedem Mal, wenn das Glas seine Lippen berührte, erträglicher wurde.

»Wie geht es …?«

»Hast du …?«

Sie lächelten beide.

»Tut mir leid. Rede du«, sagte Gabriella.

Hoon schüttelte den Kopf. »Nein. Bitte. Schieß los.«

Sie trank einen Schluck. Ihre Augen funkelten in dem schwachen Licht. Wie der Wein, aber vermutlich ohne den Nachgeschmack von Essig.

»Ich wollte fragen, ob du glaubst, dass du sie finden wirst«, sagte Gabriella. »Das Mädchen. Caroline, nicht wahr?«

»Caroline, ja.« Hoon holte tief Luft, hielt sie einen Moment an und atmete dann wieder aus. »Ehrlich gesagt, ich weiß es nicht. Versteh mich nicht falsch, ich will das Happy End. Ich will sie auf meinen verdammten Schultern nach Hause tragen, sicher und gesund.«

»Aber …?«

»Aber das hier ist die reale Welt. Wann hat die uns jemals ein Happy End beschert? Ich würde sie gerne finden. Verdammt gerne«, sagte Hoon. »Aber darüber habe ich keine Kontrolle. Es könnte zu spät sein. Sie könnte schon seit Wochen tot sein. Vielleicht ist sie sogar in der Nacht ihres Verschwindens gestorben.«

Mehr Wein. Jetzt war er fast genießbar.

»Was ich kontrollieren kann, ist herauszufinden, was mit ihr passiert ist«, fuhr Hoon fort. »Wer sie entführt hat. Was ihr angetan wurde. Das kann ich herausfinden. Das kann ich tun. Und das werde ich auch tun. Was immer es kostet, was immer ich tun muss, ich werde herausfinden, was mit diesem Mädchen passiert ist.«

Noch ein Schluck. Verdammt noch mal, das Zeug war gut.

»Und dann helfe Gott denjenigen, die sie entführt haben, denn Er ist ihre einzige Chance, mich davon abzuhalten, sie zu erledigen.«

»Sie muss dir viel bedeuten.«

»Caroline? Nein. Ich kenne das Mädchen kaum. Aber ihren alten Herrn? Bamber? Er und ich, und Welshy, wir kennen uns schon lange.«

»Das muss eine tolle Freundschaft sein«, sagte Gabriella.

»Ja, nehme ich an«, stimmte Hoon zu. »Obwohl es nicht nur das ist.«

Gabriella zog das andere Bein unter sich, als machte sie es sich für eine Geschichte bequem. »Was dann?«

Hoon schwenkte sein Glas und sah zu, wie die Bläschen in der halb transparenten Flüssigkeit perlten. Er hatte wohl länger so dagesessen, als er dachte, denn erst Gabriellas: »Entschuldige, wenn du nicht darüber reden willst …«, brachte ihn in die Gegenwart zurück.

»Nein. Doch. Ist schon gut«, sagte Hoon. Er hörte auf zu schwenken, und der Wein im Glas beruhigte sich. »Es war Ende der Neunziger, ungefähr drei Monate vor dem Vorfall mit der Unterhose um die Knöchel, von dem ich dir neulich erzählt habe. Wir führten einen Konvoi nach Norden. Es hatte ein paar Scharmützel gegeben, aber nichts Großes. Der Konvoi war klein, und wir hielten uns ziemlich bedeckt. Wir fuhren auf Nebenstraßen. Im Grunde waren es Schotterpisten. Stießen wir auf etwas Fragwürdiges, ging einer von uns vor, kundschaftete es aus und vergewisserte sich, dass es sicher war, es zu passieren. An diesem Tag war ich mit dem Auskundschaften dran.«

Er leerte das Glas und schwenkte den Wein im Mund, als wollte er einen schlechten Geschmack wegspülen. Dann schluckte er ihn hinunter. Wortlos schob Gabriella ihm die Flasche über den Tisch zu.

»Nur dass ich am Abend zuvor ein paar Drinks gehabt hatte. Es war nicht geplant, aber ich hatte Geburtstag, und wir hatten dieses scheußliche, selbst gebraute Rum-Gesöff in die Finger bekommen. Es schmeckte wie Abbeizmittel, doch es erfüllte seinen Zweck.« Er zuckte mit den Schultern.

»Jedenfalls bin ich am nächsten Morgen hundemüde, und mir zittern noch die Hände. Es sind fünfunddreißig Grad in der Sonne, und mir wird einfach nicht warm. Meine Kehle ist so trocken wie der Furz einer Oma, und ich habe diesen stechenden Schmerz zwischen den Augen, als versuchte mein Gehirn, sich durch meine Stirn zu bohren.«

»Klingt übel«, sagte Gabriella.

»Ja. Nicht gerade angenehm, sagen wir mal so. Jedenfalls entdecken wir vor uns etwas, das wie eine eingestürzte Straßensperre aussieht. Ein Haufen Schrott liegt überall verstreut und versperrt uns den Weg. Wir haben Luftunterstützung in der Gegend, also machen sie einen kurzen Überflug, aber alles ist sauber. Niemand hockt da in einem Hinterhalt«, fuhr Hoon fort. »Ich fange also an, mich hochzuziehen, um nachzusehen. Bamber wirft mir einen Blick zu und weist mich sanft darauf hin, dass ich aussehe, als wäre ich aus einem Haufen Scheiße herausgemeißelt worden.«

Hoon räusperte sich. Füllte sein Glas nach. Räusperte sich. Trank. Räusperte sich und sprach weiter.

»›Ich sag dir was, Boggle‹, sagt er. ›Du sitzt das hier aus, ja? Ich übernehme. Du kannst das nächste Hindernis haben.‹«

Er schabte mit den Schneidezähnen über die Unterlippe, als wollte ein Selbsterhaltungstrieb ihn davon abhalten, noch mehr zu sagen, um die Erinnerung daran nicht zu beschwören. Seine Augen waren auf etwas gerichtet, das weit jenseits der Wohnzimmerwand lag.

»Und ich sagte: ›Ja. Das ist nett. Cheers, Kumpel.‹ Dann habe ich meinen Kopf in den Nacken gelegt. Mache die Augen zu. Lege mir den Arm übers Gesicht. Ich sitze da und warte, dass die Welt aufhört, sich zu drehen.«

Seine Stimme wurde zu einem Krächzen. Auch ein

weiterer Schluck Wein trug nicht dazu bei, sie geschmeidiger zu machen.

»Ich muss eingenickt sein. Die Explosion hat mich geweckt«, flüsterte er. »Sie war zweihundert Meter entfernt, und die Wucht hat alles erschüttert. Sie hat ein Loch in die Wüste gerissen und den verdammten Sand auf uns geschleudert. Wir sind raus aus dem Jeep. Völlig geblendet. Es war wie eine Wand aus Nebel, in der alles dunkel und still wird. Weich. Gedämpft, verstehst du?«

Er sah sie an, um sich zu vergewissern, dass sie verstanden hatte, und als sie nickte, nickte er ebenfalls.

»Dann hören wir Bamber. Er klingt weit weg. Meilenweit. Und er macht dieses Geräusch. Kein Schrei. Nicht so richtig. Nur dieses ... *Geräusch*. Ich habe so etwas noch nie gehört. Jedenfalls nicht von einem Menschen.«

Hoon atmete schwerer, sein Oberkörper wippte leicht vor und zurück, und seine Augen starrten wieder ins Leere.

»Welshy hat ihn gefunden. Oder zumindest den Teil von ihm, auf den es ankam. Es war ein Sprengsatz, eine IED. Eine verdammt große. Die Explosion hatte ...«

Er schluckte, schüttelte den Kopf und leerte dann den gesamten Inhalt seines Glases in einem Zug.

»Wie auch immer, der Punkt ist, ich hätte da draußen sein sollen. Nicht er. Also, wie ich das sehe, bin ich hier gerade sein verdammter Ersatz. Wenn ich nicht gewesen wäre, wäre er hier. Und er würde nicht aufhören, bis er die Bastarde gefunden hat, die sein kleines Mädchen entführt haben.« Hoon schnaubte. »Niemals. Also werde ich es auch nicht.«

Gabriella lächelte ihn mitfühlend an. »Du bist ein guter Mann, Bob.«

Hoon lachte. Kurz und scharf, wie das Feuer eines Maschinengewehrs. »Nein. Nein, das bin ich nicht. Ich bin verdammt weit davon entfernt, ein guter Mann zu sein«, sagte er. »Aber wir tun das Beste, das wir können, mit dem, was wir haben.«

Gabriella leerte ihr eigenes Glas, rieb sich mit dem Handrücken über den Mund und stand dann auf. »Ja, das tun wir«, stimmte sie zu. »Und wer will schon immer gut sein?«

Hoon beobachtete, wie ihre Hände zum Gürtel ihres Morgenmantels glitten. Dann weiteten sich seine Augen, als das Stück Stoff herunterfiel und die Kurven und Linien ihres nackten Körpers zum Vorschein kamen.

»Gabriella«, sagte er, aber bevor er reagieren konnte, saß sie schon rittlings auf ihm, nahm ihm das leere Glas aus der Hand und stellte es hinter sich auf den Tisch.

Das war eine unerwartete Wendung, eindeutig, und als Folge davon dachte er nicht mehr an »Beine«.

Klar, die Erinnerung daran schwirrte noch irgendwo in seinem Kopf herum, doch die nackten Brüste, die nur wenige Zentimeter vor seinem Gesicht schwebten, hatten erfolgreich um die Vorherrschaft gekämpft und ließen nur wenig Raum für andere Gedanken.

Sie fühlte sich warm an. Weich. Sie roch nach frisch gepflückten Erdbeeren, reifer Wassermelone und einem Hauch von *Head-&-Shoulders-Shampoo.*

Ihr Mund lag auf seinem. Ihre Hände fuhren über seine Brust, seine Rippen, seinen Bauch. Sie krümmte sich, rutschte mit ihrem ganzen Gewicht auf seinem Schritt herum. Ihre Hände krochen weiter nach unten, bis sie seine Gürtelschnalle fanden.

Er wollte sie. Gott, wie er sie wollte. Er hatte sie gewollt, seit er sie vor all den Jahren zum ersten Mal getroffen hatte, und er war daran erinnert worden, als er gestern durch die Haustür getreten war.

Sie war hinreißend. Elegant. Umwerfend. Alles, was er sich von einer Frau nur wünschen konnte.

Doch sie war nicht seine Frau. Und das würde sie auch nie sein.

Er ergriff ihre Arme und stieß sie zurück. Nicht hart, aber fest genug, um den Kontakt zwischen ihren Lippen zu unterbrechen.

»Das können wir nicht machen«, sagte er.

Oder doch?

Nein. Nein, sie konnten es nicht.

Fuck!

»Komm schon, du weißt, dass du es willst«, sagte sie und schenkte ihm ein Lächeln, das ihn sich zwanzig Jahre jünger fühlen ließ.

Er gab so weit nach, dass sie sich wieder zu ihm hinunterbeugen konnte, bis ihn die Schuldgefühle übermannten und er seine Arme anspannte, um die Berührung im letzten Moment zu verhindern.

Sie blieb dicht bei ihm. Ihre Miene verzog sich schmerzhaft, und Hoon dachte einen Moment lang, dass sein Griff um ihre Arme ihr wehtat, doch dann wurde ihm klar, dass sie keinen körperlichen Schmerz empfand.

»Weißt du, wie lange es her ist, dass ich so berührt wurde?«, flehte sie. »Hast du eine Ahnung, wie das gewesen ist?«

»Habe ich nicht. Ich meine, ich bin sicher, dass es verdammt hart war.«

»Und im Moment fühlt es sich auch ziemlich hart an«, flüsterte Gabriella, und das Lächeln kehrte zurück, während sie sich auf seinem Schoß vor und zurück wiegte und die Hitze zwischen ihnen stieg.

Sie kam näher. Versuchte es zumindest. Hoon blieb standhaft, trotz des Konflikts, der sich gerade in seinem Inneren abspielte.

»Er wird es nicht erfahren«, sagte sie und warf einen Blick zur Tür. »Gwynn. Er schläft. Er wird nichts davon mitbekommen.«

Das war's. Das Feuer, das er mühsam unter Kontrolle gehalten hatte, flackerte und erlosch.

»Es geht nicht«, sagte er. »Ich kann nicht. Es tut mir leid.«

Sie zuckte zurück, als hätte er sie geohrfeigt, dann rutschte sie von ihm herunter und auf ihre Füße. Sie blickte an sich hinab und sah sich selbst, nackt und entblößt, und wirkte schockiert darüber. Er schaute weg, als sie nach der Decke griff, die auf der Couch lag, und sich eilig damit bedeckte.

»Du musst gehen«, sagte sie. Ihre Stimme bebte. »Es tut mir leid, du kannst nicht … Ich hätte nicht … Du musst gehen.«

»Gabriella, du musst nicht … Ich verstehe. Wirklich«, sagte er. »Ich bin eben ein äußerst begehrenswerter Mann.«

Der Witz kam nicht nur nicht an, sondern er explodierte beim Start. Sie wickelte die Decke um sich und drückte sie an ihre Brust, als wäre sie ein Teil von ihr, den sie auf keinen Fall verlieren wollte. Als wäre sie das Einzige, was sie davor bewahrte, von den Blicken dieses Mannes verletzt zu werden.

»Ich sagte, du musst gehen. Verschwinde!«, sagte sie und wurde lauter. Sie stampfte mit einem Fuß auf, als ob sie ein allzu neugieriges Tier verscheuchen wollte. »Geh einfach! *Geh*, verdammt noch mal.«

Hoon stand auf, nickte und nahm seine Jacke. »Ich hole nur meine Tasche. Wenn du das willst.«

»Ja. Geh. Ich will, dass du gehst«, drängte sie.

»Richtig. Klar. Gut«, erwiderte er. »Grüß Welshy von mir, ja?«

»Mach ich, aber … geh. Bitte. Geh einfach.«

Hoon zog seine Jacke an, holte seine Tasche und ging, ohne ein weiteres Wort zu sagen.

Gabriella wartete, bis sie das Klicken der Tür und das Schließen des kleinen Gartentors hörte, dann sank sie auf die Knie, vergrub beschämt ihr Gesicht in den Sofakissen und schluchzte.

Chuck öffnete ein Auge und ließ ihm ein paar Sekunden Zeit, sich an die Dunkelheit zu gewöhnen. »Mein Gott!«, schrie er, als er den Mann am Fußende seines Bettes sitzen sah. »Bring mich nicht um! Bitte, töte mich nicht!«

»Verdammt, beruhige dich, Bookish«, sagte Hoon. »Wer glaubst du, bin ich? Dein Ernährungsberater? Ich bringe gute Nachrichten, mein Freund!«

»Gute Nach…? Was? Himmel! Wie spät ist es?« Chuck setzte sich auf. »Was meinst du? Welche guten Nachrichten?«

»Es wird wieder wie in alten Zeiten sein«, erklärte Hoon. Er gab Chuck einen Klaps auf das Knie und rieb es freundlich durch die Bettdecke. »Denn du Glückspilz hast gerade einen neuen Mitbewohner bekommen!«

Chuck gab einen Laut von sich, der ein Stöhnen hätte sein können. »Schiffskamerad«, korrigierte er.

Hoon schnalzte missbilligend. »Wir wollen deswegen doch nicht auf Arschloch machen, oder?«, schlug er vor. »Rück einfach ein Stück zur Seite, denn es war ein verdammt langer Tag, und einige von uns brauchen ihren Schönheitsschlaf.«

SIEBENUNDZWANZIG

Am nächsten Morgen saßen Hoon und Chuck in einem der vielen, vielen *Starbucks* rund um Canary Wharf, tranken Kaffee und stopften irgendeine Art von Schinkengebäck in sich hinein, das einem Schinkenbrötchen am nächsten kam.

Für ein Backwerk mit Schweineschinken war es so weit ganz in Ordnung. Ein bisschen fade, aber ein paar Tütchen Salz und ein kleiner Spritzer braune Soße hatten sehr geholfen.

»Du siehst wirklich völlig fertig aus«, stellte Hoon fest.

»Ach ja? Ich frage mich, woran das wohl liegt«, entgegnete Chuck mit einem Anflug von Bosheit. »Dafür könnte ein großer verschwitzter Bastard verantwortlich gewesen sein, der um zwei Uhr morgens in mein Bett gekrochen ist und mich mit seinem Furzen und Schnarchen wachgehalten hat.«

»Verdammte Scheiße, ernsthaft?«, nuschelte Hoon mit vollem Mund. »Wer war denn das? Das habe ich wohl verschlafen. Du hättest mich wecken sollen, dann hätte ich mich um den Bastard gekümmert.« Er schluckte, spülte den Rest mit Kaffee hinunter und schmatzte dann zufrieden.

»Sie haben dich also aus dem Gefängnis entlassen, ja?« fragte Chuck.

»Ja. Und niemand erhebt Anklage. Alles ist gut. Balls hat mich rausgeholt.«

Chuck runzelte die Stirn. »Was denn, der DCI von Carolines Fall?«

Hoon nickte, während er mit der Zunge in seinem Mund nach verirrten Schinken- oder Gebäckstücken suchte. »Er hat mir seine Nummer gegeben, als ich bei Scotland Yard war. Ich habe ihn mit meinem freien Anruf verständigt und ihn überredet, mich zu Bradleigh Combes zu bringen.«

»Geschickt.« Chuck war beeindruckt. »Und?«

»Bradleigh und ich haben ein Wörtchen gewechselt. Er ist in das Apartment eines Mädchens geflüchtet. Irgendwann hat er sie wohl auch mit seinem Mojo bearbeitet. Sie war nicht gerade glücklich, als sie es herausfand. Balls – übrigens ein verdammt guter Name – wollte ihn gerade verhaften, als ich ging.«

»Der Name ist noch besser, als du ahnst«, sagte Chuck. »Er heißt Michael Terence Balls.«

Er lehnte sich zurück und wartete darauf, dass der Groschen fiel. Hoons Mund bewegte sich lautlos, dann prustete er in seine Kaffeetasse.

»Nein, keine Chance! So heißt er nicht!«

»Doch, so heißt er.«

»M. T. Balls? *Em Ti …, Empty Balls?* Unmöglich.«

»Ich schwöre bei Gott.«

»Jesus. Was glaubst du? Haben seine Eltern ihn gehasst, oder waren sie einfach nur Kretins?« Er schüttelte den Kopf. »M. T. Balls. Himmelherrgott. Kein Wunder, dass er der Polizei beigetreten ist. Wahrscheinlich war die Alternative, sich irgendwo in einem schäbigen Motelzimmer das Hirn rauszupusten.«

»Ja, das ist schon ein Knaller«, stimmte Chuck ihm zu und lenkte das Gespräch dann wieder auf dringlichere Angelegenheiten. »Ich nehme an, du hast von Bradleigh nichts Brauchbares erfahren? Über Caroline, meine ich?«

Hoon leerte seine Kaffeetasse, rülpste in eine Papierserviette, zerknüllte sie und ließ sie auf seinen Teller fallen. »Da liegst du falsch. Wie sich herausgestellt hat, ist unser Brad nicht nur ein mehrfacher Sexualstraftäter, sondern auch eine wahre Fundgrube an Informationen.«

Chucks Augenbrauen hoben sich, und sein Kopf senkte sich, als er sich näher heranlehnte. »Ach? Was zum Beispiel? Wusste er, was mit ihr passiert ist?«

»Das leider nicht. Aber Caroline hat ihm in der Nacht, in der sie verschwand, eine SMS geschickt.«

»Was stand drin?«

»Nicht viel. Nur ein Kennzeichen.«

Die Überraschung in Chucks Blick schlug in Verwirrung um. »Du meinst, ein Autokennzeichen?«

»Was sonst?«, entgegnete Hoon. »Natürlich, ein verdammtes Nummernschild.« Er erhob sich halb von seinem Stuhl, griff in die Seitentasche seiner Army-Hose, zog das Notizbuch heraus, das Yui ihm gegeben hatte, und setzte sich dann wieder.

»Du benutzt doch nicht immer noch dieses verdammte Ding, oder?«, fragte Chuck.

»Es gefällt mir immer besser«, sagte Hoon. »Es zeigt meine … wie nennt man das noch gleich? Meine verspielte Seite.« Er blätterte das Buch durch, bis er die Notiz fand, die er am Abend zuvor eingetragen hatte. Dann drehte er das Buch um. »Das ist es.«

Chuck zog das Notizbuch näher heran und fuhr mit den Fingerspitzen über die Seite, wie ein Blinder, der Braille entzifferte. »Sieht aus wie ein personalisiertes Nummernschild«, sagte er schließlich.

»Du meinst, wie etwas, das man an einem großen, schicken Porsche finden würde?«, fragte Hoon. »Ja, der Gedanke ist mir auch gekommen. Also habe ich es auf einer dieser Preisvergleichsseiten für Versicherungen eingegeben. Wie sich herausgestellt hat, gehört es zu einem Porsche Cayenne E-Hybrid. Neuwert über siebzig Riesen.«

Chuck pfiff leise. »Schönes Auto. Hybrid ist auch gut. Sie haben die meisten Vorteile eines Elektroautos, aber mit einem fossilen Brennstoff in der Hinterhand.«

»Ja, für einen Entführer hat er einen ausgezeichneten ökologischen Fußabdruck, das stimmt. Ich werde ihm auf jeden Fall gratulieren, bevor ich ihn in Brand stecke.«

Chuck lachte, aber nur ein wenig. »Du wirst ihn doch nicht wirklich in Brand setzen, oder?«, fragte er dann.

»Ich bin mir nicht sicher«, sagte Hoon. »Ich spiele noch alle Möglichkeiten durch. Ich werde mich entscheiden, wenn ich den Bastard aufgespürt habe.«

Chuck war sichtlich besorgt, beschloss aber, nicht weiter nachzufragen, aus Angst, als Komplize abgestempelt zu werden. Er tippte mit einem Finger auf die Seite, wo die Zulassungsnummer stand. »Soll ich meinen Mann anrufen? Vielleicht kann er die Nummer für uns zurückverfolgen.«

»Nicht nötig. Ich habe meinen besten Mann darauf angesetzt«, sagte Hoon. »Das ist übrigens kein Kompliment an ihn, sondern eine Kritik an allen anderen, mit denen ich je gearbeitet habe. Aber ich möchte, dass dein Mann trotzdem etwas für uns prüft.«

»Ach ja? Und das wäre?«

Hoon blickte sich um, beugte sich dann näher an Chuck heran und senkte die Stimme. »Irgendetwas passt da nicht zusammen. Bradleigh hat gestern Abend, kurz bevor Balls auftauchte, etwas gesagt. Und ich muss wissen, ob er lügt.«

Chuck spiegelte Hoons Haltung und beugte sich ebenfalls vor. »Was hat er gesagt?«

»Er sagte, die Polizei hätte ihn bereits befragt. Eine

oder zwei Wochen, nachdem Caroline verschwunden ist. Angeblich hätten sie ihr Handy überprüft und gesehen, dass sie ihm in der Nacht ihres Verschwindens eine SMS geschrieben hatte. Er behauptet, er habe ihnen alle Nachrichten gezeigt.«

»Moment, aber … ich dachte, Balls hätte noch nie von ihm gehört?«

»Das hat er auch nicht«, bestätigte Hoon. »Doch bei so vielen Fällen, bei einem vermissten Mädchen unter Hunderten, hat er vielleicht nicht alles im Blick gehabt.« Er zuckte mit den Schultern. »Ich habe ihm Bradleighs Namen erst genannt, als wir vor dem Studentenwohnheim hielten. Er hatte keine Gelegenheit, ihn nachzuschlagen oder die Notizen durchzugehen.«

»Vermutlich«, räumte Chuck ein.

»Aber irgendetwas daran fühlt sich nicht richtig an. Wenn dieser vergewaltigende Wichser die Textnachrichten weitergegeben hat, wurden dann irgendwelche Nachforschungen angestellt? Wenn nicht, warum nicht? Ich will wissen, wer die Aussage aufgenommen hat. Wenn es Balls selbst war, dann ist da irgendetwas sehr Dubioses im Gange.«

Chuck nickte zustimmend. »Ja. Zusammen mit den fehlenden Überwachungsaufnahmen ist das alles ein bisschen unrund. Ich werde meinen Kontaktmann anrufen. Bist du sicher, dass du nicht willst, dass ich ihn das Nummernschild überprüfen lasse, während …?«

»Moment.« Hoon stand erneut halb auf und zog diesmal ein brummendes Telefon aus der anderen Tasche. »Hier haben wir genau den Mann, auf dessen Anruf ich gewartet habe.«

Er ließ sich wieder auf die gepolsterte Bank fallen und drückte das Handy an sein Ohr.

»Das wurde aber auch verdammt noch mal Zeit«, knurrte er und erntete missbilligende Blicke von den vielen MacBook-Tippern an den Nachbartischen. »Was hast du gemacht, bist du von Tür zu Tür gelaufen und hast herumgefragt, ob jemand weiß, wem das Auto gehört?«

Am anderen Ende der Leitung ertönte Jack Logans empörte Stimme. »Nein, Bob. Ich habe dir gesagt, dass ich es gleich heute Morgen überprüfen würde, sobald ich wieder im Büro bin.«

»Ich nahm an, dass das dein üblicher erbärmlicher Versuch von Humor war«, entgegnete Hoon. Er zog das Notizbuch zu sich herüber und fischte DCI Balls' Stift aus einer weiteren Tasche. »Vergiss es. Besser spät als nie. Was hast du rausgefunden?«

Er begann zu schreiben, da er erwartete, dass Logan ihm Namen und Adresse nennen würde, hörte dann jedoch schlagartig wieder auf.

»Das Fahrzeug wurde drei Tage vor dem Verschwinden deines Mädchens als gestohlen gemeldet«, sagte Logan.

»Gestohlen? Was soll das heißen, gestohlen?«

»Das heißt, jemand hat es sich ohne Erlaubnis genommen. Was soll es sonst heißen?«

»Verdammt noch mal, Jack!«

»He, das ist nicht meine Schuld!«

»Hast du eine Ahnung, wer es gestohlen hat?«, fragte Hoon. Er konnte beinahe sehen, wie der DCI den Kopf schüttelte.

»Nein. Ich kann dir die Adresse des damaligen Halters geben, aber ich habe ihn kurz überprüft. Das Fahrzeug wurde einen Tag, bevor er und seine Freundin für einen Monat nach Jamaika flogen, gestohlen. Deshalb kann ich mir nicht vorstellen, wie er in deinen Fall verwickelt sein könnte. Das Auto wurde inzwischen von seiner Versicherung abgewickelt, also gehört es im Prinzip jetzt ihnen.«

»Blödsinn.« Hoon seufzte leise, dann schüttelte er die Enttäuschung ab. »Was ist mit verwandten Fällen? Taucht dieses Nummernschild irgendwo anders auf?«

Er hörte das Klicken einer Computertastatur. »Nein, offenbar nicht. Warum?«

Hoon warf Chuck einen bedeutungsvollen Blick über den Tisch hinweg zu. Da dieser jedoch keine Ahnung hatte, was am anderen Ende der Leitung gesagt wurde, wusste er nicht, was er davon halten sollte.

»Spielt keine Rolle«, erklärte Hoon. »Und das Auto selbst ist ebenfalls nirgendwo aufgetaucht, nehme ich an?«

»Nirgendwo«, bestätigte Logan. »Ich könnte mir

vorstellen, dass es zerlegt und verkauft worden ist. Du weißt ja, wie das mit teuren Fahrzeugen und Oldtimern so läuft. Wahrscheinlich handelt eine Bande mit ihnen.«

»Ja, sehr wahrscheinlich.« Hoon seufzte. Er hatte wirklich geglaubt, dass er über das Nummernschild etwas erreichen konnte. Er hatte sich selbst vorgemacht, dass er vielleicht tatsächlich weiterkommen würde. Aber jetzt war er wieder bei null angekommen …

Moment mal.

»Warte, was hast du da eben gesagt?«, fragte Hoon.

Am anderen Ende der Leitung herrschte Schweigen. »Wann genau?«

»Vor einer Minute. Was diese Gangs angeht.«

»Ach das. Okay, ich meine, das ist London, oder? Wenn man hier ein schickes Auto an der falschen Stelle parkt, kann man sich gleich davon verabschieden.«

Hoon schlug so laut mit der Hand auf den Tisch, dass alle Gäste in Hörweite zusammenzuckten. Vor allem Chuck, dessen Gesichtsausdruck nahelegte, dass er gefährlich dicht daran gewesen war, sich in die Hose zu machen.

»Jack, du bist ein verdammtes Genie!«, rief Hoon, schüttelte dann den Kopf und zügelte sich. »Nein, das geht zu weit. Aber du bist schlauer, als du aussiehst. Wie findest du das?«

»Viel zu freundlich, Bob.«

»Ja, wahrscheinlich hast du recht. Du bist ein verdammter Dummkopf mit gelegentlichen Geistesblitzen. Ist das besser?«

Logan schnalzte missbilligend. »Du weißt schon, dass ich meinen Kopf riskiere, um dir einen Gefallen zu tun?«, fragte er.

»Nein, du riskierst deinen Kopf, weil du das Richtige tust und versuchst, ein vermisstes Mädchen zu finden. Das ist kein Gefallen für mich. Denk nicht mal daran, mir das vorzuhalten«, erwiderte Hoon. »Weißt du auch, wo er gestohlen wurde?«

»Weiß ich, ja.« Logan klang müde – viel müder als zu Beginn des Gesprächs. »Ich habe die Details hier. Soll ich sie rüberschicken?«

»Nein, ich möchte, dass du sie für dich behältst«, erwiderte Hoon. Dann fürchtete er, der DCI würde den Sarkasmus nicht verstehen. »Ja, natürlich möchte ich, dass du sie rüberschickst«, stellte er klar.

»Gut. Schön. Ich schicke dir eine SMS«, sagte Logan. »Aber damit bin ich fertig, Bob. Ich muss mich um meinen eigenen Fall kümmern.«

»Ja, gut«, sagte Hoon und legte auf, ohne sich zu verabschieden. »Das Auto taucht in Carolines Fall nicht auf«, verkündete er, während er das Telefon wieder in die Tasche schob. »Entweder erzählt Bradleigh Combes einen Haufen Mist, oder jemand hat die SMS nicht weiterverfolgt.«

Chuck nickte. »Ich werde mich gleich an meinen Mann wenden. Mal sehen, was wir herausfindet.«

»Gut. Mach das.« Hoon strich sich über das Kinn. Seine Fingerspitzen raspelten über seine grauen Stoppeln. »Bookish, du warst doch schon immer ein Mann, der Sachen besorgen konnte.«

»Für den richtigen Preis, ja«, bestätigte Chuck.

»Kannst du das immer noch?«

»Für den richtigen Preis«, wiederholte er, dann zuckte er zusammen, weil es sich merkwürdig anhörte. »Aber …, ich meine, unter diesen Umständen … ja. Natürlich. Was brauchst du?«

»Zwei Dinge«, sagte Hoon. »Erstens ein stumpfes schweres Werkzeug, am besten mit einem Nagel, der ungefähr so lang ist.« Er hielt seine Zeigefinger fünfzehn Zentimeter auseinander, überlegte es sich dann anders und spreizte sie noch fünf Zentimeter weiter. »Warte, nein. Ungefähr so lang.«

Chuck runzelte die Stirn. »Was meinst du, so etwas wie einen Baseballschläger?«

»Ja, ein Baseballschläger. Das wäre genau das Richtige«, sagte Hoon.

»Und was ist die andere Sache?«

Irgendetwas in Chuck verkrampfte sich, als er das Grinsen sah, das sich auf Hoons Gesicht ausbreitete. Er kannte dieses Grinsen, und er mochte es nicht besonders.

»Zweitens …« Hoon warf einen Blick auf seine Uhr. »In etwa dreizehn Stunden muss ich mir dein Auto ausleihen.«

ACHTUNDZWANZIG

Hoon saß auf dem Bug von Chucks Boot und lauschte dem ruhigen, gelassenen Knarren des Holzrumpfes. Seine Beine hatte er durch die Reling gesteckt und ließ sie über dem Wasser baumeln, als wollte er sie in die sanft plätschernden Wellen unter ihm tauchen.

Die Themse war heute besonders schmutzig, und der Gestank des schwarzen Wassers war so penetrant, dass er ihm im Hals stecken blieb. Eigentlich lag das Boot nicht auf der Themse, sondern in einem kleinen Jachthafen direkt daneben. Aber es war das gleiche Wasser mit dem gleichen Geruch wie das jenseits der Schleusen, also verzichtete er auf Haarspalterei.

Der Jachthafen war von Türmen aus orangefarbenem Backstein und silbergrauem Glas umgeben, und doch fühlte es sich irgendwie weit weg von der Stadt an. Eine ruhige Oase, ein gutes Stück entfernt vom Verkehr, der Ungeduld und dem Lärm. Hier lief alles langsamer. Ruhiger. Man spürte es in der Luft und hörte es am Plätschern des Wassers.

Seit ihrem Frühstück waren vier Stunden verstrichen. Dreieinhalb, seit Chuck zu seiner Mission aufgebrochen war. Der mit einem Nagel gespickte Baseballschläger dürfte der leichtere Teil sein, vermutete er. Aber seinen Kontaktmann bei der Met dazu zu bringen, die Einzelheiten über die Aussage von Bradleigh Combes herauszurücken, würde etwas länger dauern.

»Das könnte etwas kosten«, hatte Chuck ihn gewarnt. Hoon hatte ihm gesagt, er solle die Quittung aufbewahren.

Während er auf dem Boot saß und zusah, wie die Sonne gelegentlich hinter den grauen Wolken aufblitzte, hatte Hoon viermal sein Telefon aus der Tasche geholt. Einmal hatte er es sogar geschafft, Welshys Nummer zu wählen, aber er hatte den Anruf noch vor dem ersten Klingeln abgebrochen.

Was sollte er zu ihr sagen? Was gab es da zu sagen?

In einer idealen Welt würden sie die Sache einfach übergehen. So tun, als wäre nichts davon passiert. Es hinter sich lassen und einfach weitermachen. Um Welshys willen, wenn nicht sogar um ihrer selbst willen.

Aber sie hatte beschämt gewirkt, sowohl wegen ihres Verhaltens als auch wegen seiner Abfuhr, und er hatte das Gefühl, dass sie lange brauchen würde, um darüber hinwegzukommen.

Er verdrängte sie aus seinen Gedanken und widmete den freien Platz dem größeren Bild.

Wo stand er bei den Ermittlungen? Was wusste er? Sehr wenig.

Okay. Was *glaubte* er?

Er glaubte, dass ein Mann, der einen gestohlenen Porsche fuhr, in dieser Nacht auf Caroline gewartet hatte.

Er glaubte, dass sie aus Angst vor den Männern, die sie verfolgt hatten, freiwillig in das Auto gestiegen war.

Was danach passiert war ... Er hatte nicht die geringste Ahnung.

Er würde gerne glauben, dass es ihr gut ging.

Glauben, dass sie in Sicherheit war und das Ganze ein gutes Ende nehmen würde.

Er wollte glauben, dass er nach Caroline suchte, nicht nur nach Antworten.

Nicht nur Rache wollte.

Er wollte all diese Dinge glauben. Wirklich. Und er versuchte es.

Bei Gott, und wie er es versuchte!

Das Wasser unter seinen Füßen schrie förmlich danach, Steine hineinzuwerfen. Da er keine zur Hand hatte, hatte er die Kajüte auf der Suche nach etwas Entsprechendem auf den Kopf gestellt, bis er einen Vorrat an Kleingeld gefunden hatte – hauptsächlich Kupferstücke –, und er hatte sich eine Handvoll davon geschnappt.

In den letzten zwei Stunden hatte er gut ein Pfund fünfzig in die teerähnliche Flüssigkeit geworfen und zugesehen, wie die Münzen eine nach der anderen in die Dunkelheit gesaugt wurden.

Er hatte gerade ein besonders glänzendes Zwei-

Pence-Stück durch die Luft geworfen, als er dumpfe Schritte hinter sich hörte. Er schwang seine Beine unter der Reling heraus und drehte sich gerade um, als die Münze ins Wasser platschte. Dann nickte er anerkennend angesichts des hölzernen Baseballschlägers, den Chuck in der Hand hielt.

Ungefähr ein Fünftel des Schlägers steckte in einer Plastiktragetasche, die so dünn war, dass sie fast unsichtbar war. Als Transportmittel für ein fast drei Fuß langes Stück Holz war die Tüte völlig unpraktisch.

Und nach der Art und Weise zu urteilen, wie Chuck die Tragetasche mit einer Hand umklammerte und sie an den Schläger presste, war sie eher hinderlich als hilfreich.

»Was soll diese verdammte Tasche?«, wollte Hoon wissen.

»Ich kann doch nicht einfach mit einem Baseballschläger durch die Straßen Londons laufen, oder?«, erwiderte Chuck. »Man würde mich sofort festnehmen.«

»Aber hast du nicht genau das gemacht?«

»Nein. Ich trage einen Baseballschläger in einer Tasche mit mir herum.« Chuck ließ die Tasche rascheln, um es zu verdeutlichen. »Damit die Leute sehen, dass ich ihn gerade gekauft habe.«

Das war logisch, räumte Hoon ein, und zwar auf eine sehr Londoner Art und Weise.

»Hast du auch die Nägel bekommen?«, fragte er.

»Habe ich. Große Acht-Zoller, wie du es wolltest.«

»Gut gemacht. Und einen Hammer?«

Chuck hob einen Finger, als wollte er etwas Wichtiges sagen, aber die Worte blieben ihm im Hals stecken. Er zuckte zusammen und betrachtete stattdessen die Boote um sie herum.

»Vielleicht können wir uns einen ausleihen«, schlug er vor.

»Oder wir können die Nägel mit deiner verdammten Stirn einschlagen«, konterte Hoon. »Mein Gott, Bookish. Du hattest einen einzigen Job.«

»Von wegen! Ich hatte eine ganze Reihe von Jobs«, erinnerte ihn Chuck. Er zählte sie an seinen Fingern ab. »Baseballschläger. Nägel. Polizeiquelle. Ein Hammer steht nirgends auf dieser Liste.« Er wippte auf seinen Fersen und sah recht zufrieden mit sich selbst aus. »Und damit habe ich übrigens drei von drei Treffern erzielt.«

Hoons Augenbrauen hoben sich. »Du hast deinen Cop-Freund erreicht?«

Chuck nickte, dann deutete er an, dass sie unter Deck gehen sollten, außer Hörweite neugieriger Ohren.

Im Hauptwohnbereich mit seinen parallel verlaufenden Holzbalken stellte Chuck den Baseballschläger und eine kleine Tüte mit Nägeln klirrend auf dem Couchtisch ab. Er kniete sich auf den Boden und aktivierte einen kleinen Heizlüfter, um der Luft und seinen Knochen etwas von der Kälte zu nehmen.

»Und?« Hoon setzte sich auf den Rand der Couch. »Was hast du herausgefunden?«

»Es war ein Detective, der Bradleighs Aussage aufgenommen hat. Ein gewisser Detective Constable Randhir Khatri.«

»Ist das ein Mann oder eine Frau?«, wollte Hoon wissen.

»Ein Mann.« Chuck klang, als wäre das offenkundig. »Balls war der leitende Beamte in Carolines Fall, aber vieles wurde an Khatri delegiert. Es sieht so aus, als ob Balls' eigene Beteiligung an dem Fall relativ gering war.«

»Das erklärt, warum er einen Scheißdreck darüber weiß«, murmelte Hoon. »Was wusste dein Mann noch?«

»Im offiziellen Bericht wird kein Kennzeichen erwähnt.«

»Das wurde übersehen?«

»Schlimmer. Es wurde etwas erfunden«, sagte Chuck. »Laut dem Bericht stand in der letzten SMS, die Caroline Bradleigh geschickt hat, ›Wir sehen uns morgen!‹«

Hoon runzelte die Stirn. »Das ist Blödsinn. Ich habe den Text selbst gesehen.«

»Ich weiß. Das sage ich ja. Jemand hat sich diesen Text für den Bericht ausgedacht. Jemand wollte das Nummernschild unter den Tisch fallen lassen. Vermutlich derselbe, der behauptet hat, dass es in dieser Straße keine Überwachungskamera gibt.«

»Und der Bericht wurde verfasst von …?«

»DC Khatri«, sagte Chuck. »Er hat die ganze Sache bearbeitet.«

»Gut, dann muss ich mit ihm reden«, verkündete Hoon und stand auf.

Chuck lag vor der Heizung auf dem Boden und zuckte zusammen. »Ich bin mir nicht sicher, ob das so eine gute Idee ist, Boggle. Wenn sie schon die Details in den Berichten ändern, kann niemand wissen, wie tief das geht. Die Sache könnte größer sein, als wir dachten.«

»Ein Grund mehr, sich die Sache anzusehen.«

»Ja. Ich meine … vielleicht. Aber das alles könnte größer sein, als du bewältigen kannst. Ich will nicht, dass du deswegen stirbst«, sagte Chuck. »Wir sollten uns Zeit nehmen. Ein bisschen mehr herumstöbern. Sehen, was wir finden können, und es dann nach oben weitergeben. Vielleicht solltest du deine alten Kontakte in Schottland einbeziehen. Nur um dich abzusichern, weißt du?«

»Wer bist du, meine Mutter?«, konterte Hoon.

Chuck lächelte, doch es war ein ängstliches, wenig überzeugendes Lächeln. »Zum Glück nicht. Aber … ich … das könnte ernst werden, Boggle. Ich fürchte, je tiefer du gräbst, desto wahrscheinlicher ist es, dass ich dich in ein oder zwei Tagen mit dem Gesicht nach unten hier vorbeitreiben sehe. Und trotz deines Schnarchens will ich nicht, dass du dich umbringen lässt.«

»Das war ein verdammt herzerwärmender Moment, das gebe ich zu«, antwortete Hoon. »Aber es haben schon viele Leute versucht, uns beide umzubringen, und bisher hat es niemand geschafft. Ich werde ganz sicher nicht zulassen, dass irgendeine Pfeife von der Met derjenige ist, dem das schließlich gelingt. Besorg du mir einfach die Adresse von diesem DC und überlass den Rest mir.«

Chuck seufzte, stöhnte und gab noch weitere missbilligende Laute von sich, bis er schließlich mit einem Nicken einlenkte. »Also gut. Okay.« Er rappelte sich auf. »Gib mir zehn Minuten. Ich mache ein paar Anrufe.«

»Guter Mann.« Hoon klatschte ihm auf den breiten Rücken. »Aber bevor du das tust …« Er nahm den Baseballschläger und schwang ihn probehalber. »Könntest du vielleicht herausfinden, wie du mir einen Hammer besorgen kannst?«

Den Hammer zu besorgen, war verhältnismäßig einfach. Ein liebenswürdiges älteres Ehepaar vom Boot nebenan stellte ihnen nur zu gern einen Werkzeugkasten in einer verschlissenen babyrosa Tragetasche zur Verfügung.

Das Paar beobachtete danach in beklommenem Schweigen, wie Hoon sich auf das Oberdeck setzte und vier große Nägel in den verdickten Teil des Baseballschlägers schlug. Anschließend bedankte er sich bei den beiden und beugte sich über die Reling, um ihnen den Hammer und die anderen Werkzeuge zurückzugeben. Sie nahmen die Tasche mit einem misstrauischen Nicken und einem unsicheren Lächeln, bevor sie zurück zur Kabine ihres Kanalboots huschten und hastig darin verschwanden.

Die vier Nägel waren in verschiedene Richtungen eingeschlagen, wie die Himmelsrichtungen eines Kompasses. Auf diese Weise wurde das Gewicht ausbalanciert, und die Waffe war viel effizienter.

Natürlich konnte es sein, dass er den Schläger gar nicht brauchte. Tatsächlich war das einer der Gründe für die Nägel. Im Laufe der Jahre hatte er eine umgekehrte Korrelation festgestellt zwischen der Anzahl der Nägel in einem Baseballschläger und dem Wunsch einer Person, damit ins Gesicht geschlagen zu werden. Vier Nägel, so hatte er herausgefunden, waren die Grenze des sinkenden Ertragszuwachses. Soll heißen, mehr, und ihre Wirkung kehrte sich um.

Nur sehr wenige Menschen würden ihr Glück gegen einen furchterregenden Bastard mit einem Baseballschläger versuchen, aus dem vier große Nägel herausragten. Die wenigen, die bereit waren, es dennoch damit aufzunehmen, würden sich durch das Hinzufügen weiterer Nägel nicht abschrecken lassen. Wenn überhaupt, würden die Nägel die Mistkerle nur ermutigen. So waren diese Menschen eben gestrickt.

Hoon brauchte ein paar Minuten, um sich an das veränderte Gewicht und die Balance des Schlägers zu gewöhnen, dann legte er die Waffe für später beiseite. Als er in die Kabine zurückkehrte, hörte er gerade noch, wie Chuck ein Telefongespräch beendete.

»Richtig. Ja. Hab ich. Danke. Ich schulde dir was.« Chuck zuckte bei der Antwort vom anderen Ende der Leitung zusammen. »Okay. Ja. Mehr als … *deutlich* mehr als das. Klar. Gutes Argument. Stimmt. Ja. Danke! Bis dann.«

Er beendete hastig das Gespräch, blies die Backen auf, drehte sich um und überreichte Hoon das mit Pailletten besetzte Notizbuch. Es war aufgeschlagen und zeigte eine anscheinend beliebige Seite, auf die eine Adresse mit einer Postleitzahl für Nord-London gekritzelt war.

»Ist das die Wohnung des DC?«, fragte Hoon und nahm das Buch.

»Ist sie. Obwohl, er ist kein Detective Constable mehr. Er ist jetzt Detective Sergeant.«

»Gut für ihn«, sagte Hoon. »Er arbeitet immer noch unter Balls?«

Chuck kicherte daraufhin ein wenig, hielt aber inne, als er sah, dass Hoon nicht mitlachte. »Nicht direkt, nein. Er hat eher einen schrägen Karriereschritt gemacht und ist jetzt in einer anderen Abteilung tätig.«

»Okay. Warum auch nicht?« Hoon sah auf die Adresse hinunter und überlegte, was er als Nächstes tun sollte. »Kennen wir seinen Schichtplan?«

»Eigentlich ist er krank«, antwortete Chuck. »Er ist gestern früh nach Hause gegangen.«

»Was ist los mit ihm?«

»Das weiß ich nicht. Mein Mann hat das nicht gesagt, doch er meint, es könnte mit Stress zu tun haben.«

Hoon knurrte. »Tja, sein Leben wird bald noch viel stressiger werden.«

»Hör mal, Boggle, bist du sicher, dass das eine gute Idee ist?«, fragte Chuck. »Du hast uns immer gesagt, wir sollen auf unser Bauchgefühl vertrauen, und mein Bauchgefühl sagt mir, dass das nicht gut ist.«

»Ja, du hast auch viel Bauch, auf den du dich verlassen kannst.« Hoon klopfte ihm auf den Bauch. »Es wird schon gut gehen. Ich werde ihm nur ein paar Fragen stellen, das ist alles.«

Chucks Blick glitt zu dem Baseballschläger auf dem Tisch. »Und was ist damit?«

»Der? Aber nein. Der ist nicht für ihn gedacht. Der kommt später«, erklärte Hoon.

Einen Moment schien dies Chuck zu beruhigen, bis ihm klar wurde, dass dies bedeutete, dass ihn »später« ein noch größeres Problem erwartete als »jetzt«.

Als Hoon den besorgten Blick bemerkte, versuchte er erneut, seinen alten Freund zu beruhigen. »Warum sollte es eine große Verschwörung bei der Polizei geben, um Caroline Gascoine zu entführen?«, fragte er. »Was ist so besonders an ihr?«

Chuck zuckte mit den Schultern und schüttelte den Kopf. »Ich weiß es nicht. Nichts.«

»Nichts. Ganz genau«, bestätigte Hoon. »Sie ist ein ganz normales Durchschnittsmädchen. Und diese SMS-Geschichte? Ein kleiner Irrtum. Das ist alles. Fehler passieren. Diese unbeholfenen Hurenböcke, mit denen ich im Laufe der Jahre arbeiten musste, haben täglich etwas vermasselt. Es wird ein kleiner Fehler sein, den wir bei einem netten Gespräch klären werden.«

»Und wenn nicht?«

»Wenn nicht?« Hoon blies die Backen auf. »Wenn nicht, bedeutet das, dass hier etwas Größeres vorgeht.«

»Was denn, zum Beispiel?«, erkundigte sich Chuck.

»Woher zum Teufel soll ich das wissen?«, erwiderte Hoon. »Ich habe noch nicht tief genug gegraben. Aber ... irgendwie ... Balls sagte, dass eine Menge Leute verschwinden. Meistens junge Mädchen, und in letzter Zeit auch mehr als sonst. Vielleicht gibt es da einen Zusammenhang. Vielleicht ... Ich weiß es nicht. Aber ich werde es herausfinden.«

Er klappte das Notizbuch zu und schob es zusammen mit seinem Stift in die Seitentasche seiner Army-Hose.

»Und ich beginne mit einer kleinen Unterhaltung mit Detective Sergeant ...« Er schnippte ein paarmal mit den Fingern.

»Khatri«, kam Chuck ihm zu Hilfe.

»Bingo. Das ist der Bursche«, sagte Hoon. »Kommst du jetzt mit?«, fragte er. »Oder willst du hier hocken bleiben und herumwimmern?«

NEUNUNDZWANZIG

Das Haus von Detective Sergeant Randhir Khatri lag in einem der grüneren Teile Nordlondons, versteckt abseits der Hauptverkehrsstraßen am Ende eines rechteckigen Gartens, der in der Länge großzügig, in der Breite jedoch eher knapp bemessen war.

Ein Garten im Umkreis des Londoner Stadtzentrums war normalerweise den Megareichen vorbehalten, selbst wenn dieser Garten eigentlich nur für Polonaisen oder Warteschlangen geeignet war. Der frühere oder jetzige Besitzer hatte jedoch das Beste aus dem gemacht, was zur Verfügung stand. Der größte Teil des Gartens bestand aus einem langen Streifen gepflegten Rasens, der vor dem Haus durch eine kleine Terrasse unterbrochen wurde. Aus der Vogelperspektive hätte das Ganze wie der Kleinbuchstabe »i« ausgesehen. Der Sitzbereich bildete die Lücke zwischen dem Corpus des Buchstabens und dem i-Tüpfelchen.

Hoon ließ Chuck zwei Mal an dem Haus vorbeifahren und befahl ihm dann, ein paar Straßen entfernt zu parken. Nachdem er ihn instruiert hatte, im Auto zu warten, machte er sich auf den Weg zu Khatris Haus, ging noch ein paarmal daran vorbei und schlenderte dann den Gartenpfad hoch, um sich umzuschauen.

Die Eingangstür war nur angelehnt. Der schmale Spalt zwischen Tür und Rahmen erlaubte einen Blick auf einen altmodischen Flur mit Blumenornamenten an der gewölbten Decke, einer in die Jahre gekommenen Kiefernvertäfelung und einem Streifen vergilbender floraler Strukturtapete.

Hoon schob die Tür ein Stück weiter auf. Der Bodenteppich war so altmodisch, dass der Rest des Raumes dagegen wie eine moderne Kunstinstallation aussah. Es war ein hypnotischer Wirbel aus Braun- und Grüntönen, der ebenso ekelerregend wie faszinierend war.

Das Haus musste gemietet sein. Oder es war das Haus seiner Eltern. Eins von beidem. Kein erwachsener Mann im einundzwanzigsten Jahrhundert mit einem Minimum an Selbstrespekt würde solche Stilentscheidungen treffen. Oder?

Die offen stehende Eingangstür war ebenfalls eine Überraschung. Für Londoner Verhältnisse schien diese Gegend nicht allzu übel zu sein, aber es war trotzdem kein Viertel, in dem man seine Haustür unverschlossen ließ. Jedenfalls nicht lange.

Er klopfte mit einem Knöchel gegen eine der Glasscheiben der Tür. Unter den Scheiben befand sich eine Bleirose, die das Muster der Gewölbedecken widerspiegelte. Daneben war eine feuchte Stelle im Glas, was auf einen Fehler bei der älteren Doppelverglasung hindeutete.

Als niemand auf das Klopfen reagierte, öffnete Hoon die Tür ganz. »Hallo? Detective Sergeant …«, rief er und seufzte. Er murmelte: »Scheiße«, und holte sein Notizbuch heraus. »Khatri? Sind Sie da?«

Aus dem Inneren des Hauses kam kein Geräusch.

Oder … doch. Da war etwas. Ein leises Rauschen von irgendwo oben, wie eine alte Heizung, die tuckernd und gurgelnd zum Leben erwachte.

Hoon warf einen kurzen Blick über die Schulter und betrat dann den Flur, wo der Teppich unter seinen Füßen quietschte.

Er trat auf der Stelle, verlagerte sein Gewicht und presste die Füße fest gegen den Boden. Um die Sohlen herum sammelte sich Wasser.

»Was zum Teufel ist das denn?« Dann zuckte er zusammen, als ihn ein Tropfen am Hinterkopf traf.

Er wischte ihn weg und blickte hoch. Genau im richtigen Moment, damit ihn ein zweiter Tropfen ins Auge traf und es kurzzeitig blendete.

Das Wasser war lauwarm, nicht kalt. Hoon beobachtete, wie ein weiterer Tropfen über ein leichtes Gefälle in der Decke lief und dann zitternd hängen blieb, als er den tiefsten Punkt erreichte.

Er trat zur Seite und sah zu, wie er zu Boden fiel, wo er sofort von dem durchnässten Teppich aufgesogen wurde.

Direkt über ihm rauschte es weiter.

Fließendes Wasser.

Ein Klopfen.

»Scheiße!«

Er rannte zur Treppe, nahm zwei Stufen auf einmal und berechnete bereits den Grundriss der oberen Etage anhand des unteren Flurs.

Der Teppich vor dem Bad war ebenfalls aufgeweicht, eine Pfütze zog sich über den Flur bis zur gegenüberliegenden Wand. Die Tür war abgeschlossen. Hoon warf sich mit der Schulter dagegen. Eine Welle ergoss sich über seine Schuhe, als er in den Raum stürmte. Er ruderte mit den Armen, da der glitschige Linoleumboden ihn aus dem Gleichgewicht zu bringen drohte.

In der Badewanne lag jemand. Eine Leiche. Wirklich mausetot, der Menge an Blut auf den Fliesen, auf dem Porzellan der Wanne und dem Boden nach zu urteilen. Es stammte von den Wunden an beiden Handgelenken und färbte das Wasser zu einem Cocktail aus Rot- und Rosatönen.

Ein paar Pillenpäckchen schwammen auf dem Boden. Die Folienstreifen waren leer, die Blister allesamt aufgedrückt.

DS Khatri war bekleidet und doch, während er hier in einer Suppe aus eigenem Blut und Darminhalt lag, wahrscheinlich entblößter, als ihm lieb war. Seine Augen waren halb geschlossen, als versuchte er sich zu erinnern, woher er die Decke kannte. Sein Mund stand offen, und eine Spur Erbrochenes klebte auf seinem T-Shirt knapp oberhalb der Wasseroberfläche.

Ein Arm hing über den Rand der Badewanne. Der andere lag an seiner Seite im Wasser. Ein aufgeklapptes Rasiermesser steckte zwischen Fingern, die von der langen Zeit unter Wasser aufgedunsen und schrumplig waren.

Hoon suchte nach einem Puls, obwohl ihm klar war, dass er keinen finden würde. Manche Gewohnheiten waren einfach schwer abzuschütteln.

Der Leichnam fühlte sich nicht kalt an, aber das Wasser aus dem Wasserhahn war warm, was es schwierig machte festzustellen, wie lange er schon tot war. Es könnten zwei Stunden oder auch zwanzig sein. Das musste ein Pathologe untersuchen, und es war höchst unwahrscheinlich, dass sie ihm eine Kopie des Berichts schicken würden, egal wie nett er darum bat.

Er verließ das Bad und schickte Chuck eine SMS.

Tot.

Nach einer langen Pause kam die Antwort.

Was?

Verdammt noch mal, textete Hoon gereizt. *Er ist tot. Selbstmord.*

Wieder eine Pause. Wieder ein paar Sekunden verschwendet.

Was??

»O Mann«, murmelte Hoon, dann tippte er schnell eine Nachricht, in der er Chuck anwies, zu bleiben, wo er war, während er sich kurz im Haus umsah.

Es gab zwei Schlafzimmer, von denen eines kaum mehr als ein begehbarer Kleiderschrank mit großen Träumen war. Hoon warf einen Blick hinein, fand jedoch außer einem Klappbett und einigen schwarzen Tüten mit Bettzeug nichts Bemerkenswertes.

Das andere Schlafzimmer war größer, aber trotzdem nicht gerade großzügig bemessen. Hier hatte der tote DS vermutlich geschlafen, wofür die Stapel schmutziger Wäsche, die halb leeren Kaffeetassen und das ungemachte Bett sprachen. Die altmodischen Vorhänge waren zugezogen und schienen den größten Teil der Dunkelheit der vergangenen Nacht einzuschließen.

Hoon zog seinen Ärmel herunter, sodass er seine Finger bedeckte, und betätigte dann den Lichtschalter, um besser sehen zu können, womit er es hier zu tun hatte.

Ein Laptop stand geöffnet auf dem Bett. Das Stromkabel lag über der unordentlich zusammengeschobenen Bettdecke und mündete in einem Verlängerungskabel, das in die Steckdose neben dem Nachttisch führte. Immer noch mit der Hand im Ärmel, tippte Hoon auf eine der Tasten und erwartete, dass der verdunkelte Bildschirm so bleiben würde.

Stattdessen surrte und schnarrte die Festplatte, und der Bildschirm flammte mit einem fröhlich klingenden *Dadaa* auf, als hätte er gerade einen tollen Zaubertrick vollbracht.

Auf dem Bildschirm war ein *Microsoft-Word*-Dokument geöffnet. Der getippte Text füllte so viel von der Seite aus, wie Hoon ohne Scrollen sehen konnte.

»Es tut mir leid«, verkündete die erste Zeile. »Es tut mir so leid, was ich getan habe.«

Während auf der anderen Seite des Flurs fließendes Wasser leise rauschte und sich ein toter Polizist in der Badewanne ausruhte, ging Hoon in die Hocke, um den Laptop besser sehen zu können, blinzelte ein paarmal, um seine Sehkraft zu verbessern, und begann zu lesen.

Der Krankenwagen traf zuerst ein. Hoon wartete am Ende des Gartens und beobachtete, wie die Sanitäter ins Haus stürmten. Er ging näher heran und hörte zu, wie die Beweise kompromittiert wurden – der Wasserhahn wurde zugedreht, die Leiche bewegt.

Wenigstens wussten sie genug über Tatorte, dass sie die Leiche nicht auch noch eintüteten. Sie kehrten nach unten zurück, atmeten tief die frühe Abendluft ein und trennten sich dann. Der eine ging zum Krankenwagen zurück, der andere auf Hoon zu.

»Gehören Sie zur Familie?«, fragte der Sanitäter.

Hoon schüttelte den Kopf.

»Ein Freund?«

»Nein.«

»Nachbar?«

»Auch nicht.«

Der Sanitäter, ein vorzeitig ergrauter Mann mit der

Statur eines Langstreckenläufers, musterte ihn von oben bis unten. »Okay … wer sind Sie dann?«

»Nur irgendein neugieriger Kerl«, sagte Hoon gleichgültig.

»Klar. Auch gut«, erwiderte der Sanitäter ein wenig misstrauisch. »Bleiben Sie besser hier. Die Polizei wird mit Ihnen sprechen wollen.«

»Keine Sorge, mein Junge«, erwiderte Hoon. »Ich habe denen auch einiges zu erzählen.«

Danach verlief das Gespräch im Sande. Der Sanitäter nickte, und zog sich in den Krankenwagen zurück, um mit seinem Kollegen auf die Polizei zu warten. Hoon setzte sich auf die Mauer, holte sein Handy heraus und antwortete auf die SMS von Chuck, die fünfte in den letzten drei Minuten.

In seiner Antwort bestätigte er, dass es ihm gut ginge und Chuck immer noch dort warten sollte, wo er war. Dann suchte er die Nummer von DCI Balls und rief ihn an.

Nach dreimaligem Klingeln wurde der Anruf auf die Mailbox umgeleitet. Balls hatte den Anruf also offenbar abgelehnt. Dieser freche Mistkerl.

»Alles klar, Empty Balls?«, sagte Hoon, als die Begrüßungsansage zu Ende war. »Ich dachte, Sie sollten wissen, dass es in Ihrem Fall eine verdammt dramatische Entwicklung gegeben hat. Sie sollten sich vielleicht zum Haus von DS … *Fuck* begeben.« Er sah wieder in seinem Notizbuch nach. »DS Randhir Khatri.

Er hat sich selbst umgebracht und einen Abschieds-brief hinterlassen, den Sie lesen sollten.« Er ließ das Handy sinken, um das Gespräch zu beenden, hob es dann jedoch noch einmal an den Mund und fügte ein »Gern geschehen« hinzu.

Nachdem er den Anruf beendet hatte, öffnete er die Foto-App seines Telefons, vergrößerte das Bild, das er sich von dem Text gemacht hatte, und kritzelte ihn in sein rosa schimmerndes Notizbuch. Die Worte fühl-ten sich sperrig an, als würde sich der Stift sträuben, sie zu notieren. Aus Angst, sie könnten sich als wahr erweisen.

Hoon wusste, wie es sich anfühlte. Er wollte es auch nicht wahrhaben.

Denn wenn diese Worte zutrafen, war Caroline Gas-coine tot, und jede Chance auf Rache war auf dem überfluteten Badezimmerboden versickert.

DREISSIG

Hoon drehte seine Runden mit einer Reihe von Constables, Sergeants und schließlich rangniedrigeren Detectives. Er sagte immer wieder das Gleiche, bis schließlich DCI Balls auftauchte und in Gangart und Auftreten eines rachsüchtigen Gottes auf ihn zustürmte.

»Was in Gottes Namen wollen Sie hier?«, fragte er. »Was haben Sie getan?«

»Ich habe gar nichts getan«, antwortete Hoon.

Balls zeigte auf das Haus. »Was machen Sie hier? Warum zum Teufel schnüffeln Sie im Haus eines Officers herum? Sie haben kein Recht, hier zu sein.«

»Schon gut, schon gut, regen Sie sich nicht auf, Empty.«

Ein Auge des DCI zuckte. Er wusste genau, worauf sich sein neuer Spitzname bezog, und es war offenkundig nicht das erste Mal, dass er ihn hörte.

»Sie haben zehn Sekunden Zeit, um das zu erklären, oder ich verhafte Sie«, verkündete Balls. »Ab jetzt. Eins.«

»Er hat Caroline Gascoine getötet.«

»Zwei ...« Balls Stirn legte sich in Falten. »Was? Was reden Sie da?«

»Das sagt er jedenfalls.«

Balls blickte von Hoon zum Haus. Ein halbes Dutzend Uniformierte lungerte vor der Haustür herum und schaffte es, beschäftigt auszusehen, ohne wirklich etwas zu tun. Der Pathologe war kurz vor Balls aufgetaucht und wurde von einem weiblichen Detective Constable mit streng am Kopf anliegender Frisur rasch ins Haus geleitet.

»Wovon reden Sie da?«, wiederholte Balls. »Ich dachte, er sei tot.«

»Ist er auch.« Hoon zeigte sein Notizbuch, das auf der Seite aufgeschlagen war, auf der er das Word-Dokument vom Laptop abgeschrieben hatte. »Aber er hat eine Nachricht hinterlassen.«

Balls nahm das Buch entgegen, warf der Zeichnung des kleinen japanischen Mädchens in der Ecke einen an Besorgnis grenzenden Blick zu und überflog dann die Seite.

Dafür brauchte er ein paar Minuten. Hoons Handschrift hatte im Laufe der Jahre schon viele Etiketten bekommen, und »schwierig« war eins, das immer wieder auftauchte. Anfangs hatte er sich bei der Niederschrift des Abschiedsbriefes noch etwas Mühe gegeben, aber bald hatte er die Geduld verloren, und das Ganze war schnell in sein übliches, kunstloses Gekritzel übergegangen.

»Was ist …? Ich verstehe nicht …« Balls blickte mit großen Augen von der Seite auf und richtete seine Aufmerksamkeit dann wieder auf die krakeligen Linien auf dem Papier. Schließlich erreichte er das Ende, murmelte etwas geradezu Blasphemisches und begegnete schließlich erneut Hoons Blick. »Und das stand wo?«

»Auf seinem Laptop in seinem Schlafzimmer«, sagte Hoon.

»Und warum noch mal waren Sie in seinem Schlafzimmer?«

»Die Haustür stand offen. Der Teppich im Flur war durchnässt. Als besorgter Bürger bin ich der Sache nachgegangen.«

»Ich meine, was hatten Sie überhaupt hier zu suchen?«, verlangte Balls zu wissen.

Hoon setzte sich wieder auf die Mauer. »Wie sind Sie mit Bradleigh Combes klargekommen?«, fragte er.

»Persönlich? Wir haben nicht so richtig miteinander harmoniert«, antwortete Balls. »Beruflich gesehen hatte ich die Nacht meines Lebens. Dieser kleine Bastard wird verschwinden. Dafür werde ich sorgen.«

»Hört sich gut an«, erwiderte Hoon. »Ich meinte wegen Caroline. Was hat er Ihnen erzählt?«

Balls runzelte die Stirn. »Nicht viel. Noch nicht. Dazu kommen wir noch. Es hat sich herausgestellt, dass es eine Menge Frauen gibt, bei denen er seinen Charme hat spielen lassen. Es ist eine lange Liste.«

Hoon nickte. Caroline war nicht die Priorität der Met. Es hätte ihn überrascht, wenn ihr Name bei der Befragung überhaupt erwähnt worden wäre.

»Ja, er hat mir einiges erzählt«, sagte Hoon. »Er wurde schon vorher befragt. Kurz nachdem Caroline entführt wurde.« Er zeigte den schmalen Garten zum Haus hinauf. »Ihr Kollege da drin hat seine Aussage aufgenommen.«

»DS Khatri?«

»Er war damals noch ein DC, wie man mir sagte, aber ja, er. Seinem Bericht nach stand in der letzten SMS irgendein Mist über ein baldiges Treffen oder so. Aber das stimmt nicht.«

Balls' Augenbrauen waren schon so zusammengezogen, dass sie sein Blickfeld zu beeinträchtigen schienen, doch jetzt sanken sie noch weiter herab. »Was stand dann drin?«

»Ein Autokennzeichen. Ich kann es natürlich nicht mit Sicherheit sagen, aber ich vermute, dass es das Auto war, in das sie in jener Nacht eingestiegen ist. Das ist doch einer der Ratschläge, die wir den Mädchen immer geben, stimmt's? Lass immer jemanden wissen, wo du bist, denn Männer sind perverse räuberische Mistkerle, und du bist nie sicher.« Er zuckte mit den Schultern. »Ich meine, so haben wir es natürlich nicht formuliert, aber das ist in etwa der Kern der Sache.«

»Und warum habe ich davon nichts gehört?«, wollte Balls wissen.

»Weil, wie ich schon sagte, Ihr Mann da oben in der Badewanne dafür gesorgt hat, dass es nicht in die Akte kam. Er hat es vertuscht. Ich bin hergekommen, um ihn nach dem Grund dafür zu fragen.«

Balls seufzte, stemmte die Hände in die Hüften und öffnete damit seine Anzugjacke. »Das hätten Sie nicht tun sollen. Sie hätten mich anrufen sollen. Sie können nicht einfach hier herumlaufen, als wären Sie der Sheriff von London. Was auch immer Sie in der Vergangenheit waren, Mr. Hoon, Sie sind jetzt Zivilist. Selbst wenn es anders wäre, hätten Sie hier keine Befugnisse, und jetzt haben Sie einfach …«

»Ihre Arbeit für Sie erledigt?«, warf Hoon ein. »Wie zum Teufel konnten Sie nicht wissen, dass dieser Kerl etwas im Schilde führte? Es ist Ihr Job, solche Dinge zu wissen. Er war in Ihrem Team. Sie hätten alles über ihn wissen müssen.«

»Es ist ein großes Team«, entgegnete Balls. »Ich kann unmöglich alles über jeden meiner DCs wissen.«

»Dann wird es aber höchste Zeit, dass Sie daran arbeiten. Als ich das Sagen hatte – und ich hatte wohlgemerkt einen höheren Rang als Sie –, kannte ich meine DCs besser als sie sich selbst.« Hoon begann an den Fingern abzuzählen. »Der mit der Frisur. Der indische Typ. Die Frau.« Er streckte einen vierten Finger halb aus und wackelte einen Moment damit. »Vielleicht war da noch einer. Ich kann mich nicht erinnern. Aber der Punkt ist …« Er kniff die Augen zusammen und biss sich auf die Lippe. »Eigentlich weiß ich nicht mehr, was der Punkt war, doch ich bin sicher, es war ein verdammt guter Punkt.«

»Meine Güte«, flüsterte Balls und fuhr sich mit der

Hand übers Gesicht. »Hat Ihnen schon mal jemand gesagt, dass Sie eine verdammte Nervensäge sind, Mr. Hoon?«

»Ein oder zwei Leute haben es vielleicht erwähnt«, antwortete Hoon. »Die sind jetzt natürlich alle längst tot.«

»Ich werde Sie nicht verhaften«, verkündete Balls, und sein Ton ließ vermuten, dass er seine Entscheidung bereits bedauerte. »Aber Sie sind hier fertig. Schluss damit. Sie wissen, was passiert ist. Sie haben bekommen, was Sie wollten.«

Hoon blickte zum Haus und ließ seinen Blick auf dem Milchglas des Badezimmerfensters verweilen.

Schließlich nickte er. »Ja, ich habe bekommen, was ich wollte«, bestätigte er.

»Das da dürfen Sie nicht behalten«, sagte der DCI und riss die handschriftliche Kopie des Abschiedsbriefes aus dem Notizbuch.

»Das hat jetzt den Daumenkinoeffekt total ruiniert«, beschwerte sich Hoon. »Aber es ist nur fair, nehme ich an.« Er stand auf und steckte das Notizbuch zurück in seine Tasche.

Balls winkte einen anderen Beamten in Zivil zu sich. Es war ein großer Kerl, der eher wie der Türsteher einer Hinterhofbar aussah als ein Detective. »DS Powell, führen Sie Mr. Hoon bitte hinter die Absperrung zurück. Und stellen Sie sicher, dass er weitergeht.«

Der mürrische DS tippte gegen eine imaginäre Kappe

und baute sich dann in einer Art und Weise vor Hoon auf, die er für einschüchternd hielt.

»Netter Versuch, Junge«, spottete Hoon. »Vielleicht sollten Sie noch ein bisschen die Knöchel knacken lassen, um den Effekt zu verstärken? Falls es Ihnen kurz mal gelingt, Sie nicht über den verdammten Boden schleifen zu lassen, meine ich.«

»Wiedersehen, Mr. Hoon. Es war sehr … lehrreich.« Balls trat zur Seite und deutete zum Gartentor.

»Tun Sie mir noch einen Gefallen«, sagte Hoon, was dem DCI ein scharfes überraschtes Lachen entlockte.

»Verdammt noch mal, Sie sind vielleicht hartnäckig.«

»Sagen Sie es noch nicht ihren Eltern«, bat Hoon. Die Worte wurden mit einer seltenen flüchtigen Verletzlichkeit vorgetragen. »Ich weiß, dass Sie es tun müssen, aber lassen Sie es mich ihnen zuerst mitteilen. Geben Sie mir bis morgen Zeit, das ist alles. Von mir werden sie das besser aufnehmen.«

Balls fuhr sich ein paarmal mit der Zunge im Mund herum, während er darüber nachdachte. »Einverstanden«, willigte er schließlich ein. »Es wird sowieso ein paar Stunden dauern, bis alles bearbeitet ist. Ich werde sie morgen Mittag anrufen. Bis dahin haben Sie Zeit.« Er streckte die Hand aus.

Hoon starrte sie an, als wäre sie etwas Giftiges oder Explosives, dann gab er nach und schüttelte sie.

»Viel Glück, Mr. Hoon«, sagte Balls zu ihm. »Ich hoffe für uns beide, dass wir uns nie wiedersehen.«

Die Nacht legte sich über London. Ironischerweise begann die Stadt gerade jetzt, als die Dunkelheit über sie hereinbrach, zu erwachen und lebte auf mit Lichtern, Lachen und – wenn man wusste, wo man suchen musste, und das nötige Kleingeld hatte – mit Liebe.

Aus einer nahe gelegenen Bar wehte eine ganz anständige Coverversion von Take That's »Back For Good« über das Wasser, bis sie Hoon fand. Der hockte am Bug von Chucks Boot und bekam in der kühlen Abendluft eine Gänsehaut auf seinen nackten Armen.

Wie lange saß er jetzt schon da? Zwanzig Minuten? Eine Stunde? Er hatte das Zeitgefühl verloren, während er im Geiste die Ereignisse des Tages immer wieder durchging. Er nahm sie auseinander und setzte sie wieder zusammen.

Es war besser, an das Geschehene zu denken, als an das, was als Nächstes kam.

Er erinnerte sich an Bambers Gesicht, als er Hoon um Hilfe gebeten hatte. Die Verzweiflung. Die Hoffnung.

Hoon verdrängte den Gedanken und kehrte zu den Gedanken über alles, was in den letzten vierundzwanzig Stunden geschehen war, zurück.

Das Schaukeln und Knarren des Bootes, das schwache Wiegenlied der Musik und der Adrenalinstoß durch die grausamen Entdeckungen des Tages machten seine Augenlider schwer. Er lehnte sein gesamtes Gewicht an die Reling und wollte sich gerade dem Schlaf überlassen, als die Tür, die aus der Kabine aufs Deck führte, aufflog und Chuck die Stufen herauftrampelte.

»Mein Gott«, sagte er und hielt Hoons Telefon auf Armlänge von sich weg, als wollte er nichts damit zu tun haben. »Das ist … das ist verrückt. Er hat sie umgebracht. Dieser verdammte … dieser Bulle. Er hat sie umgebracht.«

Hoons Lider öffneten sich flatternd, und er atmete scharf durch die Nase ein. Ein Fehler angesichts der Tatsache, dass er sich zu nah an der Themse befand. Dann drehte er sich um und sah den anderen Mann an.

»Ja«, sagte er. »Es steht alles da.«

Und so war es auch. Alles. Wie er Caroline getötet und ihre Leiche entsorgt hatte. Wie er seitdem von Schuldgefühlen geplagt wurde. Wie er, als er entdeckt hatte, dass jemand von außerhalb den Fall untersuchte, wusste, dass es nur eine Frage der Zeit war, bis die Wahrheit ans Licht kam.

Da stand außerdem, dass er sich den Konsequenzen seiner Tat nicht stellen konnte.

Seinen Eltern nicht gegenübertreten konnte.

Und auch ihren nicht.

Er konnte sich nicht der Gerechtigkeit stellen, die ihm auf den Fersen war, wie er wusste.

Er hatte alles erklärt. Das gestohlene Auto. Das fehlende Überwachungsvideo. Die Manipulation von Bradleighs Aussage. Wirklich alles.

Für Hoon war es das umfassendste Geständnis, das er jemals gesehen hatte.

»Also ... das war's dann?« Chuck ließ sich neben Hoon auf das Deck sinken. »Nach allem, was war, ist es jetzt einfach so vorbei?« Er rieb sich die Stirn und gab Hoon das Handy zurück. »Bamber dürfte am Ende sein.«

»Sehr gründlich, stimmt's?« Hoon deutete auf das Foto des Abschiedsbriefes. »Wirklich verdammt ausführlich, mit allem Drum und Dran.«

Chuck zuckte mit den Schultern. »Denke schon, ja.«

»Wirklich beeindruckend. Wenn man bedenkt, dass er sehr emotional gewesen sein muss, als er das verfasste. Man könnte annehmen, dass man vielleicht nicht mehr auf der Höhe seiner Leistungsfähigkeit ist, wenn man einen großen Haufen Pillen schluckt und sich die Pulsadern aufschneidet, aber er hat das alles sehr schön für uns dargelegt.«

Chuck rückte ein Stück zur Seite, um den Mann neben sich besser sehen zu können. »Was willst du damit sagen? Du glaubst das nicht?«

Hoon seufzte und blickte aufs Wasser hinaus. Die Lichter der umliegenden Gebäude tanzten auf der schwarzen Oberfläche, als würde Gold im Flussbett darunter schimmern.

»Ich weiß es nicht«, gab er zu. »Es passt einfach sehr gut. Ich mag es nicht, wenn es sich so gut fügt. Solche Dinge fügen sich verdammt selten so passend zusammen, finde ich.«

»Aber manchmal schon?«

Hoon brummte. »Ja. Manchmal schon. Und es passt. Steht alles schwarz auf weiß da.«

»Du solltest darüber schlafen«, schlug Chuck vor. »Sieh es dir mit ausgeruhten Augen an. Nichts für ungut, Boggle, aber du siehst beschissen aus. Ein paar Stunden Schlaf werden dir helfen. Ich überlasse dir sogar mein Bett. Ich nehme das Klappbett.« Er lächelte. »Ich hatte sowieso nicht viel Bock darauf gehabt, das Bett zu teilen.«

»Ja, vielleicht.« Hoon nickte, dann schüttelte er den Kopf. Er setzte sich aufrechter hin und straffte die Schultern, als wäre er im Energiesparmodus gewesen und würde jetzt wieder online gehen. »Ich meine, nein. Wie spät ist es?« Er sah auf seine Uhr, bevor Chuck die Frage richtig registriert hatte. »Halb neun. Genau, wir müssen weitermachen.«

Chuck blinzelte und beobachtete, wie Hoon aufsprang und über das Deck marschierte. »Weitermachen? Womit? Ich dachte, wir wären fertig?«

»Nicht ganz«, widersprach Hoon. »Noch nicht ganz.«

Er sprang die Treppe hinunter und duckte sich durch die Tür. Chuck lauschte dem Stampfen der Füße in der Kabine unter ihm, dann stand er auf und traf auf Hoon, als dieser die Treppe wieder emporeilte.

Er hatte den Baseballschläger in der Hand und hielt ihn so gerade vor sich, als wäre er ein Schwertkämpfer, der sich auf ein Duell vorbereitete.

»Was hast du damit vor?« Chuck musterte die Waffe beunruhigt. »Du weißt schon, dass du allein dafür verhaftet werden könntest, weil du mit dem Ding herumspazierst, oder?«

»Sicher, nur wird mich niemand damit sehen«, erwiderte Hoon.

»Weil du hierbleibst?« In Chucks Stimme schwang ein hoffnungsvoller Unterton mit.

»Weil ich in deinem Auto sitzen werde«, korrigierte Hoon.

»In meinem Auto?«

»Genau. In deinem Auto«, bestätigte Hoon, und sein Grinsen ließ Chuck das Blut in den Adern gefrieren. »Genauer gesagt, werde ich im Kofferraum liegen.«

EINUNDDREISSIG

Hoon wünschte sich vor allem, dass er daran gedacht hätte, vorher pinkeln zu gehen.

Wenigstens konnte er jetzt mit Sicherheit sagen, dass der Kofferraum eines MG Midget aus dem Jahr 1972 nie für einen ausgewachsenen Mann gedacht war, schon gar nicht für einen, der mit einem langen Holzprügel bewaffnet war, an dessen dickem Ende Nägel herausragten.

Dennoch hatte Chuck – mit einiger Mühe und wider besseres Wissen – Hoon geholfen, sich in den kurzen engen Raum zu zwängen. Anschließend hatte er es auch irgendwie noch geschafft, den Kofferraumdeckel zu schließen.

Die Fahrt war nicht die angenehmste in Hoons Leben gewesen, vor allem weil sein Kinn ständig gegen seine Knie stieß und sich ein acht Zoll langer Nagel wiederholt in seine Schulter bohrte. Allerdings war es auch nicht die unangenehmste Autofahrt, die er je erlebt hatte. Immerhin trug er dieses Mal keinen Sack über dem Kopf, hatte keine Kugel im Oberschenkel, und niemand schrie ihn auf Arabisch an.

Im Vergleich dazu glich diese Fahrt eher einer entspannten Landpartie.

Am Abend war der Verkehr schwächer, und sie kamen relativ schnell voran. Hoon hielt den Atem an, als der Wagen stoppte, spürte das Zittern, als der Motor erstarb, und hörte dann Bookishs gemurmelte Warnung, dass Hoon hoffentlich wusste, was er da tat.

Dann klirrte es, und Hoon war allein in der engen nach Öl stinkenden Dunkelheit zurückgeblieben.

Das war jetzt gut zwei Stunden her. Er war eine Weile eingenickt, dann hatten ihn Krämpfe, Klaustrophobie und dringender Harndrang geweckt.

Es hatte ein wenig Tüftelei gekostet, die Kofferraumhaube so zu sichern, dass er sie von innen öffnen konnte. Er dachte darüber nach, den Deckel zu öffnen und herauszuspringen, um sich die Beine zu vertreten, frische Luft zu schnappen und seine übervolle Blase zu erleichtern.

Wie groß war schon die Wahrscheinlichkeit, dass jemand in der Nähe war? Gering, vermutete er. Er könnte aus- und wieder einsteigen, bevor jemand etwas merkte. Nach dieser kleinen Pause könnte er bequem den Rest der Nacht durchhalten. Und wenn etwas passierte, wäre er in einem viel besseren Zustand, um es anzugehen.

Seine Blase war mit diesem Plan einverstanden und brummte förmlich vor Erregung bei dem Gedanken an die bevorstehende Druckentlastung.

Die Verriegelung war im Dunkeln etwas knifflig. Er murmelte leise vor sich hin, während er sich damit abmühte, und stieß dann einen kleinen Seufzer der Erleichterung aus, als der Mechanismus klickte und sich die Kofferraumhaube hob.

Da ihn der Drang zu pinkeln nun schier überwältigte, verschwendete er keine Zeit, sondern kroch rasch aus der engen Öffnung des Kofferraums. Seine Beine, die seit Stunden in der gleichen Position verharrt hatten, weigerten sich jedoch, ihn zu tragen. Also sackte er zu Boden wie eine Marionette, deren Fäden durchtrennt worden waren.

Erst jetzt bemerkte er die drei Männer, die ihn anstarrten.

Und noch einen Moment später fiel ihm auf, dass der Wagen nicht, wie er angenommen hatte, noch in der Seitenstraße stand, in der der Porsche, der bei Carolines Entführung benutzt wurde, gestohlen worden war. Stattdessen stand er in einer großen vollen Garage.

»Scheiße«, murmelte er. »Ich muss fester geschlafen haben, als ich dachte.«

Die drei Männer hatten sich nicht gerührt, sondern standen nur da, musterten ihn und fragten sich, was zum Teufel hier los war. Hoon betrachtete sie, während er versuchte, wieder etwas Leben in seine Beine zu schütteln.

Sie waren unterschiedlich alt, angefangen von einem dünnen Jungen in den späten Teenagerjahren bis hin zu einem sehr viel kräftigeren Mann Mitte dreißig. Den dritten im Bunde schätzte Hoon auf etwa fünfundzwanzig. Er war jedoch im Moment von weitaus geringerem Interesse als die beiden anderen, da er der Einzige war, der gerade kein großes Metallwerkzeug drohend in der Hand hielt.

»Was zum Teufel?«, fragte der Jüngste, wobei er die Frage nicht wirklich an jemand Bestimmten richtete.

Hoons Plan – ein Wort, von dem er jetzt merkte, dass es eine recht großzügige Beschreibung war – hatte sich weitgehend auf das Element der Überraschung gestützt. Das war nun allerdings eher verpufft, da er wahrscheinlich von allen am meisten überrascht war.

Es half auch nicht gerade, dass seine Beine noch nicht funktionierten und sich der Inhalt seiner Blase bis in die Nähe seines Brustkorbs zurückgestaut hatte. Er zog sich an dem MG hoch, bis er sich an das Heck lehnen konnte.

Das Mistkerl-Trio hatte seinen ersten Schock inzwischen überwunden. Derjenige, der nicht mit einem Werkzeug ausgerüstet war, ging zu einem Rolltor und beobachtete Hoon dabei auf Schritt und Tritt. Er zog an einer Kette, das Tor schloss sich klappernd und schnitt Hoon den Fluchtweg zu einer Art Werkhof ab.

Er musste schnell handeln, bevor sie wieder zu Verstand kamen. Vorausgesetzt, sie hatten einen.

»Verdammt, wenn das nicht die drei Bären sind.« Seine Stimme hallte durch die Garage. Er zeigte der

Reihe nach auf sie, angefangen vom Ältesten und Größten bis zum Jüngsten und Kleinsten. »Papa-Bär, Mama-Bär und Baby-Bär.« Er zwinkerte dem Jüngsten zu. »Du bist übrigens verdammt niedlich. Mit deinem großen Schraubenschlüssel da in deinen kleinen Pfoten. Jetzt noch eine Fliege und eine kleine Melone, und du wärst eine echte Jahrmarktsattraktion, mein Freund.«

Die drei Männer sahen sich an.

»Hört ihr dieses idiotische Gequatsche, Brüder?«, fragte Baby-Bär.

»Ich hör's«, bestätigte Papa-Bär. Der Name passte zu ihm, denn seine Stimme klang wie ein tiefes grollendes Knurren, das Hoon dazu veranlasste, sich etwas mehr anzustrengen, um das Blut und das Gefühl in seine Beine zurückzubekommen.

Chucks MG war nicht das einzige Auto in der Garage, aber es war das einzige, das die zweifelhafte Ehre hatte, noch völlig intakt zu sein. Zwei andere – ein Audi und ein großer sportlich aussehender Mini – standen auf Blöcken und wurden offenbar gerade in ihre Einzelteile zerlegt.

»Ihr Jungs fragt euch wahrscheinlich, warum ich hier bin«, sagte Hoon. Und wenn er ehrlich war, fragte er sich das selbst ebenfalls. Vorhin war ihm das noch wie eine gute Idee erschienen, doch seine Beine fühlten sich an wie zwei Müllsäcke voller Gelee. Wenn die Jungs jetzt auf ihn losgingen, war er erledigt. »Eigentlich ist es eine lustige Geschichte«, sagte er und lachte. »Wisst ihr, ich war die ganze Zeit im Kofferraum.«

»Wissen wir«, erwiderte Mama-Bär mit fester Stimme. »Wir haben dich rauskommen sehen.«

»Klar, aber das ist nicht der lustige Teil, Jungchen. Immer schön mit der Ruhe. Ich versuche, ein bisschen Scheißatmosphäre zu schaffen. Arbeite auf den großen Moment hin, kapiert? Das ist das Fundament jeder Geschichte.«

Er sah die zwei anderen Männer an und verdrehte die Augen, als würden sie sich gemeinsam einen Scherz auf Kosten von Mama-Bär erlauben. Keiner der beiden Männer wirkte sonderlich amüsiert.

Metall kratzte auf Beton, als Mama-Bär sich bückte und eine Eisenstange aufhob. Sie war etwa fünfzig Zentimeter lang und so dick, dass seine Finger sie gerade noch umschließen konnten.

Hoon musterte ihn von Kopf bis Fuß und wandte seine Aufmerksamkeit dann Baby-Bär zu, der den Schraubenschlüssel in seine Handfläche klatschen ließ. Hoon schnaubte. »Was zum Teufel machst du da, Junge? Sprichst du für *West Side Story* vor?«, fragte er. »Leg das weg, bevor du dich noch mehr zum Affen machst.«

Baby-Bär warf dem größten der drei Männer einen kurzen Seitenblick zu. »Hörst du das, Bruder?«, fragte er erneut.

Papa-Bär bestätigte einmal mehr, dass sein Gehör tadellos war.

»Willst du ihm nicht sein freches Maul stopfen?«

»Mich beleidigt er ja nicht«, erwiderte Papa-Bär. Er hatte Hoon nicht aus den Augen gelassen, seit er aus dem Kofferraum gefallen war. Es war, als wollte er ihn allein mit seinem Blick zur Aufgabe zwingen.

Da konnte er lange warten.

»Mach ihn fertig, Bruder«, sagte Mama-Bär.

Baby-Bär packte den Schraubenschlüssel fester. Er tanzte auf der Stelle, als seine angespannten Nerven die Signale zwischen seinem Gehirn und seinen Füßen störten.

Hoon hob beide Hände auf Schulterhöhe, als wollte er sich ergeben. »Hört mal. Ich will keinen Ärger«, sagte er. »Ich möchte nur eure Hilfe.«

»Unsere Hilfe?« Baby-Bär grinste und warf dem größten der drei Männer erneut einen Seitenblick zu. »Hast du das gehört, Bruderherz? Er sagt, er will unsere Hilfe!«

Papa-Bär schnalzte missbilligend mit der Zunge. »Ich habe ihn schon verstanden.«

»Ich möchte nur etwas über ein Auto wissen, das vor ein paar Monaten geklaut wurde. Das ist alles.« Hoon griff langsam in seine Tasche und hielt die andere Hand weiter hoch.

Die drei Männer verkrampften sich, entspannten sich aber wieder, als er sein Notizbuch hervorholte.

»Was für einen albernen Scheiß schleppst du denn da mit dir rum?«, spottete Baby-Bär.

»Das war ein Geschenk, nur damit ihr es wisst«, sagte Hoon. Er spürte eine gewisse Gereiztheit der anderen gegenüber dem Jüngsten und beschloss, daraus Kapital zu schlagen. »Und im Gegensatz zu dir, du Penner, bin ich Manns genug, um mich davon nicht irritieren zu lassen.«

Die Augen des jungen Mannes weiteten sich. Er wandte sich an Papa-Bär, der antwortete, bevor die Frage gestellt wurde. »Ja. Ich hab gehört, was er gesagt hat.«

»Also, es geht um einen Porsche Cayenne E-Hybrid. Blau. Geklaut vor drei Monaten. Genauer gesagt vor vierundneunzig Tagen.« Hoon las das Kennzeichen vor und gab dem MG einen Klaps. »In der gleichen Straße, in der ihr den hier abgeschleppt habt. Ich will nur wissen, was mit dem Porsche passiert ist.«

»Bist du ein Jake oder so?«, fragte Mama-Bär.

»Ein Jake?«, fragte Hoon zurück. »Du meinst ein Jakey, ein Obdachloser? Du kleiner Frechdachs. Versteck du dich mal ein paar Stunden in einem Kofferraum dieser Größe, dann werden wir ja sehen, wie beschissen du dann aussiehst.«

»Ich meine, ob du bei der Polizei bist«, fuhr der Autodieb fort. »Oder bist du ein Agent?«

»Polizei? Nein. Ich nicht«, antwortete Hoon. »Nennen wir mich einfach einen besorgten Bürger.« Er lächelte sie alle nacheinander an und ließ seinen Blick dann durch den Raum schweifen. »Also, erzählt ihr mir, was mit dem Auto passiert ist, oder muss ich erst die Scheiße aus euch rausprügeln? Mir ist beides recht. Ich an eurer Stelle würde allerdings stark zur ersten Option tendieren.«

Er stand auf und testete seine Beine. Sie funktionierten, größtenteils. Vielleicht waren sie noch ein bisschen träge, aber das würde ihn nicht davon abhalten, es mit diesen drei Losern aufzunehmen.

»Wer zum Teufel ist der Kerl?«, meldete sich jemand vom anderen Ende der Garage.

Hoon warf einen Blick über die Schulter und sah drei weitere Männer. Sie traten aus einer Tür am anderen Ende der Halle. Der Erste war ziemlich groß. Und wirkte, als käme er schnell zur Sache.

Oh, Scheiße.

»Was sagtest du gerade, alter Mann?«, fragte Baby-Bär, dessen Selbstvertrauen durch die Neuankömmlinge förmlich explodierte. »Du bist auf einmal so still geworden.«

»Ich bewundere nur deinen Versuch, dir einen Bart wachsen zu lassen, Kleiner«, erklärte Hoon. »Hast du schon mal darüber nachgedacht, eine Spendenaktion zu starten, damit du einen taiwanesischen Ausbeuterladen bezahlen kannst, dir einen Bart zu stricken?«

Angestachelt durch die Ankunft der anderen drei Männer oder vielleicht auch nur, um sich ihren Respekt zu verdienen, setzte sich Baby-Bär in Bewegung. Er marschierte auf den MG zu, hielt den schweren

Schraubenschlüssel im rechten Winkel zu seinem Körper und machte ein Gesicht wie ein Kleinkind, das seinen Abendbrei verweigert.

Hoon verschränkte die Arme und lächelte. Das interferierte kurzzeitig mit Baby-Bärs Gehirnsignalen, und sein entschlossener Schritt wurde merklich zögerlicher.

»Schnapp ihn dir, Bruder«, ermutigte ihn Mama-Bär. »Mach den Kerl fertig.«

Das Gesicht des Jungen lief rot an. Hoon begann fast, ihn zu bemitleiden. Der Junge hatte wohl erwartet, dass er auf die Knie fallen und um Gnade betteln oder seinen Kopf schützend bedecken und sich auf dem Boden zu einer Kugel zusammenrollen würde. Irgendetwas in der Richtung.

Stattdessen stand er einfach nur da, verschränkte die Arme und lächelte, als ob er etwas wüsste, was kein anderer Kerl wusste.

»Ich bring dich um, Kumpel. Ich mach dich verdammt noch mal platt!«, kündigte Baby-Bär an. Er war noch ein paar Schritte von Hoon entfernt, und seine Unsicherheit schwappte wie eine Welle vor ihm her.

Hoon beschloss, ihn von seinem Elend zu befreien. Er sprang nach vorn, überwand den Abstand mit einem Satz und rammte seine Stirn auf Baby-Bärs Nase. Die explodierte prompt in einem Schwall aus Blut, Rotz und Knorpel.

Der andere Mann warf Hoon einen schockierten Blick zu. Fast, als ginge es hier um Verrat, als wäre es

Hoon, der hier aus der Reihe tanzte. Dann landete er schwer auf seinem Hintern, und der Schraubenschlüssel fiel klappernd auf den Boden. Baby-Bär schlug die Hände vors Gesicht und stieß einen markerschütternden Schrei aus.

»Das war klare Selbstverteidigung«, sagte Hoon. »Das hat doch jeder gesehen, oder? Ich will nicht, dass die Polizei nachher behauptet, ich hätte angefangen. Er wollte mir eine verfluchte Maulschelle verpassen.« Dann klatschte er in die Hände und rieb sie. »Also dann«, begann er, bevor ihm ein Gedanke kam. Das heißt, es war weniger ein Gedanke als vielmehr ein unwiderstehlicher Drang, der ihn überkam. »Gebt mir nur einen kleinen Moment.«

Vor den Augen der fünf Männer, die nicht gerade ihr Gesicht in den Händen vergruben und weinten, öffnete Hoon den Reißverschluss seines Hosenschlitzes, holte seinen Schwanz heraus und pinkelte auf den Boden der Garage. Er seufzte erleichtert und schaute dann in die Augen der Männer um ihn herum. Er hielt ihre Blicke so lange, bis sie sichtlich unbehaglich wegsahen.

»Das tut gut«, sagte er. »Ich habe das, weiß Gott wie lange, zurückgehalten.«

»Was zum Teufel …?« Einer der Neuankömmlinge starrte ungläubig auf den etwa fünfzigjährigen Mann, der unbekümmert auf den Boden seiner Garage urinierte.

Keiner der Männer wirkte allzu glücklich über diese

Entwicklung, aber sie hatten es auch nicht eilig, sich in die Spritzlinie zu begeben.

»Dauert nicht mehr lange«, versicherte Hoon ihnen und wippte vor und zurück. »Wir können so lange gern plaudern. Oder ihr sagt mir, was mit dem Auto passiert ist, und erspart uns allen eine Menge Ärger.« Weiterzureden war wichtig. Das lenkte sie ab und beschäftigte sie. Obwohl er zugeben musste, dass sein öffentliches Urinieren sie bereits etwas aus dem Gleichgewicht gebracht hatte.

Er schätzte sie ein. Von den beiden ersten Männern sah der große Kerl am fähigsten aus. Mama-Bär hatte vor allem eine große Klappe, aber Papa-Bär hatte die Fäuste und die flache Nase eines Kämpfers.

Die Neuankömmlinge waren eine weniger bekannte Größe. Einer von ihnen – derjenige, der die Führung hatte – sah aus wie ein Biker, komplett mit Lederjacke und Schnauzbart. Er war wahrscheinlich der älteste Mann in der Halle, Hoon eingeschlossen. Doch Alter war nicht alles, und der Kerl hielt sich, als wüsste er, was er tat.

Die beiden anderen wirkten weniger besorgniserregend. Beide waren noch jung und schlaksig. Kaum aus der Schule, schätzte Hoon, und sie waren gerade dabei, sich in die Hose zu machen. Schlimmstenfalls waren sie lästig, im besten Fall dienten sie als menschliche Schutzschilde. Um sie musste er sich nicht allzu viele Gedanken machen.

Sie alle lauschten dem Prasseln seines Urinstrahls, das allmählich leiser wurde. Er schüttelte kurz seinen Schwanz und verstaute ihn wieder.

»Viel besser«, verkündete er, bevor er in den Kofferraum des MG griff und den Baseballschläger herausholte. Er drehte ihn zwischen seinen Handflächen, sodass die Nägel wie die Rotoren eines Hubschraubers wirbelten, legte den Schläger dann auf seine Schulter und wandte sich an die Anwesenden. »Also!«, dröhnte er. Seine Stimme hallte durch die Garage. »Wer von euch arschleckenden Schweinefickern möchte zuerst reden?«

ZWEIUNDDREISSIG

Es war Mama-Bär, der als Erster angriff. Er näherte sich Hoon allerdings etwas vorsichtiger als sein jüngerer Kumpan. Zum einen, weil er gesehen hatte, was mit dem armen Kerl passiert war, und zum anderen, weil er nicht mit seinen glänzenden weißen Turnschuhen durch eine dampfende Pisspfütze latschen wollte.

Erst kurz vor Hoon steigerte er das Tempo und schwang die Stange in einem weiten horizontalen Bogen. Sie sauste über Hoons Kopf hinweg, als dieser sich duckte.

»Verdammt noch mal, meine Oma hätte das kommen sehen!«, sagte Hoon. »Und die ist schon seit drei Jahrzehnten tot.«

Er wich einem zweiten Schlag aus und schüttelte missbilligend den Kopf. »Hör auf, vorher zu telegrafieren. Du musst deine Bewegungen kürzer halten.« Er trat Pisse aus der Pfütze auf die Jeans des Mannes und winkte ihn dann zu sich. »Versuch es noch mal. Einen hast du noch.«

Diesmal stieß Mama-Bär einen frustrierten Schrei aus, als er mit der Metallstange nach Hoons Kopf schlug.

Hoon lehnte sich zurück, wartete, bis der Luftzug an seiner Nase vorbeirauschte, und schlug dann mit dem Baseballschläger auf Kniehöhe zu.

Es knallte. Und klatschte.

»Siehst du? So.« Hoon zog den Nagel mit einem schmatzenden Geräusch aus dem Bein des Mannes und sah zu, wie Mama-Bär schreiend in die Pisspfütze fiel.

Der große Biker zischte den beiden Jungs, die momentan hinter ihm lauerten, etwas zu. Sie zögerten, schnappten sich dann jeder einen Schraubenzieher von einer gebeizten hölzernen Arbeitsplatte und näherten sich ängstlich dem Baseballschläger schwingenden Hoon.

»Zwei gleichzeitig. Schon besser«, ermutigte Hoon sie. »Ihr müsst euch aber ein bisschen aufteilen. Einer links, einer rechts. Nicht hintereinander, als wärt ihr in einer verdammten Highschool-Marschkapelle.« Er nickte zustimmend, als die beiden Burschen Anstalten machten, ihn zu flankieren. »So ist es schon besser«, lobte er sie. »Das macht es für mich schwieriger, euch beide gleichzeitig im Auge zu behalten, versteht ihr? Das sollte euch schon der verdammte gesunde Menschenverstand sagen.«

Er tanzte nach links, schlug nach rechts und genoss dann sowohl das Geräusch, mit dem sich ein Nagel in einen Handrücken bohrte, als auch den darauffolgenden Schmerzensschrei.

Noch bevor der Schraubenzieher klappernd auf dem Boden landete, bewegte sich Hoon, holte mit dem schmalen Ende des Schlägers aus und rammte den Knauf dem anderen Angreifer mit einem fast hohl klingenden Knall gegen die Stirn.

Dann ließ er den Kopf des Baseballschlägers nach unten sausen und riss sein Knie hoch. Er brach dem Mann das Handgelenk der Hand, mit der er den Schraubenzieher umklammerte.

Sicherheitshalber trat er einen Schritt zurück und rammte dem ersten Jungen den Ellbogen in die Kehle, sodass der Bursche würgend und röchelnd zusammenbrach.

Es lief alles gut, bis ihn ein Radkreuzschlüssel von hinten an den Beinen erwischte und er in einem sich noch immer ausbreitenden Meer von Pisse auf die Knie fiel.

»Sieht aus, als hättest du das nicht kommen sehen«, brummte Papa-Bär. Er hob einen Fuß und rammte Hoon die Sohle ins Gesicht. Hoon drehte sich rasch weg und riss die Arme hoch, um das Schlimmste abzuwehren.

Er hörte platschende Schritte und versuchte, sich umzudrehen, aber es war zu spät. Die Hände des Motorradfahrers griffen nach seinem Gesicht, die Finger zu Krallen gekrümmt, um ein Nasenloch und eine Augenhöhle zu erwischen. Hoon erhaschte einen Blick auf einen in wütendem Triumph verzerrten Mund, dann kam ihm der nasse Betonboden entgegen, und etwas schlug hart gegen seinen Brustkorb.

Einmal. Zweimal.

Und noch einmal.

Schmerz explodierte in ihm wie ein Feuerwerk. Er unterdrückte ihn, dämpfte ihn. *Nicht jetzt*, befahl er den Schmerzen. *Noch nicht.*

Er versuchte aufzustehen, die Hände platschten in der Urinpfütze herum und suchten Halt.

Es gab einen heftigen Schlag, quer über seinen Rücken, der ihn erschütterte. Er fiel zu Boden, hustete und würgte in seinen eigenen beißenden Pissedämpfen.

Die beiden Männer standen über ihm und sagten etwas. Sie verhöhnten ihn vermutlich, doch das Klingeln in seinen Ohren übertönte sie, brachte seine Wahrnehmung durcheinander und ließ alles weit weg und fern erscheinen.

Aber sehen konnte er noch. Und im Moment sah er vor allem Füße. Vier.

Die kamen ihm gerade recht.

Er schwang die Arme zur Seite und dann hoch bis hinter den Kopf, bäumte sich auf wie ein Seehund, der sich auf sein Lieblingskunststück vorbereitet.

Die beiden Schraubenzieher, die er sich geschnappt hatte, fanden ihr Ziel. Die langen Metallspitzen durchdrangen jeweils die Oberseite eines Stiefels und eines Turnschuhs und bohrten sich in den Knochen und das Fleisch darunter.

Dann warf er sich zurück und rappelte sich mühsam auf. Die Arme riss er hoch, um sich vor einem verirrten Schlag oder einem wilden Schwung zu schützen.

Überflüssigerweise, wie sich herausstellte. Denn beide Männer waren zu sehr mit den Schraubenziehern beschäftigt, die in ihrem Spann steckten, und mit dem Blut, das aus den Sohlen sickerte. Es vermischte sich mit der Urinpfütze und fügte dunklere Tupfer zu dem ansonsten einheitlichen Dunkelgelb hinzu.

Er hob den Schläger wieder auf und stützte sich darauf. Der Schmerz, den er für eine Weile erfolgreich unterdrückt hatte, meldete sich jetzt wieder zurück. Diesmal konnte er nicht mit ihm diskutieren, also ignorierte er ihn einfach.

»Also dann …« Während er sprach, atmete er keuchend ein und aus. »Einer von euch miesen Wichsern wird mir sagen, was ich wissen will. Dem anderen ramme ich das dornige Ende dieses Teils in den Arsch.« Er hob den Schläger wieder in Schwungposition und wirbelte ihn ein paarmal im Kreis, als wollte er ihn aufziehen. »Ich lasse euch selbst entscheiden, wer was macht. Aber ich bin nicht der geduldigste Mensch der Welt, also schlage ich vor, dass ihr euch verdammt noch mal schnell entscheidet.«

»Fick dich!«, zischte der Biker. Er schob eine Hand in seine Lederjacke und griff nach etwas, nach einem Messer oder einer Pistole. Was es war, spielte keine Rolle.

Ein Nagel durchbohrte den Ärmel seiner Jacke und das darunter liegende Fleisch. Dann wurde der Schläger zurückgerissen, und das Holz krachte mit so viel Wucht gegen seine Stirn, dass er fast waagrecht durch die Luft segelte.

Er landete krachend und ohne einen Laut auszustoßen auf dem Boden und blieb regungslos in der Pfütze aus Pisse liegen.

Hoon prüfte demonstrativ seinen Puls und nickte dann, um zu zeigen, dass er noch lebte.

»Ich würde ihn ja in die stabile Seitenlage bringen«, meinte er, »aber die Wahrscheinlichkeit, dass er dann ertrinkt, ist ziemlich groß.« Er lächelte Papa-Bär an, der sich an einer Arbeitsplatte festhielt und versuchte, genug Mut aufzubringen, den Schraubenzieher aus seinem Fuß zu ziehen. »Trotzdem habe ich gute Nachrichten für dich, Mann. Du bist der Letzte, der noch steht. Herzlichen Glückwunsch, Großer! Das bedeutet, dass du derjenige sein wirst, der mir alles sagt, was ich wissen muss.«

Er warf den Schläger beiseite, lockerte knackend seine Nackenwirbel und krümmte die Finger. Das Lächeln verschwand aus seinem Gesicht. Als er weitersprach, klang seine Stimme wie eine Sinfonie des Untergangs.

»Und dürfte ich vorschlagen, dass du dich verdammt noch mal beeilst?«

Chuck nahm das Telefon nach einem halben Klingeln ab, noch bevor sein Gehirn den Namen auf dem Display vollständig registriert hatte. Aber es war zwei Uhr nachts.

Wer würde da sonst anrufen?

»Hallo? Boggle? Bist du das?«

»Klar bin ich das«, bestätigte Hoon, und Chuck sank auf die einigermaßen bequeme Couch des Bootes zurück.

»Gott sei Dank. Fährst du? Es klingt so, als würdest du fahren. Ist das mein Auto?«

»Ja, ist es.«

»Und wie sieht es aus?«, fragte Chuck und biss sich auf einen Fingerknöchel, während er auf eine Antwort wartete.

»Nicht allzu schlimm«, erwiderte Hoon. »Ein paar Beulen. Ein paar leichte Brandschäden. Wenn du neue Sitze einbaust und ihn neu lackieren lässt, merkt man nichts mehr davon.«

Chuck verschluckte sich fast an seiner Faust. »W...as?!«, stammelte er. »Was zum Teufel ist passiert?«

»Gar nichts. Ich ziehe dich nur auf. Es ist alles in Ordnung«, sagte Hoon. »Vielleicht stinkt die Karre einen Hauch nach überreifem Mist, aber das ist nichts, was man nicht mit ein paar Magic Trees und gutem Lüften aus der Welt schaffen könnte. Mir geht's übrigens auch gut, danke der Nachfrage.«

»Danach wollte ich mich gerade erkundigen«, behauptete Chuck. »Ich habe mir Sorgen gemacht.«

»Von wegen«, konterte Hoon. »Aber mir geht es tatsächlich gut. Ein paar blaue Flecken und ein paar gebrochene Rippen, weiter nichts. Ein großer roter Striemen auf der Rückseite meiner Oberschenkel, der noch einige Tage brennen wird, aber sonst ist alles in Ordnung.«

Chuck lachte und merkte dann, dass Hoon diesmal keinen Scherz gemacht hatte. »Shit. Ernsthaft? Das hört sich nicht gut an.«

»Na ja, es gehört sicher nicht zu den zehn schönsten Momenten in meinem Leben, das gebe ich zu, aber es ist unwichtig. Die Hauptsache ist, ich habe etwas bekommen.«

»Was, außer einer Tracht Prügel?«

»Eine Adresse«, antwortete Hoon.

Chuck schwieg, während er die Information verarbeitete. »Eine Adresse?«, fragte er. »Von wem?«

»Von wem wohl, verdammt? Von dem, dem sie das Auto geliefert haben. Den Porsche!«, fuhr Hoon ihn an.

»Richtig. Klar.«

»Wie sich herausstellte, war einer dieser Kerle ein richtiges Plappermaul, als er erst mal loslegte. Er hätte nicht hilfsbereiter sein können, selbst wenn er es versucht hätte.« Hoon zuckte mit den Schultern. »Gut, es wäre schön gewesen, wenn er aufgehört hätte, dabei zu flennen, aber er hat trotzdem eine Menge nützlicher Informationen geliefert.«

»Welche zum Beispiel?« Chuck griff nach einem Stift und einem Stück Papier.

»Sie haben einen Deal mit einer anderen Gruppe von Mistkerlen. Sie wissen zwar nicht viel über sie, aber die haben wohl offensichtlich Kohle«, fuhr Hoon fort. »Sie tauchen dort ab und zu auf, um zu sehen, welche Autos sie gerade dahaben, und zahlen dann ein paar Hundert Pfund, um eines für die Nacht zu mieten. Nach ein paar Stunden bringen sie es zurück, und es wird zerlegt oder umgebaut und weiterverkauft.«

»Warum?«, fragte Chuck verwundert.

»Ich vermute, Caroline ist nicht das einzige Mädchen, das diese Mistkerle entführt haben«, sagte Hoon. »Ich nehme an, dass wir es mit einer Art Ring zu tun haben.«

»Ein Ring von was? Serienmördern?«, wollte Chuck wissen. »Ich wusste nicht, dass es so was wie einen Ring von solchen Typen gibt.«

»Nein, nein, keine verdammten Serienmörder. Menschenhändler. Sexsklavenhändler.«

»Mein Gott, Boggle. Du glaubst doch nicht … ernsthaft? Du glaubst doch nicht wirklich, dass ihr das passiert ist?«

»Ich weiß es nicht, aber ich werde es herausfinden«, versprach Hoon. Er warf einen Blick zu dem aufgeschlagenen Notizbuch auf dem Beifahrersitz neben ihm. Ein Blutfleck wirkte wie ein Unterstrich unter der

Adresse, die dort stand. »Ich werde das jetzt überprüfen. Mal sehen, was los ist.«

Chuck hustete und verschluckte sich fast bei der Vorstellung. »Was denn, du gehst allein? Du kannst das nicht allein machen! Du hast doch keine Ahnung, worauf du dich da einlässt!«

»Ich werde deinen fetten Arsch nicht mit mir herumschleppen«, erwiderte Hoon. »Nicht in dem Zustand, in dem mein verdammter Rücken ist.«

»Ich? Gott, nein. Nein. Die Tage, an denen ich den Helden gespielt habe, liegen hinter mir«, sagte Chuck.

»Bilde dir bloß nichts ein, Bookish. Wir waren vieles, aber ganz sicher keine Helden.«

»Richtig. Gutes Argument«, räumte Chuck ein. »Aber ich habe nicht mich gemeint. Ich meinte die Polizei. Ruf die Polizei an. Erzähl ihnen, was du herausgefunden hast.«

Hoon schüttelte den Kopf, packte das Lenkrad fester und warf einen Blick auf die Navigationsapp auf seinem Handy. »Nein. Sie würden mir die Sache wegnehmen.«

»Was?«

»Sie würden mich ausschließen. Das lasse ich nicht zu. Falls Caroline dort ist … oder die Bastarde, die sie entführt haben …« Er krümmte seine Finger und atmete aus, um seine anschwellende Wut zu kühlen. »Sie werden mich nicht einfach abservieren. Nicht, nachdem ich schon so weit gekommen bin.«

»Aber es könnten Hunderte von Typen dort sein«, warnte Chuck. »Mit automatischen Waffen!«

»Die Adresse ist ein Lagerhaus in einem Industriegelände, Bookish, nicht der Strand der verdammten Normandie«, entgegnete Hoon.

Trotzdem hatte Chuck nicht ganz unrecht. Er hatte keine Ahnung, worauf er sich einließ, und obwohl er sich gerne noch für genauso unaufhaltsam hielt, wie er es in seinen Zwanzigern und Dreißigern gewesen war, hatte ihm der Verlauf des bisherigen Abends etwas anderes gezeigt.

Sicher, sie waren zu sechst gewesen, aber sie waren Niemande. Und sie hatten ihn zu Boden geschickt und ihn fast umgebracht.

Schlimmer noch, er war während der Überwachung eingeschlafen wie ein Greis. Sie hatten das Auto gestohlen, waren damit eine Viertelmeile durch London kutschiert, und er hatte seelenruhig durchgeschlafen.

Und das, bevor sein Körper und sein Ego die Schläge hatten einstecken müssen. Jetzt fuhr er mit offenem Verdeck, damit die kalte Nachtluft ihn wachhielt.

Es war nicht sinnvoll, diesen Ort auf eigene Faust zu stürmen.

Chuck schien seine Gedanken zu lesen. »Was nützt du Caroline, wenn du in den ersten fünf Sekunden umgelegt wirst?«, fragte er. »Wir wissen nicht, was sie durchgemacht hat, doch ich kann mir nicht vorstellen, dass es ihrer geistigen Gesundheit hilft, wenn sie dich vor ihren Augen verbluten sieht.«

Hoon brummte. »Gut«, sagte er, griff nach dem Notizbuch und blätterte ein paar Seiten zurück. »Ich nehme an, es kann nicht schaden, etwas Verstärkung zu holen.«

DREIUNDREISSIG

Es dauerte eine geschlagene Stunde, bis Scheinwerfer hinter dem MG auftauchten. Sie erhellten das Innere des Wagens und blendeten Hoon kurz im Rückspiegel. Er klappte den Spiegel weg, wartete, bis die Lichter erloschen, und stellte ihn dann wieder so ein, dass er nach hinten sehen konnte, ohne sich umzudrehen.

Denn schon sich einfach nur umzudrehen, tat weh, sehr sogar, das hatte er zu seinem Leidwesen festgestellt.

Die Fahrertür des hinteren Wagens wurde geöffnet und dann wieder geschlossen. Hoon rechnete mit dem Aufblitzen der Blinker und dem lauten Piepsen der Alarmanlage, aber glücklicherweise war der andere Mann so klug, zu vermeiden, unerwünschte Aufmerksamkeit auf sich zu ziehen.

Stattdessen ging er um das Heck des MG herum und näherte sich der Beifahrertür. Hoon beobachtete ihn im Außenspiegel und hörte gerade noch, wie er etwas Unverständliches murmelte, als auch schon sein Gesicht am Fenster auftauchte, finster, starr und mit geröteten Augen.

Hoon hatte das Dach kurz vor seiner Ankunft geschlossen, weil er eine gute Tarnung der Kälte, die ihn wachhielt, vorzog. Aber jetzt bestand keine Gefahr mehr, dass er die Konzentration verlor. Nicht, wenn er so nah dran war. Und das Gebäude, nach dem er gesucht hatte, sich genau vor seiner Nase befand.

Die Beifahrertür wurde geöffnet, doch DCI Balls machte keine Anstalten, einzusteigen.

»Was zum Teufel soll das?«, fuhr er Hoon an.

»Steigen Sie ein«, sagte Hoon. »Ich erkläre Ihnen alles.«

Balls schnalzte missbilligend mit der Zunge, sah sich um und quetschte sich schließlich in den engen Wagen. Er fluchte, als sein Unterschenkel über einen der herausstehenden Nägel des Baseballschlägers schrammte. Er blickte mehrmals zwischen dem Prügel und dem Mann, der neben ihm saß, hin und her und kam dann wohl zu dem Schluss, lieber nicht zu fragen.

Er schloss die Tür. Und schnupperte. Verzog das Gesicht. »Mein Gott. Riecht es hier nach Pisse?«, fragte er.

»Ich kann schon nichts anderes mehr riechen«, erwiderte Hoon. »Danke fürs Kommen. Sind Sie allein?«

»Ja. Wie Sie gesagt haben.« Balls seufzte. »Obwohl ich einfach nicht fassen kann, dass ich überhaupt gekommen bin. Ich dachte, wir wären fertig.«

»Noch nicht ganz«, erwiderte Hoon. »Ich will ehrlich sein, als ich anrief, habe ich erwartet, dass Sie mich zum Teufel schicken.«

Balls stöhnte. »Hätte ich das tun sollen? Was hat es mit dem ›großen Finale‹ auf sich, das mich hier angeblich erwartet? Was haben Sie getan, Mr. Hoon?«

»Absolut gar nichts«, erwiderte Hoon. »Noch nicht, jedenfalls. Aber sehen Sie das Gebäude?«

Er deutete auf ein einstöckiges Lagerhaus, das in der Dunkelheit hinter einem Maschendrahtzaun und einem größtenteils verlassenen Parkplatz thronte. Das Gebäude hatte keine Fenster an den Seitenwänden, aber aus ein paar Oberlichtern drang Helligkeit, was darauf schließen ließ, dass jemand zu Hause war.

»Was ist damit?«, wollte Balls wissen.

»Gut möglich, dass die Leute da drin wissen, was mit Caroline Gascoine passiert ist.«

Balls starrte auf das Gebäude. »Wie kommen Sie darauf? Mir fällt daran nichts Verdächtiges auf.«

»Verflucht, wonach suchen Sie denn?«, fuhr Hoon ihn an. »Nach einem großen Schild mit der Aufschrift ›Hier sind die Bösen‹?«

Balls hörte auf, das Haus so angestrengt anzustarren, und zupfte den Kragen seiner Jacke zurecht. »Das wohl eher nicht«, räumte er ein.

»Ich habe das Auto aufgespürt, in das sie gestiegen ist«, fuhr Hoon fort. »Und mich freundlich mit den Jungs unterhalten, die es gestohlen haben.«

»Was?! Wie zum Teufel …?« Balls ließ den Satz unbeendet, schüttelte den Kopf und akzeptierte die Situation einfach. »Also gut. Was haben sie Ihnen erzählt?«

»In der Nacht, in der Caroline entführt wurde, haben die Kerle das Auto, das sie geklaut hatten, an irgendeinen Wichser vermietet, mit dem sie regelmäßig Geschäfte machen. Sie bekamen Anweisungen, es irgendwo abzustellen.«

»Und sie haben es hier abgestellt?«

Hoon schüttelte den Kopf. »Sie haben den Wagen eine halbe Meile von hier entfernt abgestellt. An demselben Ort, an dem sie in den letzten Jahren schon Dutzende anderer Autos abgestellt haben.«

Balls runzelte die Stirn. Offenbar hatte sein Gehirn alle Hände voll zu tun, um mitzukommen. Es war spät, und er hatte kaum eine Stunde geschlafen, als sein Telefon geklingelt hatte.

»Und was machen wir dann hier?«

»Eines Abends beschlossen sie, zu warten und herauszufinden, wer den Wagen abholte. Es war ein Weißer.«

»Ein ›Weißer‹? Ist das mal wieder die einzige Beschreibung?«

Hoon zuckte mit den Schultern. »Wir sehen wohl alle gleich aus«, antwortete er. Dann nickte er in Richtung des Lagerhauses. »Sie haben den Kerl bis hierher verfolgt. Sie haben das Haus eine Weile beobachtet, nachdem er hineingegangen war, aber sie sind nicht geblieben, bis er wieder herauskam.«

»Und deshalb ... was? Sie glauben deshalb, er hat sich Caroline geschnappt und sie hierhergebracht?«

»Nicht nur Caroline, glaube ich«, sagte Hoon. »Das ist ein verdammt großes Gebäude für ein einziges kleines Mädchen. Die Jungs, mit denen ich gesprochen habe, meinen, dass sie ihnen allein in diesem Jahr zehn Autos geliefert haben. Sie haben doch selbst gesagt, dass hier unten ständig Leute verschwinden. Junge Frauen. Was, wenn sie hier landen?«

»Weshalb?«

Hoon zuckte mit den Schultern. »Menschenhandel. Prostitution, höchstwahrscheinlich. Sie fesseln sie und setzen sie unter Drogen. Böse Menschen zahlen gutes Geld für so etwas.«

Balls fuhr sich mit der Hand übers Gesicht und hielt inne, als er seinen Mund erreichte. Dann massierte er seinen Kiefer, während er über das Szenario nachdachte, das Hoon da gerade entworfen hatte.

»Das ist ... das wäre ein Hammer«, verbesserte er sich. »Aber wir brauchen Beweise. Wir können nicht einfach da reinmarschieren.« Er riss seinen Blick von dem Gebäude los und sah Hoon an. »Oder?«

»Offiziell nicht. Aber wenn Sie hinter einem verrückt wirkenden schottischen Bastard her sind, der einen Baseballschläger mit vier großen, fiesen Nägeln in der Hand hat, hätten Sie das Recht, mir dort hineinzufolgen. Stimmt's, Detective Chief Inspector?«

Balls' Mundwinkel zuckten, als er grinste. »Ich würde sagen, das wäre sogar meine verdammte Pflicht.«

»Genau. Das wäre es«, bestätigte Hoon. »Und wenn

Sie bei der Verfolgung dieses verrückten schottischen Bastards zufällig auf einen großen Raum voller entführter Mädchen und verschwitzter Perverser stießen, wäre das nur das Sahnehäubchen auf dem verdammten Kuchen. Und man kann keinen Kuchen backen, ohne ein paar Eier zu zerschlagen. Wenn ich also zufällig ein paar Eier zerschlage, bevor Sie mich aufhalten können, dann ... Und mit ›Eiern‹ meine ich ...« Hoon schnaubte und schüttelte den Kopf. »Ich weiß gar nicht, was ich damit meine. Was ich sagen will, ist nur: Backen Sie mit oder nicht?«

Balls stöhnte. »Ich weiß nicht. Das ist doch verrückt. Nur Sie und ich? Das ist ...« Er fuhr sich mit der Hand durch die Haare und wirkte sichtlich gestresst. »Ich habe Frau und Tochter zu Hause, wissen Sie?«

»Wenn Sie mich fragen«, sagte Hoon, »ist das ein Grund mehr, diesen verdammten Laden dichtzumachen.«

Er griff nach seinem Schläger, und Balls zog hastig die Beine weg, bevor noch ein verirrter Nagel seine Haut aufreißen konnte.

»Also, Empty, sind Sie dabei?«, wollte Hoon wissen. »Oder marschiere ich da allein rein und bringe all diese Schwachköpfe eigenhändig um?«

Hoon übernahm die Spitze und führte sie durch die schattigen Stellen zwischen den Straßenlaternen, bis sie den Maschendrahtzaun erreichten. Sie eilten daran entlang und hielten sich möglichst im Dunkeln, bis sie eine Stelle fanden, wo Rost und Zeit das Metall so weit zerfressen hatten, dass sie hindurchschlüpfen konnten.

Hoon hatte eine bewegungsgesteuerte Beleuchtung an der Außenseite des Gebäudes erwartet und war überrascht, als keine Halogenlampen aufflammten. Ebenso wenig sah er Kameras an der Hauswand.

Das war sowohl eine gute als auch eine schlechte Nachricht. Gut, weil er nicht wollte, dass jemand im Haus über sein Kommen informiert wurde. Und schlecht, weil jemand, der einen Sexsklavenring in einem Industriegebiet vor den Toren Londons betrieb, wahrscheinlich bessere Sicherheitsvorkehrungen getroffen hätte.

Dass es keine Fenster gab, war ein Problem. Blind hineinzugehen war alles andere als ideal, doch in diesem Fall ging es nicht anders. Theoretisch hätte er auf das Dach klettern und einen Blick durch die Oberlichter werfen können. Aber realistisch betrachtet? Da die Knochen in seiner Seite gerade sein Fleisch wundscheuerten, hatte er keine Chance, dort hochzuklettern.

Sie drehten eine Runde um das Gebäude und entdeckten zwei Türen – ein massives Rolltor, das von innen mechanisch betätigt werden musste, und einen mannshohen Eingang mit einer Milchglasscheibe, vor dem Kippen auf dem Boden verstreut lagen.

Durch die Glasscheibe fiel kein Licht, und die Tür

führte vermutlich in eine Art Nebenraum, der von dem Lagerraum abgetrennt war.

Hoon überlegte, ob er warten sollte. Vielleicht kam jemand heraus, um eine zu rauchen. Das wäre die perfekte Gelegenheit, um zuzuschlagen. Sie würden so gleichzeitig Zugang zu dem Gebäude und eine Geisel als Unterpfand bekommen.

Aber er konnte nicht wissen, was mit Caroline passierte, falls sie da drin war. Er hatte schon lange genug gewartet.

»Halten Sie die Augen offen«, forderte er Balls auf und ging vor der Tür auf ein Knie.

Während Balls Wache hielt, griff Hoon in seine Tasche und holte ein kleines, nach Pisse stinkendes Lederetui heraus. Er öffnete es und enthüllte eine Auswahl von Dietrichen.

»Ich verhalte mich jetzt übrigens gerade verdächtig«, sagte Hoon und spielte auf ihre Absprache an, während er sich daranmachte, das Türschloss zu knacken. »Das hat Ihre Aufmerksamkeit überhaupt erst erregt.«

»Nicht der Baseballschläger mit den vier großen Nägeln?«, flüsterte Balls. Er zitterte vor Kälte und hatte die Arme um seinen Oberkörper geschlungen.

»Vielleicht die Kombination von beidem«, erwiderte Hoon. Er zog den Dietrich heraus und stand auf.

Der DCI schaffte es, gleichzeitig erleichtert und enttäuscht auszusehen. »Nicht geschafft?«

»Im Gegenteil«, entgegnete Hoon. Er drückte die

Klinke herunter, und die Tür schwang ein paar Zentimeter nach innen auf.

»Meine Güte. Das ging ja fix«, bemerkte Balls.

Hoon hätte das Kompliment fast akzeptiert, schüttelte dann aber den Kopf. »Sie war nicht verschlossen«, gab er zu. »Wahrscheinlich hätte ich einfach zuerst die Klinke ausprobieren sollen.« Er musterte den anderen Mann kurz von Kopf bis Fuß. »Sind Sie bereit?«

Balls schluckte und nickte. »Bin ich.«

»Sie kriegen doch nicht ausgerechnet jetzt einen Nervenzusammenbruch, oder?«

»Nein …«

»Oder fangen an zu heulen und scheißen sich dann in die Hose?«

»Was zum Teuf…? Nein! Mir geht's gut«, beharrte der DCI. »Ich meine, nach dieser Nummer hier ist vielleicht meine Karriere am Ende, aber ansonsten geht es mir gut.«

»Am Ende? Von wegen. Das hier wird Ihre Karriere beflügeln, Junge. Das hier ist die Rakete, die direkt in das haarige Arschloch Ihrer Karriere gejagt wird«, versprach Hoon. »Man wird Ihnen dafür nicht nur eine Medaille verleihen, sondern auch eine in Form Ihres Gesichts stanzen und sie dann an andere, unbedeutendere Mistkerle vergeben. Die hohen Tiere werden glühende Wichsfantasien darüber haben, wer derjenige sein darf, der Ihnen Ihre Beförderung überreicht. *Das* bedeutet das hier für Ihre Karriere.« Er klopfte dem

DCI auf die Schulter. »Es sei denn, Sie vermasseln es, dann beißen wir beide ins Gras. So oder so, Ihre Karriere sollte Ihre geringste Sorge sein.«

Balls starrte ihn einige Sekunden lang an, dann blinzelte er. »Wirklich sehr aufmunternd.«

Hoon drückte die Spitze des Baseballschlägers gegen die Tür. »Bereit?«, fragte er. Als von Balls kein Einspruch kam, fuhr er fort: »Also gut. Dann wollen wir mal.«

Er stieß die Tür auf. Sie gab den Blick auf etwas frei, das wie eine Kantine oder eine Küche aussah. Ein halbes Dutzend unterschiedlicher Holzstühle gruppierten sich um einen Tisch in der Mitte. Ein dünner Streifen orangefarbenen Lichts fiel unter einem Türschlitz auf der anderen Seite des Raumes herein. Das deutete darauf hin, dass das Hauptlager hell erleuchtet war.

Hoon ging voran, hielt Balls die Tür auf und schloss sie dann gerade so weit, dass der Schnapper auflag, aber nicht einrastete.

Er packte den Baseballschläger fester und schlich weiter in die Dunkelheit.

Auf halbem Weg zur Tür blendete ihn das Licht. Es kam von links, ein blendend weißer Kreis, der seine Pupillen schrumpfen ließ. Er zischte unwillkürlich vor Schreck.

Er fuhr mit dem Schläger herum und schlug nach der dunklen Silhouette, die die Taschenlampe hielt. Dann drehte sich ihm der Magen um, als jemand ihn von hinten packte, ihn umschlang und zurückkriss.

Er spürte einen Schlag. Schmerzen. Seine Lunge verkrampfte sich und presste in einem kurzen scharfen Atemzug die gesamte Luft heraus.

Er hörte, wie Balls in Panik aufschrie. Er spürte den Knall, als der DCI auf dem Boden landete.

Dann wurde Hoon ein Beutel über den Kopf gestülpt, dicht, dunkel und schwer. Das rettete ihn zwar vor dem blendenden Licht der Taschenlampe, brachte dafür aber andere Probleme mit sich.

Eine Schnur zog sich fest um seine Kehle und verhinderte, dass sich seine leere Lunge mit Luft füllte. Er verdrehte sich, fuhr herum, schlug mit dem Ellbogen nach hinten, traf aber nichts.

Dafür krachte etwas auf seine Wange. Eine Faust vielleicht. Oder ein Fuß. Ein Knie. Er konnte es nicht unterscheiden, doch das Ergebnis war dasselbe.

Er verlor das Gleichgewicht, wusste nicht mehr, wo oben und unten war, und konnte deshalb nicht verhindern, dass er stürzte.

Im Fallen prallte er mit der Schulter gegen etwas. Vielleicht den Tisch. Dann krachte auch sein Kinn dagegen.

Der Boden war hart und kalt. Was weder den Schmerz noch den Schock sonderlich linderte.

Er rollte sich auf den Rücken, griff nach der Kapuze und trat wütend um sich.

Eine Faust traf ihn mitten ins Gesicht. Es krachte, und Licht explodierte in der Dunkelheit. Blut spritzte ihm in die Kehle. Der Boden unter ihm schien zu schmelzendem Teer zu werden, war weich und klebrig, zog ihn hinab.

Er hörte DCI Balls jammern und flehen. »Nein! Nicht! Macht das nicht! Nicht!«

Dann umfing ihn die tiefschwarze Leere, und der Lärm, der Schock und der Schmerz zogen sich in die Dunkelheit zurück.

VIERUNDDREISSIG

Die Hölle war heute noch heißer als gewöhnlich. Auch die Mücken waren hartnäckiger und versuchten, ihn durch seine Tarnuniform zu beißen und zu stechen, angelockt vom Geruch seines Schweißes.

Er wünschte den kleinen Bastarden viel Glück. Angesichts seines derzeitigen Blutalkoholspiegels sollten sie besser eine starke Konstitution haben.

Es war fast Mittag, also müsste die Sonne theoretisch genau über ihm stehen. Diese verdammte Kugel schien jedoch von allen Seiten und blendete ihn, selbst wenn er den Arm über sein Gesicht legte. Die Hitze dörrte ihn aus. Sie saugte die Feuchtigkeit aus einem Körper, der bereits von einem Sonnenstich, einem Kater und einem Vierteljahrhundert generellen Missbrauchs gezeichnet war.

Sein Kopf pochte im Takt des Motors, ein pulsierender Schmerz drückte seine Augen nach vorne, bis er glaubte, sie müssten ihm aus den Höhlen springen.

Ach, scheiß drauf! Wenn sie das taten, war es eben so. Eine Sache weniger, über die er sich den Kopf zerbrechen musste.

Oder vielmehr zwei, genau genommen.

Mein Gott, er litt. Und es waren nicht nur die Kopf-schmerzen. Übelkeit kam dazu. Lethargie, die wie ein gleichgültiges Kamel auf seiner Brust hockte.

Und das Bedauern. Wie viel hatte er getrunken? Und hatte er sich vollkommen zum Trottel gemacht?

Er rollte den Kopf ganz in den Nacken und ließ sich von den Bewegungen des Land Rovers, der über den Sand rum-pelte, herumschütteln.

»Boggle, du bist dran.«

Nein. Verdammt, nein!

Er öffnete ein Auge – ein manueller Vorgang, bei dem Zeigefinger und Daumen helfen mussten –, und es drehte ein paar Runden, bis der Mann auf dem Beifahrersitz in den Fokus rückte.

Bamber.

»Die Strecke ist blockiert. Du bist dran mit …« Bamber musterte ihn kurz und schüttelte dann den Kopf.

Etwas regte sich in Hoons Bauch. Eine Schlange, die sich entrollte. Was war das?

Was war hier los?

Er wusste, was Bamber sagen würde, bevor er die Worte aussprach.

»Vergiss es. Du bist völlig am Arsch«, sagte Bamber. »Du kriegst den Nächsten.«

Er öffnete die Tür, und statt Erleichterung empfand er nur Panik. Das war nicht richtig. Das sollte nicht passie-ren.

Nicht schon wieder.

Bitte, Gott. Nicht schon wieder.

Hoon versuchte zu sprechen. Ihm etwas nachzurufen. Ihm zu sagen, dass er nicht gehen sollte.

Aber sein Mund war jetzt voller Sand. Sein Körper schien aus Blei zu bestehen.

Er konnte nur dasitzen. Festgefroren.

Er musste hilflos mit ansehen, wie Bamber sich auf die Blockade zubewegte, das Gewehr an der Schulter, während er den Kopf hin und her drehte und nach Problemen suchte.

Er konnte nur hinstarren, als Bamber die Blockade erreichte.

Nur dasitzen und zusehen, weil er genau wusste, was passieren würde, und es nicht verhindern konnte.

Seine Muskeln protestierten kreischend, als er versuchte, sie zu zwingen, sich zu bewegen, sie zu zwingen zu gehorchen, sie zu zwingen, etwas zu tun – irgendetwas –, damit das nicht passierte. Sie zu zwingen, es wiedergutzumachen.

»B...«, stammelte er. »Bmb ...«

Es klang, als bräche die Erde selbst auf. Etwas bewegte sich. Eine Wand aus Staub.

Und die Flammen der Hölle brannten heller und heißer als je zuvor.

Balls Schreie rissen Hoon aus der Dunkelheit zurück und weckten ihn schlagartig. Sie klangen jetzt anders. Schriller. Noch verzweifelter.

Hoon versuchte aufzustehen, aber seine Körperteile waren nicht dort, wo er es erwartet hatte. Er saß auf einem Stuhl und war mit Seilen an den Handgelenken gefesselt. Über ihm summte eine Klimaanlage, und die kalte Luft, die über seine Haut strich, sagte ihm, dass er nackt war.

Das war nie gut.

»Nein, nein, hört auf, hört auf, bitte«, flehte Balls, dann gingen die Worte in eine Reihe verzweifelter, gurgelnder Schreie über, als ob jemand etwas in seinen Mund stopfte.

Es gab einen Schrei. Ein Stöhnen der Anstrengung. Das laute Klirren von Metall ertönte links dicht neben ihm.

Der Sack wurde ihm vom Kopf gerissen. Helles Licht stach in seinen Augen. Er musste sie kurz schließen und blinzelte dann schnell. Er befand sich immer noch in diesem Küchenbereich am Eingang, saß aber jetzt auf einem der Stühle.

Zwei Männer standen vor ihm. Weder erkannte er sie, noch gefiel ihm, wie sie aussahen.

Auf dem Tisch neben ihm lagen zwei blutige Zähne in einer metallenen Chirurgenschale.

Er hörte das schmerzerfüllte Schluchzen von Balls und musterte dann den kleineren der beiden Männer vor ihm. Der andere fing an, ihm etwas ins Gesicht zu schreien.

In der Vergangenheit hatten ihm schon viele Leute

etwas ins Gesicht geschrien, oft in Situationen, die dieser nicht unähnlich waren. Aber damit kamen sie, das würde dieser Wichser bald feststellen, bei ihm keinen Schritt weiter.

Der kleinere Mann brüllte nicht. Er gab nicht mal einen Laut von sich, sondern musterte Hoon stattdessen prüfend, mit einem Blick, mit dem ein Metzger vielleicht eine besonders schöne Färse betrachten würde.

Er war ungefähr eins fünfundsiebzig groß, Mitte fünfzig, mit schütterem weißem Haar, das sich hufeisenförmig um seinen kahlen spitzen Schädel legte.

Er trug eine dicke Lederschürze und dünne Gummihandschuhe. An den Fingerspitzen klebte Blut. Seine Zähne waren schief. Sein Mund auch. Die Lippen bildeten eine asymmetrische Linie unter seiner Hakennase, als wüsste er nicht, wie man höhnisch grinst, ohne gleichzeitig das Gegenteil zu tun.

Er hatte die Hände vor der Brust gefaltet, und die blutverschmierten Finger beider Hände tippten gegeneinander. Seine Erregung strahlte aus jeder Pore seines Körpers. Er war geradezu begeistert über das, was da passierte.

Oder vielmehr, was gleich passieren würde.

Ja, er war ein Problem, eindeutig.

Hoon hatte keine andere Wahl, als seine Aufmerksamkeit wieder auf den anderen Mann mit dem lauten Mundwerk zu richten, als dieser sich in sein Blickfeld schob und den unheimlichen Bastard verdeckte. Er war massig und hatte Tränensäcke unter den Augen von zu wenig Schlaf. Das Gesicht war so stark von Aknenarben gezeichnet, dass Hoon den Drang verspürte, es mit Sandpapier zu glätten.

»… Stück Scheiße! Wage es nicht, mich zu ignorieren, verdammt! Hörst du mir überhaupt zu?«

»Entschuldige, Kumpel, hast du was gesagt?«, fragte Hoon. Die Worte klangen nasal in seinem Schädel, weil seine Nase durch einen Pfropfen getrocknetes Blut verstopft war. »Ich war meilenweit weg. Ach, und übrigens …« Er warf einen Blick auf den Lüftungsschacht der Klimaanlage über ihm und dann auf seinen Schoß. »Es ist verdammt kalt hier drin, also schenk dir deine dummen Sprüche, ja?«

Das Gesicht vor ihm lief vor Wut rot an, dann wich es zurück. Hoon konnte nicht ausweichen, aber der Schlag war so deutlich angekündigt, dass er seinen Kopf wegdrehen konnte, wodurch er seine Wange und seine Augenhöhle vor dem schlimmsten Schaden bewahrte. Seinem Hals allerdings schuldete er etwas.

Mit gedrehtem Kopf versuchte er, den Raum hinter sich zu erkunden. Seine periphere Sicht war jedoch noch beeinträchtigt, und er konnte nicht erkennen, wer sonst noch hier drin war. Auch DCI Balls konnte er nicht sehen.

Zumindest hörte er Letzteren laut und deutlich.

»O Gott sei Dank, Hoon! Gott sei Dank.« Der Detective heulte.

»Schon gut, schon gut, verlieren Sie nicht gleich die Fassung«, sagte Hoon.

»Sie wollen wissen, was Sie wissen«, plapperte der DCI. »Sie wollen wissen, was …«

»Halt die Fresse!«, brüllte das Großmaul.

Balls jaulte förmlich und verstummte stöhnend.

Hoon zerrte an seinen Fesseln. Sie saßen fest genug, um die Aufgabe zu erfüllen, ihn auf dem Stuhl zu halten. Hier wusste also jemand, was er tat.

Zumindest größtenteils.

»Wer bist du? Was zum Teufel machst du hier?«, wollte der Mann wissen, der immer noch vor Hoon stand und seine Fäuste geballt hatte, als wollte er gleich erneut zuschlagen. Sein Akzent war schwer zuzuordnen. Englisch, aber etwas weiter nördlich. Yorkshire vielleicht.

Hoon beantwortete seine Frage mit einer eigenen. »Wen fragst du, mich oder ihn? Weil er mehr weiß als ich.«

Er hörte ein Rascheln, als Balls sich auf seinem Stuhl herumdrehte.

Verdammt. Manchmal hasste er es, recht zu haben.

»Was? Was soll das heißen? Sie haben mich hierhergeschleppt! Sie haben mich verdammt noch mal hierhergebracht! Ich weiß gar nichts!«

»Doch, er weiß es. Er ist der Mann, den ihr sucht«, sagte Hoon. »Zieht ihm noch ein paar Zähne. Vielleicht bringt ihn das zum Reden.«

»Was? Nein! Nein, nicht!«

»Oder vielleicht einen Finger«, schlug Hoon vor. »Daumen sind immer eine gute Wahl. Ohne Daumen kann man nicht viel machen. Allein die Vorstellung, den Daumen zu verlieren, versetzt die Leute im Allgemeinen in eine verdammt kooperative Stimmung, finde ich. Nicht dass ich jemals mit so etwas gedroht hätte, natürlich nicht. Aber ich kann es mir gut vorstellen.«

Die beiden Männer, die vor ihm standen, wechselten einen Blick. In dem des Schreihalses lag Unsicherheit, in dem des Mannes mit den blutigen Handschuhen blanke Ungeduld. Nichts von dem hier interessierte ihn. Es war nur ein Vorspiel, nichts weiter. Und das Vorspiel langweilte ihn ungemein.

»Halt die Klappe und rede!«, zischte das Großmaul Hoon an.

»Ich soll die Klappe halten *und* reden? Den Trick musst du mir zeigen, der ist verdammt gut«, antwortete Hoon. Er sah, wie der Mann erneut mit der Faust ausholte. Der Schlag würde kommen, das war unvermeidlich. Dann konnte er es auch gleich richtig machen. »Mich juckt es an der linken Wange. Könntest du vielleicht …?«

Er wich erneut aus, doch diesmal war sein Timing weniger gut. Der Raum drehte sich, und Blut spritzte von seiner geplatzten Lippe. Seine Replik kam nicht so bissig, wie er gehofft hatte, aber er sagte die Worte trotzdem.

»Das hat geholfen. Danke.«

Hinter ihm fing Balls wieder an zu betteln. »Bitte, Hoon, um Himmels willen, sagen Sie es ihnen einfach! Sagen Sie ihnen einfach, was Sie wissen, verdammt!«

»Sagen Sie ihnen, was Sie wissen«, entgegnete Hoon. Er sah zu dem Schläger hoch. »Er ist übrigens ein Cop. Der Typ da hinter mir. Er ist Officer bei der Met. Und zwar sogar ein DCI. Nicht einer von euch kleinen Würstchen.« Er spuckte Blut vor die Füße seines Angreifers. »Aber ich schätze, du bist auch bei dem Verein. Du hast diesen gewissen Blick. Wie einer dieser Streifenballons, die statt mit Luft mit Selbstgefälligkeit gefüllt und dann in einen billigen Anzug gestopft wurden, der zwei Nummern zu klein ist. Das bist du, mein Sohn, du bist ein verdammter Ballonmann. Nur dass du es weißt.«

Die Behauptung, er wäre ein »verdammter Ballonmann«, überraschte das Großmaul, und er wich unwillkürlich zurück. Oder die Enthüllung, dass Hoon ihn für einen Cop hielt, brachte ihn vorübergehend zum Schweigen.

»Es war das Autokennzeichen«, erklärte Hoon. »Da habe ich gemerkt, dass Sie bis zu Ihren Eiern in der Sache drinstecken. Die Anspielung auf Ihren Namen war durchaus beabsichtigt.«

Der Ballonmann runzelte die Stirn. »Was?«, fragte er, dann flammte sein Jähzorn wieder auf, und er versuchte es erneut, diesmal überzeugender. »Wovon zum Teufel redest du da?«

»Mit dir rede ich nicht, du Idiot«, knurrte Hoon ihn an und deutete mit einem Nicken auf den Mann hinter ihm. »Ich spreche mit diesem verfluchten Mistkerl.«

DCI Balls blieb stumm. Das Großmaul richtete seinen Blick über Hoons Kopf nach hinten und sagte nichts.

»Ich habe dir gesagt, dass Bradleigh Combes mir ein Autokennzeichen gegeben hat«, fuhr Hoon fort. »Du hast mich nicht gefragt, wie es lautete. Das bedeutet, dass es dir entweder scheißegal war oder du es bereits wusstest. Beides wirft kein besonders gutes Licht auf dich, das muss ich schon sagen. Aber ich hatte trotzdem gehofft, du würdest dich nur als arbeitsscheuer Faulpelz entpuppen.« Er zuckte mit den Schultern. »Doch wenn dem so wäre, warum sollten sie dann nur mich nackt ausziehen und dich nicht?«

Er zog einen weiteren Pfropfen Blut und Schleim hoch und spuckte ihn auf den Boden. Hinter ihm knarrte Holz und raschelte Stoff. Hoon drehte den Kopf und sah, wie Balls von rechts auftauchte. Er hatte keinen einzigen Kratzer, und alle seine Zähne waren genau da, wo sie sein sollten.

Großmaul und Glatzkopf traten beide respektvoll zurück, wie Nebendarsteller, die dem Star Platz machen, um sich zu verbeugen. Aber es gab keinen großen Moment des Ruhms. Keine bedeutsame Enthüllung. Balls sah einfach nur müde aus, als ob er sich vor allem wünschte, wieder ins Bett zu gehen.

»Schön. Gut. Ich hatte es sowieso satt, den Idioten zu spielen«, sagte er. »Zugegeben, ich hatte gehofft, Sie besäßen wenigstens einen Funken menschlichen Anstands, der Sie zum Reden gebracht hätte, um mein Leben zu retten, aber das werden wir wohl nie erfahren, oder?«

»Nein, ich hätte nicht geredet«, erwiderte Hoon. »Selbst wenn ich nicht herausgefunden hätte, dass du ein Arschloch bist, hätte ich dich trotzdem für ein Arschloch gehalten. Nur für eine andere Art von Arschloch. Also kein Arschloch-Arschloch. Nur ein einfaches Arschloch. Von mir aus hätten die beiden mit dir machen können, was sie wollten.«

Balls musterte den Mann auf dem Stuhl, als begegneten sie sich zum ersten Mal. Und das taten sie in gewisser Weise auch. Jedenfalls ohne Maske und vollkommen nackt. Was in Hoons Fall auch buchstäblich zutraf.

»So viel zum ›eisigen Nordwind‹«, sagte Balls, was dem anderen Cop ein Grinsen entlockte. »Das haben Sie doch gesagt, oder? Zu diesem Sexprotz im Restaurant.« Balls warf sich in die Brust und verfiel in einen so übertriebenen schottischen Akzent, dass es einem Hassverbrechen gleichkam. »Ich bin der verdammte eisige verfickte Nordwind, Kumpel! Der dich in zwei Hälften schneidet!«

Aus einer Tasche holte er den silbernen Stift hervor, den er Hoon im Büro gegeben hatte, und fuchtelte damit herum, als wäre es ein Zauberstab.

»Wir sind hier in der Großstadt, Mr. Hoon, nicht in der Innenstadt von Jocksville. Wir verfügen hier über Technologie. Gadgets. Richtiges Spionagezeug. Meine Leute haben jedes Wort von Ihnen mitgehört.« Er lachte selbstgefällig und ließ den Stift neben der Metallschüssel auf den Tisch fallen. »Ich muss schon sagen, Sie können wirklich gut mit Worten umgehen. Auf jeden Fall haben Sie meinen Wortschatz vergrößert. Ich spiele mit dem Gedanken, einige Ihrer Ausdrücke in ein Buch aufzunehmen.« Er fuhr ausladend mit einer Hand durch die Luft. »Ich denke, ich werde es ›Hoonerismen‹ nennen. Natürlich wird es posthum veröffentlicht, aber ich wittere da einen Bestseller.«

Hoon blinzelte, dann formte er seinen Mund zu einem überraschten Kreis. »Oh. Entschuldigung, hast du gerade mit mir gesprochen? Ich habe kein Wort verstanden. Ich habe nur hier herumgesessen und mich gefragt, wessen verdammte Zähne das wohl sind.«

»Ah! Ja, ich dachte, das wäre eine nette Idee. Unser Professor hier sammelt sie. Das heißt ... ›sammeln‹ ist vielleicht nicht ganz das zutreffende Wort. ›Ernten‹ kommt dem vielleicht näher«, spottete Balls.

Der Mann mit Schürze und Handschuhen hinter ihm lächelte verschämt. Balls legte seinen Zeigefinger an seine Schläfe, beschrieb damit einen Kreis und verdrehte die Augen.

»Es ist sehr nützlich, einen Mann wie ihn in der Nähe zu haben. Sie wären verblüfft, was er alles herausfinden kann. Er kann sogar Blut aus einem Stein ziehen. Sie nennen ihn ›Der Professor‹, als wäre er ein Mann der Wissenschaft, aber ich persönlich?« Er beugte sich dichter zu Hoon und senkte seine Stimme zu einem Flüstern. »Ich halte ihn eher für einen Künstler.« Der DCI zwinkerte verschwörerisch, dann richtete er sich auf, trat zurück und verschränkte die Arme. »Er wird Sie dazu bringen, uns zu sagen, was Sie über den Loop wissen, Mr. Hoon. Und zwar *alles*, was Sie darüber wissen.«

»Was zum Teufel ist der Loop?«, fragte Hoon.

Balls lachte und wackelte mit einem Finger. »Netter Versuch. Aber den Dummen zu spielen, steht Ihnen nicht.« Er trat hinter Hoon und klopfte ihm auf die Schulter. »Ich verstehe das schon. Sie sind ein großer Mann und müssen an Ihren Ruf denken. Sie wollen nicht, dass jemand wie ich Ihnen dabei zusieht, wie Sie sich die Augen ausheulen und um Gnade winseln. Starres Gesicht und Haltung bewahren, ja keine Gefühle zeigen! Das ist doch die Philosophie des Militärs, nicht wahr?«

Hoon verrenkte sich den Hals und verfolgte den DCI, wie er um ihn herum und wieder zurück nach vorne ging. »Bind mich von diesem Stuhl los, dann zeige ich dir meine verdammten Gefühle, du hundefickender Schwachkopf.«

Balls leckte an der Spitze eines imaginären Bleistifts und tat so, als würde er diesen Satz aufschreiben. »Ein hundefickender Schwachkopf. Entzückend. Ein echter Brüller«, sagte er. Dann deutete er auf den Mann, den er Professor genannt hatte. »Wir werden Sie jetzt in seine fähigen Hände übergeben. Und wir lassen Sie beide allein, damit Sie Ihre Gefühle mitteilen können, ohne Angst zu haben, deswegen verurteilt zu werden. Ich schätze, dass das einige Zeit dauern wird, aber seien Sie versichert, dass Sie reden werden. Am Ende werden Sie uns alles sagen, was Sie wissen. Es wäre für uns alle einfacher, wenn Sie noch eine Zunge hätten, wenn es so weit ist.«

»Da hast du dich selbst ins Knie gefickt, Kumpel«, fuhr Hoon ihn an. »Denn ich weiß einen verfluchten Scheißdreck.«

Einen Moment lang herrschte Schweigen, dann hob Balls die Brauen und schnalzte mit der Zunge. »Das werden wir bald herausfinden, denke ich.«

Er trat zur Seite und nickte dem kleineren Mann zu. Das Gesicht des Professors leuchtete auf, und er zeigte alle Lücken und Schiefstände seiner ungleichen Zähne. Er griff unter den Tisch. Hoon beobachtete, wie er eine alte, abgenutzte rote Ledertasche mit einem dumpfen Geräusch und dem Klappern von Metall neben die Edelstahlschüssel stellte.

»Was hast du mit ihr gemacht?«, wollte Hoon wissen. »Wo ist sie? Wo ist Caroline?«

Balls lachte erneut. »Ich bin kein Bond-Bösewicht, Mr. Hoon. Ich werde Ihnen nicht lang und breit erklären, wer wir sind und was wir tun.« Er zuckte mit den Schultern. »Und ehrlich gesagt, kann ich mich auch gar nicht mehr erinnern, wer sie war. Ihre Gesichter sind nach einer Weile alle austauschbar. Verstehen Sie? Sie verschmelzen irgendwie zu einer Einheit.« Er fing den ungeduldigen Blick des Professors auf, hob die Hände und wich zurück. »Gut, ich habe meinen Text aufgesagt. Zeit für mich und den *Ballonmann* hier ... übrigens, der Name gefällt mir. Ziemlich komisch. Jedenfalls wird es Zeit, dass wir die Bühne räumen und ihr zwei weitermacht.« Er drehte sich um, als wollte er gehen, dann machte er eine volle Drehung, um sich abermals Hoon zuzuwenden. »Wir können selbstverständlich nicht riskieren, dass Sie möglicherweise jemandem irgendetwas verraten haben.« Er legte seinen Arm um die Schulter des anderen Polizisten. »Also, dieser Kerl hier wird sich mal mit ... Gabriella unterhalten, so heißt sie doch, richtig? Die Frau Ihres Kumpels. Die Sie übrigens unbedingt hätten vögeln sollen. Da habe ich wirklich mitgefiebert.«

Die Fesseln ächzten, als Hoon die Arme anspannte. »Wage es ja nicht«, warnte er.

»Er kann ziemlich ..., überzeugend ist hier wohl nicht das richtige Wort. *Eindringlich*«, fuhr Balls fort. »Eindringlich sein. Doch wie sie sich anhörte, sehnt sie sich nach der Berührung eines echten Mannes, also wird sie es wahrscheinlich genießen. Ich bin mir zwar nicht sicher, wie Ihr bettlägeriger Freund die Show finden wird, aber ich nehme an, das ist seine geringste Sorge.«

»Wenn du sie anrührst, bringe ich dich um«, versprach ihm Hoon. Hinter seinen Worten steckte keine Wut. Keine wüste Drohung. Es war nur eine kalte Feststellung.

»Ich denke, Sie sollten sich mehr um Ihr eigenes Wohlergehen kümmern, Mr. Hoon«, entgegnete Balls. Er lächelte, dann wandte er sich an den Professor. »Rufen Sie an, wenn Sie fertig sind. Wir schicken jemanden, der ihn entsorgt.«

Die Stimme des Professors war ein atemloses Kichern, wie bei einem nervösen Teenager, der zum ersten Mal mit einem hübschen Mädchen über Sex spricht. »Es hat keine Eile?«, fragte er.

Balls musterte Hoon von oben bis unten und schüttelte dann den Kopf. »Nein, überhaupt nicht«, sagte er. »Nehmen Sie sich so viel Zeit, wie Sie wollen.«

FÜNFUNDDREISSIG

Klack.

Es stimmte nicht ganz, dass der Professor keine Freude am Vorspiel hatte. Er hatte sogar großes Vergnügen daran, allerdings nur an dieser ganz bestimmten Art von Vorspiel.

Klick.

Er summte leise vor sich hin – eine beschwingte Melodie, die Hoon zwar bekannt vorkam, die er aber nicht zuordnen konnte. Allerdings schenkte er ihr auch nicht seine ungeteilte Aufmerksamkeit.

Klonk.

Eine Spitzzange wurde auf dem Tisch neben ein Skalpell und eine Pinzette gelegt. Der Professor nahm sich einen Moment Zeit, um die Zangen symmetrisch zu positionieren und sie an einer imaginären Markierung auf dem Holz auszurichten.

Dann griff er wieder in die Tasche, holte eine kleine Handbohrmaschine heraus und legte sie zu den anderen Werkzeugen.

»Eine schöne Sammlung hast du da«, stellte Hoon fest.

Als Nächstes kam ein Plastikzylinder mit hölzernen Cocktailstäbchen zum Vorschein. Der Professor schüttelte sie neben seinem Ohr und lauschte, als wollte er prüfen, ob sie noch gut waren, und legte sie dann auf den Tisch.

Im Anschluss wurde ein Nussknacker hervorgeholt, und Hoon wurde sich plötzlich seiner Nacktheit sehr bewusst.

»Ich habe dir doch gesagt, dass ich nichts weiß«, erklärte Hoon.

Der Professor zuckte mit den Schultern. »Das ist mir egal«, sagte er und summte dann weiter.

Etwas rührte sich in Hoons Hinterkopf, als sich sein Gedächtnis meldete. »Was ist das eigentlich für eine Scheißmelodie?«, fragte er. »Ist das die Titelmelodie von *Casualty*?«

»Weiß ich nicht«, gab der Professor zu, dann legte er einen seiner behandschuhten Finger an die Lippen, zum Zeichen, dass er um Ruhe bat.

Hoon fragte sich kurz, woher das Blut an den Händen des Folterers kam, da es nicht von Balls stammte, beschloss aber, dass es wohl besser war, sich nicht damit zu befassen.

»Ich sag dir was, Kumpel, ich mache dir einen Vorschlag«, sagte Hoon. »Es ist ein verdammt lohnendes Angebot, also schlage ich vor, dass du die Ohren spitzt und zuhörst.«

Ein kleiner Holzklotz wurde aus der Tasche geholt, gefolgt von einem weiteren. Der Professor schlug sie aneinander, lächelte bei dem Geräusch, das sie machten, und legte sie dann auf den immer voller werdenden Tisch.

»Hier ist der Deal«, fuhr Hoon unbeirrt fort. »Lass mich gehen, und ich bringe dich nicht um.« Er dachte noch einmal nach und korrigierte sich. »Tut mir leid, ich meinte, ich bringe dich *vielleicht* nicht um. Es kommt darauf an, wie schnell du mich von diesen Fesseln befreist.«

Der andere Mann grinste. Sein schiefer Mund verzog sich an einem Ende nach oben und am anderen nach unten.

Er sagte nichts, summte nur weiter und holte Gegenstände aus seiner Tasche. Eine Metallsäge. Einen kleinen Toffee-Hammer. Eine Gitarrensaite.

»Ich habe nicht viel Zeit, Kumpel, also letzte Chance. Ja oder nein. Lässt du mich gehen?«

Der Professor schüttelte den Kopf, und sein grauer Haarkranz wehte. »Warum sollte ich das tun? Wir haben doch noch gar nicht angefangen.«

Er holte eine kleine Tropfflasche aus seiner Tasche, drückte den gummiartigen Kolben an der Spitze zusammen und nahm den Deckel ab. Dann legte er eine behandschuhte Hand an Hoons Stirn, und ein blutiger Daumen drückte ein Augenlid zurück. Die Pipette kam näher.

»Ich warne dich, Kumpel!«, zischte Hoon. »Letzte Chance.«

»Ja, das sagten Sie schon«, flüsterte der Professor. »Und jetzt halten Sie bitte still.«

Der Schock über die Flüssigkeit kam zuerst, aber der Schmerz überholte ihn fast augenblicklich. Es brannte höllisch. Blendete ihn.

Hoon zischte durch die Zähne und ruckte auf dem Stuhl hin und her. Seine Muskeln traten hervor, und die Seile schnitten Furchen in sein Fleisch.

Er versuchte, den Schmerz zu unterdrücken, ihn zu verdrängen, aber so etwas hatte er noch nie gefühlt, noch nie erlebt. Jedes Mal, wenn er dachte, das Brennen hätte den Höhepunkt erreicht, verdoppelte es sich, verdreifachte sich. Sein Zischen wurde zu einem Brüllen, zu einem Heulen, zu einem anhaltenden Schrei. Er spuckte dem Mann mit der Tropfflasche Blut und Obszönitäten an den Kopf, und sein gesundes Auge glühte vor konzentriertem Hass.

»Damit ist der Deal vom Tisch!«, keuchte er zwischen zwei Schmerzattacken. »Ich bringe dich jetzt nicht nur einfach um, sondern ich schneide dich in Stücke und stopfe sie dir in kleinen *Jiffy*-Tüten in den Schlund. Ich mache aus dir einen Adventskalender für deine verschrumpelte miese Mutter. Ein Finger oder ein Zeh hinter jedem verdammten Türchen.«

»Das wären aber nur zwanzig Türen«, merkte der Professor an. Er lachte trocken. »Und meine Mutter ist schon sehr, sehr tot.«

»Ja, und ich wette, du bewahrst ihre mumifizierte

Leiche auf dem Dachboden auf!«, schoss Hoon zurück. »Und holst dir mit ihrer verfaulten toten Hand einen runter, du mieser kleiner Wichser.«

Der Professor betrachtete ihn eine Weile, drückte dann den Stopfen wieder in das Fläschchen und stellte es auf den Tisch. »Wenn ich es mir recht überlege«, sagte er, »gefällt es mir besser, wenn Sie zusehen.« Seine Hand schwebte über den Werkzeugen, die er auf der Tischplatte ausgebreitet hatte. Er flüsterte leise vor sich hin. »*Ene, mene, miste, es rappelt in der Kiste, ene, mene, meck, und du bist ...*« Die Hand hielt über der Dose mit den Cocktailstäbchen inne. »*... weg.*« Er klatschte enthusiastisch mit seinen Gummihandschuhen. »Klasse. Die machen immer sehr viel Spaß. Sie passen an so viele verschiedene Orte.«

Er schraubte genüsslich den Deckel ab. Plastik quietschte mit jedem Dreh auf Plastik.

Dann schüttelte er sie neben die beiden Zähne in die Metallschüssel, nahm eines der Stäbchen und studierte mit zusammengekniffenen Augen dessen Spitze.

»Könntest du mir einen Gefallen tun und meine Fingernägel reinigen, wenn du dort hinkommst?«, fragte Hoon. »Die sind ziemlich dreckig.«

Der Professor zeigte zwar ein Lächeln, aber es wirkte ein wenig irritiert. So sollte die Nummer eigentlich nicht laufen. Hoon sollte nicht herumalbern. Das hier war eine ernste Angelegenheit, und der Mann auf dem Stuhl respektierte den Prozess einfach nicht.

Aber das würde er noch. Und zwar schon sehr bald.

»Wissen Sie, wie viele Nervenenden sich unter jedem Fingernagel befinden?«, fragte er und ging vor Hoon in die Hocke. Seine Finger krochen wie eine Spinne an Hoons nacktem Oberschenkel empor, setzten ihren Weg über seinen Oberkörper und seinen Arm hinauf fort.

»Nicht aus dem Stegreif, nein«, gab Hoon zu.

»Ich auch nicht«, räumte der Professor ein. Er beugte sich dichter vor. So nah, dass Hoon ihn riechen konnte. Er roch nach Putzmittel, nach alter Milch und nach Leid. Seine Stimme wurde sanft, fast sinnlich. »Vielleicht wollen wir sie ja gemeinsam zählen?«

Hoon ruckte nach vorn, verdrehte den Kopf und biss heftig zu.

Er spürte das widerlich befriedigende Gefühl, wie sich seine Zähne in Fleisch schlugen und Knorpel zermalmten. Und schmeckte kupferne, warme Flüssigkeit auf seiner Zunge.

Mit einem wütenden triumphierenden Knurren riss er die grausige Beute aus dem Gesicht seines Opfers, legte den Kopf in den Nacken und spuckte sie zur Decke hoch.

Der Professor taumelte zurück und landete auf dem Hintern. Er presste sich die Hände vors Gesicht, und Blut spritzte aus dem fleischigen Stumpf, der bis gerade eben noch seine Nase gewesen war. Er schrie und quiekte wie ein Ferkel, das zur Schlachtbank gezerrt wird, und strampelte wie wild mit den Füßen, als er sich über den Boden rutschend von dem Mann entfernte, der ihm diese Schmerzen zugefügt hatte.

Hoon ballte die Fäuste und wappnete sich. Wer auch immer ihn gefesselt hatte, verstand viel von Knoten. Glücklicherweise besaßen die Kerle keinen Funken gesunden Menschenverstand und wussten einen Scheißdreck über Stühle.

Er schaffte es, auf die Beine zu kommen, verkrümmt durch die Position auf dem Stuhl. Er fixierte die Wand hinter sich und rannte rückwärts darauf zu, brüllte, um sich auf den Aufprall und den Schmerz vorzubereiten.

Beides kam unmittelbar hintereinander. Durch die Wucht des Aufpralls bohrte sich der Stuhl in seinen Rücken, knallte gegen seine Arschbacken und schlug ihm die Arme hart in die Schultergelenke. Das Holz krachte, aber der Stuhl hielt stand. Er war offensichtlich nicht bereit, kampflos aufzugeben.

Durch seinen Schock, den Rotz und die Tränen hindurch sah der Professor, was Hoon vorhatte. Er rappelte sich mühsam hoch. Auf seiner Schürze, die Blut gewohnt war, glänzte jetzt sein eigenes. Er suchte klappernd auf dem Tisch herum, krallte mit den Fingern nach den Werkzeugen, bis er das Skalpell fand.

Er rannte los, als Hoon den Stuhl ein zweites Mal gegen die Wand donnerte, dann ein drittes Mal. Hoons Körper schrie ihn an, flehte ihn an, aufzuhören, verlangte, dass er ihm Ruhe gönnte.

Der Professor holte aus. Die Klinge des Skalpells glitzerte im Licht der Deckenlampen. Dann bohrte sich mit einem wuchtigen Stoß ein fünfzehn Zentimeter langer Holzsplitter in die Seite seines Halses und trat durch seine Luftröhre wieder aus.

Hoon ließ ihn dort stecken und hielt den Professor so aufrecht, wenn auch auf Armeslänge von ihm entfernt. Das Skalpell entglitt den blutverschmierten Fingern des Folterknechts und landete mit der Spitze nach unten im Linoleumboden.

Er gurgelte. Keuchte. Sein Mund bewegte sich, die Augen rollten in die Höhlen.

Das Holzstück in seinem Hals war die Stütze der Armlehne. Die Lehne selbst war noch immer fest mit Hoons Handgelenk verbunden.

Hoon wartete, bis dem anderen Mann die Beine wegknickten, dann riss er das Holz heraus. Das Blut spritzte in einem heftigen Schwall hervor, der sich schnell zu einem feineren Sprühnebel abschwächte. Hoon ließ zu, dass es über ihn floss und seine nackte Haut besudelte. Er wartete, während die Beine des Professors endgültig nachgaben und er auf die Knie sank. Erneut gurgelte der Mann wie ein verstopfter Abfluss, dann sackte er nach hinten, bis sein Kopf den Boden hinter ihm berührte.

Dort hing er in der Schwebe, bewegungslos bis auf das Flattern seiner Lippen und das Spritzen seines Blutes. Schließlich zog ihn die Schwerkraft zur Seite, und er landete auf dem Linoleum.

Hoon atmete durch. Das war wichtig. Das war das Wichtigste. Atmen. Warten. Warten, nicht handeln. Nicht in Panik geraten. Die Gedanken erst einmal zur Ruhe kommen lassen. Er hatte einen Mann getötet, ja, doch es war der eindeutigste Fall von Selbstverteidigung, der ihm je untergekommen war.

Schlimmstenfalls gab das eine Anklage wegen Totschlags. Im besten Fall einen Orden und einen anerkennenden Händedruck. Ihm stand der Sinn nach keinem von beidem, aber es wäre zu verkraften.

Er atmete. Beruhigte seinen Puls und ließ seine Gedanken zur Ruhe kommen.

Sie konzentrierten sich auf Gabriella und Welshy, und ihm wurde klar, dass er es sich nicht leisten konnte, noch mehr Zeit zu verschwenden.

Er durchsuchte den Raum nach seinen Kleidern, doch sie waren nirgends zu sehen. Durch die Tür des Nebenzimmers fiel immer noch Licht, also schlich er dorthin. Falls jemand dort gewesen wäre, wäre er zweifellos hereingestürmt, als der Professor zu schreien begonnen hatte.

Aber Vorsicht war besser als Nachsicht. Er machte einen kleinen Schlenker und hob das Skalpell vom Boden auf, wo der Professor es hatte fallen lassen. Dann stieß er die Tür auf.

Der Lagerraum erinnerte ihn an ein behelfsmäßiges Feldlazarett. Ein Dutzend improvisierter Kabinen waren dort aufgebaut. Sie bestanden aus schmuddeligen weißen Laken, die auf einem sich kreuzenden Netz von Wäscheleinen hingen.

Es war unheimlich still, bis auf das monotone Brummen der Klimaanlage an der Decke. Die Kälte wehte nach unten, und die Luft bewegte die Unterseiten der aufgehängten Laken wie Geister hin und her.

Er fand seine Kleidung auf einem Stapel direkt neben der Tür. Natürlich war sein Handy weg. Das wäre auch zu einfach gewesen.

Das Brennen in seinem Auge hatte inzwischen etwas nachgelassen, und er reinigte es unter laufendem Wasser von dem, was der Folterknecht hineingespritzt hatte. Aber seine Sehkraft war immer noch beeinträchtigt, und er verfehlte sein Hosenbein zweimal, bevor es ihm schließlich gelang, den Fuß hineinzuschieben.

Sobald er angezogen war, streifte er sich ebenso mühsam die Stiefel über, nahm das Skalpell wieder zur Hand und verschwendete noch ein paar Sekunden damit, die nächstgelegenen Kabinen zu durchsuchen.

Auf dem Boden lag so etwas wie ein Bett. Ein paar schmutzige Decken auf einer dünnen Plastikmatratze, alle zerwühlt und verknotet. Sie stanken nach Schweiß, Sex und anderen Körperflüssigkeiten. Zwei eiserne Bügel waren auf beiden Seiten in den Boden einzementiert. Ihre mattgraue Oberfläche war von etwas Metallischem zerkratzt, das an ihnen gescheuert hatte.

»Jesus«, stieß Hoon leise hervor.

Er zog das nächste Laken beiseite, hinter dem eine

weitere Kabine lag, die fast genauso aussah wie die erste. Das gleiche Matratzenlager. Die gleichen Bügel für die Fesseln, mit denen die Frauen hier festgehalten worden waren.

Auf dem Boden lagen ein paar benutzte Nadeln und eine offene Packung, die Speed oder Kokain enthalten haben könnte.

Er trat aus der Kabine. Seine Wut brodelte wie Lava tief in seinem Inneren.

»Hallo?«, rief er. Seine Stimme grollte wie ein aufziehender Sturm. »Ist hier jemand? Ich bin hier, um zu helfen.«

Er lauschte dem melancholischen Brummen der Klimaanlage, während die zerlumpten Gespenster über dem Boden hin und her wehten.

Gabriella öffnete die Augen und starrte ausdruckslos auf ihren Mann, der in seinem Bett lag. Dann schreckte sie mit einem Schnauben hoch und war schlagartig wach.

Sie sah sich um und brauchte einen Moment, um sich zurechtzufinden. Sie war in seinem Zimmer eingeschlafen. Schon wieder. Das wurde langsam zur Gewohnheit. Er mochte es, wenn sie bei ihm war, während er einschlief. Auch ohne Worte hatte er das deutlich gemacht. Sie musste nicht einmal etwas sagen oder tun, es gefiel ihm einfach, wenn sie bei ihm im Zimmer war. Er fühlte sich besser, wenn er wusste, dass sie da war.

Es half auch gegen die Albträume.

Sie drückte eine Hand auf ihren Nacken und stützte ihn, während sie sich aufrichtete. Diese Lektion hatte sie schon mehr als einmal auf die harte Tour gelernt.

An ihrem Kinn klebte getrockneter Sabber. Sie wischte ihn mit einem Ärmel weg, murmelte leise: »Klasse«, und warf einen Blick auf die Vorhänge.

Dunkelheit. Sie schaute auf ihre Uhr, und nach einigem Blinzeln stellte sie fest, dass es kurz nach drei war.

Seltsam.

Wenn sie in seinem Zimmer einnickte, schlief sie normalerweise bis zum Morgen durch und hatte beim Aufwachen das Gefühl, als hätte sie einen Betriebsunfall gehabt. Das machte die Vollzeitpflege mit einem – am Ende des Tages war man so erschöpft, dass man in weniger als zwanzig Sekunden auf einer Wäscheleine einschlafen könnte.

Vor Sonnenaufgang wachte sie jedenfalls nur sehr selten auf. Irgendetwas musste sie geweckt haben.

Sie stand auf, schlurfte zum Bett und lauschte auf Gwynns Atmung. Sie war langsam, aber gleichmäßig. Und er schnarchte nicht, was eine erfrischende Abwechslung war.

Also war es das nicht gewesen.

Ihr Blick fiel auf ihr Handy, das auf der Armlehne des Sessels lag. Im selben Moment wurde der Bildschirm dunkel.

Bingo.

Gähnend stapfte sie zurück zum Sessel, nahm das Smartphone hoch und sah auf das Display. Sie wurde kurz von ihren Emotionen durchgeschüttelt – von Scham, Schuldgefühlen, Ärger und einem Hauch von Erregung –, als sie Hoons Namen sah.

Das Nachrichtensymbol blinkte. Sie tippte es an und streckte sich, während sie den Text las.

Ich komme vorbei. Ich brauche deine Hilfe. Tut mir leid, dass ich mich so spät melde. Es ist ein Notfall.

Gabriella las den Text erneut und dann noch einmal, um ganz sicher zu sein, dass ihr halb verschlafenes Gehirn alles richtig verstanden hatte.

Sie tippte eine kurze Antwort. *Gut. Aber sei leise. Gwynn schläft.* Dann schob sie das Telefon in die Tasche ihres Pyjamas, ging in die Küche und machte sich daran, eine Kanne Kaffee aufzubrühen.

Sie gähnte gerade, als die Antwort kam.

Großartig, stand da. *Ich bin gleich da.*

SECHSUNDDREISSIG

Das Auto war weg. Natürlich. Und außerdem hatte er ohnehin keine Schlüssel dafür.

Hoon stolperte durch das größtenteils dunkle Industrieareal. Seine Lunge brannte, und seine Nasenlöcher waren schon wieder mit Blut verstopft.

Die Nachtluft war kalt. Sie biss in seine Haut und schärfte seine Sinne. Jedenfalls die meisten von ihnen. Die Flüssigkeit, die ihm ins Auge gespritzt worden war, behinderte noch immer seine Sicht und verwandelte die defekt flimmernde Straßenlaterne in eine flackernde Kerze mit einer leuchtenden Aura, die sich wie ein Schleier über die Dunkelheit legte, wenn er den Kopf bewegte.

Seine periphere Sicht auf dieser Seite war völlig zerstört, sodass er das Auto erst wahrnahm, als er auf die Straße taumelte und das Quietschen der Reifen und das Hupen hörte. Er fuhr herum, die Hand erhoben, um seine Augen vor dem grellen Scheinwerferlicht zu schützen.

Hoon schrie überrascht, als er das Auto sah. Groß. Schwarz. Und das leuchtende Schild auf dem Dach markierte es als Taxi. Ein Glücksfall. Das wurde aber auch verdammt noch mal Zeit.

Der Fahrer bewegte die Lippen, als Hoon zur Fahrgasttür humpelte. Sie war verriegelt, und als er sein Spiegelbild in der Fensterscheibe sah, konnte er es dem Fahrer nicht wirklich verübeln, dass der sich nicht vor Begeisterung überschlug, ihn einsteigen zu lassen. Sein Portemonnaie steckte noch in seiner Hose. Er holte seinen gefälschten Dienstausweis heraus und drückte ihn gegen das Fahrerfenster. Und er wedelte auch mit einem Bündel Geldscheine, um dem Mann das Geschäft zu versüßen.

Der Kiefer des Fahrers arbeitete. Er war ein älterer Mann, übergewichtig und kahlköpfig. Und müde, seinem Aussehen nach zu urteilen. Zu müde, um zu streiten, wie sich herausstellte.

Die Tür wurde entriegelt. Hoon stürzte praktisch in den Wagen und ratterte die Adresse herunter, während er die Schiebetür schloss.

»Alles in Ordnung, Mann?« Der Fahrer drehte sich auf seinem Sitz herum.

»O ja, mir geht es wirklich richtig super!«, erwiderte Hoon gereizt.

»Sie sehen aus, als sollten Sie ins Krankenhaus.«

Hoon ließ sich auf die Rückbank fallen. »Ich will nur, dass Sie die Klappe halten und fahren, mehr nicht.«

Der Fahrer warf ihm noch einen kurzen Blick zu,

zuckte dann mit den Schultern, drehte den Kopf nach vorn und fuhr los.

Hoon ließ sich auf den Sitz sinken und nahm sich einen Moment Zeit, um eine Schadensliste zu erstellen.

Seine Rippen waren im Arsch. Dagegen konnte er nichts tun. Seinem Auge ging es etwas besser, aber es war ein langsamer Prozess. Die Schmerzen waren mittlerweile jedoch erträglich, das war schon mal was.

Seine Nase? Wahrscheinlich war sie gebrochen. Rücken, Schultern und Arschbacken hatten ordentlich was vom Stuhl abbekommen, als er damit gegen die Wand gekracht war. *Der Schmerz dort macht sich gerade erst warm*, sagte er sich.

An seinen Handgelenken glühten zwei rote Striemen von Verbrennungen durch die Seile, eine Seite seines Gesichts war geschwollen und im Begriff, einige aufregend neue Farben anzunehmen, und er hatte die Schuhe falsch herum angezogen.

Wenigstens Letzteres konnte er beheben, auch wenn ihn das mehr Mühe kostete, als ihm lieb war.

Er lehnte sich zurück und schloss die Augen. Das Innere der Kabine drehte sich in großen schwindelerregenden Kreisen um ihn herum, und er musste kämpfen, um es unter Kontrolle zu bringen.

»Wie lange dauert es, bis wir an der Adresse sind?«, fragte er mit geschlossenen Augen.

»Zehn Minuten. Es ist nicht weit«, antwortete der

Fahrer. »Sind Sie sicher, dass ich Sie nicht zuerst ins Krankenhaus bringen soll?«

»Ich bin mir sicher. Fahren Sie einfach weiter«, erwiderte Hoon. »Und kann ich mal kurz Ihr Handy benutzen?«

»Sie wollen was? Mein Handy?«

»Ja, Ihr Handy!« Hoon zwang sich, die Augen zu öffnen. Der Boden des Taxis rollte wie das Deck eines Schiffes in einem Sturm. Das war eine Verbesserung, wenn auch nur eine winzige.

»Wen wollen Sie denn anrufen?«, wollte der Fahrer wissen.

Hoon öffnete den Mund, um zu antworten, und schloss ihn dann wieder. Tatsächlich, wen sollte er anrufen? Wessen Nummer kannte er? Die von Gabriella nicht. Auch nicht die von Chuck. Nicht einmal die von Logan. Und die Polizei konnte er nicht anrufen, weil er nicht wusste, wer in die Sache verwickelt war und wem er überhaupt trauen konnte.

Es gab niemanden, den er anrufen konnte.

Er konnte sich an niemanden wenden.

Es gab nur ihn. Ihn und jeden, der dumm genug war, sich ihm in den Weg zu stellen.

Genauso liebte er es.

»Vergessen Sie's«, sagte er zu dem Mann auf dem Fahrersitz. »Fahren Sie einfach. Und lassen Sie die Pferdchen laufen.«

Er warf eine Handvoll schweißfeuchter Geldscheine in Richtung des Fahrers, fiel fast aus dem Taxi und rannte den Pfad zum Haus hoch. Auf der Straße davor parkte ein Auto. Die Lichter im Haus brannten. Die Haustür stand einen Spaltbreit offen.

Er war zu langsam gewesen. Kam zu spät.

Er war zu alt.

»Gabriella! Welshy!« Er stürmte durch die Tür, als wäre sie nicht da, und zog das Skalpell aus der Tasche.

Aus der Küche kam ein Geräusch. Ein Schluchzen. Ein Wimmern. Ein Stöhnen. Er rannte durch den Flur, und sein eigener Schmerz wurde von einer wachsenden panischen Angst verdrängt.

Gabriella stand in einer Ecke und presste sich mit dem Rücken gegen die Küchenarbeitsplatte. In der einen Hand hielt sie eine Kaffeekanne – die bis auf einen winzigen Schluck Flüssigkeit und ein paar Dampfschwaden leer war – und in der anderen eine gusseiserne Paellapfanne.

Sie riss den Kopf hoch, als Hoon in die Küche schoss und über das Linoleum rutschte. Bei seinem Anblick verzog sie das Gesicht, und aus ihren Augen quollen Tränen.

»Was ist passiert? Was ist passiert?«, fragte er und trat hastig zu ihr.

Dabei wäre er fast über den Mann gestolpert, der mit dem Gesicht nach unten in einer Pfütze aus Kaffee und Blut auf dem Boden lag. Obwohl aus diesem Winkel nur die Hälfte seines Gesichts zu sehen war und die Augenlider des Mannes wie die Flügel eines epileptischen Schmetterlings flatterten, erkannte ihn Hoon. Es war der großmäulige Mistkerl, der ihn im Lagerhaus verprügelt hatte.

»Verdammt, du hast den Ballonmann ausgeschaltet?«, fragte er.

Die Pfanne landete klappernd auf dem Boden und die Kaffeekanne sprang daneben in tausend Scherben, als Gabriella beides aus der Hand fiel. Ihre Beine schienen nachzugeben, und sie fiel förmlich in Hoons Arme. Ihr Körper bebte vor leisen Schluchzern.

»Alles in Ordnung. Ist schon gut«, sagte er, klopfte ihr unbeholfen auf den Rücken und strich ihr übers Haar.

»Er kam an die Tür. Ich dachte, er wäre du«, sagte sie. Fast jedes Wort wurde von einem zittrigen Atemzug unterbrochen. »Er hat sich ins Haus gedrängt. Ich bin weggerannt, hierher in die Küche. Er kam mir nach. Er kam rein, und ich … ich …«

»Du hast den Wichser in die Mangel genommen«, stellte Hoon fest. Das war vielleicht nicht genau die Formulierung, die Gabriella benutzt hätte, aber sie nickte trotzdem.

»Das hast du gut gemacht. Das hast du wirklich gut gemacht«, versicherte er ihr. »Geht es Welshy gut?«

»Ich … ich glaube schon. Ich … Mein Gott. Ich sollte wohl besser nachsehen.« Sie wischte sich die Tränen mit dem Handballen aus den Augen.

Hoon rieb ihre Oberarme und verzog sein Gesicht zu etwas, das fast als Lächeln durchging, wenn man nicht zu genau hinsah.

»Vielleicht gehst du zu ihm und schließt die Tür hinter dir. Mach ein bisschen Musik an«, schlug er vor. »Aber bevor du das tust ...« Er warf einen Blick auf die halb bewusstlose Gestalt auf dem Küchenboden. »Du hast nicht zufällig so etwas wie Gaffer-Tape?«

Als Ballonmann aufwachte, fand er sich in einer ziemlichen beschissenen Lage wieder.

Er lag immer noch auf dem Boden, ungefähr an der gleichen Stelle, an der er gelandet war, nachdem er mit heißem Kaffee verbrüht und dann mit einer gusseisernen Pfanne k. o. geschlagen worden war.

Seitdem hatte sich seine Situation jedoch noch erheblich verschlechtert.

Zum einen war er nackt. Eine Hälfte seines Gesichts, eine Schulter, ein Arm und beide Knie hatten Kontakt mit dem kühlen Linoleum. Seine Handgelenke waren an die Knöchel gefesselt und zwangen ihn, den nackten Hintern in die Höhe zu strecken, als würde er ihn wie eine religiöse Opfergabe präsentieren.

Blankes Entsetzen verleitete ihn, zwanzig Sekunden und viel Energie darauf zu verschwenden, sich aus der Lage zu befreien, aber das silberfarbene Klebeband gab nicht nach.

»Detective Sergeant Willoughby«, sagte eine Stimme.

Sie kam von woanders im Raum. Und der Akzent ließ ihm das Blut in den Adern gefrieren. Eindeutig schottisch.

O Gott!

O Gott, nein!

Zwei verschlissene alte Militärstiefel traten in sein Blickfeld. Zwei alternde Knie knackten, und DS Willoughbys schlimmster Albtraum kauerte sich vor ihn hin.

»*Kevin*«, fuhr Hoon fort. Er las den Namen aus dem Ausweis des Detective Sergeants ab. »Schön, dass wir uns endlich so vorgestellt werden, wie es sich gehört. Ich habe so sehr gehofft, dass wir beide irgendwann die Chance bekommen, unsere Beziehung wieder aufleben zu lassen. Und siehe da!« Er deutete mit der Hand zwischen ihnen hin und her und grinste. »Da sind wir wieder, was? Wie in den guten alten Zeiten. Allerdings bin jetzt nicht ich derjenige, der nackt und gefesselt ist.« Er neigte den Kopf. »Übrigens würde ich an deiner Stelle keine plötzlichen Bewegungen machen. Glaub mir. Das könnte dir einen ganzen Haufen verfluchter Probleme bereiten.« Hoon beugte sich dichter an den Mann heran und legte den Handrücken seitlich an seinen Mund, als wollte er gleich ein großes Geheimnis preisgeben. »Du hast nämlich einen großen Küchentrichter in deinem Arsch stecken«, flüsterte er.

Willoughbys Augen weiteten sich. Er wollte schreien und schien erst jetzt zu bemerken, dass sein Mund zugeklebt war.

Hoon gab ihm einen freundlichen Klaps auf die Schulter und richtete sich wieder auf. Der Detective Sergeant versuchte verzweifelt, ihm mit dem Blick zu folgen.

»Warum habe ich dir wohl einen Plastiktrichter in dein Arschloch gesteckt, Kevin? Das ist eine verdammt gute Frage«, sagte Hoon. »Ich habe sie mir auch gestellt, als ich dabei war, ihn einzuführen. ›Warum zum Teufel machst du das?‹, habe ich zu mir gesagt. ›Das ist doch total verrückt, selbst für deine Verhältnisse.‹«

Er lachte, als käme ihm eine schöne Erinnerung. Irgendwo im Haus spielte Musik, die zu allem Überfluss auch noch grotesk fröhlich klang.

»Andererseits, warum tun wir überhaupt irgendetwas, hm?«, fuhr Hoon fort. »Warum klettern wir auf verdammt hohe Berge, wühlen uns durch unterirdische Löcher oder tauchen bis auf den Meeresgrund? Ganz einfach, weil wir es können! Manchmal ist das der einzige Grund, den wir brauchen. Wir Menschen, meine ich. Warum besteigen wir den Mount Everest? Weil er verdammt noch mal da ist! Genau wie dein Arsch.«

Er marschierte durch die Küche. Willoughby konnte nicht sehen, was er tat, aber er hörte das Klirren von Glasbehältern, die einer nach dem anderen auf eine Arbeitsplatte gestellt wurden.

»Wie auch immer, zerbrich dir nicht den Kopf, weil ein Plastiktrichter vorsichtig in dein Rektum eingeführt wurde, Kevin«, schlug Hoon vor. »Du solltest dir lieber

Gedanken darüber machen, was ich in diesen Trichter hineinschütten werde. Denn Gabriella – du erinnerst dich sicher an sie? Die Frau, die du vergewaltigen und ermorden wolltest? Nun, wie sich herausstellte, hat sie eine sehr gut gefüllte Speisekammer und einen äußerst exotischen Geschmack.«

Es gab eine Pause, während er eine Flasche mit dunkelroter Sauce in die Hand nahm und das Etikett las.

»Was ist wohl Carolina Reaper?«, fragte er laut. »Hier steht, das Zeug hat zwei Komma zwei Millionen Scoville. Weiß der Teufel, was das bedeutet. Allerdings stehen viele Ausrufezeichen dahinter. Und dieser kleine Totenkopf darunter verheißt sicher auch nichts Gutes.«

Willoughby hörte, wie der Deckel aufgeschraubt wurde und der Mann, der die Flasche in der Hand hielt, aufstöhnte.

»Fuck! Das ist echt krass!« Hoon ächzte und schnappte nach Luft. »Davon kräuseln sich einem ja die Haare auf der Brust. Und das nur von dem verdammten Geruch. Ich kann mir nicht vorstellen, das zu essen. Geschweige denn, mir eine ganze Flasche davon in den Arsch spritzen zu lassen.«

Ein Rumpeln war zu hören, dann ein Klicken von irgendwo im Raum. »Das Wasser kocht!«, jubelte Hoon. »Das dient als eine Art Gaumenreinigung zwischen den Gängen, was? Ein halbes Literchen kochendes Wasser hier und da, nur so zur Auflockerung.«

Der DS lag auf dem Boden und wimmerte hinter

seinem Klebeband. Die Hälfte seines Gesichts, die man sehen konnte, war dort rot und von Brandblasen überzogen, wo der dampfende heiße Kaffee die Haut verbrüht hatte. Die Pfanne hatte ihn auf der gegenüberliegenden Seite getroffen, und das Blut verschmierte das Linoleum, als er sich darauf wand.

»Ehrlich gesagt, Kev, würde ich an deiner Stelle nicht so viel herumzappeln«, warnte ihn Hoon. Er deutete auf das hochgezogene Hinterteil des Detective Sergeants. »Wenn du umkippst und auf dem Arsch landest, bohrt sich das Ding direkt in dich rein. Das sieht dahinten dann wie ein offener Gully aus. Die Jungs von den Wasserwerken könnten zu jeder Tages- und Nachtzeit in dich rein- und wieder rausklettern. Vielleicht ist es also besser, wenn du stillhältst.« Hoon wartete, bis Willoughbys Zappeln nachgelassen hatte, und lächelte ihn dann breit und aufmunternd an. »Braver Junge.« Er hockte sich wieder vor ihn. »Ich sag dir, was jetzt passiert, Kev.«

Er stellte die geöffnete Flasche mit der roten Sauce auf den Boden unmittelbar neben Willoughbys Gesicht. Dessen Augen begannen sofort zu tränen, und sein Atem staute sich irgendwo in der verbrannten Nasenschleimhaut.

»Ich werde dir eine Reihe von Fragen stellen. Wenn du eine beantwortet hast, mache ich mit der nächsten weiter, und alle sind zufrieden. Falls du nicht antwortest oder ich denke, dass du mich verdammt noch mal verscheißerst, führe ich einen oder mehrere unangenehme Gegenstände durch deinen klaffenden Enddarm in deine unteren Eingeweide ein. Ich erinnere mich vage daran, dass mir jemand mal gesagt hat, Ingwer wäre gut für Ärsche, also fangen wir damit an und arbeiten uns dann langsam zu diesem Sensenmann-Zeug vor. Andererseits, wer weiß? Vielleicht überrasche ich uns ja und gehe gleich in die Vollen.« Er zuckte mit den Schultern und lächelte mit den Augen eines Wahnsinnigen.

Er ließ seine Worte einen Moment wirken und beobachtete Willoughbys Gesicht, bis er das Gefühl hatte, dass der Mann genug Zeit bekommen hatte, die Konsequenzen zu verstehen.

»Gut, kommen wir zur ersten Frage«, sagte Hoon. Er tauchte einen Teelöffel in die Flasche mit der Sauce. »Wie lautet die Quadratwurzel aus einundachtzig?«

Die Hälfte von Willoughbys Stirn, die zu sehen war, legte sich in Falten. Seine Augen, aus denen jetzt die Tränen nur so strömten, zuckten nach links und rechts, als wüssten sie nicht, auf welches von Hoons Augen sie sich richten sollten.

»Du willst nicht?«, fragte Hoon.

Willoughby stieß hinter dem Klebeband eine Reihe verzweifelter, gemurmelter Proteste aus.

»Ich kann dich nicht hören, Kev. Sprich lauter«, sagte Hoon und legte einen Finger an sein Ohr.

Die Proteste des Detectives wurden lauter und verzweifelter. Eine nackte Schulter klatschte gegen das

Linoleum, als er erneut anfing, gegen seine Fesseln zu kämpfen.

»Oh, Scheiße. Das Klebeband. Tut mir echt leid.« Hoon packte eine Ecke des Gaffer-Tapes und riss kräftig daran. Willoughbys Lippen wurden nach vorn gezogen und schnappten wieder in ihre Position zurück, als das Band sich löste.

»Scheiße! Tu das nicht! Nicht!«, schluchzte er. »Das kannst du nicht machen!«

»Quadratwurzel aus einundachtzig, Kevin. Die verdammte Uhr tickt, mein Alter.«

»Ich weiß es nicht! Ich weiß es nicht!«

Hoon schnalzte aus dem Mundwinkel. »Das ist wirklich bedauerlich«, seufzte er, schnappte sich die Flasche und richtete sich auf.

»Warte! Halt, warte! Nicht! Ich sage dir alles, was du wissen willst!«

»Ich will die verdammte Quadratwurzel aus einundachtzig wissen, Kevin. Und du hast gesagt, du weißt sie nicht!«

»Acht! Es ist acht. Nein, neun! Neun! Es ist neun! Neun!«

»Was denn nun?«

»Neun!«

Hoon zögerte. Er hatte den Löffel schon halb aus der Flasche gezogen. »Bist du ganz sicher? Ist das die endgültige Antwort?«

»Ja! Ja! Es ist neun!«, keuchte Willoughby.

»Gut, ich nehme dich beim Wort«, sagte Hoon. Er ging wieder in die Hocke. »Da du jetzt die Regeln verstanden zu haben scheinst, können wir anfangen, richtig zu spielen. Ihr habt Menschen in diesem Lagerhaus festgehalten. Wo sind sie jetzt?«

In Willoughbys Augen sah Hoon den Kampf in seinem Inneren, einen Kampf, bei dem auf beiden Seiten Angst vorherrschte.

»Sie werden mich töten, wenn ich es dir sage«, flüsterte er.

Hoon klopfte sich auf die Oberschenkel. »Okay. Ich denke, das kochende Wasser kommt zuerst«, sagte er. »Das wärmt dich da drin vor dem Hauptgang ein bisschen auf, was?«

»N…nein, nein! Bitte nicht!«, flehte Willoughby.

»Dann beantworte die verdammte Frage, Jungchen«, befahl Hoon.

»Ich meine es ernst. Die bringen mich um. Sie werden meine Frau umbringen. Meine Eltern. Sie werden alle umbringen.«

Hoon lehnte sich dichter zu ihm und legte eine Hand auf die verbrühte Wange des anderen Mannes. Jegliche gespielte Unbeschwertheit verschwand. Seine Worte klangen wie eine ernste Totenklage. »Na und?«, fragte er. »Glaubst du etwa, ich würde das nicht machen?«

Er hielt den Augenkontakt zu dem Mann. Dann strich er mit dem Daumen über Willoughbys Nasenrücken, wischte eine Träne weg und beobachtete, wie sich ein Ausdruck des Entsetzens auf dem Gesicht des Detectives breitmachte.

»Also, versuchen wir es noch mal«, sagte Hoon. »Und fangen wir ganz oben an.«

SIEBENUNDDREISSIG

Gabriella sprang auf und schirmte ihren Mann ab, der wach im Bett hinter ihr lag.

»Gott sei Dank«, flüsterte sie, als Hoon das Zimmer betrat und die Tür hinter sich schloss. »Dir geht es gut. Ich meine, du siehst … Aber es geht dir gut. Oder?«

»Ich war schon mal besser in Form«, antwortete Hoon. »Aber ja, mir geht's prima. Was ist mit euch beiden?«

»Gut. Es geht ihm … es geht uns beiden gut.« Gabriella trat zur Seite und gab den Blick auf Welshy frei. Er lag schräg, und seine Schulter drückte gegen die Metallstäbe des Bettgitters. Was sehr unbequem aussah. »Er hat versucht aufzustehen. Um zu helfen«, erklärte Gabriella. »Ich konnte ihn nicht allein wieder aufrichten.«

»Lass mich das machen«, sagte Hoon. Er ging zum Bett und schob den Arm unter die Achsel seines alten Freundes. »Fertig, Welshy?«

Gwynns gutes Auge war auf ihn gerichtet.

Ein leises Grunzen drang aus seinem schiefen Mund. Das war ein Ja. Jedenfalls interpretierte Hoon es so.

»Es geht los«, sagte er und verzog das Gesicht, als er Welshy wieder auf sein Kissen hob und so tat, als wäre nicht gerade eine Brandbombe auf seinem Brustkorb explodiert. »So. Das ist schon viel besser.«

Er stützte sich an dem Geländer ab, senkte kurz den Kopf, um zu Atem zu kommen, und drehte sich dann zu den beiden um. »Es tut mir wirklich verdammt leid«, sagte er. »Ich hatte keine Ahnung, dass ihr beide am Ende mit hineingezogen werden würdet.«

Eine Hand landete auf seiner, und die Finger drückten zu, so kräftig sie konnten. Er sah dem Mann im Bett in die Augen, fand dort aber weder Vorwürfe noch Wut.

»Hast du bekommen, was du brauchst?«, wollte Gabriella wissen.

Hoon nickte. »Ich denke schon. Ich weiß jetzt, wohin ich als Nächstes muss.«

»Um Caroline zu finden?«

Hoon holte tief Luft und atmete dann aus. »Das weiß ich leider nicht. Aber sie haben auch noch andere Mädchen. Frauen. In Carolines Alter. Sogar noch jüngere. Und ich glaube, ich weiß, wo sie sie festhalten.«

Er hoffte, dass er Caroline bei ihnen finden würde.

Gleichzeitig hoffte er angesichts dessen, was er im Lagerhaus gesehen hatte, dass dies nicht der Fall sein würde.

»Und jetzt? Wirst du die Polizei rufen?«

Hoon schüttelte den Kopf. »Der kann ich nicht

trauen. Dieser Mistkerl in deiner Küche? Er ist auch ein Cop.«

Gabriellas Blick zuckte zur Tür, und sie wurde blass. »Was? Aber … ich habe ihm kochenden Kaffee ins Gesicht geschüttet! Und ihn k. o. geschlagen! Ich kann dafür nicht ins Gefängnis gehen. Das geht nicht!«

»Wirst du auch nicht«, versprach Hoon. »Er ist ein zwielichtiger Mistkerl und in allen möglichen Scheiß verwickelt. Wer hier in den Knast kommt, ist er. Doch das muss warten, bis ich wieder zurück bin.«

»Zurück?«

»Ja. Ich muss diesen Frauen helfen.«

»Ja, aber …? Du lässt ihn hier? Einfach so in unserer Küche herumsitzen?«

»Eigentlich sitzt er nicht wirklich.« Hoon kratzte sich am Hinterkopf. »Aber du hast recht. Für eine Weile bleibt er hier. Vielleicht betrittst du einfach die Küche nicht, bis ich wieder da bin, ja?«, schlug er vor. »Falls du es doch tust, faselt er vielleicht etwas davon, dass ihm ein Trichter im Arsch steckt. Wahrscheinlich eine Nebenwirkung des verdammten Hirnschadens, den du ihm mit der Bratpfanne zugefügt hast. Stimme ihm einfach zu. Sei nett zu ihm. Das wird ihn davon abhalten, irgendetwas zu versuchen.«

»Mein Gott.« Gabriella sah ihren Mann an und nickte, als hätte er ihre unausgesprochene Frage bestätigt. »Gut. Ich gehe da nicht rein, bevor du zurück bist.«

»Perfekt.«

»Aber was mache ich, wenn du nicht zurückkommst?«

»Vielen Dank für dein Vertrauen«, brummte Hoon finster. »Ich komme schon wieder, mach dir keine Sorgen. Aber ...«

»Was?«, fragte Gabriella. »Was hast du?«

»Welshy. Ich erinnere mich, dass er im Laufe der Jahre ein paar ... Souvenirs mit nach Hause gebracht hat. Hat er sie vielleicht behalten, weißt du das?«

»Waffen, meinst du? Nein. Er hat alle abgegeben. Es gab eine Amnestie.«

»Verflucht!«

»Ich habe ihn dazu gezwungen. Ich wollte sie nicht im Haus haben«, erklärte Gabriella.

Im Bett neben ihnen gab Welshy eine Art Räuspern von sich.

»Ja, das ist auch richtig«, räumte Hoon ein.

»Sie waren gefährlich«, sagte Gabriella.

»Sagt die Frau, die gerade einen verdammten Polizisten verbrüht und ihm fast das Hirn aus dem Schädel geschlagen hat.«

»Und dazu noch illegal.«

»Es wäre einfach nur praktisch gewesen, weil ich kurz davor bin, ein Gebäude voller fieser Bastarde zu stürmen. Ich bin mir nicht sicher, ob eine Stempelkaffeekanne und ein antihaftbeschichtetes Kochgeschirr dafür ausreichen.«

Welshy grunzte. Es war ein zweisilbiges Geräusch,

unterlegt mit einem Tonfall von Dringlichkeit, der die Aufmerksamkeit der beiden anderen auf sich zog.

»Alles in Ordnung, Welshy?«, erkundigte sich Hoon.

Gwynns Blick zuckte zu seiner Frau, dann drehte er das Auge zur Decke. Er grunzte wieder. Zweimal.

»Oben? Was ist oben?«, fragte Gabriella.

Welshy starrte Hoon an, während sein Kopf zuckte. Das war ein Kopfschütteln.

»Nicht oben? Weiter oben? Der Dachboden?«

Das Auge des Bettlägerigen weitete sich. Er atmete scharf aus, als forderte eine große Anstrengung ihren Tribut.

»Was? Wehe, du hast welche behalten!«, warnte ihn Gabriella.

Welshy warf seiner Frau einen kurzen Seitenblick zu, und selbst Hoon erkannte die Entschuldigung.

Gabriella rieb sich die Schläfen, als hätte sie Kopfschmerzen. »Gott«, murmelte sie. »Jungs und ihr verdammtes Spielzeug.«

Hoon grinste. »Allerdings, er ist ein gerissener Mistkerl. Man darf ihn nie aus den Augen lassen.« Hoon drückte die Hand seines alten Freundes. Er sah zur Decke hinauf, dann wieder zu dem Mann im Bett. »Eins noch, Welshy«, sagte er. »Könnte ich vielleicht deinen Kleiderschrank plündern?«

Er fand sie in einem Koffer aus Hartplastik am Boden eines Pappkartons, der in einer Ecke des Dachbodens verstaut war. Jetzt lag der Koffer auf Gabriellas ungemachtem Bett, damit sie das Teil nicht sehen musste, wenn sie hereinkam. Es gab keinen Grund, ihr den Täuschungsversuch ihres Mannes unter die Nase zu reiben, so unbedeutend Hoon ihn auch fand.

Damals war es normal gewesen, Souvenirs mitzunehmen. Es wurde sogar erwartet. Er hatte sein eigenes Sortiment an geschmuggelten Waffen und Munition irgendwo versteckt, wo kein Mensch es je finden würde. Es war hauptsächlich ausländisches Zeug. Eine AK-47, eine alte deutsche Luger und ein halbes Dutzend anderer Waffen, an die er sich aus dem Stegreif nicht erinnern konnte.

Aber nichts war mit dem vergleichbar, was er auf Welshys Dachboden gefunden hatte. Nicht einmal annähernd.

Nach seinem Ausscheiden aus den Streitkräften hatte sich Welshy selbstständig gemacht. Es gab immer Organisationen oder ausländische Regierungen, die nach Männern mit seiner Erfahrung und seinen Fähigkeiten suchten. Er war in der ganzen Welt herumgereist – Business Class, versteht sich – und hatte die Kriege anderer Leute für weitaus lohnendere Schecks geführt, als sie ihm von den Streitkräften Ihrer Majestät jemals gezahlt worden waren.

Hoon hatte keine Ahnung, woher Welshy die Pistole hatte, die jetzt vor ihm auf dem Bett lag, und er kannte auch die Geschichte nicht, die dahintersteckte.

Er konnte nur vermuten, dass es ein absoluter Hammer war.

Hoon und Welshy hatten ungefähr die gleiche Größe und einen ähnlichen Geschmack. Das Outfit, das Hoon aus der Garderobe des anderen Mannes zusammengestellt hatte, bestand größtenteils aus Schwarztönen, von der Kampfhose bis zur gefärbten NATO-Jacke, die er vermutlich irgendwo in einem Army Surplus Store erstanden hatte.

Außerdem hatten beide Kleidungsstücke viele Taschen. Das war nie schlecht.

Er schloss den Reißverschluss der Jacke, verstaute alles, was er brauchte, in den Taschen der geliehenen Kleidung und betrachtete sich dann im Spiegel.

Die Kleidung sah zwar einigermaßen präsentabel aus, aber sein Gesicht war immer noch von Blutergüssen und getrocknetem Blut gezeichnet.

»Als wäre der *Milk Tray Man* in einen verdammten Fleischwolf geraten«, murmelte er. Es klopfte, und die Schlafzimmertür öffnete sich ein oder zwei Zentimeter.

»Bist du angezogen?«, fragte Gabriella.

»Ja, komm rein.« Hoon drehte sich zu ihr um.

Sie schaffte es bis zur Hälfte des Raumes, bevor sie ihn richtig ansah. Sie blieb wie angewurzelt stehen und taumelte vor Schreck.

»Mein Gott, du siehst genauso aus wie er«, sagte sie. »Wie Welshy, meine ich.« Sie lächelte, dann hielt sie eine Hand hoch und verdeckte Hoons Kopf. »Jedenfalls so.«

»O ja, wenn du das tust, sind wir Doppelgänger«, stimmte er ihr zu.

»Du siehst gut aus«, sagte sie, dann errötete sie und blickte auf ihre Füße. »Und ... hör mal. Was da neulich passiert ist ... was ich ... gemacht habe ...«

»Vergiss es«, kam Hoon ihr zu Hilfe. »Es ist nicht passiert.«

Sie atmete aus und nickte. Dann hob sie den Kopf. Hoon bemerkte, dass sie sich vor Erschöpfung kaum noch auf den Beinen halten konnte.

»Stirb nicht«, bat sie ihn eindringlich.

»Fällt mir im Traum nicht ein«, versprach Hoon.

Sie ging auf ihn zu, erst zögernd, dann entschlossener, und schlang ihre Arme um ihn.

Es tat weh. Verdammt weh.

Aber das würde er ihr nie im Leben sagen.

Sie klammerte sich nur ein paar Sekunden an ihn, was wie eine Ewigkeit schien, dann drehte sie sich um und verschwand durch die Tür.

Hoon wartete, bis sie gegangen war, bevor er ans Bett trat.

Die Plastikverschlüsse des Koffers öffneten sich klackend, und der Deckel sprang etwa zwei Zentimeter weit auf. Ein schwacher goldener Schein fiel auf den mit Blumen gemusterten Bettbezug und wurde heller, als Hoon den Koffer weiter öffnete.

Eine Desert Eagle lag in dem Schaumstoff des Koffers. Das Deckenlicht reflektierte die getigerte Goldbeschichtung der Pistole. Auf dem Griff leuchtete eine Trikolore aus gelben, blauen und roten Juwelen – die kolumbianische Flagge. Diese Waffe war einfach lächerlich und konnte nur dem Chef eines südamerikanischen Drogenkartells oder einem Superschurken aus einem Comicbuch gehört haben.

Kein Wunder, dass Welshy sie nicht hatte abgeben wollen. Dankenswerterweise hatte er auch die mit Diamanten besetzte Schachtel mit Patronen vom Kaliber .50 AE behalten. Hoon füllte das Magazin und die Kammer, überprüfte die Sicherung, steckte die Waffe in den Bund seiner geliehenen Hose und ließ die Jacke darüber fallen.

Er sah ein letztes Mal prüfend in den Spiegel. Zum ersten Mal seit langer Zeit erwiderte der Mann hinter dem Glas seinen Blick nicht mit Verachtung.

»Na dann, mein Hübscher«, sagte er zu dem anderen Kerl. »Wie wär's, wenn du und ich losgehen und ein bisschen auf die Kacke hauen?«

ACHTUNDDREISSIG

Hoon borgte sich das Auto von DS Willoughby, und es gelang ihm relativ problemlos, die Adresse in das eingebaute Navigationssystem einzugeben. Er war noch nie gern in London Auto gefahren, und das mit einem fremden Fahrzeug zu tun, machte es nicht angenehmer. Es half auch nicht gerade, dass er auf einem Auge fast blind und aufgrund der verschiedenen Verletzungen, die er erlitten hatte, in seiner Beweglichkeit eingeschränkt war.

Die Adresse, die Willoughby ihm gegeben hatte, befand sich in Hackney, auf derselben Seite des Flusses wie die Wohnung von Welshy und Gabriella. Bei dem geringen Verkehr um diese nächtliche Stunde brauchte er knapp fünfzehn Minuten, um dorthin zu gelangen.

Es handelte sich um einen dreistöckigen Wohnblock, der zu einer Siedlung gehörte, die in den vergangenen zwei Jahren größtenteils abgerissen worden war, bis Liquiditätsprobleme bei den Bauunternehmern dazu geführt hatten, dass das Ganze vor sechs Monaten auf Eis gelegt wurde.

Der letzte verbliebene Block stand nun allein da.

Fenster und Türen des Erdgeschosses waren mit Brettern vernagelt, und die Fassade war ein Magnet für lokale Graffitikünstler, die hier ihr Können zur Schau stellten.

Oder sie übten, das vermutete Hoon eher. Denn vieles von dem Zeug an den Wänden war absoluter Mist.

Offensichtlich hatte man irgendwann damit begonnen, die Gebäude komplett auszuschlachten, denn an den Wänden stapelten sich Badewannen, Waschbecken und Toiletten.

Für einen Wohnblock, der von einem Stacheldrahtzaun umgeben war und eigentlich leer stehen sollte, war der Parkplatz recht belebt. Drei weiße Lieferwagen standen dicht nebeneinander in der Dunkelheit, mit dem Heck zur verbarrikadierten Eingangstür des Wohnblocks. Auch im ersten Stock, wo die Fenster noch aus Glas und nicht aus großen Sperrholzplatten bestanden, gab es Aktivität. Ein schwaches Licht zuckte über die Decke und Wände eines der Räume dort oben. Eine Taschenlampe.

Hoon nahm sein Notizbuch heraus, warf einen Blick auf die Nummernschilder der Lieferwagen und notierte sie. Dann stieg er aus dem Fahrzeug, schloss ab, vergewisserte sich, dass er alles dabeihatte, was er brauchte, und schlich durch die Schatten, bis er den Zaun erreichte.

Das Tor war hinter den Lieferwagen zwar geschlossen, aber nicht gesichert worden. Hoon öffnete es gerade so weit, dass er sich hindurchschieben konnte, und schloss es dann wieder.

Er ging ein paar Schritte am Zaun entlang, kehrte schließlich zum Tor zurück und ließ das Vorhängeschloss einschnappen. Jetzt war er eingeschlossen.

Wichtiger war jedoch, dass er auch alle anderen einsperrte.

Das Holzbrett vor der Eingangstür war nur angelehnt und im Moment nicht am Rahmen befestigt. Hoon strich mit den Fingern über den Griff der Desert Eagle, um zu checken, wo genau sie saß, dann schob er das Brett beiseite, ging vorsichtig durch die Tür und stellte das Brett wieder so hin, wie er es vorgefunden hatte.

Im Flur herrschte eine so tiefe Dunkelheit, dass Hoon nicht einmal ein Gefühl für das Ausmaß des Raumes bekam. Er könnte unendlich lang sein oder knapp außerhalb der Reichweite seiner Arme enden, das konnte er nicht erkennen.

Bedauerlicherweise versuchten seine anderen Sinne, dies zu kompensieren, und der erstickende Gestank von Fäulnis und Verwesung drang in seine Nasenlöcher und legte sich in seine Kehle. Er drückte Mund und Nase in die Ellenbeuge und lauschte, während sich seine Augen an die Dunkelheit gewöhnten.

Irgendwo vor und über ihm ertönten Geräusche. Im nächsten Stockwerk. Dort bewegten sich mehrere Menschen. Und er hörte Männerstimmen. Er konnte die

Worte nicht unterscheiden, aber der Tonfall war unverkennbar barsch. Grausam. Höhnisch.

Die Schwärze verwandelte sich in einen trüben Sumpf aus anthrazitfarbenen Tönen, und Hoon erkannte die ersten Stufen einer Treppe, die nach oben führte. Er ging darauf zu und bewegte sich so leise, wie er konnte.

Aber auf dem Boden lagen Trümmer – vermutlich waren sie dort absichtlich verstreut und lagen nicht zufällig da –, und unter seiner Sohle zersplitterte ein Stück Glas.

Er hörte eine Bewegung rechts von sich. Schritte. Das Klacken einer Klinke, die heruntergedrückt wurde. Das Knarren einer Tür.

Der Strahl einer Taschenlampe zuckte durch den Korridor und tauchte die gegenüberliegende Wand in grelles Weiß. Hoon folgte dem Licht zu seinem Ursprung und lief durch den verstreuten Müll. Der Mann schwenkte die Taschenlampe wild herum, um die Quelle des Geräuschs ausfindig zu machen. Hoon warf ein Schattenmonster an die Wand. Der Mann öffnete den Mund, um zu schreien. Hoon stürzte sich auf ihn und rammte ihm die Fingerspitzen in die Kehle. Der Schrei erstarb zu einem atemlosen Würgen.

Er machte weiter, bevor der Kerl sich erholen konnte. Er zerschmetterte ihm mit der Stirn die Nase, presste ihm die Hand auf den Mund und zwang ihn, Blut und Rotz zu schlucken.

Als er am Boden lag, beeilte sich Hoon, ihn zu knebeln und ihm Hände und Knöchel hinter dem Rücken zu fesseln. Dann zerrte er ihn in die Wohnung, aus der er herausgekommen war, und schleppte seinen sich heftig windenden Gefangenen durch ein Meer von Gipsstaub und ein paar Pilze, die aus dem feuchten Teppich gewachsen waren.

Hoon ließ ihn in den Überresten einer Toilette zurück, ging dann wieder in den Flur und zog die Wohnungstür hinter sich zu.

Er hob die Taschenlampe auf, die heruntergefallen war. Sie war handtellergroß, schwarz und aus Metall und hatte einen Ring aus LED-Birnen hinter dem Glas. Er ließ sie vorerst ausgeschaltet. Es war besser, wenn sich seine Augen weiter an die Dunkelheit gewöhnten, und außerdem wollte er seine Anwesenheit nicht ankündigen.

Die Treppe bestand aus blankem Beton, auf beiden Seiten flankiert von rostigen Metallgeländern. Sie führte im Zickzack über einen kleinen Zwischenabsatz in das darüber liegende Stockwerk.

Auf halber Strecke blieb er stehen und lauschte auf das, was über ihm geschah. Dort oben brannte Licht. Zwar nur schwach, aber es genügte, um Schatten auf den Teil der Wand zu werfen, den Hoon sehen konnte.

Und er hörte Frauen. Allerdings waren es nicht ihre Stimmen. Sondern Laute, die sie von sich gaben. Sie stöhnten. Ächzten. Aber nicht laut. Das wagten sie wohl nicht.

Eine männliche Stimme übertönte die Geräusche. Hoon zog sich bei ihrem Klang in den hinteren Teil des Treppenhauses zurück, wo die Schatten am dichtesten waren. »Könnte *bitte* endlich jemand dafür sorgen, dass sie das Maul halten?«, brüllte die Stimme.

Balls. Hoon war sich sicher. Der Wichser war hier. Treffer.

Zwei andere Männer brüllten los. Ihre Stimmen waren unverfälschtes Cockney. Rau, fast schon wild.

»Hört mit eurer verfluchten Jammerei auf!«, blaffte einer.

»Ihr habt ihn gehört. Haltet die Klappe, ihr Schlampen!«

Ein Klatschen ertönte, eine Ohrfeige. Jemand knurrte. Dann schluchzte eine Frau und wimmerte.

»L...lassen Sie sie in Ruhe!«

Die Stimme einer anderen Frau. Undeutlich und ein wenig zittrig.

Schweigen. Die Männer sagten nichts.

Selbst das Weinen der Frauen verstummte, bis das einzige Geräusch, das Hoon hörte, das Rauschen des Blutes in seinen Ohren war.

»Was hast du verdammt noch mal gerade gesagt?«

Die Stimme war leise. Kontrolliert. Ruhig sogar. Bedrohlich ruhig.

»N...nichts.«

»O doch, das hast du, verdammt. Du hast was zu sagen? Dann spuck's aus, verflucht!«

Ein metallisches Schnappen war zu hören. Ein Schnappmesser, vermutete Hoon. Das Geräusch entlockte der Frau, die es gewagt hatte, ihre Stimme zu erheben, ein verzweifeltes, geflüstertes Flehen.

»Nein, nein, bitte, nicht, nein.«

Hoons Plan war ganz einfach gewesen. Reinschleichen, die Lage sondieren und dann so viele von den Mistkerlen ausschalten wie möglich, ohne sofort entdeckt zu werden.

So viel zu dieser Idee.

Er nahm die Treppe in drei großen Schritten, richtete den Strahl der Taschenlampe ungefähr in die Richtung, aus der die Stimmen gekommen waren, und visierte einen schmächtig aussehenden Mittzwanziger mit einer zerrissenen Jeans und einem T-Shirt an, auf dessen Vorderseite das Wort »Fugg« prangte.

Der grelle Strahl der Hochleistungstaschenlampe blendete selbst im Halbdunkel der batteriebetriebenen Laternen, die in den Ecken des Flurs im Obergeschoss standen.

Der junge Kerl blinzelte schnell, was Hoons Angriff in eine Reihe schrecklicher Schnappschüsse verwandelte, die damit endeten, dass der runde Schaft der Taschenlampe ihn zwischen die Augen traf. Er fiel um wie ein gefällter Baum.

»Verdammt!«

Balls Stimme kam von der rechten Seite. Er war fünfzehn Fuß entfernt, vielleicht mehr.

Das dringendere Problem stellte sich Hoon auf seiner linken Seite. Zwei massige Männer tauchten unvermittelt aus dem Halbdunkel auf. Hoon wirbelte herum. Die stämmigen Kerle hatten Teleskopschlagstöcke und rannten auf ihn zu. Ein dritter und ein vierter Mann hinter ihnen schoben hastig ein paar ungepflegt wirkende, dunkeläugige Frauen durch offene Türen in die verlassenen Wohnungen dahinter.

Hoon hatte gehofft, die Schlagstockschwinger würden unkontrolliert um sich prügeln, aber sie wussten, was sie taten.

Der Erste griff tief an und schlug nach seinem Knie. Hoon schaffte es, das Bein rechtzeitig zu heben, um das Schlimmste zu verhindern, doch der Schlag landete auf seinem Schienbein.

Der Schmerz würde jeden Moment einsetzen. Ein Grund mehr, die Sache schnell zu beenden.

Er wich dem Schlag des zweiten Mannes aus und versetzte ihm einen gezielten Hieb in die entblößte Achselhöhle – und das so kraftvoll, dass er ihm die Schulter auskugelte. Der Arm des Angreifers, mit dem er den Schlagstock hielt, sank schlaff herunter. Hoon rammte ihn mit der Schulter und genoss den panischen Schrei und den dumpfen Aufschlag, als der Kerl die Steintreppe hinunterstürzte.

Der Erste versuchte es noch einmal. Hoon schloss rasch die Lücke zwischen ihnen und trat so dicht an den Mann heran, dass der Schlagstock uneffektiv wurde. Er schlug mit dem Griff der Taschenlampe nach ihm, verfehlte ihn jedoch und kassierte dafür einen Treffer auf seine gebrochenen Rippen. Seine Lunge wurde zusammengepresst, und der Boden unter seinen Füßen verwandelte sich in Knetgummi.

Er hörte das Klacken, als ein weiterer Schlagstock aktiviert wurde.

Einer der Männer, die die Frauen durch die Türen geschoben hatten, bückte sich, um das Schnappmesser aufzuheben.

Balls schrie irgendetwas und bellte Befehle. Hoon konnte die Worte wegen des Rauschens in seinen Ohren nicht verstehen.

Drei Gegner. Gut ausgerüstet. Jünger als er selbst. Und wahrscheinlich auch fitter.

Etwas in ihm wollte gegen sie kämpfen – sich auf die Bastarde werfen, die Fäuste fliegen lassen und die Zähne in alles schlagen, was in seine Reichweite kam.

Ein anderer Teil in ihm hätte es vorgezogen aufzugeben. Sich einfach dem zu ergeben, was als Nächstes kam.

Ausruhen. Nur einen Moment. Eine kleine Weile.

Er entschied sich für einen Kompromiss. Der Knall der Desert Eagle erfüllte den ganzen Flur, und das Mündungsfeuer enthüllte blitzartig den heruntergekommenen Zustand des Korridors.

Blut spritzte. Der Kerl, der Hoon geschlagen hatte, flog horizontal in die Luft und landete auf dem Hinterkopf, bevor er auch nur begriffen hatte, was zum Teufel passiert war.

Als das Echo des Schusses verklang, umklammerte er sein Schienbein, öffnete den Mund und schrie, als hinge sein Leben davon ab.

Der Mann, der das Messer aufgehoben hatte, ließ es augenblicklich wieder fallen und hob beide Hände über den Kopf. Sein Freund war jedoch weniger handzahm. Er hatte seinen Angriff bereits begonnen, und es war zu spät, jetzt noch einen Rückzieher zu machen.

Stattdessen holte er zum Gegenschlag aus, hob den Schlagstock mit beiden Händen über seinen Kopf, als wäre das Ding Thors Hammer, und stürmte brüllend auf Hoon zu.

Der duckte sich und wich dem Abwärtsschwung des Schlagstocks aus. Dann trat er mit gestrecktem Bein zu, brachte den Angreifer aus dem Gleichgewicht und schickte ihn auf die Knie.

Hoon hielt die Waffe direkt an das Ohr des Mannes und drückte ab. Schock und Schmerz verzerrten das Gesicht des Mannes, bevor Hoon ihn mit einem Tritt gegen die Schulter so hart gegen die Wand schleuderte, dass er die Rigipsplatte eindellte.

Hoons Ohren klingelten von dem Schuss, und er hörte seinen eigenen unregelmäßigen Atem, aber auch schnelle stampfende Schritte. Der hinterhältige Bastard, der sich angeblich ergeben hatte, war auf dem Vormarsch.

Hoon wirbelte herum, hob die Desert Eagle, und der Mann mit dem Schnappmesser kam wenige Zentimeter vor dem Lauf der Waffe zum Stehen. Er ließ das Messer fallen und hob die Hände ein zweites Mal.

»Tut mir leid! Tut mir leid!«, schrie er, während er versuchte, sich gleichzeitig auf die Waffe und den Mann, der sie hielt, zu konzentrieren.

Hoon senkte die Waffe auf den Boden und drückte ab. Der Fuß seines Widersachers explodierte wie eine überreife Wassermelone. Weitere Schreien erfüllten das Innere des verlassenen Gebäudes.

Hoon hob die Waffe erneut und drehte sich in Balls' Richtung herum, aber der war weg.

»Verdammt!«, flüsterte er, während er hastig den Kopf hin und her drehte und die Dunkelheit absuchte.

Sein rechtes Auge war durch die brennenden Flüssigkeitstropfen noch immer geschädigt und nahm die Bewegung zu seiner Rechten nicht wahr. Ein Schlagstock traf mit voller Wucht seinen Unterarm, und die Desert Eagle fiel klappernd zu Boden.

Hoon versuchte sich umzudrehen und den nächsten Hieb zu blocken, aber ein gut platzierter Tritt traf sein Knie und bog es nach innen. Er taumelte und stürzte, als ihn die Spitze des Schlagstocks wie aus dem Nichts an der Wange traf. Das Licht wurde gedimmt und ging dann kurz aus. Als es wieder aufflammte, war Balls über ihm.

»Hartnäckiger Bastard, was? Ich kann mir nicht einmal annähernd vorstellen, wie Sie diesen Ort gefunden haben, geschweige denn, wie Sie es hierhergeschafft haben. Sie hätten schon längst in kleine Stücke zerlegt sein müssen. Ihre Eier sollten in einem Einmachglas schwimmen. Und doch sind Sie hier.«

Hoon stemmte sich mit den Armen in eine Liege-stützposition, aber der Schmerz flammte in dem Arm auf, der von dem Schlagstock getroffen worden war. Er sackte sofort wieder mit der Brust auf den Boden.

Sein Blick zuckte zu seiner Waffe, die nur ein klei-nes Stück entfernt auf dem Boden lag. Unter normalen Umständen wäre es ein Leichtes gewesen, sich darauf zu stürzen und danach zu greifen, doch in seinem der-zeitigen Zustand hätte sie genauso gut auf dem Mond liegen können.

Balls stolzierte um ihn herum. Die alten Dielen knarrten unter seinen Füßen, und der Schlagstock klatschte in seine Handfläche, als würde er jeden sei-ner Schritte damit unterstreichen.

»Sie hätten weglaufen sollen, Mr. Hoon. Wie auch immer Sie dem Professor entkommen sind, Sie hätten so schnell und so weit weglaufen sollen, wie Sie konn-ten.« Er hielt kurz inne. »Selbstverständlich hätte Ihnen das auch nichts genützt. Sie haben Sie jetzt auf dem Radar. Diese Leute, mit denen wir Geschäfte machen. Sie wissen über Sie Bescheid, und glauben Sie mir, das ist das Letzte, was Sie wollen.« Balls schüttelte den Kopf, schnalzte mehrmals missbilligend mit der Zunge und setzte dann seinen Marsch um Hoon herum fort, umkreiste ihn, wie ein Weißer Hai einen unglücklichen Schwimmer umkreist. »Sie sind in diese ganze Sache hineingestolpert, aber Sie haben keine Ahnung, Mr. Hoon. Wer diese Leute sind. Wozu sie fähig sind. Sie sind überall. Überall um uns herum. Der Loop, vom niedersten Abschaum bis zu den höchsten Ämtern im Land. Es gibt keinen Ort, an dem man ihnen entkommen kann. Und man kann niemandem trauen.«

Er hockte sich neben Hoons Kopf. Die Schreie der anderen Männer waren zu einem schwachen Wimmern herabgesunken. Hoon wusste nicht, ob das an dem nachlassenden Schmerz oder an ihrem Blutverlust lag. Jedenfalls war er so oder so aufgrund seiner eigenen Kopfschmerzen dankbar für diese relative Ruhe.

»Ich tue Ihnen einen Gefallen«, sagte Balls zu ihm. »Indem ich Sie jetzt töte, vollbringe ich letztlich eine gute Tat. Denn wenn Sie tot sind, müssen Sie nicht mehr mit ansehen, wie sie Ihre Familie holen. Ihre Freunde. Ihre Nachbarn. Ihre verdammten Haustiere. Denn genau das werden sie tun. Jetzt, wo sie Sie auf dem Radar haben, hören sie nicht auf, bis jede Spur von Ihnen ausgelöscht ist. Bis sie sicher sind, dass es da draußen niemanden mehr gibt, dem Sie von ihnen erzählt haben könnten. Denn der Loop mag keine Aufmerksamkeit, Mr. Hoon. Und sie scheuen keinerlei noch so extreme Anstrengung, um ihre Privatsphäre zu schützen.«

Hoon drehte sich um, sodass er auf dem Rücken lag und in die Augen des über ihm hockenden DCI blicken konnte.

»Was ist der Loop?«, stöhnte er.

Balls hob eine Braue. »Was der Loop ist? Das ist eine sehr komplexe Frage.«

»Ich wette, das ist sie nicht wirklich«, entgegnete Hoon und hustete. »Ich wette, er ist so ein Sex-Ding, richtig? Es geht bei so was immer um ein verdammtes Sex-Ding.«

Balls lachte. »Das trifft wohl zu, ja. Zum Teil jedenfalls. Er ist ein Sex-Ding. Ein Drogen-Ding. Ein Politik-Ding. Ein Menschenhandel-Ding. Er ist all diese Dinge, und doch keines davon. Denn er ist ein Netzwerk, wirklich, das ist alles. Ein Netzwerk von Leuten, von denen jeder auf seine Weise sehr mächtig ist – zusammen aber sind sie unaufhaltsam.« Er zuckte mit den Schultern. »Ich habe eine Zeit lang gegen sie ermittelt, doch dann habe ich schließlich das ganze Ausmaß begriffen. Erkannt, wie groß er ist. Da wusste ich, dass ich nichts dagegen tun konnte. Und schon gar nicht konnte ich ihn aufhalten. Und wie man so schön sagt, wenn man sie nicht besiegen kann, dann …«

»Hier, Empty, das hätte ich fast vergessen«, unterbrach Hoon den Redefluss des anderen Mannes.

Balls runzelte die Stirn. »Was haben Sie vergessen?«

»Ich habe dir deinen Stift wieder mitgebracht«, sagte Hoon.

Balls erhaschte einen Blick auf etwas Silbernes, das in Hoons Faust steckte und durch die Luft schoss. Der Stift bohrte sich in seinen Oberschenkel, dicht an seiner Leiste. Sein Instinkt ließ ihn die Beine anspannen, nach oben springen wie ein Frosch, der in die Luft hüpfte, aber der Muskel wurde durch den Metallkugelschreiber, der in dem Bein steckte, lahmgelegt, und er landete rücklings auf dem Boden.

Hoon rollte sich auf die Seite und griff nach der Waffe. Der Absatz von Balls' Schuh streifte ihn an er Schläfe, und er griff daneben. Er versuchte noch einmal, die Waffe zu erwischen, doch Balls kam ihm zuvor.

Er hörte das Klicken des Hammers, der zurückgezogen wurde. Der Raum hörte gerade rechtzeitig auf, sich zu drehen, dass Hoon sehen konnte, wie die Waffe auf seinen Kopf gerichtet wurde. Balls hielt die Waffe in einer zitternden Hand. Mit der anderen umklammerte er seinen Oberschenkel direkt unter der Stelle, in der der Kugelschreiber steckte.

»Warte!«, drängte Hoon. »Nicht! Nicht schießen!«

Das Blut sammelte sich auf dem Boden unter dem Cop. Es tropfte durch die Ritzen der bröckelnden Dielen und regnete sacht in den Raum darunter.

»Es gibt da etwas, das du wissen solltest«, drängte Hoon, aber Balls hörte nicht zu. Er drückte den Abzug. Die Pistole war zu schwer für seine zitternde Hand, und das Geschoss Kaliber .50 zischte ein gutes Stück über Hoons Kopf hinweg und riss ein Loch etwa an der Stelle, wo die Decke auf eine Wand traf.

Fluchend richtete Balls die Waffe erneut auf Hoon, aber der warf sich über den Rand des Treppenhauses in das Meer der Dunkelheit unter ihm.

»Ich mach dich kalt!«, brüllte Balls. »Ich bring dich verdammt noch mal um!«

Er zog sich am Treppengeländer auf die Beine. Blut tropfte an der Innenseite seines Beins herunter und hinterließ eine Spur, als er die Waffe hob und mühsam die Treppe hinunterhumpelte, auf der Jagd nach seiner Beute.

NEUNUNDDREISSIG

Hoon hätte sofort zugegeben, dass er kein Arzt war, aber er war auch ohne Studium zu der Diagnose gekommen, dass sein Handgelenk medizinisch gesehen im Arsch war. Sein Knie war auch nicht gerade gut in Form. Vor allem hatte es die *falsche* Form, denn der schiefe Winkel reagierte nicht wohlwollend auf Belastung.

Der Rest seines Körpers hielt sich auch nicht viel besser, angefangen von seinem geprellten Rücken bis zu seinem geschwollenen Kiefer. Die Sehbehinderung in seinem rechten Auge ließ allmählich nach, was gut war. Es sei denn, es ermöglichte ihm nur eine bessere Sicht auf den Moment vor seinem bevorstehenden Tod. In diesem Fall war er kein großer Fan von besserer Sicht.

Er war in eine der unteren Wohnungen gekrochen, in der Hoffnung, etwas zu finden, womit er sich verteidigen konnte. Doch außer einem Stück Weichschaum-Rohrisolierung fand er in der Wohnung nichts außer Feuchtigkeit und Schimmel.

Er hörte, wie sich Balls irgendwo auf dieser Etage bewegte. Vor ein paar Augenblicken war er die Treppe hinuntergepoltert, dann war Ruhe eingekehrt, während Hoon lauschte. Es war so still, dass er schon den Verdacht hegte, sein Verfolger könnte gegangen sein.

Doch dann wandte sich Balls an die wimmernden Männer im Stockwerk über ihnen. »Reißt euch verdammt noch mal zusammen!«, brüllte er zu ihnen hoch.

Danach hörte Hoon das Knarren einer sich öffnenden Tür. Er hatte sich in einen Raum zurückgezogen, der vermutlich einmal eine Küche gewesen war. Jetzt war er nur noch eine leere Ruine, in der lediglich von Ratten angefressenes Linoleum an das frühere Leben erinnerte. Er hatte damit gerechnet, dass Balls in die Küche stürmen würde, aber dann hörte er, wie der DCI auf der anderen Seite der Wand die Wohnung nebenan durchsuchte.

Gut. Je länger der Wichser brauchte, um ihn zu finden, desto weniger Blut hatte er noch im Leib, wenn er ihn schließlich erwischte.

Hoon verlagerte sein Gewicht von einem Bein auf das andere und stützte sich auf der Fensterbank ab. Das morsche Holz zerbröselte unter seinen Händen, weswegen er sein ganzes Gewicht nun auf das verletzte Bein verlagerte und unwillkürlich einen Schmerzensschrei ausstieß.

Er hörte, wie Balls auf der anderen Seite der Wand reagierte, und stolperte zur Seite, als zwei Kugeln genau dort, wo er eben noch gestanden hatte, den Putz durchschlugen und Löcher in die Tür zum Wohnzimmer bohrten.

Der Lärm der Schüsse hallte in dem kleinen leeren Raum wider, sodass er nicht hörte, wie sich die Wohnungstür öffnete, bis es zu spät war. Er bekam weder mit, wie Balls durch den Flur humpelte, noch hörte er seine Schritte, bis sich die Küchentür öffnete, die Waffe auf ihn gerichtet wurde und es keinen Ausweg mehr gab.

»Du bist ein verfluchter toter Mann!«, fuhr Balls ihn an. »Ich lege dich jetzt verdammt noch mal um.«

Er zitterte mittlerweile sehr stark. Die einzigen Farbtupfer in seinem kalkweißen Gesicht waren seine geröteten Augen und ein Blutfleck von der Hand, mit der er versucht hatte, die Blutung zu stoppen.

Der Stift steckte immer noch in seinem Bein. Schade eigentlich. Wenn er ihn herausgezogen hätte, wäre er jetzt mit Sicherheit bereits tot.

Hoon hob beschwichtigend die Hände. »Okay. Ich verstehe dich ja«, erklärte er. »Aber, he, diese Knarre fasst sieben Patronen. Zusammen haben wir beide bereits sechs verschossen.«

»Dann ist noch eine übrig!«, zischte Balls und packte den Griff fester.

»Wirklich, du bist ein verdammtes Mathegenie!«, erwiderte Hoon. »Genau, eine ist übrig. Und die willst du wahrscheinlich nicht an mich verschwenden.«

Der Blick von Balls' Augen war vage und zerstreut,

aber jetzt verengten sie sich, bis sie ihren Fokus wiederfanden. »Was?«

Hoon begann zu lachen, was in einen Husten umschlug, der seinen Körper von oben bis unten in Brand zu setzen schien. »Wenn das, was du über den Loop gesagt hast, wahr ist, und darüber, wie sehr diese Typen ihre Privatsphäre schätzen ... also, falls das stimmt, solltest du die Kugel besser behalten.«

»Behalten? Wofür?«

»Für dich selbst«, antwortete Hoon. »Siehst du, es gibt da eine Sache, die mir an London gefällt. Man bekommt hier alles. Und nicht nur das, man kann sogar alles zu jedem verdammten Zeitpunkt bekommen. Tag und Nacht. Egal, was man will, irgendwo kriegt man es. Das ist äußerst praktisch. Das muss ich der Stadt lassen.«

Die Waffe schob sich ein paar Zentimeter nach vorn, und der Lauf schwankte, als verfolgte er ein bewegliches Ziel.

»Wovon redest du da?«, zischte Balls.

Hoon ließ seinen Blick zu dem silbern glänzenden Kugelschreiber schweifen, der im Bein des anderen Mannes steckte. »Dieser Kugelschreiber, der da in deiner Oberschenkelarterie steckt ...« Ein Grinsen breitete sich auf seinem Gesicht aus und entblößte das Blut, das in den Zahnlücken geronnen war. »Das ist nicht deiner. Es ist meiner.«

Balls blinzelte. Er blickte auf den Stift, aber nur eine halbe Sekunde. »Blödsinn.«

»Das ist kein Scherz, mein Junge. Es ist natürlich dieselbe Idee. Da drin steckt ein kleines Mikrofon. Und er hat eine SIM-Karte, damit er alles, was das Mikro aufnimmt, übertragen kann. Das volle Programm«, fuhr Hoon fort. »Ich bin mir ziemlich sicher, dass es jedes verdammte Wort mitbekommen hat, das du zu mir gesagt hast.« Er zuckte mit den Schultern. »Vielleicht ein bisschen undeutlich, klar, je nachdem, an welchem Ende das Mikrofon hängt, aber das Wichtigste dürfte es mitbekommen haben. Und du weißt selbst, was das bedeutet.«

»Du lügst!«

Hoon schüttelte den Kopf. »Du bist im Arsch. Du hast das alles nämlich nicht nur mir verraten, du verdammter Schweinehund, sondern auch einem sehr guten Freund von mir, der gerade dabei ist, den ganzen Scheiß live ins Internet zu stellen. Diese Loop-Wichser sind überall, behauptest du? Dann haben sie jedes verdammte Wort mitbekommen, das du von dir gegeben hast. Sie wissen, dass du der ganzen Welt von ihrer Existenz und von dem, was sie vorhaben, erzählt hast.«

Balls schüttelte den Kopf. Tränen, die sich hinter seinen Augen aufgestaut hatten, flogen durch die Luft. »N...nein. Nein«, stammelte er. »Nein. Du lügst. Das ist mein Stift.«

»Von wegen. Ist er nicht.«

Die Waffe in der Hand des DCI zitterte. Sein Blick verschwamm, als sein blutarmes Gehirn versuchte, die Wahrheit herauszufinden.

»Das ist … es ist mein Stift. Und du lügst.« Balls Worte klangen undeutlich. Er packte das Ende des Stiftes und riss ihn heraus, dann wischte er ihn an seinem Hemd ab, um das Blut zu entfernen. Er zwang seine Augen, sich zu fokussieren, bis er den Namen des Hotels lesen konnte, der auf die Hülle des Stiftes graviert war. »S…siehst du«, stammelte er. »Ich hab d…doch gesagt, d…das ist …«

Kugelschreiber und Pistole fielen ihm aus der Hand, während das Blut auf seinen Körper und den Türrahmen hinter ihm spritzte. Er fiel wie ein Baum nach vorn, als hätten seine Beine keine Knie mehr. Hoon schaffte es, so weit zur Seite zu hinken, dass Balls nicht auf ihn prallte. Dann sah er zu, wie das wenige Leben, das noch in dem Mistkerl steckte, auf den verrottenden Küchenboden sickerte.

»Ja, okay, du hast recht«, murmelte Hoon. »Es ist offenbar tatsächlich dein Stift.«

VIERZIG

Es kostete etliche Erklärungen. Hoon wurde zuerst einmal ins Krankenhaus verfrachtet – er und alle anderen in dem Gebäude.

Die Männer aus dem oberen Geschoss – jedenfalls die, die noch lebten und nur verletzt waren – versuchten natürlich, ihm den Schwarzen Peter zuzuschieben. Wie sich herausstellte, waren sie alle Cops, und ihre Kollegen hätten ihnen vielleicht geglaubt, wären da nicht die dreiundzwanzig jungen Frauen gewesen. Die drängten sich draußen dicht zusammen, während das Blitzlichtgewitter der Pressefotografen über sie hereinbrach, die die ganze Geschichte dokumentierten.

Denn noch bevor die ersten Einsatzkräfte aufgetaucht waren, hatte Hoon die Zeitungen angerufen. Es würde viel schwieriger werden, die Frauen einfach wieder verschwinden zu lassen, wenn die Geschichte erst einmal auf den Titelseiten erschien.

Zuvor hatte er sich die Treppe hinaufgeschleppt. Sie waren bei seinem Anblick zurückgeschreckt und hatten sich zusammengekauert, so verängstigt und traumatisiert, dass sie nur die Köpfe wegdrehten und hofften, dass das, was er ihnen antun wollte, schnell vorbei war.

Er hatte sie nach Caroline gefragt. Hatte ihren Namen immer wieder gerufen.

Aber er hatte nur leere Blicke und Schweigen geerntet.

Sie war nicht da gewesen. Was auch immer mit ihr geschehen war, wohin man sie auch gebracht hatte, sie war nicht unter ihnen gewesen.

Er hatte sich in einem unruhigen Schlaf im Bett eines Privatzimmers des Krankenhauses gewälzt. Die Tür wurde von zwei uniformierten Officers bewacht.

Er hatte darauf bestanden, dass ein schmieriger Mistkerl von der *Sun* bei ihm im Zimmer sitzen sollte. Möglicherweise war alles, was Balls über den Loop gesagt hatte, das Geschwätz eines Verrückten. Aber Vorsicht war besser als Nachsicht. Selbst wenn das bedeutete, sich den Sauerstoff mit einem Sensationsjournalisten teilen zu müssen.

Sie flickten ihn zusammen, während er sich ausruhte, und pumpten ihn mit Schmerzmitteln, Entzündungshemmern und verschiedenen anderen Tränken und Gebräu voll, um die Nebenwirkungen zu bekämpfen. Als er aufwachte, humpelte er mit Hilfe einer Krücke zur Toilette, pisste mehr Blut, als ihm lieb war, zog sich dann die Klamotten an, die er sich von Welshy geliehen hatte, und teilte den Uniformierten draußen mit, dass er für sein Verhör bereit sei.

Er hatte jedoch eine Bitte: Er wollte direkt mit Chief Superintendent Bagshaw sprechen. Zu seiner Überraschung kam die Bestätigung nicht einmal zwanzig Minuten später. Ein Wagen würde geschickt, um ihn abzuholen und zu Scotland Yard zu bringen.

Er schlich sich hinaus, bevor die Limousine eintraf, und nahm lieber ein Taxi dorthin.

Dann kam die Stunde der Erklärungen. Bagshaw saß zunächst mit versteinerter Miene da, die sich jedoch immer mehr auflöste, während Hoon herunterratterte, was geschehen war.

Irgendwann wurden zwei vertrauenswürdige DIs losgeschickt, um DS Willoughby bei Welshy und Gabriella einzusammeln, da Hoon ihn bis zu diesem Zeitpunkt überhaupt noch nicht erwähnt hatte.

Nachdem er alles berichtet hatte, lehnte sich Bagshaw auf ihrem Stuhl zurück, trommelte mit den Fingern auf die Schreibtischplatte und nickte. »Es schwebte schon seit ein paar Monaten ein Fragezeichen über DCI Balls«, sagte sie. »Seit dem Tod von Eduardo Gonzales hatte das DPS ihn im Visier, aber er hatte seine Spuren gut verwischt.«

Hoon kratzte an der Bandage um sein Handgelenk, als könnte er bis zu dem Juckreiz darunter vordringen. »Haben Sie mich deshalb zu ihm geschickt?«, fragte er. »Um zu sehen, ob ich ihn aus der Reserve locken kann?«

»Nein. Ich wollte nur, dass Sie mein Büro verlassen«,

gab Bagshaw zu. »Alles andere ist ein glücklicher Zufall. Oder ein unglücklicher, je nachdem, wie man es sieht.«

»Doch Sie glauben, dass er Eduardo umgelegt hat?«

»Nicht persönlich. Aber wir vermuten, dass er etwas damit zu tun gehabt haben könnte.«

Hoon nickte. Das war schlüssig. Falls Eduardo in der Nacht, in der Caroline entführt worden war, mehr gesehen hatte als die anderen Jungs – ein Gesicht oder vielleicht ein Nummernschild –, hätte Balls dafür sorgen müssen, dass er nicht redet.

»Wir haben die andere Adresse überprüft, die Sie genannt haben«, fuhr Bagshaw fort. »Das Lagerhaus.«

»Und?«

»Als wir dort ankamen, brannte es lichterloh. Die Feuerwehr war bereits da. Es war nicht mehr viel übrig, als die Flammen schließlich gelöscht wurden. Aber ...« Sie blätterte ein paar Seiten ihrer Notizen durch. »Dieser Professor, den Sie erwähnten. Der Sie, wie Sie sagten, gefoltert hat?«

»Was ist mit ihm?«

»Von ihm gab es keine Spur. Es gab keine Leichen in dem Gebäude. Könnte er das Feuer vielleicht selbst gelegt haben, was meinen Sie?«

»Nein, es sei denn, er hätte eine Falltür aus dem Schlund der Hölle geöffnet«, antwortete Hoon. »Glauben Sie mir, dieser Mistkerl ist aus eigener Kraft nirgendwo hingegangen.«

»Nun, solange wir keinen richtigen Namen haben

und auch keine Leiche finden, sehe ich nicht, dass Sie an dieser Front mit einer Anklage rechnen müssen.«

»Wie nett«, erwiderte Hoon.

»Freuen Sie sich nicht zu früh, Mr. Hoon«, warnte ihn Bagshaw. »Wir haben noch zwei eng beschriebene Seiten mit Anklagen gegen Sie, die wir in Betracht ziehen.« Sie atmete scharf durch die Nase aus. »Obwohl, in Anbetracht der Umstände und dessen, was Sie für diese Frauen getan haben, denke ich, dass die meisten mehr Mühe machen, als sie am Ende bringen. Doch so ungern ich das auch sage, es wäre das Beste, wenn Sie die Stadt vorläufig nicht verlassen.«

Hoon schüttelte den Kopf. »Machen Sie sich deswegen keine Sorgen, Chief. Ich gehe nirgendwohin. Ich habe noch nicht erledigt, weswegen ich überhaupt hier bin. Noch habe ich Caroline nicht gefunden.«

Auf der anderen Seite des Schreibtisches faltete Bagshaw ihre Hände wie zum Gebet. »Ja. Ja, ich weiß«, sagte sie. »Wir haben einigen der Frauen, die Sie gerettet haben, ein Foto von Caroline gezeigt. Die meisten von ihnen sind noch vollkommen verwirrt – sie werden Monate oder sogar Jahre professioneller Betreuung brauchen. Aber ein paar von ihnen haben Caroline wiedererkannt.«

Hoon beugte sich nach vorn. »Was? Wer? Was haben sie gesagt?«

»Sie sagen, dass viele verschiedene Mädchen und Frauen kommen und gehen. Sie werden alle ziemlich oft verlegt. Manche bleiben monatelang in der gleichen Gruppe, andere wiederum nur ein paar Tage.«

»Monate. Jesus«, flüsterte Hoon. »Aber sie haben Caroline gesehen?«

»Ja. Zwei Frauen haben sie definitiv wiedererkannt. Eine sagt, sie habe vor zwei oder drei Wochen mit ihr gesprochen. Sie wurden zusammen in einem Lieferwagen herumgefahren und kamen ins Gespräch.«

»Und? Was hat sie gesagt?«

»Sie wissen, dass es mir nicht gestattet ist, solche Details weiterzugeben, Mr. Hoon.«

»Scheiß drauf!«, fuhr Hoon hoch. »Ich bin fast gestorben, als ich diese Mädchen da rausgeholt habe. Dank Leuten, die auf Ihrer verdammten Gehaltsliste stehen, möchte ich hinzufügen! Wenn sie etwas über Caroline gesagt hat, will ich wissen, was. Das sind Sie mir verdammt noch mal schuldig, mindestens.«

Chief Superintendent Bagshaw schürzte die Lippen, musterte ihn und seufzte dann resigniert. »Es gab da etwas Interessantes, was sie gesagt hat. Etwas, das Caroline ihr verraten hat.«

»Was?«, wollte Hoon wissen. »Was hat sie gesagt?«

»Sie behauptet, der Mann, der Caroline entführt hat, hätte sie gekannt.«

Hoon runzelte die Stirn. »Er kannte sie?«

»Ja. Jedenfalls hat er sie mit ihrem Namen angesprochen«, erklärte Bagshaw. »Wir gehen davon aus, das bedeutet, sie wurde gezielt entführt, nicht einfach nur willkürlich oder weil es eine günstige Gelegenheit war.«

Hoons Stuhl knarrte, als er sich zurücklehnte, und sein Blick zuckte über die Oberfläche von Bagshaws Schreibtisch, als würde er eine darauf ausgebreitete Karte lesen.

»Mein Gott«, murmelte er dann.

»Was?«, fragte Bagshaw.

Hoon beugte sich ruckartig vor und zeigte auf Bagshaws Telefon. »Finden Sie raus, wo Bradleigh Combes festgehalten wird. Ich muss mit dem Mistkerl sprechen, und zwar auf der Stelle!«

EINUNDVIERZIG

Der Motor der Jacht tuckerte vor sich hin, und die Schraube schäumte das graue Wasser der Themse auf. Sie hatten die Türme der Stadt hinter sich gelassen und waren durch das Themsesperrwerk und weiter in Richtung Themsemündung und Nordsee gefahren.

Der Fluss war hier breiter, und die fernen Ufer auf beiden Seiten waren eine Mischung aus hellem Grün und Schwerindustrie. Vor ihnen überragte die Queen Elizabeth II Bridge alles. Ein weiteres Hindernis, das es zu überwinden galt, aber hoffentlich eines der letzten, bevor das Boot endlich offenes Wasser erreichte und er Kurs in Richtung Frankreich nehmen konnte.

So weit östlich war es ruhiger. Der starke Verkehr auf dem Fluss innerhalb der Stadt hatte sich allmählich gelichtet, war praktisch so gut wie nicht mehr vorhanden. Auf der Backbordseite lieferte eine Art Lastkahn einen riesigen Haufen Schutt, wie es aussah. Vielleicht sammelte er ihn auch ein. Vorne, hinter der Brücke, glitt eine schnittige weiße Jacht unter vollen Segeln durch das Wasser, und der kräftige westliche Wind half ihr, mit dem Tempo von Chucks tuckerndem Motor mitzuhalten.

Die Sonne überzog die Wasseroberfläche mit goldenen Tupfern. Der Geruch des Flusses war hier frischer, und er gönnte sich einen tiefen, wohlverdienten Atemzug. Auf der Themse zu navigieren war angesichts seiner relativen Unerfahrenheit ein wahrer Albtraum gewesen.

Trotzdem, die Natur rief.

Er sah sich kurz um, um sich zu überzeugen, dass kein anderes Boot hinter ihm auftauchte, und schaltete den Motor ab. Seit über einer Stunde hatte er gefühlte zwei Liter Pisse in seiner Blase aufgestaut. Angesichts des böigen Windes hatte er es nicht gewagt, einfach über die Seite zu pinkeln, aus Angst, sich selbst oder das Boot zu beschmutzen.

Er eilte geduckt die schmale Treppe hinunter und öffnete bereits die Schnalle seines Gürtels, während er sich auf den Weg zum Badezimmer im hinteren Teil des Bootes machte. Seine Blase, die spürte, dass Erleichterung nahte, schwoll vor Vorfreude an und zwang ihn, die letzten Schritte zur Badezimmertür fast zu rennen und …

Es ratterte.

Er blinzelte. Starrte auf die Klinke und versuchte es erneut.

Erneut ratterte es nur.

Die Tür war abgesperrt.

»Was zum Teufel?«, murmelte er und trippelte auf der Stelle.

Von jenseits der Tür ertönte das Geräusch der elektrischen Spülung der Unterdrucktoilette. Chuck wich zurück, als der Schnapper auf der anderen Seite der Tür entriegelt und die Tür zur Seite geschoben wurde.

»Ich würde mir an deiner Stelle lieber fünf Minuten Zeit lassen«, sagte Hoon und deutete mit dem Daumen über die Schulter. »Der Krankenhausfraß hat meine Eingeweide übel strapaziert.«

Chuck glotzte ihn an. Das war das einzig passende Wort.

Sein Mund stand offen, seine Augen waren weit aufgerissen, kurz, er glotzte.

»Was zum Teufel ist mit deinem Gesicht los?«, erkundigte sich Hoon. »Du siehst aus, als hättest du einen Geist gesehen.«

»Boggle!« Chuck schnappte nach Luft, was nur zum Teil an dem Gestank lag, der aus dem winzigen Badezimmer drang. »Wie hast du …? Wann …?« Er lächelte. Zu strahlend. Zu beflissen. »Mein Gott! Ich dachte, dir wäre etwas passiert. Ich konnte dich telefonisch nicht erreichen. Ich wollte das Lagerhaus auskundschaften, in das du gegangen bist, aber da war niemand … Scheiße!«

Er schlang seine Arme um Hoon und umarmte ihn fest. Hoon klopfte ihm ein paarmal auf den Rücken, bevor Chuck ihn schließlich wieder losließ.

»Ich muss wirklich dringend pissen.« Chuck holte tief Luft, trat ins Bad und schob die Tür fast bis zum

Anschlag zu. »Großer Gott! Das kann doch nicht gesund sein!«, stieß er gepresst hervor, seine Stimme wurde durch den Kragen seines Pullovers gedämpft. Dann seufzte er erleichtert, als er seine Blase endlich entleeren konnte.

Knapp zwei Minuten später trat er heraus. Hoon saß auf der Couch, einen Arm über die Rückenlehne gelegt, ein Bein über das andere geschlagen.

»Fahren wir irgendwohin, wo es nett ist?«, fragte Hoon.

»Was? Also … nein. Weiß nicht. Ich will einfach nur raus aus der Stadt.«

»Warum das denn?«

Chuck trat von einem Fuß auf den anderen. »Also, ich meine … ich dachte, wenn dir etwas zugestoßen ist, wären sie vielleicht auch hinter mir her. Deshalb wollte ich mich eine Zeit lang verstecken.«

Hoon nickte bedächtig. »Klar. Klingt logisch«, stimmte er zu. »Die gute Nachricht ist, dass sie keinerlei Interesse an dir haben. Anscheinend.«

Chuck schluckte. Er verknotete die Finger, als wüsste er nicht, was er mit ihnen anfangen sollte. »Richtig. Das ist … das ist gut«, sagte er, bevor ihm so plötzlich ein Gedanke kam, dass er fast in die Luft sprang. »Oh! Ein Drink?« Er rannte förmlich zu dem Schrank, in dem er den Schnaps aufbewahrte.

»Ja, klar, von mir aus gern«, sagte Hoon.

Er sah zu, wie Chuck zwei Whiskys einschenkte.

Er hielt die Gläser in den zitternden Händen, und die Flüssigkeit schwappte umher.

»Sie haben Gabriella und Welshy bedroht«, berichtete Hoon und nahm das Glas entgegen. »Sie haben einen Mann vorbeigeschickt, um sie umzubringen.«

Chuck wirkte schockiert. Wie eine Comicfigur. »Was denn? Das gibt's doch nicht. O Gott! Ernsthaft?«

»Aber auf dich haben sie es nicht abgesehen.« Hoon setzte das Glas an seine Lippen. »Ich habe kein Wort über dich fallen lassen.«

Chuck stand an dem Schrank mit den Getränken und nippte an seinem Glas. »Das ... erleichtert mich sehr. Vielleicht wussten sie einfach nichts von mir.«

Hoon schüttelte den Kopf. »O doch, sie wussten von dir. Sie wussten alles«, sagte er. »Die Wichser haben uns die ganze Zeit abgehört.«

»Gott! Das ist ... O Gott!« Chuck trank einen Schluck.

»Deshalb müsste ihnen klar sein, dass du sehr viel mehr weißt als Welshy. Aber du gehst ihnen am Arsch vorbei«, fuhr Hoon fort. »Warum ist das wohl so, was meinst du?«

Chuck blies die Backen auf. »Ich ... ich weiß nicht. Das ist eigentlich nicht logisch. Ich meine, schließlich habe ich dir die ganze Zeit geholfen.«

»Genau. Aber hast du mir geholfen?«, fragte Hoon. »Wirklich, meine ich? Wenn ich zurückdenke, was hast du eigentlich genau gemacht, Bookish?«

Chuck lachte nervös. »Jede Menge!«

Hoon schüttelte den Kopf. »Nein, nicht wirklich. Du hast nichts in Erfahrung gebracht, was ich nicht selbst hätte herausfinden können ... oder indem ich Bamber frage.«

Chuck schnippte mit den Fingern, als wollte er die Neuronen seines Gehirns aufwärmen. »Also ... nein. Der Freund. Ich habe ihn gefunden.«

»Das stimmt«, räumte Hoon ein. »Aber du wusstest nicht, dass er tatsächlich etwas zu erzählen hatte, das interessant war. Und was er hatte – das Autokennzeichen – war so gut wie nutzlos. Zudem bestand immer die Möglichkeit, dass ich zu der Überzeugung gelangte, er wäre der Mistkerl, den ich suchte. Dass ich glaubte, er hätte Caroline getötet. Man könnte auch behaupten, dass du mich auf eine falsche Fährte geführt hast.«

»Der Sergeant, der die Aussage aufgenommen hat. Der sie manipuliert hat, meine ich. Er hat die Details über das Auto verschwiegen. Ich habe seinen Namen herausgefunden!«, beharrte Chuck.

»Klar, und dann hat sich der Wichser angeblich selbst umgebracht, bevor ich mit ihm reden konnte. Das passte sehr gut. Und wir wissen ja beide, was ich davon halte, wenn sich etwas zu gut fügt.«

Chuck runzelte die Stirn und lachte wieder, so unecht wie zuvor. »Was willst du damit sagen, Boggle?«

Hoon drehte sein Glas zwischen Finger und Daumen

und musterte den anderen Mann über den Rand hinweg. »Ella Frewin. Das Mädchen, mit dem Bradleigh Combes in diesem Restaurant war. Sie hat es in jener Nacht nicht nach Hause geschafft.«

Schweigen. Chucks Mienenspiel durchlief eine Reihe von Emotionen, von Verwirrung bis hin zu Überraschung, als würde es jeden Ausdruck testen, aber keinen für geeignet halten.

»Ich ... ich verstehe nicht«, sagte er, nachdem er die gesamte Palette durchgespielt hatte. »Worauf willst du ...? Ich verstehe nicht ...«

»Die Metropolitan Police stellt«, er machte mit den Fingern Anführungszeichen in die Luft, »›Ermittlungen‹ wegen ihres Verschwindens an. Aber wir wissen ja, wie effektiv die sind, oder?«

»Ja. Klar ... Mein Gott. Wenn ich irgendetwas tun kann ...«

Hoon lachte. Das Lachen kratzte in seiner Kehle und erstarb so schnell, wie es begonnen hatte.

»Der Mann, der Caroline entführt hat, kannte ihren Namen«, sagte er.

Chuck blinzelte. Schluckte. »Oh. Hat sie ... hat sie dir das gesagt? Hast du sie gefunden?«

»Noch nicht«, sagte Hoon. »Aber ich werde sie finden. Ich werde diese ganze verdammte Stadt durchsuchen und jeden Stein umdrehen, bis ich sie gefunden habe. Und mir jeden vornehmen, der an ihrem Verschwinden beteiligt war. All die Wichser, die in irgendeiner Weise dazu beigetragen haben. Mein Gesicht wird das Letzte sein, was sie sehen. Und diese Hände. Vielleicht noch ein oder zwei ihrer eigenen inneren Organe. Und dann, *bumm*. Dunkelheit. Weg für immer.«

»Gut. Sicher.« Chuck räusperte sich. »Das haben sie auch wirklich verdient.«

»Warum hast du das getan, Bookish?«

In dem Schweigen plätscherte das dunkle Wasser der Themse ernst gegen den Schiffsrumpf.

»Was meinst du damit?«, fragte Chuck schließlich und zwang sich erneut zu einem gekünstelten Lachen. »Worauf willst du hinaus?«

Hoon trank einen weiteren Schluck Whisky und wartete.

»Ich weiß nicht, wovon du redest, Boggle«, beharrte Chuck. »Ich weiß wirklich nicht, was …«

Hoon schleuderte das Glas gegen die Wand neben Chuck. Es zerbarst, und scharfe Splitter und billiger Scotch spritzten in alle Richtungen. Er wollte aufstehen, aber seine Verletzungen behinderten ihn. Als er sich schließlich von der Couch erhoben hatte, fand er sich am falschen Ende einer Browning Hi-Power wieder.

Das Glas hatte in Chucks Hand gezittert. Die Pistole tat das nicht, wie Hoon bemerkte.

»Mach das nicht«, warnte Bookish ihn. »Boggle. Tu's nicht. Ich weiß nicht, was du denkst, aber was immer es ist, es ist verkehrt. Alles klar? Du hast da was in den falschen Hals gekriegt.«

»Nein, hab ich nicht. Ich stehe vielleicht nicht so sehr auf Bücher wie du, aber dich kann ich verdammt noch mal lesen wie eins. Du hast sie entführt. Caroline. Du hast auf sie gewartet und sie mitgenommen. Oder etwa nicht?«

Chuck schüttelte den Kopf. »Nein, Boggle, so war es nicht … so … so ist es nicht.«

»Wie ist es denn dann?« Hoon knurrte drohend. »Ich bin ganz Ohr, Junge.«

Er hatte ein weiteres empörtes Dementi erwartet. Vehemente Proteste. Aber die Waffe in Chucks Hand veränderte die Dynamik zwischen ihnen, und die Wahrheit drängte ans Licht, endlich.

»Diese Leute …«, begann Chuck. »Mit denen legt man sich nicht an. Das sind echte Mistkerle, Boggle. Sie sind schlimmer als alle, mit denen wir es je zu tun hatten.«

»Das bezweifle ich sehr.«

»Weil du sie nicht kennst!«, fuhr Chuck ihn an. »Weil du keine Ahnung hast, wer sie sind, wozu sie fähig sind! Balls … dieser DCI? Seine Frau und seine Tochter sind tot. Ein Van hat sie heute Morgen auf dem Weg zur Schule überfahren. Fahrerflucht.«

»Blödsinn«, blaffte Hoon.

»Von wegen. Das ist kein Blödsinn. Es ist die Wahrheit. Sie sind tot. Und das ist nur der verdammte Anfang, Boggle. Diese Leute hören nicht mehr auf, wenn du erst mit ihnen zu tun hast. Steckst du einmal im

Loop, kannst du nicht mehr aussteigen. Du kommst nicht mehr raus. Du musst tun, was sie dir sagen. Immer. Diene weiter dem verdammten höheren Ziel. Ein großer Zirkel, ein großer Loop. Jeder beobachtet jeden.«

Die Hand mit der Pistole begann nun doch zu zittern, und Tränen trübten seine Augen. Er wischte sie an seinem Unterarm ab, räusperte sich und fuhr dann fort.

»Ich wollte es nicht. Das mit Caroline. Aber ich musste es tun. Ich hatte keine andere Wahl. Genauso wie bei dem anderen Mädchen. Das aus dem Restaurant. Es ist wie … ich habe eine Quote. Wenn ich sie nicht erfülle, dann …« Er schüttelte den Kopf. »Ich muss sie erfüllen. Es ist die einzige Möglichkeit. Ich habe keine andere Wahl.«

»Man hat immer eine Wahl, verdammt!«, fuhr Hoon ihn an.

»Nein. Nein, nicht immer. Nicht bei ihnen.«

Hoon seufzte und schüttelte den Kopf. »Warum sie? Warum Caroline?«

»Ich … ich habe sie vor sieben oder acht Jahren kennengelernt. An Bambers Hochzeitstag. Du warst nicht da. Sie war … mein Gott.« Sein Gesicht bekam einen abwesenden Ausdruck, und ein Lächeln zupfte an seinen Mundwinkeln. »Sie war verdammt hypnotisierend. Ich konnte meine Augen einfach nicht von ihr losreißen. Am nächsten Tag habe ich sie auf Facebook als Freundin hinzugefügt. Über eines meiner anderen Profile, meine ich. Ich habe sie ermutigt, nach London zu kommen. Ich habe ihr gesagt, wie toll die Stadt ist. Und dann, vor ein paar Monaten, bekam ich mit, dass sie ausgehen würde, und, na ja … du weißt schon.«

Hoon war irgendwo am Anfang der Rede hängen geblieben. »Vor sieben oder acht Jahren? Mein Gott, was machst du …? Damals war sie noch ein Kind, Bookish, sie war …«

Dann machte es klick. Es machte einfach klick, genau in diesem Moment.

»Du bist ein verdammter Pädophiler!«, stieß er hervor. »Deshalb hast du dich mit diesen Dreckskerlen eingelassen. Du bist ein widerlicher verdammter kinderschändender Pädophiler. Herrgott noch mal! Ich hätte es schnallen müssen, so wie du über ihre Mitbewohnerin gesprochen hast. Ich hätte es merken müssen. Himmelherrgott!«

»Es ist nicht meine Schuld!«, protestierte Chuck.

Die Adern an Hoons Stirn traten hervor, die Muskeln in seinem Nacken arbeiteten wie Seile unter seiner Haut. »Das ist nicht deine verdammte Schuld?« Er brüllte Chuck an, und nur die Waffe hielt ihn davon ab, den anderen Mann anzugreifen.

»Es ist eine Krankheit! Ich kann nichts dagegen tun! Es ist nicht meine Schuld! Es ist etwas hier oben!« Er schlug sich wütend an die Schläfe, sein Gesicht gerötet von Selbstmitleid. »Es ist hier oben, es zwingt mich dazu. Es ist nicht meine Schuld!«

»Hast du sie verletzt?«, fragte Hoon, und seine Stimme wurde sanft und leise. Die Ruhe vor dem Sturm. »Bevor du sie deinen kleinen Scheißkumpanen überlassen hast. Hast du ihr wehgetan?«

Chuck antwortete nicht. Sein Kiefer verkrampfte sich, als kämpfte er darum, etwas in sich zu behalten.

»Hast ... du ... sie ... verletzt?«, fragte Hoon erneut, und machte nach jedem Wort eine Pause.

»Es war einvernehmlich«, flüsterte Chuck. »Sie sagte, sie wäre bereit. Ich konnte ... ich habe es daran erkannt, wie sie sich angezogen hatte. Sie war bereit.«

Hoon hielt sich eine Hand vor den Mund, als ob er verhindern wollte, sich zu übergeben. Seine Augen leuchteten. Schimmerten. »Mein Gott«, flüsterte er. »Sie ist die Bambers Tochter!«

»Weiß ich doch! Glaubst du, ich weiß das nicht, verdammt?« Chuck schrie. »Deshalb habe ich dir ja geholfen, auch wenn du mir nicht glaubst. Ich dachte ... ich dachte, du könntest sie finden. Sie vielleicht zurückholen. Es in Ordnung bringen. Und ich könnte sie wiedersehen. Es ihr erklären.«

»Ihr erklären?«, zischte Hoon. »Wie zum Teufel wolltest du ihr das erklären? ›Tut mir leid, Honey, dass ich dich an einen verdammten Untergrund-Sexring verschachert habe. Nichts für ungut, hm?‹ Erklären nennst du das? Verflucht!«

Chuck zuckte zusammen, und seine Wangen brannten von der Demütigung. »Nein, nicht so ... das ist nicht ...« Er stöhnte und schüttelte den Kopf, die Waffe lag nun schwer in seiner Hand. »Was passiert jetzt?«, fragte er.

Hoon zuckte mit den Schultern. »Woher soll ich das verdammt noch mal wissen?«, gab er zu. »Weißt du, wo sie ist?«

»Nein. Ich wünschte, ich wüsste es, aber ich weiß es nicht. Ich erfahre nichts. Ich tue nur, was man mir sagt.«

»Das andere Mädchen? Aus dem Restaurant? Was ist mit ihr?«

»Ich habe keine Ahnung«, antwortete Chuck. »Ich mache nur ... ich liefere sie ab. Sie arrangieren es per SMS. Ich sehe nicht, wer sie abholt oder wo sie eingesammelt werden, gar nichts. Ich weiß es nicht. Ich schwöre es, Boggle. Ich habe keine Ahnung. Ich habe nur eine Nummer in meinem Handy. Das war's.«

Hoon betrachtete ihn einige Augenblicke lang und nickte dann. »Ich glaube dir«, sagte er.

»Danke. Danke«, erwiderte Chuck. »Wenn ich wüsste, wo sie ist, würde ich es dir sagen. Wirklich. Ich kann den Gedanken nicht ertragen, dass sie da draußen ist. Nicht auf diese Weise.« Er zuckte mit den Schultern. Die Anfänge eines wehmütigen Lächelns umspielten seine Lippen. »Unter uns gesagt, ich glaube ... ich glaube, da war etwas. Zwischen uns beiden. Ich glaube, es hätte funktionieren können.«

»Ich bezweifle, dass sie sich für einen verschwitzten

verwichsten Haufen Krötenschiss wie dich interessiert hätte«, erwiderte Hoon. »Aber wie schon gesagt, ich glaube dir, dass du nicht weißt, wo sie ist. Und ich glaube außerdem, dass du mir keinerlei nützliche Informationen mehr erzählen kannst.« Er zog die Nase hoch, zuckte mit den Schultern. Krümmte die Finger seiner guten Hand und ballte sie zur Faust. »Was bedeutet, es bleiben noch zwei Fragen offen. Erstens: Kann ich dich erreichen, bevor du den Abzug drückst?«

In Chucks weit aufgerissenen Augen zeigte sich Verblüffung. Er schrie leise auf, und sein Finger spannte sich am Abzug der Browning, bevor Hoon auch nur einen Schritt machen konnte.

Es klickte.

Mit wachsendem Entsetzen starrte er die Waffe in seiner Hand an.

»Wie ich schon sagte, Charles.« Hoon griff in seine Tasche und holte eine Handvoll Patronen heraus. »Ich kann in dir lesen wie in einem verdammten Buch.«

Er ließ alle Patronen bis auf eine auf den Boden fallen. Dann sprang er vor und riss Chuck die Waffe aus den schlaffen Fingern. Ein Schlag auf den Solarplexus verwandelte Bookish in ein keuchendes Häufchen Elend. Er sah krampfhaft nach Atem ringend zu, wie Hoon eine Patrone in das Magazin der Browning drückte und es in den Schaft stieß.

»Und die zweite Frage …« Er zog den Schlitten zurück und beförderte die Patrone in den Lauf. »Wenn du mir sonst nichts zu sagen hast ...« Er drückte die Mündung der Waffe gegen Chucks Stirn. »Wozu bist du dann noch gut?«

Von der Jacht, die einsam auf den trüben grauen Wellen dümpelte, hallte ein dröhnender Schuss über die Themse.

ZWEIUNDVIERZIG

Er hatte gelogen, als er sagte, er würde London nicht verlassen. Allerdings hatte er nicht vor, lange wegzubleiben. Doch manche Dinge musste man persönlich erledigen.

Der Abend war in die Nacht übergegangen, und der Regen prasselte auf ihn herab, als er sich der Haustür näherte. Er klingelte. Wartete.

Lizzie öffnete die Tür. Bambers Frau. Angesichts von Bambers eingeschränkter Mobilität war das durchaus naheliegend.

Sie brauchte einen Moment, um ihn zu erkennen. Als sie ihn dann einordnen konnte, schien ihr Gesicht zu schmelzen und sich gleichzeitig zu verhärten. Sie warf einen ängstlichen Blick in die Dunkelheit hinter ihm, nach etwas suchend, was er ihr liebend gern mitgebracht hätte.

Er sah, wie sich die Erkenntnis wie ein Bleigewicht auf ihre Schultern legte, und spürte einen schmerzhaften Stich im Herzen, wie von einem Messer.

»Ich … wollte euch nur sagen, dass ich weitersuchen werde«, erklärte er. »Egal wie lange es dauert. Was auch immer ich tun muss. Ich werde weitersuchen. Und ich werde sie finden. Das verspreche ich. Das schulde ich Bamber ... ich schulde es euch beiden.«

Er wartete nicht lange auf eine Antwort. Stattdessen nickte er nur, schlug die Kapuze seiner Jacke hoch und drehte sich dann wieder um, ging in den Regen hinaus.

Er hatte das Gartentor fast erreicht, als sie schließlich sprach.

»Willst du nicht lieber reinkommen?«, fragte sie. »Das Wetter hier draußen ist ziemlich rau. Der Nordwind wird dich in zwei Teile reißen.«

Hoon blieb stehen, blickte auf und ließ sich vom Regen durchnässen, der all die Sünden von ihm wusch, die er begangen hatte.

Und jene, die er noch vor sich hatte.

»Ein andermal vielleicht«, erwiderte er.

Dann zog er die Schultern hoch, wappnete sich gegen den bevorstehenden Sturm und ging weiter in die Dunkelheit.

Wie erpresst man eine ganze Stadt?
Gar nicht, wenn Jack Reacher
in der Nähe ist.

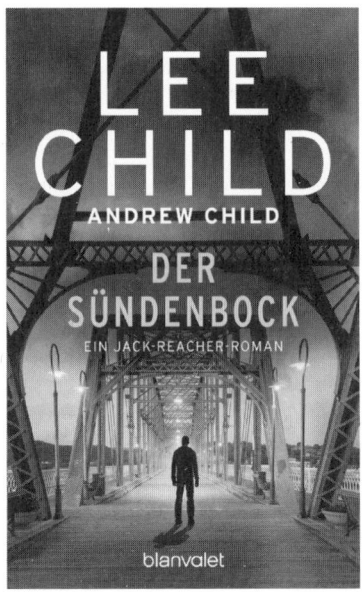

416 Seiten. ISBN 978-3-7341-1258-4

Der ehemalige Militärpolizist Jack Reacher reist ziellos durch
die USA, und so landet er in einer Kleinstadt, in der ihn seine
Mitfahrgelegenheit absetzt. Kurz darauf beobachtet er, wie
ein junger Mann von einigen Schlägern verfolgt wird – und
greift ein. Dann erfährt Reacher, dass alle Computersysteme
der Stadt gehackt worden sind und dass die Bürger Reachers
neuen Schützling dafür verantwortlich machen. Die Hacker
verlangen mehrere Millionen Dollar als Lösegeld, doch selbst
das ist nur die Spitze des Eisbergs. Es geht um viel mehr!
Aber die Verbrecher haben nicht mit Jack Reacher gerechnet.

Alte Spione rosten nicht ...

432 Seiten. ISBN 978-3-8090-2778-2

Über Maggie Bird kann man einiges erzählen: Sie züchtet Hühner, ist eine zuvorkommende Nachbarin und lebt ein ruhiges Leben im idyllischen Purity in Maine. Die Sechzigjährige besucht regelmäßig einen Buchclub, wo sie mit ihren Freunden Martinis trinkt, kann hervorragend mit einem Gewehr umgehen – und sie spricht nie über ihre Vergangenheit. Als eines Tages eine tote Frau in ihrer Auffahrt liegt, weiß Maggie: Dies ist eine Nachricht aus der »guten alten Zeit«, in der sie für die CIA arbeitete. Nun scheint die Vergangenheit sie eingeholt zu haben. Zusammen mit ihren Freunden aus dem Buchclub – alles ehemalige Spione wie sie – nimmt Maggie die Ermittlungen auf ...

Lesen Sie mehr unter: **www.blanvalet.de**

># »Ein sehr großer, internationaler Stoff. Das schreit ja förmlich nach einem Blockbuster!«

Romy Hausmann

416 Seiten. ISBN 978-3-7645-0833-3

Sommer 2002: In Palermo wird ein Priester erschossen, in Antwerpen stellen Ermittler drei Tonnen Kokain sicher, in Zürich begeht ein Pilot Selbstmord. Drei scheinbar isolierte Vorfälle. Doch bei der Schweizer Bundeskriminalpolizei verdichten sich die Hinweise, dass alle mit dem Ex-Banker Baumann zu tun haben, der in Diensten südamerikanischer Narcos steht. David Keller, Bundesermittler und Mafia-Experte, wird auf den vermeintlichen Routinefall angesetzt. Schnell wird klar, dass er es mit einer internationalen Verschwörung zu tun hat, die alles bedroht, woran er je geglaubt hat – und seine Gegner ihm vertrauter sind, als er ahnen kann …

Lesen Sie mehr unter: **www.blanvalet.de**